中国专业作家散文典藏文库

中国专业作家散文典藏文库
王鸿达卷

恍惚

王鸿达 ◎著

HUANGHU

中国文史出版社

目 录

北方的雪

从小生活在北方，对雪有着独特的情感，就像冬天没雪不能叫作北方的冬天一样。北方的雪来得豪迈，来得恣意，来得洒脱，一夜之间就会叫粗犷的北方大地变成一个银装素裹的世界，并陪伴北方人度过漫长的冬季。

只是近些年，城里见到雪的时候越来越少了，就好像冬天一再被推迟了一样。匆匆下过一两场雪，还没等大人品足了冬天的味道，就消失得无影无踪了，更别说孩子们用雪来堆雪人了。迟迟不下雪，会叫人等得心焦。所以跟家里通电话时，我都会问："山里下雪了吗？"电话那头家里人就会说："下啦，下得好大呀。"于是我的思绪就会像一片雪花飘回山里。我的家在小兴安岭北部山区，那里每年落雪都很大。于是在迫不及待的春节回去探亲时就多了一分向往，带着妻子孩子回去看看雪。

山里雪纯净，雪面白得一尘不染，有的人家就直接化雪水做饭吃。按照家乡习俗，正月十六到山坡上或到河套去滚雪，滚一身雪回来，据说可以保佑身体一年无病无灾。有一年回去，开春早，当院里的雪都开始融化了，以为没有新雪滚身了，不料在正月十五这天忽然白天下起一场雪来，是那种又大又软的白雪片子，我和山东回来的小妹兴奋地跑到当院去拍照，我俩都光着头，绵软的雪无声地落在我俩头上、身上，一会儿就变成了棉花桃一样的雪桃，隔两三步远就看不到对方了。等我俩像两个雪人走进屋里来，父亲说了一句："雪有啥稀奇的，你俩又不是没见过雪。"不要说远在山东工作的小妹，就是我这些年也从没在城里见过这么大的雪片子。

几场雪过后，街上雪道上就变得硬实起来，就可以在光滑的雪面上跑"雪划子"、拉雪爬犁了。"雪划子"是我们男孩子冬天自制的一双冰鞋，按自己的脚长截一块厚木板，木板底下钉上两道粗铁线，再在木帮上钉上帆布鞋帮带，一只"雪划子"就做成了，蹬着它去上学，在溜光溜滑的雪道上跑得飞快。雪爬犁有两种，一种是用木方和木板钉成的小爬犁，拉着它去买粮或去大井沿上拉水都十分轻快。另一种雪爬犁是用柞木杆儿弯成的，有两三米长，是大人用来上山拉柴火的。当然我们长成半大孩子时，也拉着这样的雪爬犁进山拉烧柴。烧柴在爬犁上捆结实后，下山顺着雪亮的爬犁道往下放，有一种腾云驾雾的感觉，那爬犁会推着你顺着山坡往下跑，带起一道雪尘在后面扬起。一爬犁烧柴拉回家，身上的衣服就被汗湿透了，可是拉着爬犁放山坡那种兴奋劲却久久没有消退。久而久之，山里的孩子都成了拉爬犁的好把式。因为那一冬天家家户户的烧柴都是用这爬犁一爬犁一爬犁拉回来的。喜欢听爬犁摩擦雪道那"吱吱呀呀"声，如果哪家孩子上山拉烧柴回来晚了，天黑得看不见人影，只要寻着"吱吱呀呀"的爬犁声，就会找到人和爬犁跟前的。

　　第一场雪过后，也是山里猎人进山打猎的好时候。刚刚降过雪的林中雪面上，会留下各种野兽的蹄印，还有野鸡、飞龙等各种飞禽的爪痕，猎人只循着兽印就会找到猎物的。聪明的山里人会在狍子、野兔留下的梅花瓣一样蹄印的雪面上下上套，第二天上山遛套时，一只狍子或一只山兔就蹬腿扑腾在雪窝子里了。除了山里猎人，山外进山来伐木的套户也会赶在第一场雪过后进山来的，套户们浩浩荡荡赶着马爬犁开进山来，他们都是给公家来伐木的，他们的马爬犁一般都是用两根碗口粗从树干到树根部的白桦树疙瘩做成的，一冬天过去，那树疙瘩被磨得溜光变薄了。在春天雪化之前，他们又会列队赶着马爬犁回去，那蛇阵一样的爬犁在小镇的雪道上腾起一阵久久不散的雪雾，白色的风景中，每位爬犁上的把式摇起的红鞭缨穗格外醒目。"啪啪"的鞭子声如同空中炸开的红鞭炮，久久回荡在我们孩子耳中。从老人嘴里还能听到山外套户一些趣事，比如大雪封门上山干不了活儿时，他们学着和山里人一样在雪地里下狍子套、兔子套，套着了狍子和镇上人换豆油吃……

北方的雪还是天然大冰箱。过年杀年猪时，家家户户就把猪肉用雪埋在自家院子里，吃时扒出一块来。用雪埋着的冻猪肉还不风干。

我每次冬天回山里，都带女儿沿着我儿时走过的爬犁道上山去走一走。只不过现在封山育林，山坡上已没有明显的爬犁辙印了。爬到雪山坡顶上时，我们就顺着山坡滚下来，腾起的雪雾让女儿发出一阵阵尖叫。在城里家中女儿的床头前有一帧照片，一个身穿小熊图案红羽绒服的冻得脸蛋通红的小姑娘正站在雪窝子里，一只小手在伸着摘一丛干枝上的红刺玫果。白白的雪、红红的刺玫果和纯真透明的小脸蛋，朋友见了都说像童话一样。那是女儿六岁时，我带她上山时抓拍的。城里是见不到这么白这么厚的雪的。

城里的雪越来越少了。倒是今冬连续降了几场雪，让城市铺上了一层厚厚的洁白。走在这样白色结实的路面上，脚下响起了"嘎吱、嘎吱"声，多么亲近久违的声音啊，它让已过不惑之年的我内心深处拨动出一丝丝只有童年才有的感动来。前两日，从电视里看到抵制全球变暖的国际会议在这个冬天在童话王国丹麦的哥本哈根举行。减少二氧化碳温室气体排放，已成了现代人又一文明的生活方式。

就想起了那个卖火柴的小女孩儿，就想起她划亮的一根根火柴温暖了的那个雪夜，也温暖着我们一代代人一颗颗晶莹的童心。

北方的雪，就是一个走进我们童年的童话。

与黑龙江同行

黑龙江边的都柿

早就有坐客轮漂一漂黑龙江的念头，一直没能如愿。黑龙江的上游北极村、黑龙江的下游嘉荫江段几年前我都曾去过，那湛蓝透明的江水，两岸（特别是对岸）那沿途没被采伐开垦的大片原始森林、草原植被一直很深地吸引着我。难得单位领导爽快，去年八月让我们几位作家结伴沿黑龙江采风成行了。走之前曾给黑河港务局打过电话，没有打通。到了黑河听当地文联的老苏说，去年还有通逊克县的短途轮渡，今年因为客少就停航了。不免有些遗憾。

下榻在黑河的临江宾馆，早起去江边广场上散步，晨雾缭绕，对岸是俄罗斯的布拉戈维申斯克，城市的轮廓依稀可见。平静如镜面的江水款款地向下游流去，不时有一些江鸥从江面上掠过。江岸上的游人寥寥，这是一个旅游清淡的季节。

吃过早饭后，黑河文联的老苏和王瑛带我们沿江游览。王立纯说不能坐轮渡，我们就坐旅游船在黑龙江上漂一漂吧。岸下江边倒是停有两三只旅游船。王瑛上去一联系，船老板嫌人少不能马上开。我们就想等逛一圈儿回来再坐。从大黑河岛游览回来，那只游船还纹丝不动停在那里等着人上满，老板是一副姜太公钓鱼愿者上钩的样子。一等等到中午了，我们也失去了耐心，摇摇头走开了。

庞壮国告诉我，他三十年前在黑河日报当记者，就住在江边的一座日式的小红砖房里，想到江里去游泳太容易了，中午穿条裤衩子就出来了，晚上就坐在江边钓鱼，一会儿工夫就会钓一二十斤出来。我听了就像他羡慕自己年轻时一样羡慕他。那时的黑龙江一定有一种寂寞的美丽。

中午吃饭时，有和庞壮国当年一起当记者的老倪，老倪问他："这么多年没回来，这次回来最想吃的是什么？"老庞很认真地想了想说："都柿。"老倪摇摇头说："这东西的确照头些年少多了，不好采了。"吃过饭天就下起雨来，我们只能回宾馆。

下午，老倪匆匆赶来了，说好他下午不用陪我们了。他的头发、衣服都被雨水淋得精湿，手里拎着两只塑料口袋，塑料口袋已被都柿洇得紫红了。原来老倪中午没有回家，他跑遍了几条街的自由市场，终于找到了一个卖都柿的，他就一下子全买了，赶在我们离开宾馆之前送过来。老庞叫我们快吃，他抓了一大把吞进嘴里，镜片后面已有亮亮晶晶的东西在闪动了。

参观瑷珲陈列室

下午文联的王瑛等人带我们去离城五十余里的爱辉乡"瑷珲条约"陈列室参观。好像天懂人意，从中午开始一直下着霏霏秋雨。

在那座正在维修扩建的陈列室里，有一帧我所熟悉的照片吸引了我，那就是到过库页岛旅行的契诃夫，这位忧郁的俄罗斯作家一生中也有一个愿望就是到黑龙江上走一走。不知他对沙皇的血腥暴行有何感想。在他出生前（一八六〇年）黑龙江原本是中国的内河。从他那忧郁的略带痛楚的眼神中似乎能看到这种愤懑和对"人类的绝望"，那应该是和他同时代的法国作家雨果面对英法联军焚烧抢掠圆明园一样，发出的是对强盗痛恨的声音。在院子里一棵没被烧掉的百年老松旁，我见到了中国一位清代大将军的塑像，那就是抗俄将领寿山将军，他拔刀怒向天问，令每个走过这里的人肃然起敬。最早知道《瑷珲条约》还是在中学时代的历史课本里，那个热情的女馆长在向我们讲解这一切时，我仿佛又看到了一位历史教师的身影，她大学历史系毕业后放弃了留在城里工作的机会，主动要求到这里做了一名默默无闻的讲解员。在她的馆长办公室里，我见到了一位中国当代将军和她的合影，那是一向不苟言笑的张万年上将和她的合影。她可能是这荒郊野岭偏僻角落里职位最低的一位馆长了。这么一个小小的院落应该是最无名的，因为许多人还没到过这里，许多人还不知道离黑河城五六十里远的地方还有这么一个去处，但愿今后来黑河旅游的人都能绕绕脚来这里一趟。

稍稍略感欣慰的是听女馆长说，这里已被列为全国"爱国主义教育基地"，正在得到各方有识之士的支持、捐款资助得以重新扩建，包括中国国防部长迟浩田的来信。这么一个小小的院落应该是最有名的，因为它是一本活着的历史教科书。

从长满野草的院落走出来，天上还在飘着凄凄阴雨。

在江湾边我们冒雨走下车来，我们每人背对着江面照了一张相，背后就曾经是我们的江东父老啊！我忽然明白了黑河为什么叫黑河了。一个多世纪前，在那个凄风血雨的雨夜，当野蛮的哥萨克人挥着马刀，端着上了刺刀的步枪将江东六十四屯的父老乡亲驱赶下黑龙江里时，那夜的天空一定是黑黑的，连星星都会闭上了眼睛；那夜的黑龙江水也一定是黑黑的，江里流淌的是祖先同胞的血啊。我也忽然明白了，十几年前那个城里的女大学生为什么非要选择到这里来做一名讲解员了。

傍晚回到黑河城里，黑河市里领导在黑河商贸大厦旋转餐厅里设宴招待我们几位作家，也是为我们送行。明天我们要乘汽车沿着黑龙江下游到逊克去。站在黑河市这座最高的商贸大厦十九层旋转餐厅往外俯瞰，对岸的布拉戈维申克斯市尽收眼底，工厂、学校、居民楼……宽阔的江水平静地从两城市中间流过，两个城市像一个城市一样融为一体，晚霞的余晖泼洒在城市的上空和波光粼粼的江面上。在这座豪华的商贸大厦里，不时能见到亭亭婀娜的俄罗斯少女，她们是和家人两日游、三日游过来的，她们的脸上荡漾着美丽的笑容。这种像走亲戚一样的景象，谁会想到一百多年前发生的事情呢？但愿明媚的阳光永远普照在黑龙江上……我可爱的黑龙江！

宁静的逊克

黑龙江边上的逊克小城很宁静，宁静中透着一种质朴。县城人家不多，几条街道也显得整洁、干净。当地的老辛说，如果谁家的自行车没锁忘在街上了，第二天再去找保准会找到。

我们到达逊克是这天的中午，坐了一上午的汽车，身上落满了尘土。走下车来太阳已晃在头上了。两个身着朴实的中年汉子迎上前来，和气热情地问："你们是从黑河过来的作家吧？"我们说："是。"他们就过来接我们的背兜，说："黑河文联已经给我们打过招呼了，我们是来接你们的，走，先到旅馆洗洗，然后再吃饭。"几句话像是来接远道过来的亲戚。后来我们才知道他们一个是县宣传部的老辛，一个是老张。我们也没想到下车会有人接我们，庞壮国说这里是山高皇帝远的地方，他早年当记者下来采访一次也不容易。那时还没有正常的长途汽车。

吃饭时老辛给我们喝当地产的一种叫逊克蒙的啤酒，这种啤酒酒劲很大，俄罗斯人都很喜欢喝。说着老辛又讲了一个笑话，说咱们的某地领导到俄罗斯去访问，在参观当地一个农庄时，主人拿出逊克蒙啤酒给他喝，他问人家逊克在什么地方。我们听了都笑了起来，说："看来逊克蒙还真能喝蒙人的。"

逊克这个地名是我早就熟知的，高中毕业时我曾在和逊克境内连着的库尔滨河对岸的小兴安岭克林林场代过课。一晃有三十年了，那个地方常常让我想起来就有一种特别的怀恋和激动。山不亲水亲，我和老辛、老张多喝了两杯，就将头喝得晕晕乎乎了。

下午，老张带我们去了小丁子村。小丁子村是俄罗斯人居住的村屯，村里大部分人家都是混血人家。在一座破旧的乡村俱乐部里，老张把村长找出来了，说有几个作家要到俄罗斯人家看看。村长就把我们带进了一户人家里，走进这户人家，看到院子里、屋里收拾得窗明几净，炕上坐着一位六七十岁的老人，他高高的鼻梁，眼睛往里眍着。村长说："他是二毛子，是十月革命时期过来的。"老人很少说什么，倒是他的儿子从外面走进来了，一副习以为常的样子说："你们要问什么就问我好了……"他头发生着自然卷，眼睛像波斯猫似的是蓝黄色的。"这些年不比以前了，不拿我们这些二毛子、三毛子当少数民族看待了，超生一胎也罚款了，犯了事了警察也收拾你……"他抱怨地说。过一会儿出来在村外的江边又见到了他，他正在江水里冲刷起猪圈的脏铁锹。老张告诉我们，对岸的俄罗斯娘儿们到江水里来洗衣服是从来不用肥皂洗衣粉的。

从小丁子村回到城里，走过一家卖玛瑙的商店。老张说："这里出售的都是当地产的天然玛瑙矿石制作的，价格要比外面卖的便宜一倍。"同行的两个女同胞就走进去挑选了起来，立纯老兄也走进去给他两个已嫁出去的女儿买了两条项链，我也忍不住进去给九岁的女儿买了两个蝴蝶发卡。

吃过晚饭，老辛、老张带我们到江边散步，夜晚的小城静谧极了。天空中有星星在眨着神秘的眼睛，对岸眨着一两点稀疏的灯光，看来也是一个不大的农庄。江水和夜色融为一体了。老辛忽然说："逊克要通铁路了。"我在想，逊克通铁路后还会像这处女般纯净、透明、美丽吗？

嘉荫的江鱼

坐汽车再往东北方向走，就要去嘉荫了。沿途望见大片大片的黄豆、小麦地已经成熟了，随着秋风飘来阵阵的香味。白桦林、黑土地、木刻楞房子，在俄罗斯人作品里常见到的描写在这里如身临其境。

嘉荫属伊春境内，以前去过嘉荫，印象最深的一次是在那里吃过一回黑龙江的鳇鱼。那次是嘉荫政府办的小孙在嘉荫宾馆里招待我们。中午席间，服务员刚端着一道菜上桌，小孙指着那盘肥肥的方块白肉对我说："不知作家是否愿吃肥肉？"我赶紧摇头。他又说："你吃一块就知道了，我们这里做的红烧肉一点儿也不腻人。"盛情难却，就在众目睽睽之下我将一块肥肉夹到嘴里，哇，味道鲜美肥嫩极了。小孙这才告诉我说:"这就是黑龙江里的鳇鱼。"

到嘉荫的当日下午,到江边去游玩,老庞还把他的海竿也带上了。谁知鱼没钓着,一场兜头过来的江上雷阵雨将老庞淋成个落汤鸡。晚上坐在县城小饭馆里吃饭,大伙都说来回黑龙江总得吃回江鱼吧,就向老板娘点了一条二斤多重的岛子,五十八元。都说现在靠江边的饭店吃江鱼贵,可是等我们离开嘉荫时,在车上看到一个抱小孩的妇女在江边兵团买的一条岛子是二十七元一斤,就想到那个饭店老板娘的实在淳厚来。

想不到会在这个偏远的边境小城见到老庞的一个诗友杨川庆,他是省里下派的干部,在这里当县委副书记。次日早,老庞和李长春联系了他们原来在省宣干学院认识的同学小徐。县宣传部的小徐来宾馆看他俩,提到了杨川庆在县里。老庞就把电话打过去联系相见了。

文友相见自然十分高兴,一起在宾馆吃过早餐,杨川庆问小徐上午怎么安排我们,小徐说上午带我们去钓鱼。小徐知道老庞酷爱钓鱼。杨川庆说:"那就到长胜乡去钓吧,上午我到他们乡里检查工作,中午我陪你们在那里喝酒。"

上午我们是跟杨川庆一起过去的,长胜乡靠着江边。中午乡长、乡党委书记在乡里小食堂招待了我们,餐桌上自然是上的江鱼:岛子、嘎牙子、虫虫、白飘儿子。酒没少喝,从酒上还能看出诗人当年的豪爽。乡长、书记见我们是他们县委副书记的文友,就热情挽留,要带我们下午到江心葡萄岛上去玩玩儿,晚上在江中岛上吃篝火野餐。小徐问杨书记:"能不能去?""你们去玩儿,你们去玩儿,我下午还要到别的乡去检查,恐怕赶不回来。"杨川庆说。我想,他这是官身不由己,要是他还是诗人他一定不会放过这么个野餐的机会的。

乡长租了几条农民的柴油机铁船,一路"突突"着把我们送到了江中心的葡萄岛上去。葡萄岛上还真有野葡萄,上了岛,我和C君钻进岛上茂盛的林丛中,一会儿工夫就采摘了一些野葡萄,出来时,望见乡长和那几个农民在江里浅滩处拉网兜鱼。不过兜上来的都是不大的小杂鱼。天色渐晚，书记就带人在沙滩上笼起了篝火，将盛鱼的水桶吊在了火堆上，工夫不大，一股鲜鱼汤味就飘散了开来……碗里盛上了啤酒，喝酒、唱歌、照相。徐徐的晚风中，西边的一抹晚霞将江面、小岛上的树林染红了。冷萧的大江两岸空旷、寂静、黑暗下来。"真想在这里待一夜啊！"C君说。离开时我们都显得依依不舍。庞壮国一个劲儿地往火堆里添柴。先把我们送上岸，打夜幕中回头望去还能看见那堆篝火在江心岛上隐隐闪亮，夜色中看大江真像一条黑龙盘卧在那里。

同乡长握手告别时，我们每个人都在心里想：该同黑龙江说再见了，因为我们明天要往小兴安岭汤旺河林业局去了。

小兴安岭的石林

离开嘉荫前，我给大哥打了电话。他问用不用派车到嘉荫来接我们，我说不用。没想到还真遇到点儿麻烦，大客车过汤旺河林业局检查站时，我和庞壮国没带身份证，就要我们下车接受登记审查。在检查站那个中尉登记时，我拿出来中国作协会员证，说我们是作家沿途采风过来的。那个中尉听了站起来很尊敬地向我敬了军礼，给我们放行了。

大哥是汤旺河区（局）委副书记，中午他在胶合板厂宾馆招待了我们。餐桌上尽见山珍野味，有熊肉、野猪肉、犴肉、狍子肉。或许是因为汤旺河林业局原始林子还没有开伐尽，这些大牲口还能见到。冬天回家听妹夫说，野猪在山上林场常常成群出来伤人，有一回他开着他的"城市猎人"在山上林子里的路上走，遇上一头小野猪，差点儿将他的车掀翻。

下午，大哥安排了到石林去游览。这石林景观对我已不新鲜了，以前回家都来过多次，不过半小时就看完了，去的人多了那里也像城里的旅游景点一样，山道上乱扔了一些饮料瓶子。不过，这次大哥还安排了区旅游局长做我们的向导，还带上区闭路台的录像记者。让我吃惊不小的是，林业局又在北边山里新发现了好几处石林风景区。李局长先一边带我们往南山上那两处石林山峰走，一边滔滔不绝地介绍起来，说区里对开发这个旅游资源很重视，成立了旅游局。行走在林荫的石板道上，果然看见路两旁没有了白色垃圾。到了那两处石林山峰下，李局长介绍得很详细，不仅把陈雷的题字都介绍了，还把石峰下的两株夫妻树、一种针叶树和阔叶树合长在一体的阴阳树也神乎其神地介绍了，听得王立纯、庞壮国都很入迷。庞壮国恨不得把他的新婚妻子领来到这棵树前照张相。

走下山来，来到路北侧的那个山泉瀑布小桥边，李局长说更引人入胜的石林群在这里呢。他随后向北边的山上一指。我顿觉意外，我以前回家还从没听说这边也有石林群，跟他跃过小桥向北山坡上爬去，走出二里地远果然看见了一处又一处的石林群，奇形怪状，简直是鬼斧神工，让我惊叹不已，而且各种怪状的石林都掩映在原始森林中，有观音打坐，有黑熊望云，有唐僧牵着白龙马……这里的石林显然是刚刚开发出来的，石板路还没有铺好，往里钻去时只见有几名工人在林间开辟一条小径。转了两个多小时，还没看完，大家就有些累了，纷纷惊叹，这么大的石林群如果开发出来将是多么得天独厚的旅游资源哪！更重要的是这里保持了原始森林生态，一路走来，遮天蔽日的林间有松鼠、灰狗惊跳着穿过，山泉从岩石缝中潺潺流过，杂木丛中野葡萄藤、狗枣子藤比比皆是。不想往里走了，我们就钻到狗枣子藤下，摘起熟透了的狗枣子往嘴里塞，这种又被称作山猕猴桃的野果，味道香甜极了。

走出石林、树林来，大哥站在山泉瀑布边，问我们怎么样。大家纷纷说好极了，宣传开发出来不亚于桂林的石林。大哥说："那就请你们诸位作家帮助宣传宣传吧。"我这才明白了大哥带着录像记者来的用意。不过想想，既然家乡有这么好的美景何不向世人展示呢？何必让它藏在深山中呢？现在不是提倡绿色生态旅游嘛。

难怪在伊春城住下的当日晚诗人庞壮国就说："伊春最应该搞小兴安岭一日游或三日游的。"白天他去伊春日报社和文联打听几个当年的诗友、文友，不是病退，就是调走跑到南方谋生去了，就感叹大森林里怎么养不住人呢。大森林里最该出作家诗人的，因为这片山水是有灵性的。

又见黑龙江

离开伊春城的这天早上，晨雾朦胧，往鹤岗去的长途班车行驶在鹤伊公路上，这是一条这两年才修成的十分现代化的快速公路，每个出路口都有地名标识。由于起了个大早，我的头有些昏昏沉沉，途经苔青时，我的心口猛然地跳了几跳，这是我小时候待过的小镇。

我没想到这条新修的公路会正好从这个镇子穿过，没有惊动车上打盹的他们几个，瞪大眼睛极力朝车窗外望去，镇子已变得让我认不出原来的模样了。在这个镇子的北头，应该有一条小溪，每到春天，清澈的小溪旁落满了蝴蝶，夏天两岸旁的稠李子树又开满了如雪的白花，这条小溪是童年的我和伙伴们嬉戏的天地。这条从山上流下来的小溪流向东面的那条大河——汤旺河。我是在这个小镇上出生的，这是一条我一出生就结识的大河。十岁那年我家离开了苔青，搬到了三百多里外这条河的上游汤旺河林业局，那里也是这条河的源头。参加工作走出山里，我才弄清这条河的流向，这条河穿过小兴安岭南北山脉之后在汤原县境内流入松花江，松花江再往下游流，就和黑龙江汇合了。

每次从山外回来坐火车，我都是顺着这条汤旺河逆流而上的。火车在这个小站上停留两分钟，多数是在清晨，天还不太亮的时候，我从来没有走下来过，我对小镇的记忆还停留在十岁以前。我曾设想过有一天会回到这个小镇上来，回到我的出生地看看，而不是这样与它匆匆擦肩而过。

谁能与我同行？我常常在想，在我二十岁、三十岁、四十岁的某一天能和谁走到这个给予我生命的小镇子上来，可我一次又一次错过了这机缘，我害怕走近它，只有在梦里才能轻轻挨近它。在外奔波、生活了这么多年，我越来越渴望到这个小镇子上歇一歇，等一等我的灵魂。细想想，只有我的灵魂会我与同行。这样想来，泪水已慢慢涌上了我的眼眶……

汽车在淡淡的晨雾中穿山而过，顺着这汤旺河往下游走，穿过金山屯，就进入鹤岗境内了。我的思绪还缓慢地停顿在故乡小镇的追忆里，山不转水转，一个人的长大和一条河的长大，是不是有着某种相似的经历？那条童年时的小溪汇入少年时的大河，少年时的大河又汇入成年时的大江。每次出山坐火车通过省城哈尔滨江北松花江大桥时，听着"轰隆隆"的震颤，我都会感觉到江面的那种深远的辽阔。

　　当日午后，抵达鹤岗时，省驻地作家徐岩又带我们去了萝北名山的岛上，他是公安边防部队的一名中校。在这里我们又见到了黑龙江——这是黑龙江的下游，江面开阔起来，江水款款流去。在岸边，我们见到一个渔民在卖鳇鱼，一条足有二三百斤重的鳇鱼被他晾晒在石板上。鳇鱼的鼻子、嘴巴已被人割去，鱼身也被割去四分之一。一问价钱，八十块钱一斤。中校徐岩执意要买了在江边请我们吃江鱼。我们劝住了他，说我们在上游的嘉荫、汤旺河兵团农场都吃过了，他这才肯罢休。

　　"不过，你们可不要后悔，难得见这么大个儿的鳇鱼了。"坐上车离开名山岛时他说了一句。我心里忽悠颤了一下，倒不是为没能吃上鳇鱼，而是想这回该同黑龙江告别了，因为萝北是我们此行的最后一站。一晃，我们一行出来半个多月了，实际上我们一直没有走出黑龙江呢，心就怆然，就有一种泪下的感觉了。

山的追忆

之 一

好长时间我曾被一支歌所感动，那支歌的名字叫《北国之春》。"城里不知季节已变换……"的确，久居在这样一个无山无水的城市里，我的四季感觉已经迟钝了、麻木了。于是常常让我想起童年待过的小兴安岭大森林小镇来……

春天，不等山上的白雪融化尽，朝阳山坡上的达子香和岩石缝中的达子香就悄悄地争相开放了。山上化下来的雪水载着亮晶晶的太阳光淙淙流下来，从小镇人家院门前流过。孩子们就在当街上憋起水坝、玩儿起黄泥巴来，捏小人，做拖拉机，比赛摔泥泡儿。黄泥点溅了我们一头一身，我们成了泥孩。暖暖的阳光里，第一只从我们身边飞过的蝴蝶总会引起我们的注意，它令我们惊喜，停止了手中玩儿的泥游戏，追逐着跑出去很远。鹅黄色的毛毛狗儿嫩芽刚刚从柳树上绽出，我们就爬到柳树上去，折柳条做"叫叫"，春天就被我们自制柳笛的一片"呜呜"声叫醒了。我们成群结伙挎着柳条筐到山地里去剜山野菜，有鸭子嘴、车轱辘菜、山葱、山蒜菜、婆婆丁什么的。

山上化下来的雪水汇集到镇北面的小溪里，小溪里的泉水淙淙，清澈见底。这是夏天吸引我们的去处，小溪里的河水刚刚没过我们的膝部，这也是大人允许我们去那里玩儿的原因。我们在小溪里洗澡，摸石头缝里钻出的穿丁子鱼、柳根子鱼。小溪两岸长满了稠李子树，每到开花时节，两岸的树上开出的白花像六月里下了一场厚厚的白雪。

我常常在某个烈日炎炎宁静的午后，喜欢一个人走到那里去。因为有一天我看到了小溪的岸上、沙滩上、水里的石头上，落满了成千上万只蝴蝶（那时孩子的我认为最多的数就是成千上万），有黑色的，有红色的，有粉色的，有黄色的，有白色的，有花色的……翅膀在一翕一动，简直就像河边的沙滩上盛开的五颜六色的花，美丽极了！这个记忆至今还影响着我，去年暑假领十岁的女儿去市展览馆看一个省城来的个人收藏蝴蝶标本展，寥寥数十只落满灰尘的蝴蝶标本压在玻璃窗下，顿时让我兴趣索然起来。而女儿竟还看得津津有味。

美丽的东西常常让你怀疑它的真实，就像许多沉睡在童年里的记忆，至今想起来如同梦境一般。

我不知道是谁最早给小镇起了这么个名字：苔青，随意而又富有诗意。留在我最初的记忆里的是：夏天小镇石板路上那绿茸茸的青苔，镇政府石头墙红瓦下潮茵茵的青苔以及我家茅草老屋房后那根爬满青藤的山墙柱子上的青苔……逢雨天，湿漉漉的青苔青翠欲滴。雨打湿了小镇的山、小镇的水，小镇便笼罩在一片朦朦胧胧的绿雾之中了。小镇不大，百十户人家依山而居。山脚下就是那条横穿小兴安岭山脉的汤旺河，宽阔的水面缓缓流过，潺潺的水声诉说着山里人的质朴和小镇的宁静。

小镇曾给过我两次生命，似乎从母亲的胎盘里出来，我的生命就和这个小镇紧紧联系在一起了。一切都是那么自然，就像草甸子上的那数不清的野花一年一年在开放一样。六岁那年春天，我和四岁的弟弟到镇南面的野甸子上去玩耍。草甸子边上是生产队的一块菜地，那里早先有一口水井，废弃了就变成一个水泡子。春天的季节里，我们常去那里捉蛤蟆和蝌蚪。乍暖还寒，我和三弟还穿着厚厚的棉裤。我蹲在泡子边上用旧铁丝罩子捞，弟弟蹲在我身后看。刚刚化过的黑土还很滑，弟弟刚想上前看我捞上了蝌蚪没，没想到脚下一滑贴在了我身后，把我也挤动了。结果我俩一下子掉了下去。

生命很可能在两个对生与死懵懂不知的孩子身上结束，而他们的母亲这个时候还坐在家里做针线活儿呢。后怕是在被打捞上来的一瞬间。同样是在那里玩耍的前街的一个叫申岩的孩子把我俩救了上来，我不知道申岩是怎么像打捞蝌蚪一样把我俩打捞了上来，他也毕竟是只比我大四五岁身单力薄的孩子呀。冷水冻得他牙齿直打战，我记得他在送我们回家的路上还问了我一句："你妈会不会打你？"得到信儿的母亲冲出家门来，一见到水淋淋的我们就发疯似的把我和三弟紧紧搂在怀里，然后大哭起来。恐惧叫母亲忘记了对人群里的申岩说声"谢谢"，或许小镇人根本不需要说声"谢谢"。一切都那么自然而然。申岩就那么一声不吭地走了。别的邻居们也没夸他一句什么，似乎那就是他应该做的，就像杀年猪你送我一碗杀猪菜我送你一碗杀猪菜一样。

长大成人以后，我偶尔想起这件事来还在想，是什么东西让这件事情弄得如此平静自然呢？是那种大山角落里特有的乡情、亲情。十岁那年，我们举家搬到小兴安岭最北边的汤旺河林业局去了，走的那天下着小雨，还奶着孩子的大柱子妈妈一直默默地把我们送到小镇火车站，她什么也没说，没有那种客套。可我们一家和她都知道，我们把一种叫亲情的东西永远地留在这里了。

在外面参加工作以后，每年春节回家探亲坐上那唯一一趟从省城开到乌伊岭的 301 次列车，途经苔青小镇，时间是凌晨三点多钟。冬天的时候天还没有完全亮，苔青笼罩在袭人的寒雾中，我从车窗里默默地打量着小镇，除了镇上后来建起来的苔青水泥厂高大的厂房黑色的轮廓外，别的就什么也瞅不清了。每一次路过我都想走下车去看看，可是列车只在这个末等山中小站停留两分钟就开走了。

终于有了一次回苔青看看的机会。有一年春节过后，母亲要回山东老家看看。大哥找了车和我一起送母亲到南岔去坐火车，南岔是个中转站，在苔青南面。此番路过苔青，母亲和我和哥不约而同地想到了去苔青看看。起了个大早，天还蒙蒙亮，我们一大家人便上路了。崭新的桑塔纳开得飞快，小时候看似很遥远的路程还没到中午就开上了美溪的"十八拐"，过了美溪就是苔青了。下山坡路时大哥对司机说："慢点儿开吧。"我们从车窗里默默打量着，感受着一种久违的亲切。父亲十九岁那年闯关东来到苔青就在镇上商店里当会计，如今那个两间房商店老地址已没了，小时候在我们看起来很大的一个广场也不见了，那时每天晚上从我家房后推开窗子就能看到广场上放的露天电影《南征北战》《列宁在一九一八》什么的。广场上还有一个旗杆，除了升防火旗用，还兼做捆绑押解路过的犯人用，犯人常常剃着光头，镇上大人、孩子和一群蚊子围着他看。

凭着记忆，我们从车上走下来去寻找我家住过的老房子。可是镇上的老房子都翻盖过了，并不是都换上了砖房，多数是油毡纸盖的泥房，最多前脸墙上砌个前砖脸，透着一种生活的拮据。找老房子找得我们有点儿泄气，后来大哥指着一个废弃在别人家菜园子里的破泥草房说："这恐怕就是老房子了。"就合了影。

合了影后，我仍不死心，左打听右打听，终于找到了从前住过的邻居孙玉彦家。见过面后，母亲问起从前的老房子，孙玉彦面部表情复杂地站在院子里，指着镇中心那个占去二分之一面积的水泥厂院说："都被水泥厂占平了。"怪不得我们找得这么费劲，原来一点儿痕迹都没有了。

小镇北边那条小溪变得干涸了，并且有污水流过的痕迹。小镇笼罩着一层灰蒙蒙的灰色，驱不散的灰色！仿佛一道阴影从我心头掠过。这都是水泥厂那喷云吐雾的大烟囱造成的。我想起孙玉彦家院子里和炕上落的水泥灰尘来。苔青正在失去她的绿色。我心里有点儿难过。这比我家从这里离开时还叫我难过。

之 二

秀美的汤旺河沿着小兴安岭山脉蜿蜒地流下来，一直往南就汇入了松花江。上学那两年，每次放暑假坐那趟夜间行车回家，一觉醒来，耳边总能听到那清脆悦耳的"哗哗"流水声。轻轻的湿漉漉的晨雾像白纱一样擦进车窗来，睁眼细看天还没有大亮，那条跟踪着绿色车厢的汤旺河如同一个神秘的少女，婀娜多姿妖舞在绮丽的山涧白雾中、桦林中。从一些站名美丽的站——白林、美溪、伊春、红山——上来一些裤角打湿的山妇、少女们，挎着都柿桶、野草莓筐，她们这是把刚刚采到的都柿、野草莓带到城里去卖。从她们的衣服里、头巾上散发出一股好闻的树叶草木的清新气味来。这是多么熟悉的山野味道啊。

对大山的情结险些影响我的一次恋爱婚姻。那是当我在这个城市工作了许多年以后，在那个春天接受了一次迟到的相亲。介绍人是我的一位老乡，介绍的是他爱人的一个同事。以前别人也给我介绍过几次对象，除了双方不能认同的原因，再就是我这个人性格有些木讷，一见面总不知该说什么。

见面是在他们家，他们家住在单位的平房区里，那会儿他的老丈母娘还和他们住在一起。地方有些紧巴。大概是为了给我们倒地方，那天上午他们两口子都出去了。本来说好上午十点钟见面，我早早地提前一个小时就过去了。刚坐下，进来一个二十二三岁清秀的姑娘，不过这显然不是我要见的对象。是我老乡的一个外甥女，刚刚分到这个城市来，星期天过来看看他们。

"你是伊春卫校毕业分配过来的？"

"是的，去年毕业分配到这里来工作的。"

我心里怦然一动，刚才她进来时就觉着她身上有一种熟悉的东西。她眼里也流露出一丝他乡遇老乡的喜悦。

我们的话题是从共同批判这个城市有树没树开始的，说这个时候在家那边山上的树早该绿了，达子香也早该开花了。而这个城市还是光秃秃的一片，空气中还透着一股天然气味。接下来我们又谈到夏天去山里采都柿、采蘑菇、采托玛（野草莓）……我很奇怪，我为什么能和一位第一次见面的姑娘有那么多说不完的话题？时间在我们滔滔不绝的话语中不知不觉地溜走了。我们还没说够。倒是我那老乡的丈母娘提醒了我一句，说"某某该来了"。她停住了话头，站起身来告辞了。我礼貌地送她出门时，她脸上有一种不知所措的红晕。

我的妻子当然是那天老乡介绍的对象，不过当时和对象见面的情形我都忘了。倒是那天和那位姑娘聊的关于家乡山里的话题至今想起来还记忆犹新。想一想这种感觉真是非常的奇妙，众里寻她千百度，蓦然回首，那人却在灯火阑珊处。生活永远在别处。这可能是一句真理。

父亲十九岁走进了山里，我十九岁从山里走出山外，就像许多山里人从小就梦想着走出山去到外面看一看一样。

李玉文是我的高中同学。她是上高中时从山上林场学校转到汤旺河区一中来的，细高挑的个儿，人长得很文静，梳着那时女孩子常梳的两条短辫。她是班上为数不多的团员之一。她学习很好，记得我和她同桌时还抄过她的化学作业。当然是她有意"露"给我抄的，她是小组长负责收作业，而我那会儿是班里的体育委员，每次收作业收到我这里时她都不好意思催我。上高中的最后一年，她提前一年离校了。这让我和班上的同学都没有想到，以她的学习成绩再读一年完全可以考学的。当然在我们那所中学每年考上大学的同学也寥寥无几。

离校以后，我一直没有见到她。我考学出去的第二年放寒假回家，和两个男同学去镇上的那家照相馆照相，不期遇上了她。她也是和一个女伴来这里照相的。突然的相遇使我们还像在学校时有点儿不好意思。我问她现在的情况怎么样了。她难为情地笑了笑说："哪能和你比，考学出去了，以后就是城市人了……"我看出了她眼里的羡慕和嫉妒。结果那天她和那个女伴没有照相就匆匆离开了。我很后悔其实那天不该那样问她。

又过去了许多年，当城里流行起《同桌的你》的时候，我想起了李玉文。那年过年回家探望父母，在一个男同学家里喝酒，我问到李玉文现在的情况。他们都摇头说不太清楚，说可能还在长青林场里当青年吧。长青林场是离林业局最近的一个林场，李玉文一毕业就去了那里的青年点干活。从男同学家回来的那天下午我独自去了长青林场青年点，青年点里已变得冷冷清清，只有一个年纪挺大的女知青在守着屋子。我向她打听李玉文。

"李玉文？她已经死了，死了三年多了。"她很奇怪地望着我。

我吃了一惊，半晌才想起问她的死因。

她告诉我，李玉文是喝药死的，那一阵子她整天迷上了打麻将，她男人说她她也不听，两人经常打架。后来她妈说了她，她第二天就喝药自杀了……

我再次感到了吃惊。从长青林场到地区有五里的路程，我是走着回来的。那天下午阴霾的天空飘着清雪，让我体验到一丝山里的冬天特别的寒冷。后来我始终在想，如果李玉文考学走出大山来生活，命运会是个什么样子呢？

之　三

山里的人想走到山外面的世界去，山外面的人想走进山里面的世界来。这是当今我们人类面临的一个尴尬的怪圈。面对大山我们人类应该学会敬畏。

让我难过的是，梦里常常出现的那条汤旺河正像童年那条小溪一样正在被污染，正在被破坏。在它的上游，林业局胶合板厂排出的污水正在源源不断地往河里排放；在它的下游，住宅楼小区排出的污水也往河里倒灌。那年回家，我和我的同学刘海宽在河边上走，刘海宽告诉我，这条河里还有鱼，但都长不大，鱼繁殖得快，死得也快。我听了有一种毛骨悚然的感觉，这是鱼类在变种。

我一直想着夏天带女儿到我小时候玩儿过的大河里去玩儿水，可我又害怕她见到它现在的样子。冬天回家白雪覆盖了它丑陋的身影。妹夫开着他自己的"城市猎人"吉普车拉着我和女儿在街上闲逛，在通向河北贮木场大桥头我叫他停车，我走下来给女儿照几张相。就在这桥头下的河里我学会了游泳、钓鱼。可是现在就在不远处胶合板厂的排污管正向冰层下的河道里排着黑水。照完了相，我赶紧把女儿叫进车去……这就是给过我少年欢乐的河啊，我眼里噙满了泪花。

我始终相信大山是有灵魂的。每次探家，我都要到南山上去看一看，正月里母亲会嘱咐带上一些香、枣馒头等敬品。我家刚搬到汤旺河林业局来的时候，南山坡上还有一些落叶松、桦树的。后来逐渐被山脚下的人家（包括我家）伐光了。现在变成了一个光秃秃的山坡，覆盖着沉默的雪。半山坡处还有一个很大的露天采石山洞，早年镇上公家人盖房子都是从这里开采石料。靠山吃山，无论是公家人还是山脚下的住户，都做得那么心安理得。去南山坡顶上那个鹰状的小山峰摆放敬品是头几年养成的习惯，那年春节我带着一种城市富贵病（神经衰弱）和一脸的苍白疲倦回到家中。母亲见了很吃惊："你怎么会这样呢？你小时候可不这样，你小时候是多么胖，你八岁就跟着上山拉烧柴了。"

八岁？八岁的城里孩子还在摆积木，而我却跟着大人拉着爬犁进山，摆弄真正的大木头了。

"你该到山里去拜拜。"母亲说。第二日我便爬上了那条熟悉的山道。山上冬日里空气格外寒冷、凛冽，叫我通体有了一种清新之感。雪里地还依稀可见一条模糊的爬犁印。林业局明令禁止上山伐木，可仍有人偷偷上山拉烧柴。找到那个鹰状的小山峰并不太费事，因为它周围的茂密林子都差不多伐光了。记得早年有一年秋天我们全家到山上来采榛子，麻达山（迷山）了，转了一上午才找到这个小山峰跟前来，登高远眺找到出山的路。那会儿小山峰下林子遮天蔽日，而今它有些孤零零地耸立在那儿。我攀了上去，点上一炷香，放了一串鞭炮，将糖果、枣馒头摆放在鹰峰岩石上，然后双膝伏跪在白雪覆盖的峰顶上。随着山风的涌动，耳边静静地传来悠远的林涛声，神秘如天籁，肃穆如远古苍音。

面对大山我已成了罪人。想想，从大山走出来时我已不再是个孩子了，大山曾给了我一个美丽的童年和绿色的梦，我该知足感恩。而回忆大山，走近大山，我又是一个永远也长不大的孩子，我的灵魂永远走不出大山的影子……

在我女儿的房间里，床前有一帧照片，雪野里一个身穿小熊图案红羽绒服的女孩儿正伸手在雪地里采摘刺玫果，红红的野果，白白的雪。女孩儿惊喜渴望的神情，令人怦然心动。这是女儿六岁那年带她进山抓拍的，这张照片对于城里的孩子来说显得十分珍贵。

城市把我们的孩子像动物一样圈养了。他们没有田野，没有河流，没有草地，没有一切自然的东西。

二十一世纪到来的时候，我不希望给我的孩子留下多么富有的财富，我只希望把一片纯净的森林、一条干净的河流留给她……

逆流而行

　　这是一个燥热而骚动的夏天。夏至还没到,天气就异常地热了起来,且多雨。

　　一九九八年夏至的前两夜,我与朋友向中国的最北端漠河北极村旅行去了。为的是捕捉北极光抑或是白夜的极好景致。当然这只是最初的一个幻想而已,后来的事情确实如此。

　　从出发那天半夜起,雨就断断续续地在跟随着我们,雨点儿打在列车车厢棚顶上。我没有想到的是这个提前到达的雨季会演变成一场灾难。早晨一觉醒来,从湿漉漉的车窗口望出去,阴霾的雨使见到的农庄、林场、田野、丛林、山影都变得模模糊糊的,湿漉漉的像一幅幅拙劣的被泡过的油画复制品。同行的 B 君是一位画家,现在转而热爱文学,尤其热爱陀思妥耶夫斯基。显然那时我们脑子都被陀翁笔下的白夜景象所诱惑了,而没有很理智地去想眼下和日后我们还有我们的城市所面临的灾难。

　　列车穿行的路基下那条与我们逆行的小河,以前一直像一条蛇一样若隐若现,现在已经快活饱满地暴涨,与水洼、沟塘连成了一片。三日后,它断了我们的后路,列车很无情理地停在了加格达奇至齐齐哈尔区间的一个小站上。小站上只有几户人家。恐慌是在瞬间发生的,我们没来得及去抱怨突袭的河水,我们抱怨的是铁路部门的措手不及。问曰:"何时能开车?"答曰:"不知道。"列车上推货车里的食品很快被抢购一空。后来列车长不得不下令打开车门,恐慌的人们奔到小站上那几户人家去寻吃的东西:刚刚从地里摘下的黄瓜、西红柿，自家腌的咸鸭蛋、咸菜，现烙的油饼。这是一个漫长寂寞而且阳光曚昽的午后，列车像死去的蛇一样趴在路轨上一动不动了。直到傍晚，停顿了六个小时的列车才突然被告知返回加格达奇，从滨州线绕行返回齐齐哈尔。尽管我们多走了一天一宿，尽管我们虚惊了一场，回到家中还是有些心有余悸。一个月后，我们从电视中看到我们绕行的滨州线几处铁轨被泻下来的洪水冲成了麻花状（停运达十四日之久）。从大兴安岭山里流下来的洪水汇集成了嫩江二百年一遇的特大洪水，正袭击着我所居住的城市和黑龙江另外两个重要的城市齐齐哈尔和哈尔滨。而在一个多月之前这是我们绝对没有想到的事情。

那会儿，我和B君正在逆流而上。一边在车厢里品尝着面包、香肠，一边在谈论着有关文学和森林的话题。B君问我："马永顺是你们伊春林区的吧？"B君知道我是从小兴安岭走出来的。我说："是的，前不久他刚刚去莫斯科领取联合国授予的绿色生态环保奖。"B君说："这是个可敬的老人。"不用说，窗外掠过的森林叫我们有点儿惊讶和失望。这个全国最大的国有林区森林覆盖面和我们想象的相去甚远。这当然得归功于大兴安岭三十年的开发（仅仅过去三十年？），也要归罪于一九八七年那场闻名全国的森林大火。车过新林林业局后，就看到一片片被烧死的白桦、落叶松树干寂寞地泱在了水中，令人不忍目睹。在漠河县城下车，四周的山光秃秃的了，空旷得叫人心底有点儿发紧。据说在那场大火之前，这里的森林很茂密。它还有个名字叫西林吉林业局，不知道以后还会不会有人记得这个名字。

到达北极村的头天夜里，雨还在下着，当晚在当地朋友孙喜军家住下。吃晚饭时，孙喜军把酒杯举到头顶，虔诚地说道，但愿老天爷明天能开恩。问之，才知道这里已下了半个月的雨了。如果明天阴天，白夜就看不成了。现在我们已不奢望能看到北极光了。在列车上听一个当地的少妇讲，她的一位八十多岁的老奶奶只在十几岁时看见过北极光，以后的年月里再也没有看见过。在县旅游局，导游的女士曾拿出一本《漠河县志》给我看过，北极光的确很美，可惜只是照片。这种自然奇观在近年的消失，是不是与我们人类自身的"不检点"有关呢？比如大气臭氧层的破坏，使全球气候变暖。据报载，将要成为人们旅游热点的北冰洋冰山正在融化。

第二日早晨起来，天突然间晴了。我们赞叹朋友虔诚有灵。可后来才知道这只不过是老天爷的一次"回光返照"。上午孙喜军带我们到黑龙江边游览。黑龙江下游嘉荫江段头几年我曾去过，那湛清蓝黑的江水至今还留在我的记忆里，这是一条没有被污染的河流。此刻由于涨水，江水显得很浑浊。站在江边，隔江向对岸望去，对岸俄罗斯村庄山坡上覆盖着密密的原始森林林带。孙喜军叹道："我们这边每年春天防火。他们那边每年春天放火。"我们听了不觉挺奇怪，听孙喜军细说才知道，原来他们那边每年春天放火烧地表的落叶，这样腐叶就不容易积厚引起山林大火了。这的确是俄罗斯人的聪明所在。我望了望我们这边稀疏的杂树林和林场家家房前堆起的木桦垛，想恐怕连树叶都没的烧了。沿江岸走了一程，竟没看到一个垂钓者，这才相信孙喜军的话是真的。昨天晚上他跟我们讲，现在来到黑龙江边，吃不到江里的鱼了，原因是黑龙江里禁止捕鱼，这也成了边防军巡逻的任务之一。每当看见我们这岸有偷钓、偷捕者，俄罗斯那边就会升旗抗议的。其实不用抗议，孙喜军说，往年开春我们这边捕鱼最厉害的时候，鱼都跑到他们那半边江去了。这让我想起有一次在黑龙江下游乌拉嘎鄂伦春村子里采访时，一位鄂伦春老猎人告诉我的事，每到冬天江封冻的时候，生活在我们这边山林里的鹿就会成群跑到对岸的林子里去。看来俄罗斯人的环保意识比我们强多了。动物们尚且知道找适合生存的地方，这真叫我们有点儿脸红。

傍晚，天就阴了起来，接着就下起雨来。白夜是看不成了。据说县里还来了文工团准备在江边露天演出的，这里已把夏至弄成了一个挺盛大的节日。可老天爷不赏脸。闷在屋子里，我在想，这是不是大自然对人类的报复呢？

北极村的确是个很美的村庄，宽大的木屋顶房有一种俄罗斯的风情和古朴。只是老房子也在逐渐消失，如同居住在这里的俄罗斯混血村民一样。白天，B君在极力抓拍着一些老房子。我们曾想到"最北人家"去看看，那也是一个景点，上过电视。孙喜军忌讳地说："别去了，那家女主人被害了。"我问："咋弄的？"孙说："胡搞。"我不知道他指的是女主人胡搞，还是县里把这个本来该平静的远离村庄的人家当成旅游景点是胡搞。看来在这里什么都会弄成不自然的。

在漠河，我和B君本想顺着黑龙江往下游小兴安岭江段漂。不知什么缘故竟没有通航的客轮、货轮，只好讪讪地遗憾地又乘火车返回来了。回来又是一路与雨同行。

回来数日后，我又逆流而上走了一趟小兴安岭。其时，那条横穿小兴安岭山脉的汤旺河已形成不了什么流了。和大兴安岭比起来，小兴安岭自开春以来几乎就没下过雨。这种天象真让我感到惊讶，动身时我还担心铁路被冲毁。走在路上时，这种担心实在成了多余。正应了那句古话：东边日出西边雨，道是无晴却有晴。早晨在列车上一觉醒来，出现在眼皮底下的汤旺河是那样的瘦了，无声无息地在浅浅的河道里流淌着，就像一个干枯的老太婆从眼里挤出的稀稀的泪水。河道里裸露着苍白的河卵石和一些奇形怪状的树根，使这条美丽的河看上去是那样的丑陋。

回到家中才知道，我家老屋土豆窖里每年夏天都要上水的，可今年听母亲讲，从开春到现在就没见水湿过地皮。一个月后当大水围困了我居住的城市，母亲又在询问的电话里讲，家里的土豆窖还是没有上水。口气里似乎不相信老天爷会这么不公平。

在家的一日清晨，我早早起来朝汤旺河边走去。这条我十分熟悉的河，小时候我曾在河里摸鱼、洗澡、捞蝲蛄（一种河蟹）。往往走不到近前就会听到它轰鸣的哗哗流水声了。可是此时我静静地一个人走到河道中央的水边，还听不到它的一点儿声响。原来宽宽的河道，现在只剩下窄窄的一条了，水也污浊（上游不远处有一个胶合板厂正往河里排泄污水）。另半边河道的中央河滩上被区里文化部门搭建起了恐龙游园设施。大概他们也不用再担心河水会涨满河道。记得小时候河道涨水的时候，母亲是从不叫我们到河边来玩儿的。有一年夏天涨水，其实那水只是刚满河槽而已，我和大哥在河边用罐头瓶子捂鱼，只是一会儿工夫，就捂了满满三罐头瓶子鱼。得意忘形的我俩把鱼拎回来，打算贴补家里晚饭的菜肴。谁想，母亲见了不由分说将瓶子和鱼狠狠地摔在院子泥地上，紧紧地搂着我俩的身子哭起来。那时，我俩还不明白母亲为何对河里涨水这样敏感、这样恐惧。后来知道了这样一件事情：一九六一年汤旺河发大水时，一个女人抱着一个刚出生不久的孩子和小镇人一齐往山上跑，她是最后一个跑到山冈上的。刚刚跑到山冈上，水就淹没了镇子。那山冈、那树救了一个体弱多病的母亲和一个婴孩的命，那个婴孩就是我。

在河道边遛了一个早上也没有见到一个钓鱼的人。在大哥家里，我见他弄了差不多两土筐捂鱼的瓶子，就问大嫂："河现在还能捂到鱼吗？""能。"大嫂说。"都多大的鱼？"大嫂用手指短短地比画了一下。我不屑道："小鱼崽子嘛。"大嫂叹息了一声："就这样还要骑车跑出去二十多里地去捂呢，等有时间你陪你哥去捂吧。"身为区委副书记的大哥，还没有忘记这一童年乐趣，星期天都要骑自行车到下游河里去捂鱼，白漂儿、柳根儿、穿丁子、鲫瓜子什么的应有尽有。

我最终也没有过把捂鱼瘾。离开干旱的家乡时，我想起一位老林业工人说过的话，一棵大树底下可以蓄存两吨水的。雨季它可吸收，旱季它可以释放出来。所以小时候我从来没见过汤旺河这样干旱、这样细瘦，细瘦得几近丑陋。

从小兴安岭回来，我所居住的城市已处在肆虐的洪水包围之中了。母亲在打来的电话中关切地叫我们一家三口回到山里住一段，在她老人家的观念中山里总比平原洼地保险。可是现在面目疮痍的山真的保险吗？我不敢苟同。应该说松嫩平原地处大、小兴安岭之间的腹地，大、小兴安岭就像两道天然屏障在保护着这块盛产石油、大豆、高粱的风水宝地。可是现在大、小兴安岭显然已失去了它们的屏障作用。嫩江之水正是从大兴安岭上冲下来的。它一路咆哮，像一匹脱了缰的野马，在一个早上它撕破了嫩江下游一个重要堤防——拉海大堤。

拉海大堤位于大庆北边的杜尔伯特县境内。决堤的当日早上我们赶到那里时，脚下已变成了一片汪洋，站在这岸的高岗处已望不到对岸了。氤氲的水雾笼罩着江面。嫩江像个大肚子孕妇丑陋地流泻着。数千人在这里固守了差不多一个月，在决口的堤坝上隐约露着一道白色沙土袋的影子，在浑黄湍急的水面下显得是那样孱弱无力，人在大自然面前是多么渺小啊。决了堤的江水没几分钟的工夫就淹没了江湾乡的四个村庄：乌兰通、十里树、二十里台、黑岗子和上千亩等待收获的庄稼。在江湾乡的一所学校门口，我见到了一些被转移到这里来的村民，多数是妇女、儿童和老人。他们一个个目光呆滞，妇女凄惶着脸，表现出中国百姓在苦难面前特有的麻木和不知所措。一位老者捶胸顿足对我们说："老天爷为什么这样瞎眼呢，上几辈子都赶不上的水灾偏偏让我们摊上了呢？"……这里曾经是成吉思汗后人的聚集地，"天苍苍，野茫茫，风吹草低见牛羊"已成了昨日的风景。头两年我来到这里时就已不见了先人笔下的草原迹象，牛羊也成了城里人的火锅美食。县境内的一个天然湖泊和林场已被开发成了旅游度假村，常有国内和国际友人到这里来狩猎。

林甸无林。就像我为黑龙江省许多这样名不副实的县名感到莫名其妙一样，我也一度为这个县名感到困惑。在大水冲泡的第七日我来到了这里。这个县十年九旱，县境内的双阳河是通上游嫩江边水库的一条泄洪河。平常年月里沿岸村子里的村民用这条河里的水浇地，都要花钱来买。河两岸除了南岸在一九五八年修过一次堤防外，再也没有修过，岸上看不到一棵树影。如果是枯水期，你简直看不出来这里是一条河道。

在南岸堤坝外，靠一位老乡的帮助，我们划船走进了一个叫张银匠的小屯。这是一个只有二十几户人家的自然屯。全屯住的都是土房。我们划船进去时，二十多间土房静静地淹泡在水中央，呈七扭八歪的怪景状。没人的水面上还能看到漂浮的猪、马、猫、老鼠的尸体。村子里有两三个村人不顾房屋倒塌的危险，攀在自家的房脊、窗框上摘取什么东西。划船的老乡一再朝他们喊："小心，快出去吧！"

划船从死去一般寂静的屯里出来，在离屯很远的一条公路上，我见到了这个村子的村长，他和几个村民借助公路旁几棵杨树搭起了临时窝棚，住在这里也可以守望一下村子。村长很年轻，姓张，是张银匠的第五代孙子。早年正是他祖上在这里立屯的。他成了张银匠屯的最后守望者，他的窝棚里有一块他抢出来的祖上留下来的村牌坊。他有些伤感地告诉我们说，大水过后，他们村该重新选址立屯了。我扫了一眼倒映在水中的村子和四周光秃秃的田野，不禁问道："这里以前是这个样子吗？""不，"张村长摇摇头，说，"以前听我爷爷讲过，祖上刚闯关东过来时，这里的野草有一人多高，还有野树林，有狼、狐狸和野兔出没，现在什么都没有了。"他叹息了一口气。我和他无言以对。

不远处路堤河道口处，有几个村童光着身子在摸鱼。那里的水还很深，前天还淹死过一头试图过河的牛。站在旁边看热闹的人中，有一位年轻的妇女，她怀里还抱着一个吃奶的孩子。那一刻，我不知为什么想起了母亲，想起了她说过的一句话："人是不该这么快忘记教训的。"

《圣经》上说，上帝在创世纪之初创造了人的同时，也创造了世间万物。上帝创造世间万物生灵是要和睦相处的，可是我们人类往往不遵守规则，视自然界的万物为玩偶。据报道，一位林业专家在分析今年形成的长江特大洪水时说，森林覆盖率的减少和水土流失是导致今夏超百年洪灾的一个重要原因。一九五四年仅次于东北的第二大林区的长江上游森林覆盖面为百分之八十，而到了今年减少到了百分之十七。山水相依，这是一条铁定的规律，不能逆其道而行之，否则就要受到惩罚。写到这里，我又想起了马永顺和他的"马永顺林"。其实，为了我们美丽家园不再流失、漂泊，面对曾经养过我们的山、河、草原，人类是不是都应该有一点儿忏悔的精神呢？

从身边流过的大河

　　说来很难叫人相信，生在黑龙江的我，小时候竟不知道黑龙江是一条大河的名字。或许是因为它是一条界河，或许是因为那个冰冻的年代造成的一段空白。

　　记得在读中学时，教地理和历史的老师似乎都把它回避了。而在距离我家住的汤旺河林业局一百里远，这条连接欧亚大陆，长度仅次于长江、黄河的大河正在默默地流淌着……

　　江边有座小县城叫嘉荫，从我家汤旺河林业局去嘉荫县得要边防证，通往的公路上设有边防哨卡。这无疑就把这条江和离它很近的人们给隔绝了起来。试想，谁会把去江边看看作为一个理由去开那张代表国家威严的边防通行证呢？久而久之，那条江也成了一个黑色的象征，让人缄默。

　　"去江边看看。"这几年成了家乡林业局镇上人的口头禅。这也是镇上人携亲带友唯一向往可去的旅游景点。早几年只知道嘉荫县那里有条江，江里出产大马哈鱼、鳇鱼。二姨家的表姐早几年嫁到江边一个叫鳇鱼窝子的村里，一天三顿鳇鱼肉当饭吃。表姐是因为腿脚不好才嫁到乡下的，真不知道把鳇鱼当饭来吃是什么样的日子，一想起来就叫人流口水。自从确切地知道那条江叫黑龙江后，"去江边看看"的念头陡然增大了。

　　终于在一九九四年八月份回家探亲时，把这愿望同三弟说了。"没问题！"三弟一拍胸脯张罗找车了。接下来三天连雨，到了第四天对三弟说下雨也得去了。第四天偏偏晴了。一行四人乘一辆吉普车，翻过几座山，就见一弯阔阔的水域。三弟说那就是江了。时间不足两个小时，我想在这历史阻隔的时间和空间上，有些事情原本其实是很简单的。

江边围聚着一群恐龙雕像，建于二十世纪八十年代，由某个美术院校学生雕塑。而真正的恐龙遗址却是本世纪初叶由沙皇俄国人发掘的，俄国人还盗走了两具完整的恐龙化石骨架，命名为"阿穆尔龙"，陈列在圣彼得堡地质博物馆。与聚集的恐龙群像对应，江堤上相聚着几堆活动的人群。

"看吧，一次一块钱。"守单筒望远镜摊的都是些老人，悠闲地坐在椅子上，大有"姜太公钓鱼，愿者上钩"之态。立在堤上，阔阔地望过去，虚虚的岸上，只有几座火柴盒大小的尖顶白房，防火瞭望塔式的哨塔，不见人影。"鱼们"就向"姜太公"移去。老人不知从哪个旧货市场换来的俄制高倍单筒望远镜，一下子把彼岸拉近了。眼前出现了托尔斯泰笔下的农庄，静静的木栅栏围着的房舍、草垛、拖拉机、花白奶牛，间或从白房子里走出来的一两个人影，娉娉婷婷穿着带背带裙子的捷沃什卡和雍容的玛达姆，一切都是那么平和、宁静。阳光，草地，树木，就连塔上坐在那里低头打盹的士兵，也凝固成了一幅风景。目光离开单筒望远镜，看水的这边，众多的船艇中，唯一的一艘小型炮艇搁浅在岸边的浅水里，两个脱去军装上衣的小伙子蹲在艇下洗衣服，如果不是穿着炮衣的炮筒，你会以为这是一艘闲置遗弃的游艇。一个阳光温和的中午。

午饭在嘉荫宾馆里吃到了鳇鱼，细细嫩嫩的爽口。开始我还以为是一盘肥肥的红烧肉，三弟的朋友夹到我的碟里，我还有些发怵。吃下去就想，二姨家的表姐真是掉到福堆里去了。

我们这日来得还算好，下午正有一艘游艇载些外地来的报社记者们去中心岛度假村沙滩游览。三弟的朋友和带队的说好了，我们就一同坐了上去，度假村距县城有十多华里。

游艇徐徐向江中开去，江风吹过每张被啤酒和阳光熏红的脸，恍惚的身体似乎和低飞的江鸟一起飞行，自由自在，随心所欲。江水湛蓝得透明，这是一条没有污染的江河，两岸默立着茂密的森林。游艇划过平静的江面，在主航道上航行，时而游弋向左侧，时而游弋向右侧。艇上的一位工作人员说："这要是在过去，对方就会升起旗帜，提出抗议了。"可是此刻，一切都像睡着了一样，静悄悄的，只有秋天的阳光快活地在江水里翻滚……

我立在船头，望着流金般的水面，沉浸在一种祥和宁静的氛围里。这真是一条神奇的河流，一江跨两洲，一条江像绸带一样把两个伟大的民族系在了一起。这里流淌着两种皮肤、两种文化。一边流着托尔斯泰、陀思妥耶夫斯基、屠格涅夫、普希金；一边流淌着孔子、老庄、李白、杜甫。两种文化在这里奇妙地汇合，源远流长。或许，原本平静的江水本该就这么平静地流过的……

傍晚回到岸上，匆匆赶去县城东十余里的口岸看看。其实口岸只是一座刚刚建好的大楼立在那里，由于对岸没有对等的城市，迟迟没有开通口岸。

站在落日余晖里，三弟望着空无一人的嘉荫口岸大楼后新推出的一条伸向江去的土道，说等口岸开通就好了。我明白三弟的意思，那时就不用站在这边向对岸做独眼窥探状了，就可以站到俄罗斯的土地上去看了。

故乡的河

    朋友王立宪用 E-mail 转载来诗人李琦新近在《诗刊》上发表的伊春之行组诗，其中有一首是写我的，《跟友人去看他的故乡》："学校的眼帘下，是汤旺河的流水/我甚至觉得那河水/早已知晓了他一生的命运——/当年，那个用树枝钓鱼的少年/……用在这里学会的/那些带着松脂香气的汉字/写出那么多故事……"静静坐在城里家中电脑前，我的心又一次被打湿了。

    一个人一生会见过、走过许多河流，可是最亲最近的还是故乡的河。那时这条河在孩子眼里很大，大得可以装下一座座青山，山的倒影就在河水里……童年的欢乐就像河水里激荡起的一朵朵浪花。

    我家最早是在这条河边上的苔青小镇，我是在这个小镇上出生并度过了无忧无虑的童年时光。每到夏天时，偷偷跟着大一点儿的孩子到河边去钓鱼儿，多半是给大一点儿的孩子看鱼食（地龙）和钓上来的鱼。大人是不准许我们孩子到河边玩耍的，有一次我和哥哥去河边第一次用玻璃瓶子捂鱼，捂到了好多小鱼，本想拿回家来给母亲炸鱼酱吃。可是母亲看到我俩挽着裤脚走回家来，把瓶子里的鱼都生气地给倒掉了。

    我清楚记得五岁时那个阳光灿烂的午后，是我当街哭得最任性最伤心的一次，原因是母亲不允许我跟着她到河边去。母亲和一些婶婶约好了结伴去河里捞蝲蛄（河蟹），我原本是影子一样跟在她们身后的，可是母亲一次一次把我撵了回去，我又一次次跟上来……最后她以她也不去了相威胁。母亲不让我跟着去，是担心孩子不小心失足被河水淹着。那河里每年夏天都淹死过人。河边的诱惑对我是那样强烈，看到母亲她们的身影走远，我觉得伤心失望极了。直到晚上母亲把捉的一脸盆蝲蛄端回来，在锅里用油炸得红彤彤给我们吃，在那个缺少荤腥的年代，这么解馋的美味叫我忘了白天母亲不带我去大河边的伤心。

到了秋天，父亲也会和邻里大人结伴坐船过河东去打山梨，河东的山坡林子里每到秋天，都会结满挂霜的山梨。那山梨被霜打过了，采回来吃到口里又香又甜。河东的山坡每到秋天成了我们孩子翘首企盼的地方。那"吱呀、吱呀"的船桨摇过来，满河面飘荡着一股山梨香味儿。清清的河水又把五花山色倒映在河里……山梨采回来，放在仓房里，会吃到上冻的时候。

在我十岁那年秋天，我们家搬到了这条河的上游汤旺河林业局，那时还叫东风林业局。"文革"后又恢复了原来的名字汤旺河林业局，因这里是汤旺河的上游发源地之一而得名。搬到这里时，我已上小学三年级，因到了一个新地方，和班上的同学都不熟悉，显得离群索居的，放了学唯一可去玩耍的地方就是大河边。真是山不转水转，记忆里我们家搬到小兴安岭最北部这么遥远的林业局来，还没离了这条熟悉的大河。这条河正好穿镇子而过，把镇子隔成了河南河北，河上有两座大桥。渐渐地，我同住在河边上的一个姓陈的同学熟悉起来，每每班上有男生欺侮我，这姓陈的同学总是仗义执言保护我，放了学我们一起到河边玩耍，一起谈论刚看过的电影和小人书。后来到四年级转校时，就和这姓陈的同学分开了，再没见到他，也可能他辍学不念了（他家境不太好）。总之，那以后我再没见过他，他家也从镇东头大河边上搬走了。

好在我转校的学校后面就是大河，和班上的同学也渐渐熟悉起来，也常和他们一起到河边玩耍，下河洗澡，不再像初来到这里感到孤独了。

去年的一个仲秋早上，我和我省著名诗人李琦、王立宪在故乡的河坝上散步，林区早晨里特有的白雾缭绕在哗哗流水的河面上和四周起伏的山峦间。空气清新，是城里没有的。这清晨里的白雾遮去了变得细瘦的河道和变得细瘦的山腰，让我的记忆变得顺畅，不再在客人面前变得难为情。小镇似乎还没有从如梦如幻的晨雾中醒来，有一两只狗和猫伸着懒腰从我们脚前悠闲地走过。在河坝下我读过的小学旧址前，我停下了脚步，注目打量那幢墙身斑驳的小黄楼。湿湿的河风吹来，耳边那"哗哗"的流水声，仿佛是我三十多年前儿时的童伴戏耍的喧闹欢笑声。学校紧挨着河边，一下课我们就会跑到河里去，渴了，喝一口清冽的河水；热了，来一阵"狗刨"；馋了，赤着腿掀开河石摸鱼、捉蝲蛄（河蟹）烤着吃。即使是河道封冻前，我们也会留恋在河边，折一根脆生生的柳枝，蘸着刚刚落下的清雪伸到雁翎水里去，去制作我们山里孩子发明的"冰糕"，咬一口嘴唇都冻得发青了。春天，汤旺河化开时，轰隆隆的冰排声叫我们在教室里再也坐不住了，跑到河边去看跑冰排，折刚出芽的河柳做"叫叫"（柳笛）吹。天再暖时，河滩鹅卵石上就会落满五彩斑斓的花蝴蝶……夏复一夏，这条河带给我们这些大山里的孩子多少快乐呢？

记得高考的当天早上，失眠的我站到河边上去，让一颗初尝人生艰涩的慌乱的心渐渐平静下来。后来我离开了汤旺河镇，无论是去山上当代课教师，还是到山外去上学、工作，每次离家，我都在与汤旺河做一次告别。坐在去山上克林林场代课的汽车里沿着这条河逆流而上，坐在去山外上学的火车里沿着这条河顺流而下，这条河都会一直默默地跟着我，目送着我，这条横穿小兴安岭南北麓的河流会一直把我送出山外去，这条河最终会汇入松花江口……

"我们跟着惆怅的友人/如同跟着一片被风裹到远处/已屡被刮伤的叶子/颤抖着回来，拜望从前的根。"如今已人到中年的我，每次探亲回来，都会到河边上去站一站，无论是晨雾缥缈在河面上的夏日清晨，还是白雪厚厚覆盖河面的冬日黄昏。一个顺着河走出大山，走到山外面世界的故乡游子，又顺着河走回来了，带着满身的风尘和疲惫。

河风洗尘，有时我会在想，童年拥有一条河，是多么的幸福啊。

回 山 里

我的家乡在小兴安岭北麓的汤旺河小镇。参加工作以后，一年一度的探亲假，依中国人传统习惯都在过年时回去。那会儿家乡被厚厚的白雪覆盖着，久而久之，夏天的样子便也在我的记忆里覆盖住了。偶遇夏日省城出差，办完事，我对同行的馆长说："我想回家乡一趟。"

"有事吗？"馆长关切地询问了一句。

我说："我想回去看看山……"

馆长同意了。当日我就买了北上的火车票。车在傍晚时分开出省城，打开车窗，先挤进来一些热闹的风，拂在每一张潮湿的脸上。夏时制天长，冬天回家坐这趟车，外面就黑得什么也看不见了，人坐在里面就昏昏欲睡到终点。打呼兰镇上来一群戴"师专"牌的女孩儿，叽叽喳喳说笑个不停。这时正有西天焰火燃进车厢，将她们的脸个个映得通红。

不知不觉一股清凉的风打湿了眯盹儿的脸。睁眼，外面活动着黛色的山影。车在吃力喘息。山影渐渐清晰：墨绿、碧绿、翠绿。中间又游移出一条白色晨雾飘带，侧耳细听，"哗哗"轰鸣，无疑是那条横穿小兴安岭山麓的汤旺河了。冬天像一条冻僵了的蛇，冷漠地盘卧在山间，一动不动。这会儿正喷出白雾，从河底流出碧绿的青山倒影。水转，山也跟着转。车厢里播着《谁不说俺家乡好》，说笑了一夜的女孩儿，这回又跟着轻声哼了起来。

林区的站名都很美，桃山、西林、白林、苔青、美溪、伊春……绿色的车厢与绿色的山峦融为一体，如一条绿色的长龙在山间、林丛中蠕动。车一直寻到汤旺河的源头，就到了我的家乡汤旺河站了。

我是悄悄走进家门的，想给母亲一个惊喜。屋门敞着，却不见母亲的身影，母亲生性不好走动，平时很少去邻居家串门，我想大概去前院三弟家了。前几天接到家信说三弟媳生了个小子。只是觉得奇怪，大嫂生孩子的月子里，母亲一次也没有去看过。母亲曾在我面前叹息过："摸弄孩子摸弄够了。"母亲生了我们六个，打我记事起母亲就一直体弱多病，生小妹时大出血差点儿过去。望着母亲刚过五十就花白的头发、又瘦又小的身影，我时常想，如果那时计划生育，母亲就不会衰老得这样快了。

近午，母亲果然从三弟家回来，看见我愣怔了一下。我说："没做梦吗？""谁会想到呢，谁会想到呢。"我说："这是有了孙子，忘了儿子呀。"小妹也下班回来了，帮我"抢白"母亲："可不是，整天守在她小孙子那儿。"我发现母亲的气色很好，身体也胖了些，不觉心里一阵暗喜。

见我第二天要上山，母亲疼爱地说："也不歇歇，山有什么看头，也不是没看过。"说归说，母亲还是找出一双雨靴叫我穿上。刚下过雨，露水大，再者也防蛇。

冬天上山，山很苍白、单调。光秃秃的南山坡被很深的雪埋没着。雪窝里开出几条冰硬的爬犁道。整个冬天，家家都能堆起一道高高的桦子垛。

小妹说："现在没有人再上山拉爬犁了。"我略感诧异，小妹又说："现在都开始烧液化气了，听说还是在你们大庆拉的呢。"我心里一亮。热热闹闹丰满的绿色山坡上，被伐过的树墩旁新长出了胳膊粗的小树和野花、野草连成了一片。远远望去，大山像一位早年过于劳累的母亲，正一点一点恢复她的青春。

临走在大哥家吃饭。大哥鼓动我说，再待两天，到原始森林看看，并说他给找车去。早就听说有原始森林自然保护区了，是给后人展示森林本来的样子，还是给后人一种启示留念呢？我很想去看看，但只请了三天假。

上了火车，小妹在车窗外神情恋恋不舍地问我一句："二哥，还什么时候回来？"我开玩笑似的回她一句："大约在冬季吧。""还是夏天回来吧，到五营原始森林去玩玩儿。"小妹说。

此刻，我心里正遗憾没有到原始森林去看看。"一定！"我心里默默地说了一句车就开动了。

山里和山外的世界

从小生活在山里的孩子，对山外的世界充满着一种本能的幻想。一个人精神世界里的向往也大致是这个样子的。

我的家乡在小兴安岭北麓的汤旺河边上。我一九六一年出生在那个被绿拥抱的小镇里，它有一个诗意的名字——苔青镇。童年给我留下了许多的梦，唯有一个梦是缠绵不断懵懂不醒的。小时候很愿意看戏、看电影，戏和电影在我们那个小镇上却很少。五六岁那年冬天，镇子上的一个驻军连队排演《白毛女》，镇上的大人们把一间食堂大小的礼堂挤得满满的。我们小孩就冒着被踩伤的危险，从大人们腿脚缝间挤到前面去看，场场不落。

回到家里，还不过瘾，就把自家的火炕当台子，自编自演了起来。唯一的观众是母亲，常常是在母亲做晚饭前这段时间"演习"的，父亲下班回来吃饭就不敢了，因为我的拙劣演技会带起炕上的尘土被父亲和饭一起吃掉的。

那一年冬天是腊月二十四的傍晚，我记得非常清楚，家里的炉子叫母亲烧得很旺，火炕也烧得很热，母亲在炕沿上放着面板擀面条。那一天是大妹的生日，我在炕上开始"演戏"，是刚看过大人演的《白毛女》。观众只有母亲，母亲揉好面去厨房拿擀面杖的工夫，正蹦蹦跳跳达到忘我境界的我，一脚踏空从炕上摔到了地上。我当时只是想到不能叫母亲看到我的这个"失误"，因此没有趴在地上装狗熊，而是很快从地上爬起来又回到了炕上，着地的右胳膊一动不敢动地擎着了。

母亲进屋来，看到停演的我老老实实坐在炕角上，觉得奇怪，就叫我到炕头拿笤帚头给她。我夹着不敢动的右胳膊用左手拿过来，这一下终于叫母亲看出了破绽，我疼得泪也跟着出来了。

第二天父亲领我去了伊春医院，照了 X 光，一看锁骨摔断了。医生和父亲都惊奇我当时的"刚强"。我却有苦难言。整个腊月和正月里，我都老老实实待在炕上，喝一种很苦的汤药。过年小伙伴都到外面去玩儿，我只有老老实实待在家里。不用说母亲也剥夺了我表演的"才能"，出于一个母亲对孩子的保护，就像许多年后，高三的我面临高考，母亲不得不把我着迷租来的大部分"闲书"没收一样。

"蹦蹦跳跳"的表现欲望由外部转向了内心。上初中时，班上的语文老师留了一篇作文叫《我和雷锋叔叔比童年》。当时许多同学交上来的作文模仿报纸上的文章。我的作文是这样开头的：一群鸟儿从天空飞过，我们就像鸟儿一样自由地飞翔在祖国的蓝天下……不用说这样的作文在班上有种独树一帜的味道。教语文的宋老师把我的作文在班上当范文读了。这是我最早对作文发生兴趣。

一九七七年恢复高考，学校开始真抓起学习来。上高三分了普通班和重点生小班，我被分在小班里。教我们的语文老师叫李玉生，据说是从北京下放来林区的。李老师常把我的作文拿到课堂上做范文来读，几乎篇篇都是，达到了偏爱。而我的其他科目如数理化则糟糕极了。记得在进入小班的考试中，我的数学一科得了几分，这让我好长时间从心里到脸面都觉得在同学面前抬不起头来。唯一能抬起头来的就是作文了。而班主任又恰恰是李老师，这才使我能够在小班的板凳上坐下来，而没有汗颜如偷儿地溜回大班去。李老师每次读完我的作文，还总要数一数页数，我每回作文都写得很长。数完了就说，这要是有稿费，会得很多钱的。这才知道了写文章还有稿费一说。一次，全区高中作文竞赛，我得了第一名，得到了一支钢笔和一纸奖状。从此便做起如此这般晕晕乎乎的文字梦来。

后来我参加了工作。多年后，我离开了故乡，离开了那个小镇，梦里却常常出现那片森林，那片生我养我的山山水水、草草木木。总觉得该写点儿什么，才对得起那片有灵性的绿色世界。

高中毕业那年，我被分配到山上林场当代课教师。那是个远离城市的大山角落，大山阻隔了人们与外面世界的交往，生活在沉闷和单调中缓慢地向前迈进。课余闲暇，我却常看见一个姓张的老师虾米一样伏在桌子上写稿，一笔一画刀刻一般的仿宋体字一丝不苟。时间久了才知道，他是在给地区日报写稿子，写了，投了，却总不见回音。但我却由此知道了什么叫投稿。

后来我考学离开了山里那个林场，一个比我小不了几岁的女学生问我："王老师，你还能回来吗？"她知道我去山外上学。她的话叫我一时语塞了，不知怎么回答好。抬眼望着一座一座连在一起的密不透风的大山，心里空落落的。这段生活在我心中徘徊不去，由此让我写成了一篇小说《代课教师》，后来发在《北方文学》头条上。

小时候幻想的是山外面的世界，大了以后，走进城里常常想起的是山里小时候的事。我不知道山里和山外面的世界在我的生命里孰重孰轻，我只知道没有童年山里世界绿色的滋养，我是无法走到山外面的世界来的，就像一条流入江河的清澈小溪，它的源头只能是一眼山泉。

走向克林

  电视里播出《北京人在纽约》的时候，我走向了克林。十三年前我曾在小兴安岭北麓的那个偏远林场代过课。离开那里时，从没想到过何时要回去看看。或许是在城市生活久了，或者是城市弄得人烦躁了，才想起它来。

  林场其实早已不是林场了，还是在念高中时，那里就连年发生山火，将原本茂密的山林，一点一点烧稀了，就变成了多种经营的农场，后来有一段时间干脆把那里的地名叫克林防火站了，可见山火之频繁。作为一名学生扑火增补队员，第一次来到克林就没有留下好印象。颠了近一天的路，跳下解放汽车厢板，嗓子干渴得要命，接过当地老乡递过来的一碗"浓茶"就喝，顿时五脏六腑差点儿呕吐出来，这根本不是什么茶水，这就是当地的饮用水。晚上看慰问队放映电影，看一半儿就停了，场里的小发电机坏了。两年后高中毕业去那里代课，纯属一种无奈的选择，好在不到一年就上学走了。

  几年前回汤旺河父母家探亲时，大哥（当地林业局组织部长）对我说，他们局李副书记到山上克林去检查工作，看到学校设备简陋、师资力量差时，陪着的校长插言道："你别看我的条件差，我们学校可出了作家的。"也热衷于舞文弄墨的李副书记引起了兴趣，问："谁?"校长颇有点儿自豪地说："就是在我们这里代过课的王鸿达，他写了一篇小说叫《代课教师》。"回来李副书记向大哥对上了号。我听了很感动一阵，我没有想到那里还记得代过几个月课的我。我不知道那里的人是怎么看到我几年前发在《北方文学》上那篇小说的，在我印象中那里看一张报纸都是非常困难的。感动之余也萌生了想回克林看看的想法。

　　和十三年前去代课的那个秋天一样，也赶上了个阴雨连绵的天气。车却好得多了，一天一趟的长挂客车。我代课时往山上跑的车是解放车改装的"大篷车"，一周也没准有一趟。在车上，当初和我一起在克林代课的李连生（他现在是地区一所小学的副校长）对我说："现在，再也不是'一公里十蹾（吨）了'。"果然，车行驶平稳不颠簸了，而且不到三个小时就到了。车在二十四场部停了下来，往前去还有二十六和二十七居住点，就不通车了。那会儿，我先在二十四教了几天小学，后又转到二十七防火站教中学。现在二十七没人家了，由逊克县引库尔滨河水在那里建成了一座水库，我们代课住过的学校小房正淹没在水库中央。当初一个叫王树森的代课教员想自杀，爬到房前的杆子上摔折了腿。现在都一片汪洋不见了。水库一建成，克林再不吃浑水了，也有了长电。十几年工夫，烧过的山坡上又长出了桦树林、柞树林，将百十户人家掩映在绿树中，不少人家房前养着木耳椴。我想，要不了多久，克林还会变成林场的。

　　先去了李维国家，当初十几个人来代课，用李连生的话讲，就把他一个人扔在山上了。李维国娶了一位副场长的女儿做媳妇，就留在了山上，也不教课了，做了场里民政助理。李维国是真正发福了，胖胖的身躯立在自家的菜园子里，眯缝着眼望着南山坡，身后跟着一条摇着尾巴的半大黑狗。雨后的夕阳斜斜地披在他和狗身上。瞅这景象，谁都会瞅出一种悠然来。

　　身在这里，我以为我会忘掉城市。当晚坐在李维国家的炕上，看着雪花条纹不断的彩电，在影影绰绰露出王启明摇摇晃晃在纽约街头骂街的画面时，城市的噪声和图像一下子又向我涌来。李连生他们几个借着酒劲发泄着单位和家里的种种不幸……那时的夜晚真静啊，大家批改完作业，在灯下争着传看《第二次握手》的手抄本。《第二次握手》在当时是禁书，可在克林这个地方就用不着偷看了。每晚八时发电机准时停电，大家就余兴未尽地在黑暗里议论着，往往是很晚才美美地睡去。黑暗竟也是那样的美好。是电视把克林变得与外面的世界同步。恍惚中，觉得这世俗的世界没有一块净土了。唯有李维国还坐在那里默默地喝着，对电视、对议论视而不见，听而不闻。他女人贤惠地提着茶壶续上来一杯又一杯的茶水。直到几人说累了，躺下了，夜里才真正消停下来。

小学校还坐落在那片白桦林中，原来的土坯房换成了砖房。老师换了几茬子了，大多是十七八岁的女孩儿。山里的女孩儿没有经过城市的污染，显得淳朴。见到我们时有点儿拘束。倒有一清秀女子大方地搬过木椅叫我们坐。问她，姓李，是今年刚从伊春师范学校毕业的。同小李老师唠起来，小李老师说同她一起师范毕业回来的都分在山下地区学校了，还有不少新招的代课教师也留在山下地区了。小李老师说这很不公平。我听了语塞了。十几年前我们又何尝不是同她一样的心情呢，招考老师时，分数低的倒留在地区了，分数高的却分在了偏远林场。那时我们也把地区看成了天堂，把克林看成了地狱。十几年过去了，我能把现在这份感觉说得清吗。城市里未必就是天堂，山野乡村未必就是地狱，就像纽约对王启明来讲并不适合一样。

记得有一年夏天到苇河林业局一个偏远林场开笔会，省内一位女作家对那里的几个文学爱好者讲："这里是培养精神贵族的地方。"我相信我当时是理解了她的话。时下城市人下海经商炒钱炒生活炒得人心烦意乱的时候，山里却多了几分远离尘嚣而显得有些奢侈的宁静。

城市的浮华有如一个爱慕虚荣的浅薄女人，充满了功利欲，山里的幽静却如一位看破红尘的高人，致远而淡泊名利。

离开克林时，貌似弥勒佛的李维国把我们送上车。车开动了，李连生想起几天来李维国的热情款待，对我说："有机会跟你大哥说说把他往山下调调。"我一直望着窗外的山，傻傻地回了一句："为什么要往山外调呢，这不挺好的吗？"作为一个城市的逃亡者，那时我还在想着什么时候再来山里走一趟呢。

回望克林

　　我不知道我是不是算下过乡，因为我到小兴安岭汤旺河林业局（原叫东风林业局）克林林场代课那段岁月在我的履历档案中并没有记载。没有记载是为了当时调回地区方便而没有把户口等一些相应关系落到山上去。后来才知道这是个错误，因为若干年后上过山下过乡的职工干部开始算工龄。我的工龄却无法再从那时算起，我的那段上山代课史从人事部门掌握的档案中永远地抹去了。可是它会从自己的心灵中抹去吗？印象中，一九七八年也许是最后一批应届毕业生上山下乡了，因为在这之前之后的知青们都陆陆续续返城了。

　　那年我十九岁。时间又过了十九年，一九九八年夏天，我的第一本小说集《遥远的羊草》出来后，我给汤旺河（区）林业局主抓文教的副书记打电话，说我想回克林一趟。他说："你来吧，非常欢迎。"在这之前有年春节回家探望父母时我已同他打过招呼，说等我的这本书出来后，我要赠送给克林林场的老师们每人一本（因为这本集子里收集了部分描写克林那段生活的小说）。他点着头，很不客气地说："这是应该的。"从他八年前第一次在《北方文学》上看过我写的那篇小说《代课教师》时起，他就像我一样牢记了那个地方。这位副书记是我的大哥。

　　坐了一夜的火车，第二日从汤旺河山下地区往西克林去，坐的是当地广播站一辆面包车。路还是那条路，却好走平稳了许多，再也不是从前"一公里十蹾（吨）"了。路两旁的林子似乎还是那么茂密，绿绿的枝叶不时从车窗前划过。想当年我们每次回地区都坐的是敞篷的解放卡车，人站在车厢外面，树枝横扫着头、脸。跟我一同上去的还有当年和我一起在克林代课的李连生夫妇、王庆忠夫妇，他们两对是我们知青代教中最早恋爱结婚的，如今都在地区中学里教学。有一回放假我们坐着敞篷汽车回家，山上的路有一段被雨水冲毁了，汽车绕道跑了一夜，我们几个站在车厢外面说了一夜的话，天亮后才回家，竟然一点儿也不觉得困、累。

让我有点儿惊讶的是，陪同我的当地文体科长老曲竟然也是一位到克林下过乡的老知青。他是最早一批来的，一九六八年。"一晃三十年啦！"年近五十的老曲摇晃着有些谢顶的脑袋说。我想他当年刚到克林时也和我们到克林时一样，也是一个小伙子哪。他向我们讲起了克林最早的一些事情，说克林最早只是个防火站，没有几户人家。而大部分山火则是由当时还过着游猎生活的鄂伦春人引起的。他们在山林子里烧火做完饭后，就拔灶走了，剩下的余炭被风一吹，就引着了林火。还讲到鄂伦春人喝酒，客人到家有多少酒就摆到桌前来喝，喝完拉倒，不准剩也不准现出去弄酒。我第一次喝酒就是在克林代课时学会的。路上，我注意到李连生爱人李桂华一直在低头看着我写克林的小说，她的眼圈有些发红，时而抬头向窗外注视着。毕竟有相同的经历哪！那个跟随采访的区闭路台记者悄悄端起摄像机。面对他的镜头，我记忆的镜头也拉开了……

老实说，十九年前我去克林代课去得很犹豫。那年高中毕业后我也参加了高考，对于能不能考上还是个未知数，如果考不上还得到青年点去。犹豫了几天还是想先到山上林场代一阵子课再说吧。走的那天是个雨天，在商业部门工作的父亲找了一辆往克林去的送货汽车，叫我搭了上去。跟我一同上去的还有一个高我两届的女知青曲秀华。我俩躲在堆满货物的车厢板里，蒙头顶着厚重的帆布。雨水透过帆布洇湿了我们的衣服。曲秀华原来在别的青年点采伐木头，刚刚考上青代教，这一命运的暂时转机使她很兴奋，一路上不顾冰凉的雨水溻湿身子，同我喋喋不休地说着话。我却很少说什么，心情就像那个阴霾的雨天，充满了犹豫和迷茫。后来才从别人那里知道，曲秀华有着很严重的肾病，好在她到克林不久，就被一次大庆来伊春招工招走了。十九年前，那个雨天上午坐上的运货车，到了傍晚才到达克林二十四场部。下了车，场部那栋低矮的黄泥巴土房前，一片泥泞。老场长正带人在地里忙着抢收麦子，没人接待我们。进了屋刚喘口气喝口水，又吐了出来。原来这里的水是又腥又涩的"黄汤水"。吃晚饭时心情才稍好点儿，食堂吃的是犴肉炒圆葱加上黑面馒头。晚上安排我在场里知青宿舍住下。这是一栋刚盖好的平砖房，窗户上还没上玻璃，只钉着塑料薄膜，夜里的山风"呼呼"吹动着……从远处传来收麦机的轰鸣声，收麦子的知青往往要干到下半夜。我一个人躺在空荡荡的大铺炕上，久久不能入睡，陌生、恐惧、孤独。

在二十四场部小学校教了两天的课，那位隋校长就打发我到二十七防火站学校去教课了。说那里有中学班，在这里教小学有点儿委屈了我。真实的情况是，他已从别的青代教那里知道我考代教时分数最高，怕我取代了他。当时我也没有多想什么，背起行李就向二十七开拔了。

从二十四到二十七防火站学校有十来里的路程，雨天道路泥泞，我走了差不多两个小时。到了那里，李连生他们已经到了，只是学校还没有开学。从防火站再往前走一点儿就到逊克县境内了。因此这里更偏僻、寂寞。分到这里来的都是男老师。我们几个男老师住在校园旁边林中一间打更人住过的小房子里。白天出去教课，晚上就弹弹放在外间的那架脚踏风琴。八点过后发电机停止发电，我们就爬上炕去睡觉了。能看场电影是十分幸福的事。记得我在山上待的三个月只看了两场电影，记住了两支插曲：《夫妻双双把家还》《九九艳阳天》。早上、午间我们在操场上比着嗓子男伴女声吼……倒也开心了几日。

不过，从我们到克林的第一天起，我们的心底里就一心一意想调回去。九月初，那里就结冰上冻了，我们每天早上要砸开泡子冰窟窿打水洗脸。后来又发生了一件学生家长打我们一同来的姓杨的男老师事件，更加坚定了我们调回去的决心，只不过我们表面不说罢了。头一次发工资，一下子开了两个月的工资，正逢国庆节放假，我将工资捎回家里。还有我也想打探考学有没有消息，这也是我下山去的另一个原因。

重新回到山上不久，我考学的录取通知书来了。我走得有些不好意思，谁也没告诉，就一个人背着行李，搭上一辆去二十四场部的牛车走的，到那等回去的敞篷汽车了。

离开克林十九年后，我只在一九九二年回去过一趟克林。在城市工作、生活久了，人不免变得浮躁起来，特别想回从前待过的林场去走一走、看一看。那次是在李维国家住的。我们当初一起上山来代课的只有他留在了克林，他妻子曾经是他教过的一个学生。当晚李维国去库尔滨水库给我们抓蛤蟆吃。克林防火站已引库尔滨河水建成了一个大水库，主要用来发电。二十七的人家已搬到二十四来。我很想到水库去看看，李维国找来厂里的解放汽车，由于天下雨车开到中途就打滑停住了，我想着等下次来再上水库看看。一晃就六年了啊！

当初要跑大半天的路，现在不到两个小时就跑到了。见到李维国时，他已做了场里会计，人也发福了。刘场长打发他去叫学校老师，我们坐在刘场长宽敞的办公室里等了起来。这位刘场长也是我们一届的同学，后来到这里当场长的。从他身上可以感受到这里与山外不再遥远：他办公室装潢一幅放大的风景照片壁画，他手里用着手机，自己还开着场里那部城市猎人吉普车。

等了半天，李维国才找来两三个现在的老师，我都不认识了。有一位姓纪的男老师是去年刚师范毕业分到这里来的。小伙子很年轻，看上去不足二十岁的样子。大部分场里的教师则由于放暑假而回山下地区了，这是我没有想到的。

"他们为什么不把家安在山上呢？"后来我知道我问了一个十分愚蠢的问题。不过当时我却真实在想，这里的生活条件比我们当初来这里时好多了。由于建成了水库，住家有了长电，也吃上深水井的水，路好走了，与山下的距离也缩短了。还有什么理由使生活在这里的人们迷恋山下城中呢？

"安家？这他们还整天吵吵要往下调呢。"刘场长摇摇头说。

把书赠给他们，我们坐下聊了起来，在谈到这里的条件比当初我们来时好多了，为什么不愿留在这里时，那个姓纪的男老师对我说："王老师，恕我直言，生活不是小说，如果要是我，我不会像你小说中描写的那个理想主义女主人公那么去做，这里太闭塞了。"

我一顿，而后点点头："你说得对，理想永远是理想。"

中午刘场长很盛情地款待了我们。有昨天他刚在野甸子上打到的野鸭，有从库尔滨河捞到的新鲜鮎鱼。这恐怕是城市中难见到的"绿色食品"了。吃完饭，我想起此行还有一个心愿，就是到二十七水库坝区去看看，那里是我当年代课的地方。就把这想法跟刘场长说了。

"上去的路翻浆，车开不上去。"刘场长说。

"还看什么呀，我们待过的学校校址已淹没在水库中央了。"李连生喝得脸红红地说。

很遗憾，这次我又无法回二十七看看了，坐在下山回去的车里，除了遗憾外，我还有一丝淡淡的失意。就像在回去时，从电视里看到中国申办二〇〇〇年奥运会没有成功一样。

秋天和友人去小兴安岭

　　我很少在秋天回山里去，多是在冬天，过年回去和父母团聚，再不就是在夏天，女儿放暑假了，带她回去看看山、看看河。小时候看秋天的五花山并没有特别强烈的印象，只觉得山一变了颜色就该落雪了，再也不能成为我们孩子玩耍的天地了。儿时特别喜欢春天的山和夏天的山。

　　早些年回山里去只有从省城中转一趟夜间行驶的慢车，没等进山天就黑了，是看不到窗外的风景的。现在随着山里旅游热，省内开通了一列旅游临客。我们就是坐这趟旅游列车进山的。同行的是两位诗人，省文学院长李琦和大学中文教授王立宪。我们相约在省城车站会合，一上来车厢过道就站满了人。好在我们补了卧铺票，这样可以安静地去看窗外的风景了。

　　车过呼兰，窗外在变幻着秋天的风景，一大片一大片金黄的田野里，能看见农民收割的身影，被割下来的稻谷被整齐地码成行摆在田垄上，像一行行诗行。从窗外款款吹进来的风带着一股浓浓的秋天味道。坐这样的列车进山是适合旅游的心境的，几乎所有的小站都停。过了铁力就算进山了，山里的小站名都很好听：桃山、神树、带岭、绿潭、金山屯、白林、美溪……车窗外绵延的山峦，绿色中透着渐黄渐红斑驳的色彩，一条蜿蜒的河流从山谷里流出来，这就是那条横贯小兴安岭南北的汤旺河。立宪兄曾为它写过一首诗。我叫他坐在边凳上往外看，并说这条河会一直跟着我们到达终点站的。果然汤旺河随着逆行的列车在山峦脚下若隐若现，时而舒缓，时而湍急，直到暗下来的夜幕遮去了它的身影，立宪还在大睁着眼睛向车窗外注视着。

绿皮列车一过白林站，我的心口就"怦怦"跳了起来，下一站地是苔青。我是在这个小镇出生的，父亲十九岁从山东来到这里，在小镇商店里当一名会计兼店员，后来母亲也从山东老家来到小镇当了一名店员。我九岁时我们全家搬到了小兴安岭北边的汤旺河林业局去。以前在外上学放寒暑假回来时每次坐车路过这里，我都会站到门口向外打量一眼。车在这个小站只停两分钟，卧铺车厢门没开，我颀长的身子穿过卧铺车厢、餐车车厢往硬座车厢门口跑去，立宪也跟在我身后奔跑。"你要下车吗?"男列车员要关上车门。我摇摇头。"没啥好看的。"是的，夜幕已完全笼罩了小镇，模模糊糊什么也瞅不清。站台上微弱的灯光只能看清站牌上的"苔青"两字。不过这样也好，每个人的心底里总有一个地方让你不敢轻易触碰。

列车又接着往下一站开动了，过了两站就到了伊春车站。不用打手机，大哥亦即是伊春市政法委副书记已迎候在出站口了。他在安排我们下榻的宾馆里为我们接风，来之前我叮嘱他不要太张扬了，他没有找相关的官员，只找了一位陪酒的私下朋友。此人我以前回家见过，他是我家林业局有名的猎人外号叫"二老滕"的儿子，如今早已禁猎了，子没承父业，他在城里独自闯荡倒腾起皮毛兽脚，我们戏称他是"城市猎人"。"城市猎人"早已不动声色地瞄准了目标，我们三人里只有立宪兄稍有些酒量，可是一身书生气十足的诗人哪里是猎人儿子的对手，三大杯白酒下去后，他醉得一塌糊涂。第二天早上醒来还在呕吐不止，坐在去嘉荫的车里头还在晕着，我后悔昨晚没替他挡些酒来，让他一路错过了不少好风景。

来之前，李琦就跟我说很想到黑龙江边看看。这个边境小城紧邻我的家乡汤旺河林业局。以前从市里到嘉荫要四个多小时，现在伊嘉公路修好了，小车两个多小时就跑到了。大哥的司机小黄车开得很稳。晴朗的秋阳下，越往北走五花山色越浓了，逶迤俊秀的山脚下那条和我们告别了一夜的汤旺河又不失时机地露出清澈的脸来，山傍水，水映山，让这秋天的山色变得如此生动。新修的公路穿过汤旺河两个外围林场，这里林密树干粗大，以前在家时这两个林场由于靠近边境线，就取名叫卫东林场、反修林场，现在都恢复了它们原来的名字。八场叫守虎山林场，据讲这里以前是老虎出没的山口。再往前走嘉荫境内也有一个山谷路口，通向茅兰沟，当地人叫"猫狼沟"，以前这一带是野狼藏身的山沟。

离县城还有十来里地远，嘉荫县的政法委书记金立冰和老刘、小朱就等候在一个路口上了。他们先带我们去参观了恐龙地质公园博物馆。以前来嘉荫我就知道嘉荫县境是黑龙江最早出土过恐龙化石的地方，可是我没想到嘉荫会把新建的恐龙博物馆建在当初挖掘出土化石遗址的龙骨山上，并且这个荒郊野外的地质公园建得相当有创意。偌大空旷的地质公园内，卧着一具巨大的仿真恐龙骨架，在恐龙骨架的边上雕塑着几十位中外已故和健在的地质古生物学家的青铜雕像。据年轻的女讲解员讲，这在国内是首创，为中外已故和健在的不同肤色的地质学家做雕像群，这体现了人类一种共同的尊重。空空的一阵清风吹来，抚慰着一丝心灵的感动。空旷的广场上只有我们几人寥寥的身影，即使是双休日，这里也不会有多少参观者的。在都市文化成了经济效益的代名词，而在这边地小县城文化却回归到应有的尊重的位置。走进独具匠心的圆形博物馆内，感官触摸到了亿万年前的恐龙时代，那具镇馆之宝几年前挖掘出来的恐龙化石骨架静静地安卧在地下一个圆形展厅内。我和李琦、立宪都是第一次在挖掘恐龙化石的原始地参观恐龙骨架。站在这座颇具现代化的展馆里，让我们嗅到了几亿年前生生不息的气息。

驱车赶到县里时，县城也与我几年前来这里时大不一样了。整齐的街道两旁新建了不少楼房。中午我们在江边就餐的商务大酒店就是新建不久的。不知是不是善解人意的金书记的有意安排，从我们就餐的楼上单间宽大的窗口望出去，就能看到阔阔流动的黑龙江，一江秋水向东流，两岸是旖旎迷人的金色风光，颇有些欧陆风情。

李琦端着白桦汁饮料动情地说："真想跳到江里去游泳。"金书记好客地说："等你在夏天来时我陪你游江。"这个季节江凉了，饭后到江边去散步，尽管阳光很好，可是还能感觉到江风的阵阵凉意，几只白色的江鸥振翅从平静的江面划过……

下午去保兴山哨所参观，我随作家采风团也到过不少黑龙江沿岸的瞭望哨卡，可这么"天然"的哨卡我还是第一次见，它建在江岸一处几百米高的陡峭山崖上，崖上是密密的树林。这个季节五彩缤纷的树叶正像天然的"迷彩服"遮蔽着这个石屋瞭望哨卡，对岸下边是一个俄罗斯村庄，高倍望远镜望过去，很少看见村庄里有人在走动。执勤的战士有一个是李琦的老乡，家是哈尔滨的，李琦就站在野葡萄藤的红叶下与这个唇上还没长出绒毛的小战士攀谈了起来。一只小白狗引起了我的好奇，排长陪我们上来时它就一动不动蹲在望远镜支柱架下。士兵说它是他们巡逻时捡来的，以后就再也离不开哨所了。他们开玩笑说，它一心想当兵（军犬），可自己身高又不够。从密林高处的哨卡下来时，听上尉排长说这里一到冬天遇到大雪封山路时，哨所有时一连半个月都吃不上蔬菜和豆油。层林尽染的山色顿时让我们失去了刚才挺浪漫的想法。像他们这样大的城里孩子也许还在父母怀里撒娇。那个哈尔滨籍的小战士打算服役期满后报考军校。在哨所通向山下去的沙石路一处拐弯处，我们站下与山谷里的白桦林合了影，那一排排耸立在身后的白桦像不像一排排挺立的战士可爱的身影呢？

夕阳中，我们从县城出来，十几分钟后我们来到江边上一个叫永发村的小村子。暮色中一走进村子去，袅袅的炊烟中透着一种宁静，牛哞羊咩，一股边地苍茫气息扑面而来。这个小村子好像早就在梦里和我们熟悉过了。走进吃饭的这家农户院子，木栅栏大门上挂着一个很朴实温馨的标语牌，院子里一个大婶很热情地招呼着我们，后院牛栏羊栏里圈着一头牛和几只羊。这家农户的房后就是江沿堤坝，我们三人走了上去。一群散放归屯的牛从堤岸上走过来，牛群过后，闪出一个满头银发却眉眼明晰、高鼻梁的村妇站在坝上与一个村邻聊着什么，这是个混血儿村妇。看见我们走上堤坝，她很和善地与李琦搭起话来，她告诉李琦她母亲是俄罗斯人，五十年代中苏友好时她父亲到江那边干活，把她母亲带过来的，她母亲一共生下八个儿女。可是她母亲再也没有回过江那边去。说起现在，这位大婶说她后悔当初没有跟她母亲学点儿俄语。

橘红的夕阳余晖正要从江面收走，我和立宪迫不及待地跑下印着牛蹄印的堤坝来，李琦在跟那混血老妇人一边聊着话（手里还拿着小本在记着什么），一边还眼望着江面追随着我们下去的身影。江水缓缓地平静流过，暗红的夕阳渐渐沉入江底，让这江、这村平添了几分安详的韵味，裸露的泥沙岸边是形态各异的榆树和柳树，这些野生的树一律按江风的风向倾斜着苍老的树身，仿佛在诉说着大江的原生态，和这样一个古朴的小村是那样的和谐。

　　李琦跑下来，我们都一道惊叹这里宁静和古朴自然的美。

　　喊我们进屋吃饭了，朴实的农家住屋，地道的苞谷小烧，还有那个酷似濮存昕的金书记为我们一天周到的安排，让我们破例多喝了两杯。

　　在这样一个小村和这样一个秋夜，我们和黑龙江告别了。

　　当晚我们赶往一百多里外的汤旺河林业局去，轿车在夜幕下的莽莽林海中穿行。一轮皎洁的月亮始终挂在林梢头跟随我们前行。再有两天就中秋节了，疏朗的月光下，车过守虎山林场不远时，我和大哥的目光不约而同地望向窗外公路旁山坡林丛里，寻找起我们曾经种过的土豆地来。记得有一年秋天，我俩跟二姨夫一家到山上来起土豆，二姨夫是汽车队的一名铁匠，每次跑这么远的山上来种土豆、起土豆都是他找认识的运材车搭车。那年秋天土豆起完了天就黑了，二姨夫站在路旁截车。可是半天也没见拉原木的长挂解放车过去，天黑下来蚊子也櫭上来。天黑下来以后这一带常有黑瞎子野狼出没，我们又着急又害怕起来，在路边笼起了火，漆黑的林涛声中似乎能听到狼的嗥叫声。不停在往火堆里加柴，快到半夜时才过来了一辆大客车，二姨夫不管不顾站到路中央把车截了下来。原来这是拉林业局宣传队到山上林场演出回来的车。司机叫我们上去，并帮我们把土豆袋子搬了上去。我和大哥又困又饿，上去就趴在土豆袋子上睡着了。车并没有直接开到林业局去，而是又转到下边一个林场演出去了，等回到家里时已是第二天下午了。母亲担心坏了，打那以后母亲再也不叫我俩跟着到这么远的山上来种地了。

　　现在路好车好，一个小时就到汤旺河了。在宾馆安排李琦、立宪住下后，我走回家去住。来时并没有跟家里通电话，一是不想惊动他们，二是也想给他们一个惊喜。月亮引着我回家，汤旺河小城夜晚也变得十分的漂亮了，街道两旁和河道两旁灯火通明。

走过熟悉的区政府前广场、我的母校区一中石头楼后、区电影院（现在叫文化中心），就来到了大桥头南侧的一片住宅楼区，父母年纪大了以后，我们兄弟几个给父母买了楼房，从原来山坡下的老房子（平房）搬到这里来住。我走到父母家的单元门楼下，这个时间他们还不能入睡，我按了按门铃。"谁呀？"是父亲苍老的声音。"……我是鸿子。"我的嗓音也有些发颤。"哎呀，鸿子——"音盒里传来父亲的一声惊喜。

进了屋，父亲和母亲看到我招呼也没打就回来，都很惊讶。父亲去年脑梗医治好了留下的后遗症，让他右手和右腿行动起来还有些微微不便。母亲的睡眠不好，让她眼皮有些浮肿。不过她还像从前那样，每次回来都有说不完的话唠叨给我听。

不过他们听说我这次陪客人回来的，第二天吃过早饭后，他们就叫我过去陪客人了。我也想大哥原来在区里工作过，这次回来肯定会有不少人去看他，我就过去了，到了宾馆看到不少人围在大哥房间里说着话。我就带李琦和立宪顺着宾馆后的堤坝沿着汤旺河边散散步。

他俩也想顺着河边走走，上午安排去石林参观，我就叫大哥他们的车在汤旺河上游大桥头等我们。

边顺着晨雾缭绕的河堤走，边向他俩说起一些小时候的趣事，不知不觉一个早上愉快的时光度过得很快，走到河上游来，看到大桥头上大哥和区政法委书记孙永彪他们已等在那里了。来汤旺河林业局，石林是必须要看的。

我的家乡石林刚一建成风景区时，我就带着几位作家来过，那原始特有的小兴安岭石峰风貌至今还叫我回味。我以为它再也不会叫我惊奇。可是一走进去，我还是忍不住和诗人立宪兄一样嘴里发出"哎呀——"的惊叹。是这霜叶五彩缤纷的树，让这奇峰、奇石平添了一种楚楚动人的神韵。黄黄的白桦、枫桦、黑桦树叶，红红的枫树、色木树叶，白白透明的青楷子、花楷子树叶，绿绿的红松、落叶松、鱼鳞松针叶，还有红得发紫的野葡萄藤叶……就连偶尔在脚前蹿出来探头探脑的小花鼠、小松鼠也给这幽静的山林、石林增添了几分灵气。

从石林走出来，驱车过一座破旧的石桥，两岸是如画的秋色山景，清澈的河水湍急地从桥下流过，这是汤旺河的上游源头了。没等我说什么，大哥的司机小黄就善解人意地停下了车。我们三人坐在桥上与汤旺河合了影。桥下清澈清冷的河水倒映着我们的身影，漂着泛黄的白桦叶向下流去。立宪终于来过这河的源头了。

中午，汤旺河区政法委书记孙永彪和宾馆丁经理在宾馆为我们设宴送行时，立宪动情地朗诵了他那首《汤旺河》诗："汤旺河/你这山里的行者/你纤细的身影/你宽大的身躯/两种经历，使你成了真正的河/你流过苍黑的岩石/我以为你黑了/但把你捧在手上，你依然是那样清澈/……今天的相逢/注定了我会在一个很远的地方想你/想你是谁的口中/随意流出的深远的歌。"听罢，泪水已噙满了我的眼眶。我们站起来，一同把杯里的酒干了。

伊春是红松的故乡，而五营红松原始森林则是红松母松林的故乡了。下午驱车来到这里时，才听说森林公园不久前才重新开放。从电视里知道这里遭受过一场风灾，一棵有着七百多年树龄的、有松王之称的红松被一场旋风刮倒，我心里曾经为之心痛过。正应了那句话"木秀于林风必摧之"。这个季节应该是松塔成熟的季节，那密密麻麻的松塔挂在高大的松冠上一定很壮观。可是走进林子里抬头望并没有望到松塔。诧异间，看见从林子里钻出来三三两两扛着鼓鼓麻袋的山里人，想里面装的定是松塔了。果然听陪同的身材瘦小的五营区政法委朱书记告诉我们，现在树上的松塔都被承包人打光了。其实他们本可以晚些打，让来红松故乡旅游的客人看到这红松的果实。朱书记说那样他们就抢不到好价钱了。

从红松林子里钻出来，来到一处石崖旁，朱书记说："让我们客人见识一下野生动物。"就引我们走进一个栅栏圈着的院落里。原来这里圈养着两只小黑熊和三只狍子。熊洞是借助石崖下开凿的一个石洞，外面用铁栏杆拦着。狍子圈则是借助一片小树林圈起来一个挺大的林地。一见我们进来狍子就远远地惊慌地躲到了远处。主人是一个方脸连腮胡子的中年汉子。他认识朱书记，把我们引到熊洞前，剁了几块角瓜片隔着铁栏杆喂熊给我们看。那两只黑乎乎的小熊真是饿急了，张着大口伸出嘴巴来，接住递过来的角瓜就"吧唧吧唧"吃起来。中年汉子让我们喂，没人敢上前，这毕竟不是城里动物园里天天接触人的熊。我小心接过主人手里的两块角瓜，扔进张着大口的熊嘴里，两只熊接住了"吧唧吧唧"吃起来，并从喉咙发出低低的兽鸣来。李琦问主人为什么不喂肉呢。主人说现在肉价涨得这么高，一天只能限量喂它们一次。这才知道这两样动物是他个人饲养的，不归森林公园管理处管。平时进来人观看每人收费五元。现在淡季进来的人很少。问他冬天也在这里过冬吗。主人指着旁边搭的一个土窝棚说是的。不免对他敬佩起来，这里接近这两样动物野生饲养的环境了，冬天没人来他就变成一个野人了。离开这片山林时听朱书记说，这个连腮胡子方脸汉子原来是林业局一名下岗工人，这两只熊崽还是头些年他没收一个山里人私自捕获的，就交给他饲养了。他们原来认识。

坐车下山的路上，不知怎么，心里还在想着那两只毛茸茸的小黑熊和那个饲养人，马上就要到冬天了，这个冬天他（它）们怎么熬过去呢？想想城里动物园那些被人饲养的动物真是"幸福"啊。

当晚回到伊春城里住下，第二天李琦和王立宪要返回去。大哥给他俩买了次日午后往省城去的大客车票。

早上起来后，吃过早饭，我跟他俩说："这一上午也别浪费了，我带你们去爬爬伊春南山吧。"他俩也赞同，大哥上午开会，大嫂陪着我们去了。南山她道熟，她常去南山的山泉眼拎山泉水回去烧水做饭用。

一走上南山的坡道，五花山层林尽染的山色就把我们给吸引住了。艳阳高照，色彩斑斓的树叶格外夺目，我们顺着这被迷彩的树遮蔽的小道往上爬，大嫂要考考我，边走边指着路过的树木问我树种，我一一答对了。大嫂惊讶说："没想到你走出山里这么多年还认识。"这一下激发了我的兴致，我便滔滔不绝给李琦和王立宪他俩介绍起树种来，南山坡是针叶林和阔叶林混交地带，这片林子里树种还真不少。也真让两位诗人长了山里见识，阔叶林里有许多名字好听的树，黄菠萝、水曲柳、水冬瓜、花楷子、黑桦、白桦、枫桦……中途偶尔驻足观赏这些奇妙变幻的树叶，李琦站在一片白色透明椴树叶子中，目光柔和地触碰伸到眼前的叶子，我觉得诗人整个人也跟着透明起来。如果人间有仙境，这恐怕就是仙境吧。

南山是伊春城四周最高的一座山，我们是不知不觉走上来的，开始我还真担心李琦会走不上来，连她自己也很吃惊，怎么爬山也不上喘呢？我跟她说，这是因为树林里氧气太多了，这么丰富的树叶释放的氧离子也多。

这一路从山根下爬到山顶上来，没有碰到一个人。我们都可惜这么好的五花山风景怎么竟会叫人错过呢？在山上我们还喝了几口清澈甘冽的山泉水。下山来，他俩都有一种感慨，再到伊春来，不要去风景区了，就到这里随便爬爬一个自然的原生态的山坡就是最好的了。

看得出这个上午意外的收获叫他俩很兴奋。

月是故乡明，下午送走他俩后，我也返回汤旺河林业局去和父母过这个中秋团圆节了。坐在小客车里，目光透过车窗外，静静地打量着这满目的五花山色，心里涌动着一种久违的亲切感动，仿佛是故乡的山特意在秋天为我这个中年游子装扮起来似的，眼眶不知不觉有些湿润了，为这山，为这水，抑或为山中那两只小黑熊。

人与自然的亲近竟是这样让人心生感动。

伊春的红松

在外上学时，初次听到"伊春是红松的故乡"还不以为然，以为凡是有林区都会有红松吧。后来听一个从大兴安岭来的同学说，他们那里就没有红松，这才觉得惊奇起来。想想看，那么大的林区竟然会没有红松？就为家乡的红松骄傲起来，而且听说新中国成立初期，建人民大会堂用的柱子就是用的家乡小兴安岭的红松。

小时候身为伊春人对红松这种树种是再熟悉不过了，那时候家家户户用的烧柴都可着又顺溜又好劈又好烧的红松用。谁家结婚打炕琴打箱柜也用红松板子做，木纹既好看又经久耐用。物以稀为贵，也可能是红松太多了，满山遍岭都是，家乡林区人并没有拿红松当个珍贵树种，甚至都没有黄菠萝、水曲柳这样稀少的树木珍贵。林业局一到冬天生产季节，轰轰隆隆用原条车（先是解放车，后来是进口的一种大红头车头的家伙）往山下贮木场拉的，就是一车一车装载得像山一样高的红松树，卸在贮木场上，工人再用电锯（先前是油锯），把长三四十米、直径四五十厘米的红松截成一段一段长五六米的原木，归在楞垛上，装车的工人再"哈腰挂呀——"用卡钩六人一组抬着原木往火车上装，直到把火车的每节车皮装得像山一样，火车就"吭哧吭哧"向山外走了，运向祖国四面八方。

那会儿林业局贮木场的生产是不分昼夜的，工人们分成两班倒，下了班的工人自行车后座都驮着一截木头头儿，这是驮回去当烧柴的。在贮木场上班是挺叫人羡慕的，每月八十块钱的工资在林区是很高的工资了，所以外面的人叫他们"林大头"。工人好像没谁想过这山上的树会伐光，没谁去想这红松是要一百多年才能长成材的，而那两个工人都搂抱不过来的红松更要好几百年的时间。

除了红松为各林业局主要生产采伐的树种外，红松的果实也是叫山里人喜爱的。红松的果实就是松塔，打出的松子炒熟了是家家过年待客的好东西，而且公家也收。我父亲就在农副科收购部上班，一斤松子在当时能卖到两角钱到四角钱不等，这也成了山里人的一种副业收入。因此一到秋天，家家就成群结伙到山里去采松树塔。松树塔是五年一小收，十年一大收。碰到丰收年就不用上树打了，在地下捡就行。

碰到丰收年捡松树塔是很喜人的。有一年秋天，父亲领我们和二姨夫一家搭伙进山去捡松树塔。二姨夫是汽车队里的铁匠，是他找的车拉我们上山去的。说好到晚上时再接我们，结果我们麻嗒山（迷山）了。是因为地上落的松塔太厚了，再加上阴天，我们只顾低头往麻袋里捡了，捡满了袋子，才发现找不到出林子的路了。

在林子里转悠到天黑也没走出去，天又下起雨来，尽管我们都穿了棉衣还是浑身冷得打哆嗦。我们每人都捡了鼓鼓的两麻袋松塔，转不出去就要丢下。正心里十分恐慌时，有人在林子里看到了一点灯火。原来是小工队的帐篷，我们像抓到了救命稻草似的从老林子里奔了过去。小工队的工人很热情，烧了很旺的炉火让我们烤衣服烤鞋子，又熬了稀粥给我们喝，叫我们晚上和他们在工棚里挤一宿，等第二天有车上来再叫我们搭车下去，我们就听从了他们的。怕我们晚上寂寞，工人们就围着火烧他们捡的松塔砸开给我们嗑。小工队就是在山上伐木的工人，他们常年在深山老林子里，生活条件是很苦的。好多年过去了，我还忘不掉那次进山捡松子迷山的经过。

父亲每年都往山东老家邮寄松子，老家过年时又给我家寄来一小包花生仁来。我离开家乡后松子已涨到十块二十块钱一斤了，每年进山去采松塔的人还很多，不过松塔是越来越少了，也看不到五年一小收十年一大收的年景了，因为原始红松林子越来越少了。

红松家族是小兴安岭所有树种中树龄最长的树种，天然红松林是经过几亿年的更替演化形成的，是像化石一样珍贵的树种。每次走进红松林里我都有一种肃然起敬的感觉，不仅是为它伟岸高大的树身，还为它的凛然森森之气。一片红松林就是一座天然大氧吧，徜徉在红松林里人会呼吸顺畅，心情怡然起来。伊春五营的红松原始森林，早已列为国家级自然保护区。我曾多次走进去过，里面保存有现今小兴安岭树龄最长的红松，树龄都在五六百年，有一株树龄最长的七百年以上的红松王。不过很遗憾的是这棵红松王在几年前一次旋风中被刮倒了，我是从电视里知道的。我不知道它轰然倒下时的样子，我只知道看到它躺下的龟裂着像化石一样松皮的树干一定会叫人十分心痛。

　　走进红松林里除了领略红松苍翠的身姿，有一种动物也叫人十分喜爱，那就是不时出现在你脚前的松鼠。松鼠真是大森林里的精灵，那几十米高的大松树它一眨眼就蹿到了树尖上去。春夏秋冬它都忠实地以红松为伴。不像黑熊、野猪等野兽只在秋天到红松林地里一走一过寻找食物。松鼠也在秋天贮存松子，不过它是一边贮藏一边播种呢。松鼠把嗑出的松子埋在山坡的地里，松鼠嘴两边有两个腮囊，每个能装十多粒松子。为越冬，松鼠蹦蹦跳跳专找向阳的山坡，每隔十几米吐出几粒松子刨土埋好，食物紧缺时挖出享用。有意思的是，松鼠常常忘记所埋松子的地方，很多松子就这样存活下来。松子"雪藏"到第三年春天才破土出苗，经十五至二十年才能长到一米左右的高度。天然红松就是靠着鸟类和松鼠传播种子的。所以说松鼠是红松的朋友一点儿不过分。

　　说到小兴安岭的红松，不得不说到一个像红松一样的人。他就是马永顺，一个小兴安岭上的伐木工人。他要把他伐的五万六千五百多棵树，在他生前都还给大山，这个没有多少文化的老林业工人只知道不能光吃祖宗的饭，还要给子孙留下一片山林。他说他当初在铁力林业局山上伐木时，满山遍野的都是又高又粗有四五百年树龄的红松，熊瞎子、各种山禽经常和他们一起出没在这片山林里。可现在山空了，他要向大山还债，自己还不完他就带着儿孙们一起还。年复一年，他和他的家人共在山坡植下了五万多株树。这是一个让人尊敬的老人，一九九八年他赴俄罗斯领得了联合国环保奖。

　　我每次回家，皑皑白雪中汽车一开进山里，在小兴安岭南山坡上，我就会看见一片郁郁葱葱的松林，那就是马永顺林。老人待过的林场也用他的名字命名叫马永顺林场。与大山为伴勤劳了一生的老人虽然八十七岁辞世了，可是他那硬朗的身板却以树的形象长在了绵绵小兴安岭山中，无论春夏秋冬，那片松林都翠着、绿着。

套　户

　　套户又称木帮、跑马套子的人，是上个世纪五六十年代活跃在东北林区各集材采伐点的一个特殊群体，他们都是山外附近县农村冬闲时进山来采伐集材的农民工。冬天进山来干活儿，春天开化时又出山回老家去种地。在吉林林区，山里人管这些人叫木帮，在黑龙江林区则管这些人叫套户或跑马套子的人。

　　上个世纪五十年代末七十年代初，在黑龙江小兴安岭林区，由于机械化集材运输缺乏，林区木材生产集材作业主要以人力、畜力运材为主。人力和畜力主要来源是本省的巴彦、呼兰、泰来、依安、明水等县以及辽宁的宽甸县的农民支工队（俗称"套子"）。运材畜力主要是马（又称跑马套子），单匹马或两匹马拉一副爬犁。爬犁是用两根连根砍下的直径十六厘米左右的小桦木制作而成的，宽零点七米左右，长三米左右，常称"疙瘩"爬犁。冬季从山上运原木至贮木楞场，每趟量为零点七立方米左右，运材距离多在五公里以内。每年一到冬季木材生产集材季节，各林业局根据集材量的情况，与呼兰、泰来、依安、拜泉等县签订合同，由县派出农民支工队进山集材。集材的人力、畜力由支工队出，粮草、四轮胶车和露营的棉帐篷由支工队自备。爬犁由各林业局供给。畜力主要是马，也有少量的牛。按畜力定额给套户农民工支付工资。一个冬季跑马套子活干下来，比一年干的农活挣的工分还多，所以山外各县的农民都愿意进山来干这倒套子的活儿。

　　冬天一到，套户就进山了。一长溜人马浩浩荡荡开进山里来，大鞭子成排甩得"叭叭"响，就像过年放起了鞭炮，引来了山里孩子围着驻足观看。小兴安岭的山里一入冬就冷得嘎嘎的要冻掉人耳朵。这些山外汉子尽管头上戴着厚厚的狗皮帽子，手上戴着厚厚的大手闷子，胳膊上还套着羊皮套袖，可一跳下马车来还是禁不住直跺脚、抄手抱袖。车上装着做饭的家什、粮食袋和垛得像山一样的黄谷草。不一会儿，帐篷支起来了，简易的铁皮筒炉子用木桦烧起来了，捆扎得方方整整的黄谷草从各辆马车上卸在空场地上，堆成了几人高的马草垛，足够马吃到来年春天的，还有豆饼。那马也是膘肥体壮的好马。

套户们进山都要择一个良辰吉日，还要由套户里的老大引领着拜一拜山神，然后才能套上爬犁上山去干活。头一年进山的小生荒子必须由老套户带着。而且套户进山是不带女人来照顾缝衣做饭的。

倒套子并不是一件轻省的活儿，除了力气好，还要是使马掌套的好把式。马和人进了密不透风没膝深雪的深山老林子里，是要自己蹚出一条爬犁道来，由有经验的老大来选"套子道"。一般是选阴坡，阴坡冰雪封冻早开化晚，而且还要有一定陡坡的路段，这样人和马拉着原木下山时就会省些力气。不过这样的陡坡也有一定的危险性，特别是在雪槽道拐弯时控制不好马，人和马借着原木下滑的惯性冲力，会张翻在雪道上。还有就是不翻也会躲闪不及撞在爬犁道边上的一棵大树上，如果是马就会被挤压得奄奄一息，如果是人就压成了肉饼。所以有经验的套户在过这样的路段时，都要留有记号，事先向马发出减力的信号，而不是一味地跟着马爬犁疯跑或坐在马爬犁上。在马套子道上常会看见许多弯道陡坡道旁大树上拴着的红绳，那是套户们用来避邪的。套户一般都是家里的顶梁柱，谁都不希望把命丢在山里。

除了抵御小兴安岭上那时通常零下四十多摄氏度的严寒和艰苦的劳动强度外，套户还要忍受漫长的待在山里的寂寞。一天的劳动下来，汉子们待在炉火烤人前胸寒气透着后背的帐篷里，是靠喝点儿自带的白酒和讲些荤段子来打发劳累和寂寞的……当然他们干活儿时的劳动号子也能缓解一下他们的劳累，提一提精气神儿。比如原木归楞时喊的号子："使点儿劲儿呀——上来了！小心脚底下呀——上来了！不要咬了脚呀（指砸脚、压脚之意）——上来了！我说哥儿几个呀——上来了！把它捞上来呀——上来了！上楞就回家呀——上来了！喝上二两酒呀——上来了！做梦媳妇朝你笑呀——上来了！你笑孩子他妈呀——上来了！你先别想她呀——上来了！要到眼里了——上来了！放到眼里了——上来了！噢……一齐上嗬——上来了！好——"

套户们过年也是回不去的，就在山里帐篷里过。年三十儿汉子们就不进山干活儿了，聚在帐篷里洗洗涮涮过年，又找出从家里带来的年货，冻猪肉、粉条子、冻鸡……还有黏米面，一进腊月二十三，汉子们就动手包黏豆包，放在外面冻上，过年吃。套户们每年在山里过年，山里人家就跟套户们学了不少山外过年的习俗，比如吃黏豆包，比如在前半夜吃饺子放鞭炮（山里人多是闯关东来的山东人，习惯过后半夜年）……时间一长，山里人和套户们相处得很融洽。

到了春天雪开化时，套户就赶着马又甩着响响的大鞭子出山了。当然他们的车上少了马垛草，而多了一些灵芝、松树子、铁丝下套套的灰狗子、野兔子等山货。

进入了七十年代，随着小兴安岭森林大面积的开采，机械化采伐程度高了，山外的农民支工队才退出了山里集材作业。当然机械化作业好是好，破坏力也很大，用爬山虎、拖拉机在山上集材时，拉一车原木下来，要压倒一片杂木林。

九十年代初小兴安岭的林木已采伐得差不多了，这时已提倡营林环保采伐了。有一年冬天我回汤旺河林业局去，在二清河林场的山里我又见到了套户。不过不是当年成群结队的套户，而是一家套户。一对从山外农村来山里的青年农民工，赶着自家的马，在林子里往山下倒木。一问林场的人才知道林场冬季伐木任务少了，根本用不上机械化集材了，就雇用了几个山外套户集材，而且还环保，破坏不了运材道上的小树了。据说春天清林时，这样的农户就留在山里干清林的活。再看那对青年男女说说笑笑赶着马爬犁走下山去，简直分辨不出他们是山里人还是山外人。他们住的地方也比他们的父辈好得多了，住在林场租住的平房里，小两口过年还能看上电视。和他们的父辈相比，他们再也感受不到山里的寂寞了。

　　只是，山里的原木再没有以前那么粗了。

小兴安岭的熊

　　第一次见到熊是在街上，一只黑绒绒的小熊崽被人用绳子牵着从山林里走出来，走在林业局镇上那条不太宽的土道上，招摇过市。牵它的人是镇上最后一个猎人大老滕。人和熊崽带着一股凛然的山野杀气。看到这只深山里熊崽的那会儿和过后总在想，熊爸爸、熊妈妈呢？

　　山里的大牲口越来越少了，当然也包括熊。从山里出来到城里参加工作后，别人总问我"你见过熊吗？"我说见过，小时候见过。就讲起了那只小熊崽。别人听了嗤之以鼻，仿佛我在讲一只小狗崽什么的。自己也觉得索然无味起来。

　　一九九五年我带女儿去北京游玩，在动物园里，三岁的女儿和众多的游人围在熊池子上观熊、"喂"熊。一只硕大慵懒的熊在水泥池子底下被游人手里的饼干、火腿肠逗弄出各种谄媚的姿态来，就觉得熊不是熊了。至少记忆里的那只熊崽还令我们山里的孩子大人畏惧，不敢靠前围观。

　　小兴安岭上的熊生活习惯很像北方人，一到冬天就猫冬，俗称"蹲仓子"。黑熊在深秋季节里吃得膘肥体壮，头场雪下来就选择大树洞、石岩洞钻进去，开始冬眠。这个时候进山采山、伐木的人千万不要轻易去打扰它，见着树洞、岩洞绕开走，它是轻易不会出来伤人的。也有格路的熊，在冰天雪地里到处游荡寻找食物，俗称"走跎子"。这种熊对人形成的威胁很大，通常单帮猎人都要对它退避三舍的。

那年冬天我去小兴安岭汤旺河林业局东升林场采访，听说了这样一件事，三个伐木工用板斧砍死了两头熊。我初听起来十分吃惊，后来就觉得黯然了。那是东升林场占点采伐的初期，林场还没有几户人家。三个伐木工一天早上进山采伐，来到一棵三人搂抱不过来的老红松树底下，一个叫章友的伐木工刚刚在树根部砍下三斧，就听工友小朱喊了一声："有熊！"抬头看去，在树身的两米高处有一洞口，一头慵懒的熊正探出头来好像冲天打了个哈欠又缩回了头去。两个工友已吓得腿站不直了。"快去找杠子来堵住洞口！"面对与虎齐名的林中一霸，章友心里也一紧缩。顾不得想别的了，为了自己和两个工友的性命，心里只有一个念头：在熊出洞口前劈死它！他箭步跃上旁边一棵小桦树，两手高举起大斧来。瞬时，两只大熊掌伸出洞口来，接着又露出一脸盆大的熊头，正欲一纵出洞。章友的大斧凌空劈下，"嗷"的一声长嚎，黑熊头缩了回去。这时两个工友锯来了桦木杠子，呈十字花别在树洞上。约莫十分钟，受伤的黑熊慢慢地伸出头来，头正好卡在了十字杠子中间，章友又展身劈下一斧，砍中了头部，腥气森森的血溅出去了三米多远。黑熊翻翻眼睛半截身子卡在洞外不动了。这时候章友方觉得右侧大腿凉丝丝的，才知道熊血已湿透了棉裤腿。下边的两个工友用杠子把黑熊往下撬，费了好大的劲刚刚把死熊撬下来，忽听到紧贴着树身的工友小朱又惊慌地叫道："不好，树洞里还有动静！"说时迟，那时快，一头母熊"嗷嗷"地爬出洞来，顺着树身往下爬。刚要收斧下树的章友回过头来，侧身猛地劈了一斧，正砍中母熊的脖子。母熊一头跌倒在雪地上，章友随身跳下来，抢起了斧子。另外两名工友也慌忙抢起了杠子猛砸，直到母熊没了动静，毙命在公熊身旁。

　　拖拉机把两只黑熊运到了林场场部，当晚林场住户人家都赶来了，和工人们点起了篝火烤着熊肉聚饮，向打熊好汉敬酒。不是猎人的章友自然成了英雄，在我家乡一带成了传说中的武松一样的传奇人物。

　　只是那一晚，在林场的人家中听完这段讲述后，我久久没能入睡。东升林场的林子采伐稀了，别说是熊，就是狍子都少见了，这里原本是熊的属地。由那头熊爸爸、熊妈妈，我不知为什么联想起小时候见过的那只小熊，还有动物园里被饲养起来变得不是熊的熊们。

小兴安岭的猎人

　　最早生活在小兴安岭山林的猎人，应该是鄂伦春猎人，这个世世代代以游猎为生的少数民族，"一人一杆枪，一人一匹马"驰骋在大、小兴安岭山林里。虽然在新中国成立后五十年代他们从山林里走出来，但一到冬季仍有人进山狩猎。九十年代初我到小兴安岭乌拉嘎鄂伦春村子里去采访，曾走访过几户猎户人家。在这片山村里，政府已给他们盖起了统一的砖房，并安排了农副业承包生产，问他们为什么还要进山吃苦狩猎时，他们说从十几岁开始随父辈上山狩猎，已经习以为常啦。若是要他们待在家里，反而会觉得浑身不自在。可见一个民族的生活习惯会烙下深深的烙印的。在这户姓莫的猎户家冷仓子里，我见到了冻着的准备过年吃的野猪肉，还有冻山鸡、灰狗子。女主人说他们全家都爱吃野猪肉，而吃家猪肉一点儿都不香。甚至还有吃家猪肉过敏的。访问的六十来岁的莫老太太就是。

　　上个世纪五六十年代，随着小兴安岭的开发，一些汉人猎手也在这片广袤的山林里活跃了起来。小兴安岭北麓一到十月份就降雪了，雪要到第二年的五月才能化掉，漫长的小兴安岭冬季是猎人们狩猎的好季节。我小时候就见到过一个外号叫"张没鼻子"的猎人，天天冬天傍黑从山里下来从苕青镇子上走过。他头上戴着长毛狗皮帽，帽耳朵朝外向后卷起，瘦刺拉拉的脸上捂着一只口罩，沾满了白霜。身上穿一件毛朝里、皮朝外的长襟狍皮袄坎肩，腰上系一根宽带子，肩上背着一支双筒猎枪。脚上穿着毛朝外的狍皮靴子，为什么狍皮袄毛朝里，靴子上的狍皮毛朝外？经了解才知道：打到猎物时，即使是三九天也必须当时开膛取出五脏，否则就会捂膛（五脏腐烂）。皮袄毛朝里是弄上血不用洗，在深山挂雪的密林缝隙里穿行一会儿，血迹就会被蹭掉的。而脚上的狍皮靴毛朝里就会被石硌子划破皮的。他身前身后跟着四五条猎猎伸着舌头的猎狗。他的狗都有口粮证的。张没鼻子早先并不是猎人，听说好像还是个教书匠，他父亲是猎人，他原来只是偶尔跟他父亲进山打过猎。说起来老张让熊舔掉鼻子并最终成为一个猎人，这里还有一段故事。

那是一九六〇年初伊春开发初期，饥饿的年月，熊也饿着。一头饿极了的熊从山中下来，横冲直撞盗吃了小兴安岭南片苔青、白林、西林、金山屯等山边上人家猪圈里的猪。民以食为天，人还饿着，猪就显得特别金贵。此事惊动了当时伊春特委书记，勒令成立围猎此熊的特捕队，限期擒获云云。捕猎队都是在各个林业局召来的好猎手，张没鼻子就是狩猎队其中的一员。那会儿张没鼻子还不叫张没鼻子，张没鼻子还有鼻子，甚至比一般猎人的鼻子还灵敏。张没鼻子被人找到特捕队来时，还用他的鼻子嗤之以鼻："不就是一头熊吗，用不着这么多人咋咋呼呼的。"但对当地最高首长的命令，一向野惯了的张没鼻子还是精精心心的。

无奈那头老熊像是吃饱了喝足了，一度从山边消失了踪迹。一连多日再没见到熊的影子，多日的搜寻守候，弄得狩猎队人困马乏，人心涣散，当一天和尚撞一天钟。山民也放松了警惕，认为那头祸害人的熊从小兴安岭南坡消失了。只有张没鼻子还高度地警惕着自己的鼻子。

一日清晨，山也朦胧，雾也朦胧时，张没鼻子嗅到了那家伙的气味。张没鼻子甚至连自己的狗也没惊动，悄悄拨开了浓雾，寻着气味来到了山边一户人家的猪圈前，果然看见一头黑乎乎的家伙顶天立地站在圈里，正在琢磨着怎么对那头可怜的小猪下口。那头小猪紧紧贴着墙边哆嗦地站在圈洞里边，吓得一声也不敢出，紧夹的后腿已开始拉拉尿了，样子可怜极了。这是一头七八百斤重的老熊，身上的棕毛长年粘着松树油、松针、沙粒，硬刺刺的。隔着猪圈张没鼻子手里的猎枪二话没说就搂开了火，子弹打在黑熊的后腰上，黑熊一扭屁股，擦出了一道火花。黑熊屁股一蹲就势后身一跃，跳出了猪圈，沿着山毛毛道头也不回地钻进了丛林里。为了不再叫它溜掉，张没鼻子顾不上叫别的人了，他赶紧返回他的守候地，解下拴着的马，叫醒打盹儿的狗，打雾里蹚着露水追去了。

且说这一追就追了一天零一夜，从白林、西林、金山屯，一直翻过小兴安岭的东山冈，来到了汤原县境内。人跑累了，狗跑累了，老黑熊也跑累了。在第二天天擦黑时，黑熊躲藏到了山间铁道旁边的一片豆角架地里。张没鼻子也离老远下了马，挥挥手让疲惫不堪的狗们散到外围去。他悄悄端枪猫腰瞄了上去。这片豆角地的四周是杂树林地带，他潜伏到地边上，看到那头黑熊也卧在豆角架下，大概是又饿又累，卧在那里一动不动。人和熊都在等待着什么时机。下半夜借着星星点点的星光张没鼻子绕到它背后去，趁它打盹，他瞄准了它的头部扣动了扳机。一道火光射出去，黑熊"嗷"的一声返身扑过来，把他的双筒猎枪横叼住了，将他压倒了，四周的狗们围上来凶凶地叫——就是不敢靠前。张没鼻子只觉得脸上被什么东西黏糊糊地抹了一下，顿时就觉得麻辣辣的眼前什么也瞅不清了，只凭着本能从腰间拔出腰刀来，就势一捅捅进了黑熊的胸口窝里……

张没鼻子是天傍亮时被铁路上的巡道工发现的，豆角地里躺着一人一熊，人被抬上了铁轨摩托车，全速直奔汤原县城中心医院。张没鼻子斗熊受伤的消息传到了伊春林业特区，特委书记再次指示全力抢救。张没鼻子的性命保住了，不过他却没了鼻子。没有鼻子的张没鼻子还能干啥？我想象不出猎人当时的绝望。后来张没鼻子依旧干他的猎人行当，听说后来他的一只猎狗救过他一次命。他的鼻子上常年戴着一个鼻套，无论是在进山打猎时，还是出山从我童年待过的小镇走过时，他让我们孩子觉得神秘、神奇。

后来听大人们说当时那个伊春特委书记与他成了"铁哥们儿"，

铁哥们儿不铁哥们儿不知道，反正在伊春南片一带一提起猎人张没鼻子的大号没人不知道的，也许就是因为他是一个没鼻子的猎人。

在上个世纪七十年代初，我家搬到小兴安岭北麓的汤旺河林业局，在这个林业局我又听说过外号叫大老滕、二老滕的猎人兄弟俩，在这一带狩猎。一直到了八十年代，山上的猎物少了，林区也开始禁猎了，猎人也就少了。

红松母树林

　　小兴安岭素有"红松故乡"之称，提起小兴安岭的红松母树林，人们自然会想到五营林业局的那片红松母树林，如今它已成为国家级红松原始森林保护区。每到夏季，这里还是来山里旅游的人必不可少的观光原始森林的好去处，徜徉在高耸入云的原始森林里，享受着天然大氧吧的滋润。在秋季还能看到林区人采集松果（松塔）的过程。

　　母树林就是早期林区开伐时，特意留出一块未经采伐的红松原始林带，作为优良育种林保护下来，后来各林业局苗圃育苗的红松种子，都是这片母树林打下的松塔采集的松子提供的。这里的红松树都在几百年以上。红松是寒地小兴安岭生长缓慢的树种，每棵红松成材要一百年以上。五营红松原始森林地，曾有一棵七百多年的红松树王，以前回山里时我曾多次看到过。须三四个人联手才能搂抱过来，郁郁苍苍参天，简直是红松家族的活化石一样。正应了那句话，"木秀于林，风必摧之"。二〇〇七年秋天，我带着两位朋友回山里，得知这棵松树王被一场龙卷风刮倒了。我听了十分痛心，我想象不出这棵树王轰然倒地的样子，只是庆幸这场风没有再让别的红松树"遇难"。就在这年秋天在这片母树林里，看到承包的林业工人在树上往下打松树塔，背着袋子外运，也就对正在实行天然林保护工程的小兴安岭红松林生出了希望。

　　小兴安岭是南北狭长的山岭地带，火车从南往北要走十多个小时。我的家乡在最北边的汤旺河林业局，由于采伐得晚，这个林业局的森林资源也比别的林业局森林资源要丰厚得多。记得上个世纪八十年代我离开家乡时，还能看到每到生产季节贮木场轰轰隆隆用原条长挂车从山上拉下来的红松原木，在楞场堆成楞垛山。我有一个小学同学张五四在贮木场上班，我每次回去看他，都在楞场装车线上，他们工人过年都倒不开班休息，红松原木装上火车，一车皮一车皮往外运走了。

到了上个世纪九十年代，红松原木就限制采伐了。我再回家到贮木场上去，看到场里楞垛多是落叶松、臭松、桦树、椴树这些树种了。等到了九十年代末，红松树种就一根也不让从山上往下伐了。没有了红松原木，贮木场的楞垛堆也让工人失去冲天的干劲，五花八门的杂色树种填充着楞垛，连山外来调木材的老客都打不起精神来。因木质的优良，红松木材曾受到八方调木材老客的青睐。

二○○一年的夏天，我回山里游玩。在汤旺河林业局游玩完石林，参观完贮木场后，我大哥问我想不想到山上红松母树林去看看。大哥的话叫我一愣，怎么汤旺河林业局也有母树林？离开家在外多年，我还真不知道家乡林场也有母树林。一行人就由大哥带着坐车去了。

汤旺河的母树林在距离林业局三十多公里外的二清河林场和卧虎山林场之间，是早年林业局开发时，留下的一片没有被采伐的原始林，算是一片"自留地"。林业局每年苗圃育苗的红松种子，都在这片红松母树林里出。遇到丰收年，这片林子结的松树塔落下多了，还允许山下的职工捡了往收购部卖，增加点儿林业职工家庭的副业收入。

到了那儿，停了车走进这片红松母树林地里，果然看到红松林木茂密高大，郁郁葱葱遮天蔽日的。正是夏末，一股清凉顿时叫我们为之一爽。这里的红松树龄也都在三百年以上，往树上看，还能看到树冠枝头结出的松塔。由于没有人来，林间的原生态野生植物很多，有蘑菇、山葡萄、狗枣子，一边往里边走，一边被狗枣子藤绊住了脚，就顺手采到狗枣子往嘴里填，那甜香的猕猴桃一样的味道，叫第一次到山里来的朋友赞不绝口。还不时有松鼠探头探脑从我们脚前跑过。这真是一片难得的红松原始林啊！我和一起来的同伴都不由得发出了这样的赞叹，并为家乡有这么一片母树林感到骄傲。那个下午我们在这片母树林里逗留了很久。

一晃六七年过去了，有一年春天我回家探亲，我去贮木场看同学张五四，他还在台班上装车，不过木材少了，他装的是汽车。让我惊讶的是他们在装红松原木，问之，他说是山上被风刮倒的红松运下来的。一棵红松现在能卖到两千块钱了，而在小时候，我们家家都把红松当烧柴烧了。林区人家院前屋后柴火垛多是红松木柈，因为红松当烧柴溜光水滑又好劈又好烧，现在想想我们真是白瞎了这么好的木材。

去年初冬我又和两个在外地工作的同学回山里，一日早上无事，我提议去二清河林场的母树林看看，我们就驱车去了。车开到那道山冈上，眼前的景象却叫我大吃一惊——一座黑色水泥方碑上写着：风倒林遗址。顺山坡望下去，山坡光秃秃的，再也看不到那片遮天蔽日的红松原始森林，倒像是刚刚发生过一场战争，红松横七竖八地倒在地上，有的是拦腰折断的，有的是连根拔起的。我们顺着一条新铺就的木板栈道，在这树尸之间缓缓穿梭往下走，没有人说话，眼前的景象只让我们震惊、痛心。那直刺天空的高矮不一的半截红松树木桩，似乎像我们一样在发出疑问，是什么样的风魔让这里一棵红松也不剩？遮天蔽日的林带突然露出了一个大窟窿。

走出来，又站到那个黑色水泥碑背面，看上面介绍这才得知：二〇〇八年八月一天夜里从西伯利亚刮过来的一场大风席卷了这片红松母林。这场风之所以长驱直入将整片林子瞬间吹倒，是因为周围山坡上的林子都伐稀了，没了遮挡，才让这股恶魔般的风肆意席掠了这片变成孤岛的母树林。仅仅一夜之间，生长了几百年的红松林就这样毁于一场风灾之下，看了真让人触目惊心。

据陪同我们的家里同学介绍，这场风灾过后，伊春市里来了一位领导察看后，叫别把风刮倒的红松树往外运了，就这样留在这里建个风倒林遗址公园，供人参观。我觉得这位领导是英明的，这样的直观警示比任何空喊的口号都来得更有意义、更有说服力。

　　树以树的姿势挺立或倒在这群峰之间，在向人类诉说着什么，几百几千年之后，它们又会成为一具具无言的化石。如此把倒树作为雕像立在这里，也是对为小兴安岭开发建设做出过牺牲的红松树们最好的纪念了。

抚远的日出

走在抚远小城的街上，就觉得这里的阳光比内地格外明亮，透着一股迷人的清新和宁静。从版图上看，这里是祖国大陆最东边。到达抚远的当日午后，还饿着肚子，就找了一家赫哲族人开的饭馆，品尝了这个季节里刚刚捕获的大马哈鱼。生拌鱼丝和塌拉哈做得十分地道。饭馆主人是一位四十多岁的妇人，进门时屋里还忙活着一个辨不清是姑娘还是小伙子的伙计。

抚远富饶得几近奢侈了，黑龙江和乌苏里江同时从抚远境内流过。宾馆离江边很近，从三楼的窗口望出去，能见到不远处阔阔的江面在眼底下缓缓地流动，还能望见黑瞎子岛。在下游的两江汇合处，江面很宽，宽得有点儿像大海，波光粼粼，很足的阳光晃得有点儿耀眼。

这里天黑得早，傍晚再到江边去，晚霞很快就被夜幕吞吃了。江边有渔民的黑影，他们忙着从船上往岸上收网。

想着次日早起到江边去看日出，可是一觉醒来，天已大亮了，太阳已升得一人多高了。看看表，才四点多钟，这要是在内地，天还没亮呢。独自往江边走去，江面上已有渔船在热闹忙碌地往来穿梭了，明亮的阳光照在身上，暖暖的，让人丝毫也感觉不到深秋的冷意。

李琦通过她的省党校同学关系找的是一位当地抚远县的水利局长，派船送我们到乌苏镇上去。走水路要绕行黑瞎子岛。我们坐的是从俄罗斯进口的飞翼艇，这种艇时速很快，沿途还观光了对岸的哈巴罗夫斯克市的外貌和两岸风光山色。两个小时后，我们到达了乌苏镇。其实这可能是中国版图上人口最少的一个镇了，只有一个哨卡和一户人家。哨卡就是著名的东方第一哨，祖国大陆最早升国旗的地方，现任哨长姓刘。

刘哨长把我们一行人引到哨卡内参观。营房临江而建，干净、整洁。刚刚走进营区内，就见门口一侧红砖砌的沙丘上一幅醒目的标语：我把太阳最早迎进祖国。心里为之一动，感觉守卫在这个祖国最东端哨卡的战士是很幸福的。在营区的东侧一个悬崖顶上，有战士们用沙丘绘制的一块祖国版图。临江望去，乌苏里江和黑龙江交汇在一起，浩浩荡荡向东流去。

刘哨长带我们走进营房的荣誉室里参观。荣誉室里有中央电视台世纪之初采访报道组为哨卡拍摄的专题节目的图片，有战士为镇上唯一的孩子上课的照片，有中央首长来哨卡视察时的照片和题词。刘哨长请我们作家一行题几个字。诗人李琦拿起笔很郑重地思索了一会儿写道：最早把太阳迎进祖国的人是最可爱的人。

离开宁静的乌苏镇时，跟车前来接我们回去的县水利局的宁局长讲，乌苏镇早先（民国初年）是很繁华的，这里是通向远东的一条商业要道，有不少商人、渔民聚集居住在小镇上，大江封冻时还有从俄罗斯坐着马爬犁过来的皮货商。可是现在小镇却真正寂寞下来，江岸上郁郁葱葱的荒草丛林里，已找不到当年一点儿繁华的影子。

临走的当天早上，我看到日出了。四点钟不到，我就起来了，披衣到走廊上去。透过窗子远眺，太阳正从江对岸的山顶上一点一点露出头来，开始江面上还笼着一层朦朦胧胧的晨雾，有渔船像剪影在雾中慢慢前行。太阳一出山便变得白亮亮的了，红彤彤的太阳一下子掉进江中，像要急于洗把脸，把一江的清水都染红染亮了。

过了一会儿，江面又喧闹起来，渔民的船划子像穿丁子鱼一样往来穿梭了。他们划破了平静的江面，划破了清晨里的阳光，船桨仿佛是划着阳光，一闪一闪地向江湾深处走去。

抚远的早晨是美丽的。

乌苏里江边的饶河

　　饶河是我们此次乌苏里江之行的第二站，乌苏里江从虎林境内流出来，流经饶河一百二十八公里，再流到抚远去与黑龙江合流。我们是从抚远一大早走出来的，长途汽车晃荡了两个站点后，李琦翻包时发现照相机丢在宾馆里了，接着小辛也发现她的电脑配置器也落在宾馆里了，小辛就急着下车往回坐去找，张爱华也跟她下去了。我们刚才兴奋谈论什么的心情被这个小插曲弄没了。李琦说她每次出门总要丢点儿东西，这回可惜的不是相机，是她给我们照的照片，一路上净她给我们照相了。

　　她随后给抚远陪同我们的水利局的人打了电话，请他们到宾馆找找看。

　　汽车继续向前开着，沿着乌苏里江逆流而上，车窗外的景色很像某部外国电影里的镜头。空旷辽阔的北大荒秋野上，一会儿是霜叶层林尽染的白桦树林、柞树林地带，一会儿又是一大片望不到尽头的泛黄的田野，还有不知从哪里蜿蜒出一条小河，两岸是馒头状的柳毛丛……很少看到人家。这样颠簸漫长的路途，当地人已习惯了，靠在椅背上打起盹来。我们则惊叹于北大荒的辽阔，像看风景画似的向外伸着目光。好像这汽车在这荒无人烟变幻着五花色彩的原野上总也跑不完似的。天地悠悠间这样的辽阔恐怕只有黑龙江才有了。

　　汽车终于在晌午时分跑到了饶河，当地人发音叫挠（饶）河。乌苏里江流经的三个县（市），只有饶河的县城是紧靠江边的。下了车先找一家宾馆住下，又到当街上去找了一家小餐馆吃了午饭。饭后阳光热热的，大家就朝江边走去。

这个时候李琦的手机响了，抚远水利局的人告诉她相机找到了。而且我们那两人东西找到后也坐上班车正往饶河赶呢。大家的心情一下子开朗了许多。站在这里看乌苏里江面很宽，江水正平缓地向北流去。这里是乌苏里江的中段，两岸是旖旎迷人的风光，秋黄的山色给大江镶嵌了两道金边。俄罗斯对岸看不到人家，显得异常宁静。

回到宾馆不久，张爱华和小辛她俩果然找到了宾馆里来，大家像胜利会师了一样兴奋。

休息了一下，老庞从他带着的背包里取出鱼竿要去江边钓鱼，我则跟另一位同伴要去看看大顶子山。我们一同向江边走去，明亮的阳光照在江里，像一把碎银撒在了江里，宽阔缓缓流动的江面闪着晶亮的光。我和同伴顺着江岸坡往上游走，走了约莫有三十分钟，就来到了大顶山北面的山坡下，顺着山坡向上爬去，眼前呈现出一片茂密的柞树林，被霜打过的褐黄的树叶密密匝匝的，阔大树叶遮出一片阴凉，也遮去了我们向上爬去的身影。爬到半山腰上停下来休息时，看到一座抗联烈士墓碑矗立在柞树林地里。绕过去看碑文介绍，原来抗联第七军曾在这里战斗过。抗联第七军军长陈荣久、连副侯培林和朝鲜族战士金元俊墓葬于此，不由得叫我们肃然起敬。安静的林地，黄黄的柞树叶，透过东侧一线柞树林，陡立的山下就是乌苏里江。平缓清澈的乌苏里江水，日复一日在厮守着他们的英灵。逝者如斯，他们的忠骨与青山同在。

又向山顶上爬去，终于爬到了山顶，挂着白云的天空一下矮了许多。虽气喘着，却有一览众山小的兴奋，大顶子山共有八顶，主峰顶上的清虚亭是日出的最佳观测点。再去看山下的乌苏里江，已变成了一条虚无缥缈的细线。此时耳边仿佛响起郭颂的歌声：大顶子山吆，高又高，我们赫哲族在这里打獐狍，不怕冰天雪地啊，猎歌唱到白云霄……

山下的四排乡就是赫哲族自治乡，这首歌当年正是取材于这里赫哲族人的生活。

走下山来时，夕阳已将层林染红了。日头一撤，山林中顿觉几分凉意。走到山底下来时，再去看大江，弯弯的江面上，正披着一身红酥酥的波光，缓缓向下游流去。绵长的山峦将侧影投进江水里，那山坡上的柞树叶像被点燃了一样火红……

夕阳中，乌苏里江呈现出一种动人的红色秋韵。

珍宝岛的记忆

最早知道珍宝岛这个名字是在课本里，那时我还在上小学。一九六九年冬天那场战事，后来被编入语文课本里。我小时候曾梦想过长大后当兵，不知是不是与那段记忆有关。

那年夏末，沿乌苏里江采风，去珍宝岛参观是临时萌生的想法。在饶河住下的第二天早上起来，王立纯打手机联系了东方红林业局方面派车到饶河县来接我们。

吃过早饭东方红就来人了，原来是王立纯的一个学生在林业局当书记。带队的苗副局长问我们有什么想法，我们就说了想去珍宝岛上看看。苗副局长听了随后打手机同下边的五道林林场打了招呼，让林场同当地驻军联系一下。

联系妥了后，中午我们赶到五道林林场吃的午饭。吃饭时听苗副局长谈起林业局每年拥军工作做得很好，同部队关系搞得不错。

午饭后，汽车穿过林场的山峰林带，开向江边的一个连部。营房坐落在江边一处稀朗的杂树林子中，离不远的林中还有一户人家，房檐下挂着一个小卖店的木牌，一个老头儿和一个挺胖的中年妇女站在院子里，一边的地里还有一个高胸脯的姑娘站在那里遮手朝我们张望，院前还有一条狗也冲我们叫唤，被那个胖胖的大嫂吆喝住了。

等下去的人同连队的人联系妥了，我们重新坐回车里，那个胖大嫂也跟着坐进车里来。这才得知到一公里外的渡口要她联系船把我们送过去。衣衫脏兮兮的胖大嫂快人快语，说岛上就有一座营房和几个当兵的，有啥看头。说归说，她还是把我们送到江沿上。

到了渡口，胖大嫂冲对岸喊："叫张老大摆船过来。"

不一会儿，那边划过一条木划子来，摆渡的是个四十岁左右黝黑的汉子，光着头。船太小，一下子坐不下这么多人，李琦、张爱华先坐了上去。其实从这岸到对岸的岛只隔着一条百余米宽的江，若不是水凉，我都可以轻松地游过去。在这条江汉子的下游，当年苏军的坦克履带曾碾轧过封冻的江面。据胖大嫂讲，她当年竟是一位英姿飒爽的女民兵。在岛上昼夜卧雪潜伏的战士民兵，有许多人都被冻伤了。

走下木船来，岛上一座新建的营房就矗立在眼前，那座三层楼营房顶上还安装着太阳能热水器。而岛上第一代官兵住的营房，是石头垒的，房顶上已满是蒿草，看来只做参观用了。岛上还留有当年修筑的碉堡和地下掩体，也长满了蒿草，有一棵被炸断的老榆树挺立在一处战壕边上，上面钉着一个红牌子，写着：英雄树。在树根部摆着一个锈迹斑斑的火箭筒弹壳和一截坦克车履带。英雄树仿佛一位饱经风霜的老人，只有它还能见证出当年那场激烈的战役了。顺着岛上潮湿、阴暗的地下掩体，能从岛中心走到刚才我们上岛的路口处。

岛上安静，祥和。阳光透过丛林树缝洒漏下来，能听到树林中的鸟鸣。营房外面看不到军人的身影。不过站在岛上新生的丛林中，总让我产生一种肃然起敬的感觉。李琦告诉我说，我省有一位叫林柏松的写诗的残疾军人，就是在那年珍宝岛战役中冻伤的。

时间已让这个小岛变得异常宁静，哨所大门外也看不到荷枪实弹的士兵。要不了多久，这里也会变成一处旅游景点。如果没有那场冲突，这里原本该是这样平静的。我无法再嗅到当年一个孩子从课本里嗅到的硝烟味。

顺着乌苏里江往上游走，就到了虎头镇，虎头要塞就在这里，自然要去看看。这里已修建成了侵华日军虎头要塞陈列馆。

参观完虎头要塞，顺着山坡走下来，小镇的江边依旧透着这条大江特有的宁静，两岸幽幽的青山倒映在水中，江水在缓缓地流动，宛如一个处女一样文静地走来。沿着江边走，不知为什么，我突然产生一个想法：这条江还是一条清澈透明的江吗？她承受了那么多不该有的战争硝烟。在江边上有一处亚洲最大的铜虎雕塑，这也是我平生见到的最大的虎了，我不知道设计者的寓意是什么，照完相我在心中暗暗祈祷：但愿它能保佑这条大江的宁静和美丽。

离开乌苏里江时，一支古老的赫哲族民歌从我的心里默默地流淌出来：乌苏里江水，清又纯，海蓝蓝的天空……

秋到兴凯湖

　　兴凯湖到了这个季节，就变得冷寂下来，游人寥寥了。我们找的这家宾馆是湖边的一家疗养院宾馆，除了我们再没有别的游人了。

　　一住下来，我们就变得像孩子一样急不可耐跑到湖边上去看湖。

　　午后的阳光还很温和，宾馆的四周掩映在一片叶子已是半黄的柞树林中。穿过院前的一条林中小道，走不多远就到湖边了。没看见湖，先听见湖涛声了，仿佛是从远处传来的林涛声。钻出小树林，眼前顿时一亮，白亮亮的沙滩、白亮亮的湖水一起涌到眼前来。湖水辽阔得望不到对岸，有一两只白色的水鸟在汹涌的浪尖上翻飞。

　　"嘿，太美啦！"一行中的四位女士发出了惊叫，挽起裤脚就向湖水拍击的沙滩上跑去了。

　　我们也跟着挽起裤脚沿着沙滩水边向上游走去。卷过来的湖水冲击着小腿肚子凉凉的，而头上的太阳晃得眼睛有些睁不开。一边走，我一边弯腰捡拾沙滩里的湖卵石。走到远处一条倒扣在岸上沙滩里的旧木船旁，我倚着船帮坐了下来。看那边庞壮国在往湖里甩着海竿。走这一路，他黑龙江也钓过了，乌苏里江也钓过了，就是没见有什么收获。来之前，就听老庞说兴凯湖像大海，这话一点儿也不错，一湖跨两国望不到边沿。

　　一个人在搁浅的木船湖边坐了足足有两个小时，过足了日光浴，又赤脚踩着晒得热热的沙滩走回来。漫长的湖岸都是那种叶子已渐渐变黄的柞树林。

　　晚饭后我们又到湖边去，外面的天色已早早地黑了。站在院子里天黑得连星星也望不见，就有人打起了退堂鼓，去湖边要穿过白天走过的那条林中小道，天黑得伸手不见五指，走这样一条林中小道，甚是瘆人。

白天走过的那条林中小道已看不见了，只能凭感觉深一脚浅一脚往前走。我们几个男女挽着胳膊往前走。走着走着就不再觉着那么紧张了。林子里静悄悄的，连风吹动树叶的声音也听不到。

走到湖边的沙滩上坐下来，只能听到湖的潮水声在黑暗处"哗——哗——"地响动，看不到一丁点儿浪的影子，就感觉湖黑得深邃了。我们静静地倾听着。苍茫无边的湖在伸手不见五指的夜色中变得神秘，神秘得叫人有点儿害怕。

过了一会儿，看到夜空中一两点星星了，李琦和张爱华就在沙滩上仰躺下来，头向上望去。此时辽阔的夜空也像一个深邃的大湖扣在我们头上。

我们不知在湖边待了多久，直到静悄悄的夜风吹得我们身体发冷了，我们才起身走回去。

第二天一大清早，我起来去看湖，一个人走到湖边上去。我以为我起得很早，等走到湖边，才看到有两个人影比我还早来到了湖边，一个是李琦，一个是张爱华。李琦面朝大湖，双手合十闭目坐在沙滩里，不知有多久了。而张爱华正一个人从东边踏着涌动着湖水的岸边慢慢走来，湖边的风吹拂着她黑黑的长发，被湖水冲刷过湿湿的沙滩上，留下她一行清晰的脚印……我没有打搅她俩，向另一侧的湖边走去。阵阵的湖涛声，在清晨里发出排山倒海的轰鸣，离老远就听到了。

早晨的湖浪突然大了起来，潮头有如千军万马汹涌着从湖中奔腾过来，撞击湖岸涛声震耳欲聋。再看看脚下积着白沫的沙滩上，浮着一层小瓢虫，和不断涌上岸来的浪花泡沫粘在一起。湖边的空气更加清新、冷冽，仿佛一夜间把湖岸上的浊气都冲刷得干干净净了。四周岸边泛黄的柞树叶，像给湖镶了道金边。

太阳渐渐从湖浪滔天的湖上升起来了，橘红色的朝霞染红了惊涛骇浪的湖面，染红了湖岸上茂密的柞树林。兴凯湖没有乌苏里江那份宁静，与文静如处子的乌苏里江比起来，它更像一匹不安分的烈马，似乎要挣脱什么。

有道是天凉好个秋，秋天的兴凯湖有一种凝重的美。

抗联故地寻访

为写一部某家出版社约写的以冷云为原型的抗联题材长篇小说，要到"八女投江"的人物之一冷云（原名郑志民）生活、战斗过乃至牺牲的地方走一走了。行前查看了一下线路，正好是沿着黑龙江的版图东南西部画个圆走一圈。

先在省城中转时，去了一曼街头上的东北烈士纪念馆，查看了一下图片资料。东北烈士纪念馆是东北三省最早建成的纪念馆，里面对东北抗联各路军都有大量详尽的图片、实物说明。这座东北烈士馆的馆址原本是"九一八"之前张学良要建成的东三省最大的图书馆，伪满洲国时却变成了滨江省哈尔滨伪警察厅，赵一曼烈士被逮捕后，曾在此关押审讯过，囚禁的刑讯室里还展出了给她用过的刑具。让我心动的还有展出了她留给"宁儿"的那封家书（遗书）。这是她就义前，在押往珠河行刑的火车上，在生命的最后一刻，她想到了南方幼小的儿子，向敌人要来纸笔，给儿子留下了这封遗书："宁儿，母亲对于你没有尽到教育的责任，实在是遗憾的事情。母亲因为坚决地做了反满抗日的斗争，今天已经到了牺牲的前夕了！母亲和你在生前是永远没有再见的机会了。希望你，宁儿啊！赶快成人，来安慰你地下的母亲！我最亲爱的孩子啊！母亲不用千言万语来教育你，就用实际来教育你。在你长大成人之后，希望你不要忘记你的母亲是为国而牺牲的！"这份记录在日军审讯档案里的家书，时隔二十一年后，才传到赵一曼的儿子——宁儿那里。两天后，我知道了另一位年轻的抗联母亲失去爱子的事情。

下午登上了一趟开往佳木斯方向的列车，火车过小兴安岭的铁力天就蒙蒙地黑了。铁力也是抗联三路军战斗过的地方，车窗外是黑黑的雪色山林。车到汤原时已近晚上八时，天更是黑得伸手不见五指，汤原这一带是抗联三路军的大本营，让日本人提心吊胆的赵尚志就在这里指挥战斗过并牺牲在不远的鹤岗梧桐河山上。

在佳木斯下车找了一家旅馆住下，第二日一大早往桦川县赶，乘早班汽车。司机小伙子一听说我是去那里采访抗联英雄冷云家乡的作家，很热情，把最前边他媳妇（乘务员）那个座位让给我，说是看外边方便，还能给我介绍点儿什么。我挺感动。一路上心里涌动着一种崇敬的亲切，这就是英雄生活过的土地啊！二十世纪三十年代，冷云读女子师范时就是这么来往悦来镇和佳木斯的。

一个小时后汽车开到桦川县城，悦来镇已今非昔比了，不过还能看出一些老街巷的影子，悦来大街、冷云路、冷云村，冷云读过书的北门里小学和她教过书的南门里小学，现已改名叫冷云小学，校名是由黑龙江省原省长，也是冷云的同乡、师范同学陈雷书写。在县城的西南角有一座烈士陵园，除了冷云的墓碑外，还有赵敬夫（抗联三路军支队政委）、金正国（抗联十一军政治部主任）等数人的墓碑，这真是一个英雄辈出的老革命县城。在县里采访中得知，冷云的家乡已没有冷云任何亲人和后人了。当初冷云上山参加抗联时，为了不拖累家人和山上抗联营地保密的需要，将自己原来的名字改成了郑志民，从此也就和家人失去了联系。而新中国成立后，冷云在悦来镇上的亲人只有她的一个哥哥郑殿臣，而他并不知道电影《英雄儿女》里演的"八女投江"中的冷云竟是自己的亲妹妹。当民政部门查找到他时，他才知道自己的妹妹当年上山参加了抗联，并且已经牺牲了。悲痛之余，当他闻知妹妹冷云在抗联部队西征之前，曾把尚在襁褓中的婴儿托付给依兰土城子一带乡下的朝鲜族夫妇抚养，他和民政部门一起开始了对烈士遗孤的寻找，无奈当年日本人实行的强行并屯，这户朝鲜族人家已下落不明了。听乡亲们说直到郑殿臣老人过世，也没有寻找到妹妹的亲生骨肉。听了这段往事，我心里不免有些遗憾和沉重。如果冷云的女儿还活着，也应是年近七旬的老人了。

离开桦川县里返回佳木斯，次日又是一大早乘车赶往林口去，途经勃利，从资料看冷云投奔抗联时也途经过这里。这是一趟慢车，火车穿行在茫茫的雪野山中，山峰上多是柞树林。中午时分，火车到了林口。一下车就听站前打拼车的出租车司机在喊："有没有去刁翎的？二十块钱一位。"这才知刁翎镇并不是林口县所在地，离林口县里还有七八十里。简单吃了点儿饭就坐车去刁翎了。一个半小时以后我来到刁翎镇上。这个镇二十世纪三十年代是刁翎县所在，现在镇上人口显然减少了许多，也算不上繁华了，且街道上有些脏乱。看看天色还早，我不能在这里停留，得往三家子村方向赶，没有去的客车，就打了一个路旁的出租车。从镇上去那里有三四十里路，开始开车小伙子说，单程三十元，我说来回给他八十元。他就开车拉我去了，一路上走过四合子村和三家子村，就到了公路东边的乌斯浑河边。在八女投江的河口处建了一座二百来米长的桥道，只不过现在是冬天枯水季节，不宽的河面覆着一层白雪。对岸的山坡上，又重新修建了一座八女投江纪念碑。我走过去，对岸山坡底下看不到一个游人，风吹在脸上有些痛，我在那里驻足了很久。回到这岸上来，我走下河去，在白雪覆盖的河面上拍了几张照片，这是来时出版社编辑嘱我拍几张实地照片给他们。

站在这片静静的柳毛子河岸上，我根据了解的资料在遥想当年她们八人走下河去的那个早上，她们本来可以安全泅渡到河岸上去的，除了她们八人，还有一名朝鲜族男向导。枪声响起时下去测水深的朝鲜族男向导已蹚到河对岸去了。可她们为了掩护师部撤退，果断地在这岸柳毛子里向敌人开火把日军吸引了过来。直到敌人封锁了河面，不想让敌人俘获的她们毅然决然地手挽着手，高呼着"打倒日本帝国主义"，高唱着《国际歌》走进了冰冷的河水里去。她们当中年纪最大的指导员冷云二十三岁，最小的王惠民才十三岁。她们当中有四位是从这条乌斯浑河畔附近村子里走出去参加抗联的姑娘。她们牺牲后，当地村子里的百姓在搜寻她们的遗物时，只从她们丢弃的挎包里找到几个她们连日来用来充饥的干萝卜头。她们是随着师部从西征途中一路穿山越岭折返奔袭来到这里的，本来这支饥寒伤病交困的残部是打算天亮过河去寻找五军军部，夜里在岸边柳毛丛中笼火取暖时，被当地一名日伪特务葛海禄在西山顶上发现告了密，黎明时引来了刁翎县城里日军守备队的包围……在掩护师部突围出去后，她们却被敌人逼到了河边。她们走了，把一条河留了下来。

抗联二路军总指挥周保中将军在听说八名女战士如此壮烈牺牲后，在他当天的日记中沉痛地写道："乌斯浑河畔牡丹江岸将来应有烈女标芳。"

此刻，那座"八女投江烈士"纪念碑就静静矗立在对岸的山坡下，迎着猎猎的寒风披挂着皑皑的白雪，似乎让人看到了这八位女兵威武不屈的身影，耳旁这宁静的河面上似乎还回响起她们高唱的《国际歌》歌声……

我不知道冷云在牺牲的那一刻，想没想起和她一同"私奔"上山来并先她牺牲的志同道合的伴侣吉乃臣，想没想到她那刚出生两个多月还没有（不会）叫她一声妈妈的孩子，这个在山林里用烧焦的树枝在白桦树皮上教过无数抗联战士学会写字的文化教员，最后却来不及为自己的亲生女儿留下只言片语，就那样带着一位母亲心中永远的遗憾走了……深秋的寒风带着落叶的呜咽，那是襁褓中的女儿对妈妈的不舍。生死离别的那一刻，一定会让这位母亲心如刀绞，泪如雨下。可这位身体虚弱的母亲正是为了千千万万孩子的安宁和幸福，义无反顾地走了。就像当初她离开悦来镇，离开自己的父母和最疼爱她的大哥一样。

伫立了良久，我向冰冻的河面深深地鞠了个躬……

又坐等在公路边的出租车返回到镇上，我就不打算回林口县里去住了，尽管镇上的旅馆住宿要比县里差得很多，我还是想在这里体验一下小镇的环境，去遥想镇上的过去。就在临街面找到一家小旅馆住下，放好背包，天很快就黑了，街对面有一家老字号的羊馆，就走进去坐了，要了一个菜和一笼屉羊肉馅蒸饺，要了一瓶啤酒，独自坐在酒馆里喝了吃了。吃过饭，到镇上走一走，小镇黑乎乎的，只有街中心亮着几处不太明亮的灯火。天气降温，冷风从四处破着的街口蹿出来，吹得脸有些刺骨的冷，还有一种说不清楚的置身陌生异地的感觉。就走回了旅店，旅店店主是一个五十岁左右的男人，听说我来镇上采访"八女投江"和当年抗联在周围山上活动的事，就说他爹当年在镇上给日本人做过饭，知道点儿抗联的事情，和他拉起话来……就觉得这一晚上在镇上住是不虚此行了。

第二天又是天还没亮就起来，坐镇上最早班发往林口县城的汽车走了。一早从镇上乘车去县里的人并不是很多，我这个外地人挺扎眼，我坐在车前边的座位上，车过大盘道拐弯道时，忽听司机说，这个大盘道边当年就发生过抗联袭击日军的一次著名战斗。我不由得睁开打瞌睡的眼皮，向车窗外睁大眼张望着两边耸立的山峦。看来这寂静的山里一草一木都有抗联的故事啊。

到了林口县里，我直接去了北山下县政府新落成的办公大楼，找到了县党史办，党史办主任就给我提供一个人，说找到此人就会找到我想要的东西，此人是林口县离休的政协主席于春芳，他专门搞过八女投江史料研究，并出过两三本书。随后县宣传部杨副部长和县文联的小李带我去于主席家。到了于主席家，同他聊了起来，才知自从他离休后，就专门做八女投江和抗联五军地名考的研究工作，他多次上山去寻迹考证过抗联的密营地。这是位七十二岁的老人，不高的身体很硬朗，精神矍铄，十分健谈。一问早年当过兵，还是刘英俊生前的排长，更叫人敬仰了。他离休后放弃了深圳高薪聘请的职位，默默在做着个人收集抗联史实的工作，要为后人留下点儿什么。

离开林口，行程的最后一地是牡丹江市里。又来到了以前来过两次的江边，又来到八女雕塑像前。这一次站在这里的感触是不一样的，她们的名字不再是陌生的了，她们的名字是活生生的。冬日黄昏中，她们的身影正从滔滔的飘着雪花的寒水中走来……

当晚在车站附近一家宾馆住下，夜里降温。次日早起到牡丹江火车站乘车返回时，天已下起鹅毛大雪来，天地间白茫茫一片。坐在火车车厢里，列车穿行在林海雪原的山野里，倒也是和回忆和心情相匹配的天景，列车一路穿过海林、横道河子、虎山、玉泉、一面坡……就想，这都是当年抗联出没战斗过的地方啊，也是这样的山，也是这样的雪野，也是这样嘎嘎冷的冬天，只是没有这样温暖飞速的车厢。

列车倒像是在穿越时间的隧道，载着我几日一路走访下来收集在脑海里的人物、故事在飞奔，那是活生生有血有肉的人物啊，想起来就让人肃然起敬。不把这些写出来留给后人，留给这片天，留给这片黑土地，留给这片山林，留给这条河，我们是不是愧对这些长眠在白山黑水的英灵？

嘉荫的恐龙

　　身为黑龙江人恐怕谁也没把黑龙江与"龙"真正联想在一起，而恐龙的故乡就在与我的故乡汤旺河林业局毗邻的一座黑龙江边上的小县城嘉荫境内。不过在我小时候还从没到过这个小县城，原因之一是上个世纪七十年代中苏关系紧张时去这个边境县境内要边境通行证。这样一个相对封闭的边地小县城境内在上个世纪七八十年代很少有人知道出土过恐龙化石，它却是中国最早发现恐龙化石的地方。

　　上个世纪九十年代随着边境极地旅游的开发，静谧的小县城热闹起来，恐龙故乡也渐渐揭开了它的神秘面纱。开始人们去那里只是游江、游山，领略对岸的异国乡村风光。不知从什么时候起，恐龙的遗址成了人们争相目睹的去处。正应了那句老话，"山不在高，有仙则名，水不在深，有龙则灵"，在遥远的偏僻的黑龙江中俄边境上这个人口只有七万的小县境内就因有这样一座因"龙"而得名的山——龙骨山，而让省内、国内，甚至是让国外游人、古生物爱好者、专家纷至沓来了。这龙骨山依江而立，山体矮小，与小兴安岭漫长的崇山峻岭比起来，甚至有点儿丑陋。但就是这么不起眼的山，是中国最早发现恐龙的地方，这里出土了中国最早组装的恐龙化石——"神州第一龙"，说它发现恐龙化石早，可以追溯到一个多世纪前。

　　早在一九〇〇年前后，生活在黑龙江沿岸的渔民就发现，每年涨大水以后，总有一些动物骨头从河岸被冲洗出来，而他们并不知道这些骨头究竟是什么东西。当地的土著渔民把这些骨头当成了黑龙江里的鳇鱼骨，而当地的土著鄂伦春人则把这些骨头当成了熊骨，可是这么大的熊骨却是他们谁也没见过的，他们只是当作一种神兽来敬畏。我在两年前从中央电视台《探索与发现》栏目里看到一个专题片，记者在多年前去嘉荫走访健在的鄂伦春老人时，当时他们的先人还这样认为。而在清末年间这一消息却被俄国的上校军官马纳金得知，他带回去了一些化石，认定这些骨头是某种动物的。一九〇二年，马纳金在伯力报刊公布了这一消息，引起了俄国古生物学家的注意。先后有多名考古专家来到了黑龙江右岸采集化石，他们把在中国境内盗采的恐龙化石制成标本，于一九二四年装架制作，并把挖掘出的化石组装成一具高四点五米、长八米的完整恐龙化石骨架，定名为黑龙江满洲龙，陈列在圣彼得堡的苏联地质博物馆内。

中国人真正自己组织队伍进行系统的恐龙化石采集工作是从二十世纪三十年代开始的。新中国成立后，在黑龙江省的嘉荫县境内，不断有恐龙化石骨被发现。一九五六年至一九五九年间，中国科学院黑龙江流域考察队在黑龙江沿岸进行路线地质调查时，曾发现过在嘉荫县至太平村一带浅灰色砾岩夹页岩中产恐龙化石。一九七七年，黑龙江地质区域地质测量第一队四分队在嘉荫县鱼亮子-617航标的黄色、灰色砂岩、砾岩中找到恐龙化石，并采集数十箱化石标本，经国家地质总局博物馆（现全国地质博物馆）专家鉴定为鸭嘴龙亚科。基于此，有关部门决定对上述地区的恐龙化石进行发掘。二〇〇一年国家批准在嘉荫恐龙遗址发掘地建立恐龙国家地质公园。

嘉荫恐龙国家地质公园位于嘉荫县城城西九公里处，黑龙江右岸，东起嘉荫县永安东山，西至鱼亮子，长约二十公里。北与俄罗斯的巴斯科沃相望，山势平缓，依江北邻黑龙江与俄罗斯而立，总面积三十八点四四平方公里。龙骨山恐龙国家地质公园置身在浩浩大江侧岸和崇山峻岭之中，不能不让人感叹大自然的造化是如此天地作合。

那年秋天，我和省里两位诗人李琦、王立宪来到这里，早上从伊春市里出发，两个小时的车程让我们丝毫不觉疲惫，一路的五花山色引我们来到了这里，神清气爽。一下车诗人就为这独具匠心天作之合的设计而惊叹。偌大空旷的地质公园内，卧着一具巨大的仿真恐龙骨架，在恐龙骨架的边上雕塑着几十位中外已故和健在的地质古生物学家的青铜雕像。据年轻的女讲解员讲，这在国内是首创，为中外已故和健在的不同肤色的地质学家做雕像群，这体现了人类一种共同的尊重。空空的一阵清风吹来，抚慰着一丝心灵的感动。空旷的广场上只有我们几人寥寥的身影，即使是双休日，这里也不会有多少参观者的。在都市，文化成了经济效益的代名词，而在这边地小县城，文化却回归到应有的尊重的位置。走进独具匠心的圆形博物馆内，感官触摸到了亿万年前的恐龙时代，那具镇馆之宝几年前挖掘出来的恐龙化石骨架静静地安卧在地下一个圆形展厅内，我和两位诗人都是第一次在挖掘恐龙化石的原始地参观恐龙骨架。站在这座颇具现代化的展馆里，我们嗅到了几亿年前生生不息的生物气息。

距龙骨山向西北行车五十余里，就来到了小兴安岭的著名旅游景点茅兰沟。茅兰沟这处藏在深山老林子里的美景，被来过这里的人誉为塞北的"小九寨沟"，来嘉荫除了看恐龙地质公园外，再就是顺路去看茅兰沟。茅兰沟当地人原来称"猫狼沟"，原是野狼多出没的地方。原生态的奇山秀水藏在深山老林里让人美不胜收。

秋天的龙骨山，天高地远，伫立在缓缓流淌的黑龙江崖上。江风徐徐拂面，逝者如斯也，你会觉得这条神奇的大江是从远古中流淌而来。黑龙江有龙，龙在恐龙的故乡嘉荫小城境内。如果你想造访六千五百万年前地球上的客人，那么你就从省城出发，打上一张火车票坐上 7017 次火车，睡一宿觉在汤旺河车站下车，再坐上一个多小时的客车就到了。这并不算是太漫长的旅程，而你感受的却是亿万年的时空穿行，相信会带给你一份美妙的惊喜。

长白山纪行

到达长白山的头天晚上，我们下榻在山脚下曾经拍过电视剧《雪山飞狐》的飞狐山庄。时令虽然是刚交八月，山上却有几分凉意了。汽车颠簸了一天，早上五时从大庆出发，到这里已是夜里九时多。身子疲惫得散了架，倒在冰凉的床上便睡了。

第二天一大早，我们起早上山。天气有些阴沉，听人说许多游人到长白山来并不一定能看到天池，赶上雨天或雾天就什么也看不到了。看看天气，心里有点儿担心。同去的庞壮国更是早早地做了准备，在山庄售货部买了一件塑料雨衣。从北门上山时还听他嘟囔，他妻子的单位组织来旅游，上主峰去了两回都没有看到天池。

这个季节正是旅游旺季，从北门上去，登山越野车入口处，游人已熙熙攘攘排起了长长的蛇阵。伊局长问大家要不要坐登山越野车。有人说既然来登山，那徒步上去比坐车更有意义。

徒步是从登山长廊往主峰走，路过温泉和瀑布。头顶密布的阴云似乎在催促着人们的脚步。穿过茂密的林子，来到瀑布跟前时，才知由于昨天夜里刚下过雨，岩石松动，登山长廊口已有人把守，不让游人徒步上山，只好折身返回。

在返回途中，路过天然的温泉华清池，有人在往温泉水里放成筐的鸡蛋，不一会儿鸡蛋就煮熟了。煮熟的鸡蛋五元钱一个，游人纷纷品尝。

而在不远处的一个岩壁下，堆积着一堆长年不化的积雪，一棵亭亭玉立的枫桦树从雪堆中长出来，树冠上的树叶鲜绿无比。这一独特的景观让游人惊诧不已。

返回到登山越野车入口处，已有上去的游人陆陆续续下来了。登山车是那种越野大吉普，五人一车，我、庞壮国、王立纯坐在一个车里。往山上开时才知道都是拐肘弯的盘山路，身子左边猛晃一下右边猛晃一下，就佩服起开车的司机师傅来，在这种险峻的盘山道开车如在平道上跑。

一座山峰一座山峰很快就被扔在了山下，越接近主峰，周围就越显得光秃，气温也下降了许多。

终于到达了主峰。站在海拔两千六百九十一米高的天池主峰上，云层变薄了，也变亮了，俯身望下去，淡绿色的池水像一扇镜面，静静地镶嵌在群峰之中，纯净得不含一点儿杂质。

真佩服大自然的鬼斧神工，灰褐色的天池口，奇形怪状的岩石壁上，还能看到当初火山爆发时留下的五颜六色的岩石浆流，那岫岩画一样的色彩，给人一种如梦如幻的感觉。庞壮国掏出酒来，饮了一口说，站在这么高的天池边上，喝一口酒会别有味道。邀别人同饮，就有人跟着他饮了。一种如醉如痴的神色弥漫在每个人的眼里，这天地间也空灵了许多。

乘车下山来，雨云又重新聚集起来，把山压低了。突然从山间飘来一股白雾，白雾弥漫了崎岖的山道，弥漫了陡峭的山坡。隔着车窗，白雾如纱，似乎触手可摸。可开车的司机师傅似乎已习惯这样的路况、这样的天气了，让我们在惊悸之余透了口气。回头再看，天池峰口已完全被白雾遮住了。

高山仰止，此山，此池，不由得让我们生出一种敬仰之情，天地有大美，需仰视才见。

山下拉游客的车还不断爬上来。司机师傅说，他们上去也看不到天池了。

果然，到了山下，就下起了细密的雨丝来。

激情满洲里

在中国的版图上，最早和俄罗斯铁路接轨的地方就是满洲里了。从中东铁路的建成开始，这里就有了第一个国门。最早的一趟国际列车就是北京经由满洲里开往莫斯科的。去年八月我来到了这里，来到这座内蒙古边境小城。

来到满洲里自然要去国门看看，驱车离城区向西跑出了八公里处，就来到了满洲里国门。如今这已是第四代国门了，是一九八九年修建的。国门坐落在两国铁路连接点中方一侧，与俄罗斯国门相对应。国门下通过有窄标准轨、宽轨各一条。国门呈"门"字形，高十二点八米，宽四点四五米，顶部有瞭望厅。登高远眺，俄罗斯贝加尔斯克市的风貌和满洲里的全景尽收眼底。国门外表用两千多块青灰色花岗石板镶嵌，门中间上方的国徽直径一点八米，上面有"中华人民共和国"七个红色大字十分醒目。游人来这里参观拍照留念的很多。被铁栅栏拦起的铁轨上，不时有货运列车在通过。在一处铁道涵洞口有一个箭头向西的标识"当年中共领导人秘密通道"，便穿过涵洞走了过去。在国门的右西侧不远的一块空地上，挨着铁栅栏旁边摆放着两辆陈旧的俄式马车，铁栅栏上挂着一个标识牌，上面写着：中共领导人当年就是从这里坐着马车向北五公里进入俄国境内的。便不由得把目光向铁栅栏外望去，外面是一条荒芜的土道，那条土道一直伸向远处一道铁丝网拦着的地带，土道两侧是广袤的草地。看来这条土道现在已不是"道"了，初秋的阳光让这片荒芜的草地土道显得异常宁静。

这么说，当年中共领导人瞿秋白、李立三、周恩来等人就是从这里坐着马车秘密走出国门去红色之都莫斯科的。想想那时从上海坐火车过来，在国内差不多要走上半个月，过去之后在俄罗斯也要颠簸上大半个月，才能到达莫斯科，这是多么遥远的路途啊。而路上除了白色恐怖，还要经受漫长的寒冷、饥饿和病痛的考验。

登上国门顶层的楼内大厅，看图片介绍新中国成立后毛泽东第一次走出国门出访，也是从满洲里坐火车去莫斯科的。因此说这里是第一国门一点儿不为过。革命战争年代还有不少中共领导人和烈士子女被从这里送到莫斯科学习。那间由中俄会晤室和边防营房改成的展览室里，保存着十分珍贵的照片。瞿秋白的女儿瞿独伊、林彪的女儿林晓霖在莫斯科学习的照片我就是在这里第一次见到的。

离开国门向市里驶去，途中路过了两个别具特色的广场，一个是俄罗斯艺术家雕像广场，有托尔斯泰、普希金等人的雕像；一个是套娃广场，广场上是由无数只大大小小神态各异色彩斑斓的俄罗斯套娃组成的，最大的是广场中心的套娃，有两层楼高，最小的是和孩子身高大小。看来俄罗斯文化已深深地影响了这个边境小城。在城南一处高山坡上还新建了一处占地面积很大的哥特式的基督教堂。

我们住在市中心一家宾馆里，这个季节来满洲里旅游、购物的俄罗斯人很多，下榻的宾馆里还设有西餐厅。早上过去用餐，看见西餐厅里就坐着两对俄罗斯人，一对是两个四十多岁的中年男人，一对是年轻的夫妻俩，他们的早餐都很讲究。上午出去时看到宾馆门口的凳子上坐着一位满脸皱纹的俄罗斯老太太，在那里晒太阳，下午回去时还看见她坐在那里，仿佛坐在自家门前一样，打量着过往的行人。白天走在街上，看大街两旁的商铺，都用中俄两种文字写着店名，走过两家服装摊前，那两个女摊主都用一口流利的俄语在同俄罗斯顾客讲着价钱。

晚上陪同我们的老白要带我们去中俄步行街的国际饭店去吃西餐，看俄罗斯女郎风情歌舞表演，并说外地来的朋友一般都去那儿。

满洲里的天黑得晚，出来已经快六点了，太阳还高高地挂在西边的天空上。步行走到街头上，就见这家尖尖楼顶的饭店一楼门厅上挂着一幅艳丽的广告：体验俄罗斯风情歌舞，动感激情地带。我们走到里边去，老白在最前排的位置订了餐桌，不知是不是我们来早了，坐下时只有我们一桌客人。这个大厅可容纳二百多人就餐，靠里边是一个表演舞台。老白说客人多的时候，座位都不好订。服务生端餐盘过来时，又进来两桌客人。演出六点半开始，正担心演出会不会推迟时，舞台上灯光音响亮起来响起来了。西餐烤肉、沙拉一道一道上来，我们喝起啤酒来。舞台中央的高凳上先是坐上来一位俄罗斯女萨克斯手，她戴着白色礼帽低头在那里缓缓地吹奏起来，一曲缠绵抒情的萨克斯音乐就在大厅里响起来，一曲终了，这个一身白装的女萨克斯手又吹奏了一曲。我留意到我们座位的左侧的边座上坐上了一位俄罗斯男子，他要了一瓶啤酒，一个人坐在那里喝了起来。接下来表演的是六位俄罗斯妙龄女郎，她们身着性感超短裙，跳了一支动感十足的现代舞，接着又身着俄罗斯传统服装跳起了俄罗斯风情舞。少顷，舞台上又走上来一个身穿黑色衣装的胖胖的中国青年二胡手，他站在舞台上很有激情地演奏两支二胡曲，一招一式都十分娴熟，博得了热烈的掌声。他演奏完又是那六个漂亮的俄罗斯姑娘上来表演了舞蹈《劳动的间歇》，这是俄罗斯民间舞蹈。我们一边吃着西餐，一边欣赏舞蹈。的确进了"舒适地带"（舞台的广告语），再去看那个俄罗斯汉子，他还在喝着那瓶啤酒，依旧什么东西也没有要。接下来是两个四川男女演员表演的川剧变脸。之后，又上来一个中国小伙子变换杂耍地表演调酒，两只威士忌的酒瓶被他用打火机在酒瓶口点着了，在空中眼花缭乱的火光中抛来抛去，最后勾兑出三杯色彩鲜艳的鸡尾酒来，他端到我们三桌客人的桌前来给客人品尝。最后一支舞蹈是身着俄罗斯民族长裙的姑娘上来表演的《俄罗斯之恋》，音乐婉转深情，姑娘们舞姿舒展，长裙款款飘动……让人感受到了俄罗斯那辽阔的大地。那个吹奏萨克斯的女演奏手又走上舞台来，她演奏了一支激情高昂的萨克斯舞曲，那六个姑娘纷纷走下台来，邀请座位上的男士，上台与她们一起跳舞。一个身高像长颈鹿、十分白皙的姑娘走到我跟前，伸出了手，我走了上去。大家随着音乐的节奏跳了起来，又一起转圈围着那个女萨克斯手跳起了转圈舞，让大厅里的气氛达到了高潮，最后在一阵"哈啦少"叫好声中结束了。

我们走出来，夜色已完全笼罩了这座小城。灯光亮起来，街两旁各种风格的建筑，让我仿佛置身哈尔滨的中央大街上。而身边走过的人群中，也多是三三两两的俄罗斯人，或是一家几口人，或是一对情侣，在街上休闲徜徉……也有的坐在街旁咖啡间里喝着咖啡，或坐在街头的烧烤摊上吃着羊肉串，喝着啤酒，他们习惯过这种夜生活。此时我们也不想这么早回宾馆休息去，就在大街上闲逛起来。这条步行街是几年前由中苏一条街改造的，我们沿着这条街往南走去，就走到一道街的铁路街附近，那里有一排俄式的木刻楞老房子，在街头还看到有一群人围在那十字街口空地上在唱歌。这条灯火辉煌的街面上显然比白天热闹得多，沿街的僻静路口边上还停着许多挂着俄罗斯牌照的轿车和货车，看来它们的主人都是在这里过夜的。

耳边传来的俄语声，让我仿佛置身异域的城市里，这热闹的城市，这辉煌的灯火，让这个白天宁静的小城一下子充满了浪漫的激情。抬头望那轮宁静的月亮，从高楼的空隙里露出来，已升在正空中了。

走进呼伦贝尔大草原

离开呼伦湖乘车沿着 301 国道向南，就进入呼伦贝尔大草原的腹地了。天是瓦蓝瓦蓝的天，浮着的白云朵，干净得像是刚刚从湖水里打捞上来一样。呼伦湖又称达赉湖，蒙语意为像海一样的湖泊，是中国的第四大淡水湖。中午品尝过了湖中的野生鲤鱼和白得透明的湖虾。站在湖边上远望，海一样的湖面就那样静静地镶嵌在辽阔的草原上，似乎没有边缘。

呼伦贝尔草原也是像湖水一样慢慢地漫上我的眼帘的。蓝天白云下，广袤的草原一直伸向望不到尽头的天边，白炽炽的阳光下，伸向远方的公路就像一根细细的绸带系着这飘忽的草原，掠过的两侧草原上不时露出一群群低头吃草的牛群、羊群和偶尔闪过的蒙古包毡房。尽管这不是一个看草原的最好季节，草原上的草由于今年北方的干旱已开始泛黄。可是对于第一次到草原上的我来说，还是充满了兴奋、惊叹和好奇。想到自己最早听到呼伦贝尔大草原这个名字还是在上小学时从老师教的一支歌里知道的，教歌的女音乐老师脸上是那样的痴迷，后来又从课本上知道了草原英雄小姐妹。草原在孩提时带给我的不仅是美丽神奇向往，还有那辽阔的扑朔迷离的神秘。多年前我就想有机会到草原上来走一趟了。

八月末，也是草原成熟的季节。草原上已有牧人用割草机割过的草，打成石碌一样的圆草捆摆放在草地里晾晒。一排排草捆星罗棋布摆在割过的草地里，远看像是无数颗棋子摆在偌大的棋盘上。从敞着的车窗里，顺风飘进来一股浓浓的草香味道，温热透明的阳光里，这种味道有一种诱人的纯净，伸向天边的视野里，草原有一种坦荡的母性美了。

车里的背景音乐在放着《我和草原有个约会》。开车的小石师傅是个很阳光的小伙子，他是大庆油田在海拉尔物探队里的一名司机。车里陪我一起来的老徐原来也曾在海拉尔勘探队干过。老徐是山东人，黑黑胖胖的，年近六十，是早年从部队转业来油田的，当过勘探队里的书记，后来还写过诗。从坐进车里，老徐就一直把目光伸向窗外望着。

本田车愉快地跑在无垠的草原公路上，在这样视野开阔的道上开车是不会感到疲劳的。耳里听着优美的音乐，眼前闪过的是配合音乐的生动草原画面，真是一种享受啊！可老徐说他第一次看到草原却不是这样的。快三十年前老徐带着大庆第一支勘探队来到草原上时，正是五月份，草原上没有像样的路，而春天的草原又是孩子脸变化无常。一天他们刚在驻地搭好帐篷就遇上暴风雪了。两个出去拉物资设备的汽车，走在半道上迷路陷在雪地里了。骤降的气温在傍晚使两个躲在舵楼里的年轻司机也冻昏了过去。后来被两个骑马的蒙古汉子发现了，他们砸开了舵楼车门玻璃，把两个司机用羊皮大衣卷裹着抬上马驮到了他们的蒙古包里，两人又骑马跑到驻地来报信。老徐一听也吓坏了，队里没有车，赶紧也骑上蒙古汉子的马后边，顶着风雪赶到蒙古包。见两名司机被毡包里的炉火烤暖了身子苏醒了过来，他才长长松了一口气。蒙古汉子要他们天亮再回去，老徐就留了下来。那一晚不胜酒力的他第一次喝醉了。两个队里的兄弟被人家救下，这酒他不能不喝了。蒙古人很看重客人喝酒的，只有醉倒了他们才把你当成真朋友。

车过新巴尔虎左旗地界一片草原时，老徐的眼眶是湿润的。当年老徐带的地质队就在那里不远作业过。一条名叫乌尔逊的小河从那里穿过，他们做饭就担那河里的水。一次老徐去挑水，碰到一个鱼窝子。他用扁担足足打了半水桶鲤鱼，回来告诉炊事员中午焖大米饭，大伙吃得那个香啊。那时后勤副食供应还很匮乏，春天他还带着大伙去野地里采过黄花菜。

当晚住在海拉尔，海拉尔现在是呼伦贝尔市的一个区，在我们住的宾馆前，老徐认出这里当年还是一排歇马桩。那时这里还看不到楼房。晚上去一家火锅店吃涮羊肉，吃着细嫩的海拉尔羊肉，喝着海拉尔凉啤酒，海拉尔的羊肉和海拉尔的啤酒都是出名的，因为这里有最良好的草原牧场和最清澈的海拉尔河水。

次日下午又去看草原，去了金帐汗部落。金帐汗部落离海拉尔市区有七十来里，车子出城向北跑了一段通向额尔古纳的公路就向东岔上了一个路口。一跑上这条被草原埋没的公路，一大片起伏的草原原野就跃入眼帘来。在公路上顺着草原的起伏坡下放眼望去，那片草原一直伸向卧在天际边的山峦，那漫弧圆形的山峦，起起伏伏却一点儿褶皱也没有，显得很光滑，那隆起的山坡上也生长着草被，顺坡的草毯上，散放着星星点点的羊群。就在这片顺着公路边伸下去辽阔的草原低处中间，我望到了一条弯弯曲曲亮亮的水线，它像回了几道弯的羊肠子甩在偌大的草地里。这就是被老舍先生称为"天下第一曲水"的莫日格勒河了。它默默地流淌在泛黄的草原上，初秋的有些苍凉的日头，让我想到一个词，百结愁肠。

车子行到金帐汗部落的蒙古包停了下来。这里是陈巴尔虎旗境内，金帐汗蒙古部落就是依照当年成吉思汗的行帐建成的，再现了当年蒙古部落的风貌。每逢夏季，走"敖特尔"的蒙古族和鄂温克族的牧民们便来到这山清水秀、水草丰美的草原上，三五成群结伴自然形成了一游牧部落的群体。

我们三人顺着草坡向莫日格勒河边走去。这条细细的河流没有固定的河岸，它九曲十八弯地在草原上拐来拐去，河水缓缓朝西流动。因了河水的滋润，这片草原比别处的草原上的草要绿些，草丛里还盛开着许多星星蓝的野菊花，我顺手折了一把。顺着河弯在草地里走着，累了就坐在柔软的草地里歇一会儿。在一处略宽的河道里，一群马正散站在河水里悠闲地饮着河水。棕色的马尾不时抽打一下落在身上的蚊蝇。这片草原很宁静，蓝天白云倒映在河水里，莫日格勒河又仿佛一根细细的马头琴弦，在低低吟唱着一支从古至今不变的歌谣。草原是蒙古人的家园。

太阳渐渐向西沉去了，离开莫日格勒河边那片草地往回走时，不时有一两只百灵鸟从我们脚前的草丛里飞出，婉转鸣叫，让这片草原有了一种灵性。走到公路旁回过头去，蓝色野菊花、飞起的百灵鸟、白色的蒙古包毡房、流淌的莫日格勒河……这一切都沉浸在落日的余晖中，夕阳给静美辽阔的草原镀上了一层金辉。这就是梦中的草原啊……

坐进车里，车里正播放着一首《陪你一起去看草原》。巨大的落日跟着车轮，跟着歌声，一起在草原上滚动，滚动。

夏日踏游古城依兰

在黑龙江要说有较早历史的古县城，依兰当属其一。最早知道依兰这个县城的名字还是在上个世纪七十年代末，有一部电影叫《傲蕾·一兰》，讲述的是十九世纪末二十世纪初发生在北国黑龙江、松花江流域的那场抗击沙俄保卫战。电影写在依兰，拍在依兰，依兰也由此扬名。读高中时听刘兰芳评书《岳飞传》，说金灭北宋，北宋两个末代皇帝宋徽宗和宋钦宗，被金人（女真人）掠到北方，关押在五国头城，这就有了"坐井观天"这个成语。这五国头城就是依兰。

五国头城遗址位于依兰县城北门外，松花江南岸，西濒牡丹江，东傍倭肯河。拉哈府山（小兴安岭南麓）和倭肯哈达山（完达山余脉）东西屏障，素有"松花江门户"之称。公元十世纪分布在依兰以下松花江和黑龙江沿岸的"生女真人"形成著名五大部族，即剖阿里、盆奴里、奥里米、越里笃和越里吉，通称五国部。越里吉部的驻地位于最西，又为五国部盟城，故又称五国城头城。

早就想到依兰去走一走，黑龙江大大小小的地方差不多都走遍了，可依兰还一直没去过（几次路过都与依兰擦边而过）。今年初夏端午节前两日，《纵游大庆》主编张文打来电话，问我能不能参加他们组织的去依兰巴兰河漂流，我没有犹豫就答应了。

早上从大庆出发，大巴车跑了五个多小时，中午十二点多驶进了依兰，汽车穿正街而过，老房子已不多见了，不过在依兰县城北面还能看到五国头城遗址和抗日爱国将领奉军镇守使李杜将军为其胞姐修缮的慈云寺。车到城北的江边码头，下车来站在岸边等船过江时，我打量着正午炎热阳光照射下的这座安静的古县城，思绪穿越千年的历史，遥想当年这"满清发祥之地"是何等的兴盛。古城依兰是三面环水（松花江和牡丹江在这里交汇），一面环山，这滔滔的松花江水注定了女真的后裔清的兴盛。史书记载在金被灭了后，仅仅过了两个朝代，按捺不住的"龙之脉"终于又续上了真龙天子的香火，清王朝努尔哈赤的六世祖猛哥帖木儿就出生在依兰城西马大屯。难怪乾隆大帝秘访三姓（今依兰）时，称这里"声闻塞北三千里，名冠江南十六州"呢。

依兰除了有悠久的历史，还有秀美的山水环抱。松花江、牡丹江、巴兰河、倭肯河在这里交汇，小兴安岭、完达山、张广才岭在这里聚首。"四水三山"坐拥古城，让黑龙江东部这座小县城自古就有了不一样的神韵。

我们乘摆渡的轮渡过到江北岸来，江北岸上是迎兰朝鲜族乡，我在创作长篇小说《冷云传奇》时，去过"八女投江"冷云的家乡（桦川）采访，得知冷云当年参加抗联牺牲前曾把尚在襁褓中的孩子寄养在这一带的一位朝鲜族老乡家，只可惜新中国成立后政府多方寻找也未找到英雄后代的下落（因为当年日本人强迁并屯，许多小屯没有了）。顺着巴兰河上游往上走，中午我们在烟囱山下的一个老五山庄就餐，摆上桌的都是清一色的绿色菜肴，有炸河里的柳根鱼、凉拌蕨菜、炒笨鸡蛋、炖河鲤鱼、清蒸白点鲑、凉拌杀生鱼、炒山野菜、野猪肉……接待我们的 AK 山庄宋岩经理告诉我们说，这野猪是在山林里圈养的，冷水鱼也是在河边引的河水养殖的。

下午到巴兰河上去漂流，巴兰河由于群山环绕两岸风光旖旎，河道落差好，又是黑龙江最早搞漂流的河流，被称为"北方第一漂"。这个季节还不是漂流旺季，只有我们四五个皮筏往下漂，时而激流涌荡，时而水面平缓，激起的浪花中传来阵阵惊叫和欢快的笑声，惊飞了林间的小鸟和鹅卵石上的蝴蝶。巴兰河是由小兴安岭山泉水汇聚下来形成的河流，河水清澈见底，这是一条冷水河，即使在炎热的盛夏，水温也只有六七摄氏度，且水质清冽甘甜。给我们带队的大庆外贸旅行社经理孙鸣雁还灌了两矿泉水瓶河水，说是带回去给家人尝尝。九股激流、十八道险滩水湾下来，尽管我们没有打水仗，可是我们人人衣服裤子也都湿透了。

晚上住在林中的山庄里，大伙围坐在院子里篝火旁，吃着烤全羊喝着啤酒。主人稍有遗憾地说音响坏了，不能唱歌了。其实我更喜欢这山里初夏宁静的夜晚。趁着夜幕我和晚报崔主编悄悄离开了人群，沿着林中的小道去散步，山里的夜真宁静啊，漆黑得离开两步远就看不见人影。突然从黑乎乎的林丛中传出一阵"咕咕——嘎嘎——"的蛙鸣，竟吓了我们一跳，原来那是林蛙在为我们整齐地合唱呢！还有什么样的声音能比它们的声音更美妙呢？

早上我们又被一声布谷鸟的叫声早早叫醒了，我和崔武、刘莉、霍春华沿着白雾缭绕的河边向树林子里走，我采到了许多小时候采过的山野菜，有黄瓜香、猴腿（蕨菜）、燕尾巴、柳蒿芽、蜇麻子、老牛锉……这些小时候给猪吃的山野菜，现在都成了城里人餐桌难得一见的稀罕物。在林子里我还看到了刚刚开过花的山丁子树和稠李子树，这里的山是小兴安岭南部的边缘，和我的家乡小兴安岭北麓是一脉相承的山。这里的树木、植物我当然是熟悉的了。

吃过早饭我们就去爬山了，要去的北山"四块石"山势峻峭，岩峰嶙峋，我们乘几辆小车开到山峰下，然后徒步走上去。这里有几处山洞曾是抗联三、六军被服厂，后方医院，还是中共满洲省委临时秘密开会的住所，有一块山洞牌子提示赵尚志、周保中、冯仲云等人曾在这里共商抗日大计。山上的岩石缝上有刚刚开过花的达子香灌木丛，那馨香的香味儿，离老远就扑进鼻孔来，让我们陡增了往山峰上攀登的力量。过了一线天崖壁，走过孤峰的月亮门，我被岩石壁上刻下的几行字吸引住了，走过去驻足，原来是李敏等抗联女战士自编的采山野菜歌："碧草萧萧，树叶青青，满山野花颜色新，清香扑鼻鲜艳吐芳芬，一阵清脆嘹亮的歌声，山前唱山后应……"我被深深打动了，在那么艰苦的环境下，食不果腹衣不蔽体，是什么还让她们保持这么乐观的精神呢？

终于气喘吁吁爬上了顶峰，既险又累让身上冒汗了。站在峰顶岩上，山风习习吹来，一览众山小，小兴安岭、完达山、张广才岭在这里聚首相逢。山峦重重叠叠与天际相连，万顷的林海碧波荡漾，翠绿深黛的青山蓊蓊郁郁，凝结了无限的神秘，胸中包藏的自然都是震古烁今的故事，冥冥中便浮上了这样的念头：享尽了人间荣华富贵的徽、钦二帝，虽说于此空遗亡国之恨，但在如此山清水秀的幽静环境里故去，也算不错的归宿了。

更让我感佩的是在我们刚刚登过的峰峦、刚刚穿过的白桦林留下的那些抗联好儿女的足迹，抗联战士的忠骨就掩埋在山间的白桦林中。他们的英灵当与这日月同辉，与这山林同在，他们和战马饮过的松花江水、牡丹江水、巴兰河水、倭肯河水，还在日复一日地滋润着这片山林，滋润着这方厚土。

下山时，山庄经理宋岩告诉我，每年春天还没等雪在山坡上化光时，达子香花就在这岩石上盛开了，红红的粉嘟嘟的一大片，非常好看。

我说我知道，达子香是小兴安岭最早开的一种花，等别的花都开了时，它就谢了。但那小小花枝叶子上的余香却久久地存留。我知道这"四块石"山上的达子香花是为谁而开的。

十九岁出门远行

父亲十九岁第一次出远门，是凭着自己的一双脚板从山东关里老家黄县高王胡家村走到东北来的，走到了小兴安岭南麓一个叫苔青的小镇上来，在这个小镇里的国营小卖店里当一名店员。

父亲离家远行到东北来据说是因为高小毕业没考上中学，才到东北这疙瘩来谋生的。那时的票车（客运列车）肯定很慢很慢，我记得我小时候回一趟老家都要几天几夜。父亲兄弟五个，只有他是离家走得最远的，我的二伯父也离家在外工作，不过在辽宁的丹东。不知是不是因为父亲离家离得远，还是他那样一个年纪一个人"闯关东"闯得不容易。小时候常听母亲嘴里念叨："你父亲十九岁就出来了。"母亲的老家也是关里黄县的，和父亲的村子离得不算太远。还听母亲说父亲刚出来头几年想家想得厉害，上火上得满嘴起火泡。想想看那时回去一趟关里老家多不容易呢，漂洋过海的，一年也难得回去一趟。回去回来都不容易，回去时得在大连倒船，那会儿船少，碰到风大雾大的天船也不发了，就得在大连干等着。听母亲说有一年父亲回去，回来时遇上山里发大水，铁路线被冲毁了，列车阻隔在几站地的山外边了（估计是铁力南岔一带），父亲硬是沿着铁路线走回苔青来。那么远的山路，不知父亲当时是怎么坚持下来的。

小时候在大山里长大，出门出山外的机会不多，知道全国的地方也不多。两三岁时跟着父母回去过一次山东，后来又在十岁之前回去过一次。

高考所有的事情都结束了，女儿说要出门旅行，不是和老爸而是和同学自己走，说是要游遍山东全境的景点。因老家是山东，小时候回去过一次，就觉得山东是最远的地方了。可女儿她们两个小时就到了，是坐飞机去的，先到的济南，游完了泉城去泰安，想登泰山，可泰山下雨她们就放弃了登泰山看日出。要赶到海滨城市青岛去，不料台风"梅花"来了，她们就又飞了，这一飞就飞到了长沙，从地图上看，她们已穿行了大半个中国。两日后正担心南方的高温时，女儿回短信说，她们又择机飞回青岛要重新在那里玩儿了。看看她们比"梅花"跑得还快，令我唏嘘不已。走的时候她说好和同学八月十五日回来，到了这天她没来电话，我发短信问她什么候回来。她的短信只有四个字：回，下午到。简短得像电报，不用说又是坐飞机回来的。

女儿出门这些天我常在想，我十九岁像她这么大的时候在干什么呢？就想起十九岁那个八月来，我也在出门远行，也是第一次离家出门。那年高考结束后，我和林业局同届的高中毕业生也参加了林业局招考的代课老师考试，怕高考录取不了，这好歹也是一条就业的路子。考上了代课教师，我被分配到林业局最远最偏僻的一个林场克林林场去，这个林场紧挨着逊克县境，逊克是挨着中苏边境线的小县。从林业局送上去的报纸半个月才能看到，交通十分不便利，没有正经上去的车。一辆老解放改装的车厢半截敞篷车也不是天天有。

我是在八月中旬搭一辆上去送货的解放车上去的，因父亲在林业局商业部门工作，算认识才让我搭的。驾驶楼里除了司机还有两个押货员，已坐满了，我只好带着行李坐到车厢板外面去。车厢板里拉着货物，顶上苫着帆布。我和另一个搭车的，就钻到帆布底下去。那天还下着雨，好在钻到帆布底下雨淋不着，可车开起来却觉得身上很冷，时令进入八月，在小兴安岭北面山区已很凉了。

车"呜呜"开起来顶着雨在林间的沙土路上跑，也不知什么候才能跑到地方，只觉得那个克林太遥远了。我的腿都颠麻了，屁股坐木了还不到地方，也不能把头伸到外面去看。小时候，最大的乐趣是蹭到谁家父亲开车的孩子中间，跟他蹭把车坐，可这一次却把这乱颠的汽车坐够了。

跑了一上午才跑到地方，一下车就觉得这里离山下林业局的家太远了，远得与世隔绝了一样，想回去都没办法。这里又比山下冷了不少，绵绵凉雨中，风刮着青年点一排窗上没有玻璃只钉着的白塑料布在"呼呼"作响，大通铺上空荡荡的，外面的林场也空旷得难见到一个人影，只有远处的山坡下被风吹来隐隐约约的拖拉机翻地声，知道有人在干活儿。在这么个荒无人烟的地方见个人比见只狼要困难得多了。我先到的是二十四（居住点的代号），过了两天又叫我到上边的二十七防火站学校去教课，那里的人更少了。

　　我后来和另外上去的三名代课老师住在树林子围着的学校一间孤零零的房子里，到了晚上得把门闩得紧紧的，怕夜里有狼扒门。山上八月份就开始下霜了，到了八月中下旬，林地的泡子就结冰了，我们早上起来得去泡子砸开冰层端水回来洗脸。

　　风萧萧兮易水寒，壮士一去不复还。我本来有些绝望地想和另几个同来的代课一样，就在克林一直这么干下去了。没想到过了一个月后我的录取通知书来了，是从山下林业局捎货上来的司机捎来的信。

　　我收拾好行李，走的那天早上是先坐牛车到二十四，再从二十四坐往山下去拉货的车。正是山上的深秋季节，天高地阔，几十里看不到人烟，泥土道两边的草野枯黄了，远处连着天边的白桦林树叶枯黄了，闻着这苍凉的秋天味道于这无边的寂寞中很叫人绝望。可我的心情却是和来时不一样的，那是从绝望中盼出来的一份希望，慢悠悠的牛车就载着十九岁的我一点一点往下走，影子时隐时现晃荡在道两旁草丛林地里。那是多么缓慢的又令我今生难忘的一段路途啊，其实从二十七防火站到二十四只有三公里路程，可是牛车吱呀、吱呀……慢悠悠快到晌午才到二十四青年点。

　　当天没有下去的车，我得在这里等下去的车，归心似箭的心情就挺失落。好在我刚来山上代课时，先在这里落的脚，认识了一个坐地户姓刘的教体育的老师，还有一个和我一起来代课的刘志令老师。他俩先把我的行李搬到青年点的房子里，说要走了怎么也得喝顿送行的酒啊。

姓刘的体育老师就到场部小卖部去，买了瓶白酒和两个猪肉罐头，"吭哧、吭哧"很利索地把罐头起开，又把一瓶白酒的盖用牙咬开，分别倒在三个喝水的缸子里。我也是在二十七防火站代课时，帮校长家起土豆才第一次学会了喝酒。那天很冷再加这种心情，酒真是好东西，可以叫你忘了眼前的等待和下山路的漫长。那天他们两个都说了什么我都忘记了，只记得姓刘的体育老师好像说过这样一句话："小王，你这回走后，咱们以后也许一辈子都见不到了……"这话说得我和教画画的小刘老师心里都酸溜溜的，就喝吧！呼呼的克林山风刮得窗上的塑料薄膜鼓鼓的，像被人鼓着腮帮子使劲吹起来似的。

　　后来怎么下山的我就不知道了，我只记得十九岁那年我第一次出门远行，克林是我印象中一个很遥远的地方，后来它真成了我生命中一个遥远的不能忘记的地方……再后来听说那个画画的姓刘的老师也调走了，到山东某市当专业画家去了。

　　且说这天下班前，妻子打来电话，说女儿和同学正在从哈尔滨机场返回大庆的路上，是一个同学家长开车去接的她们，五点钟就能到家。可能她们中午还在山东青岛吃午餐呢。说漂洋过海回来就回来了，山东和我十九岁那年秋天的克林到底哪个远呢？

江南四地旅行记

2011 年 9 月 4 日：南　京

　　真正体验高铁列车，是从济南到南京线上开始的，动车的时速是二百公里，而高铁就跑到了三百多公里（据说这还是降速后的速度），说话间白色的流线型列车就像一条飞鱼一样从北方穿到了南方去，还没有看够窗外的风景，泰安的泰山、徐州一晃而过，长江就闪现在眼前了。长江大桥在小学课本上看到过，此时再看没那么长得了不得了。长江从古至今曾经是多少军事家想凭借固守或突破的天堑，远的不说，就说解放战争时的军事家刘伯承、白崇禧们绝对想不到这现代化的高速交通工具一眨眼就会从江北穿到江南来。

　　两点四十分从济南西站上车，五点多钟高铁列车就稳稳地停在南京南站上了。

　　在宾馆住下，我们出去吃了点儿饭，就往夫子庙逛去了。我们住的宾馆离夫子庙不远，正是夜幕初上，夫子庙街头流光溢彩，人头攒动，热闹非凡。一条街逛到头，就来到了秦淮人家的河畔，彩灯倒映的河里有游船来来往往，其实夫子庙是明清时期考举人进士的地方，现在倒成了饮食商业一条街了，南京各色小吃在这里都能吃得到。夫子庙相当于上海的城隍庙。

　　到南京有两个地方要去看，一个是中山陵，一个是总统府。第二日一大早我们吃了早饭，就乘车去郊外先去看中山陵了，要倒两次车。到达中山陵山下，所有的人都徒步向上攀登，经过一段树木葱郁的林带，竟看到有红松树木。树木都保护得十分完好。往上走就渐渐地热了，走走停停，看不少旅游团在导游引导下从身边走过。听导游讲解，中山陵房檐青色，墙面白色，正是国民党的党旗，青天白日两色。穿过几道门廊，就攀到了最顶台阶上的孙中山坐像遗堂前，默立拜谒了这位伟大的先行者，他神情肃穆目光炯炯地注视着前方，想起了他的名句遗愿：革命尚未成功，同志仍须努力。

从中山陵上走下台阶来，在山下小坐了一会儿，等同行的女士走下来。下来后我们就先去宾馆退房间，然后在夫子庙街中一家老字号的饭堂吃了午饭，就赶去总统府参观了。在南京一打听总统府还人人都知道。走到那条街上，就见到在电影里见到的总统府那高大的门面楼，走进去庭院深深，看介绍才知这总统府的建筑有些年代了，曾经是两江总督的总督府。提起两江总督来也都是在中国近代史上赫赫有名的人物，如林则徐、张之洞、李鸿章等。历史有时真的很有意思，国民党建都时又把总统府落户在了这里，不知是不是南方人孙中山、蒋介石怕北京的冷而没有落户北京，但同样是南方人的毛泽东却说怕南京的热，而定都在了北京。

在总统府里依次参观了孙中山的办公室、起居室，蒋介石的办公室和国民政府会议室，蒋介石和其他国民政府要员的办公室都很简朴，沙发也有些年代了，老式的办公桌。

出来也不早了，我们要赶晚上的动车往苏州去。就找到地铁站坐地铁往南京南站去，而南京地铁和北京也不一样，不是一个票价，你随便坐，而是分区段的，即使是一个方向的地铁，也不是一个同样的终点站，我们就犯了这个错误，多坐了几站地后又倒回来，好在时间还够用，没叫我们太紧张。

2011年9月5日：苏　州

苏州是此行的重要一站，这个江南名城以前也没有来过。苏州以东方的威尼斯著称，一下火车在闸门口有一个拉客的，热情地拉我们到他介绍的宾馆去住，这个年轻的男人是山东人，看他说的价位还合理，而且是免费坐他的车送我们过去。我们就跟他去了。

他带我们去的是石路街上的一家宾馆，在车上他问我们来苏州要不要到哪里去玩儿。我们说我们想到周庄去，他就说他们旅行社也有周庄一日游，每人一百元钱。我这才知他是为他们旅行社拉客的，并听他说住他介绍的宾馆至少要跟他们团走个一日游。到了宾馆就答应下来，交了一百元定金。

同事赵秀丽到她亲戚家去住了，我和李长春住在这家新华饭店宾馆。次日早我们就到离这里不远的七里山塘街去溜达，这也是苏州的一个著名的景点，相传是白居易在这苏州古城做官时修建的。典型的小桥流水人家，弄堂里有许多老房子，我们穿过两条街走进去，出来九点多了。赵秀丽发信息说，她和她亲戚要到宾馆找我，要带我们出城到山塘古镇上看看，下午再去太湖，我们就赶回了宾馆。

刚回一会儿，赵秀丽就到了。她亲戚开车拉我们去了。半小时后，到了这个山塘古镇的一条街上，慢慢转，慢慢看，中午她亲戚请我们在一家店面挺大的饭店吃了饭，随后就开车往太湖去了。

太湖早就闻名，到了那里才知太湖的辽阔，是中国的第三大淡水湖。太湖边上，游人不多，边上的水域看到有渔民养虾和大闸蟹的，漫步走了一会儿，阳光很足，照了几张相就往回返了。回来是沿着湖边跑的，跑了很长时间，太湖的湖面一直在延伸着，波光粼粼，望不到头。就想起苏州小调《太湖美》了。

晚上我们又去七里山塘街逛，七里山塘街夜景十分好看。晚风习习吹在身上，叫人一点儿也不觉得这南方的热，出来几日都是这凉快相伴，不必担心让人热得受不了啦。

苏州最著名的景观是园林，我们是从同里回来去留园的。苏州还有著名的寒山寺，我们也是从同里回去看的。

留园里镇园景观是那个柱石，高六米，形状奇异，据说是天下第一石。苏州园林的特点是，廊柱和石景、树木、竹林、潭水相映成趣，九曲回廊，讲究的是秀气之美，不像北方皇家园林的那种浑然天成的大气。

寒山寺的有名得助于唐朝诗人张继的那句诗：姑苏城外寒山寺。寒山寺的确离城中心较远，外地前来进香拜佛的人很多。在寒山寺我还想起高中时语文老师李玉生先生讲的一个词，推敲，"僧推月下门"还是"僧敲月下门"的典故来。梳着背头的李老师，一边背诵着这首古词，一边在黑板上反复画着这两个字下边的粉笔道，他是想让我们加深对这个词的记忆。可我当时只看那粉笔末儿飘落到他稀疏的头发上的情景，远没有这正午的烈日晒得我头上冒虚汗，挤挤挨挨在这寺庙一游的记忆来得深刻。

2011 年 9 月 7 日：小镇同里

同里也是一个离苏州不远的水乡古镇。去同里之前，导游跟我们说，去过周庄后就不要去同里了。言外之意，大同小异。可出门之前，我就想在同里小镇住一个晚上，感受一下小镇氛围。周庄是跟一日游团去的，没法住在那里，所以去同里我们就不打算跟团了，自己走进去。

我们是在苏州北站乘的长途班车，票价八元。从苏州发车，五十分钟后就到了同里小镇上了，下了车已近中午，我们步行到古镇上去，没想到同里和周庄一样，在环古镇的河道桥门外，也有把门的收门票，问当地人什么时候允许自由出入，答曰："晚上五点以后。"我们就在东门口外先找一家饭店吃饭了。

吃过饭出来，正好对面有一家民居客栈，就背着行包进去住了下来。中午休息了一会儿，下午两点左右，我们出去沿着河道在古镇外围的巷子里穿行溜达，又走到了一个小桥旁，我在前边拍照走，他们两人落在了后面，我上了桥，并没有人来管我，就走到桥对面去，正拍照时，他俩也过来了，要过桥时，被刚才正在打盹的一个镇上旅游协管拦了下来。我只好一个人在古镇里逛了起来，优哉游哉地一边拍照一边打量古镇老屋街巷。这里与周庄比起来，游人较少，但却不乏小镇街口上的热闹，向人兜售纪念品，在正街头上，也有一家专卖状元蹄的，就觉得这两个小镇很有意思，周庄卖万三蹄，同里卖状元蹄，连价格都是一样的。是不是因为明朝出了朱元璋，这猪蹄才如此的红火。不过同里的确出过状元的。

同里镇内有一个园林值得一看，叫退思园，现已被列为世界文化遗产，园林不大，却极有风味，也是苏州园林的一个浓缩景观。从这里出来，我就随意走走了，从镇子的东逛到西，又从北逛到南，同里古镇与周庄比起来，没有周庄大，小桥流水也没有周庄精致，倒是比周庄古朴安静了许多，老房子不少。古镇中心很出名的景点是三桥，分别是太平、吉利、长庆三桥，建于明清两代，三桥是环在一起的。据同里的人说，谁家娶亲时都要依次从三座桥上走过，会带来好运，所以至今同里人还留有世代相传的"走三桥"的风俗。

我正在这里溜达时，突然碰上了李长春和赵秀丽，他俩不知什么时候也进来了。小小的惊喜过后，我们又逛了一下古镇的胡同，当然他俩没有我看的那份从容。在这古镇里竟还有一个性文化博物馆，我们没有进去看，倒见有一家外国夫妻领着一个高高个头的女儿和翻译说说笑笑走进去了。

再逛到三桥旁时，天就黑了下来，沿着河道，两旁的人家都在外边摆起酒吧餐桌揽客了，我们就选了一家阿婆夫妇摆的餐桌坐了下来，这会儿肚子也饿了。在这吊灯河上的水边小酌特有食欲，我们要了状元蹄、炒菱角等四五个菜，喝的是正宗的十年酿绍兴黄酒，凉风习习吹在黄酒醺红的脸上，觉得特别惬意，边上还有几个南京来的年轻人，听他们说笑是来这里玩儿的记者。

吃完，从古镇走出来，夜已深了。行人稀少，几星灯火在近处远处摇曳，小镇真叫静，静得深远，静得叫人想到了远古，如环绕在胡同巷里的水道一样，幽深得不知归向何处了……

2011 年 9 月 8 日：无　锡

无锡是与苏州相邻的一个城市，却似乎没有苏州那么有名气。两个城市的风格很相似，就连太湖都连着这两座城市。我们是坐汽车到无锡的，一个多小时就到了，下了汽车才发现，无锡的长途客车站和无锡的新火车站是在一块儿的，新的火车站建筑颇具后现代建筑的风格。

我们乘车到老火车站附近去找宾馆，这才看到京杭大运河正从火车站南广场前穿过去，被一个拉客的引过了桥面，就下榻在古运河南岸的一家宾馆里，夜晚看运河上有船通过。早起出去，运河的桥也挺有风格的。

我想来无锡看看，也是看了我的鲁院同学、兰州《都市生活》副主编习习来过无锡后写的一篇随笔，她说无锡的老街巷很有情趣。一时忘了她说的是哪条街巷了，我们在无锡也只待一天，对宾馆提供的无锡游玩的线路，如三国影视城和太湖没兴趣，就想起要向我这位兰州同学打听打听，不巧她的电话我没存手机里，就向另一位同学曾剑求助帮我查到她的号码，短信发过去，他回短信说，他跟习习说了我在无锡，要去哪里玩儿好。早上出门前，习习发来了短信，告诉我可去清名桥看看，那里除了有古运河的老桥，还可看到一些明清时的老房子，另外还可到阿炳坟去看看，如果待一天的话这些就够看的了。

我们就坐车去了清名桥，原来那里是一条很长的街道，被列为古文化一条街了，沿着运河一路向前走，走出很远还没看到那座古桥，倒是看过两三座桥和一些老房子，折回来又有些不甘心，重又寻去，此时有些细雨霏霏，淋在头上并不觉得多湿，运河岸边上的黑瓦白墙的房屋就多了一些朦胧的成色。走出了四五里，终于见到那座古桥了，它坐落在古运河的一个 Y 形的河道上，一个圆孔拱桥立在运河上，桥上的石阶、石柱年代久了，都有些磨光的痕迹了。但桥面的石板还很结实。不时有行人从上面走过，清名桥在细雨中像一位饱经沧桑的老人默默地任由我们好奇的目光打量，上游的河道旁还有不少老屋矗立在岸边，两条河道在桥下汇合了。

回来是在运河的右岸走的，下游的岸上不少老屋由于年头久了，正在拆了被重新构建，一些工人在忙活着。新建的房屋正在模仿着古屋的样式，可是再怎么像也不是原来的老屋了，就觉得看这些古屋古桥还是及时来看的好。

细雨还在如牛毛一样下着，在这样的天气里，打量古街、古巷、古桥，是别有一番滋味的。

中午回到宾馆取了行包，又到车站去买了去杭州的动车票。车票是下午三点半的，在车站附近吃过午饭，去看阿炳坟还来得及，打算先把行包寄存在候车室，动车是在车站北广场上车，就是新建的火车站，可是从旧火车站（南广场）地下通道穿过去，要走一条长长的地下道和地面一条马路，再上北广场的台阶，进到候车室里，几番折腾一进了候车室，两位女士和李长春就说累了，不想再过南广场坐车去锡惠公园看阿炳坟了，他们宁愿在候车室等上三小时左右的车。我只好一个人去了。

在中国民族音乐中，如果说有哪支二胡曲给我留下难忘的记忆甚至叫我落泪的就是阿炳的《二泉映月》了，这支曲子和这个人的形象一直叫我历历不忘。这就是我为什么在这么个陌生的城市，甚至还不知要找出多远，也要去拜祭一下这位民间音乐家的缘故了。

天还在阴着，打听到阿炳坟在锡惠公园，而锡惠公园又在无锡郊外的一个古镇上，穿过火车站地下通道时，看到这样一个广告牌，乾隆皇帝十二次下江南光顾的地方，二泉映月奏响的地方。不知他们没去会不会后悔，反正我要是不去会后悔的。坐车跑了半个多小时才到了那个古镇，这才知这是块风水宝地，两座山夹着一块青山秀水的小山冲，朝城区的一面不远就是运河。走过古镇往山上去，镇上有不少古祠堂，都是名人之后修的，有司马光的后人、孟子的后人等。我无暇细看了，快步往山上走。

这个公园就坐落在山根下，好在遇到一个当地搞园林考察的人引导，否则我真找不到（找到也得费些时间）坐落在公园一处极僻静的山林中的阿炳墓了。进了圆形月亮门，就看到阿炳墓的墓碑墙，墓前是瞎子阿炳拉着二胡的一座躬身站立雕像。他的墓呈音乐台形，墓碑上刻着"民间音乐家阿炳，生的年代不详，死于一九五〇年"。陪同我的那个人走后，我又重新站到阿炳的墓前，给他深深地鞠了一躬。抬起头，一只黑蝴蝶竟在跟前飞来飞去……

离开，匆匆出公园，到公路边上乘车返回。回到车站候车室时，刚好三点，他们还坐在椅子上。

无锡是此行给我留下印象最深刻的地方，当然是因为去看了这两个最值得一看的地方。上车后，我给我的鲁院同学习习发了短信，谢谢她的导引，让我来无锡有了不虚此行的收获。

昆明两日

　　昆明比东北要晚两个小时天亮，乘坐的北京西—昆明的直达列车是早上六点多进站的，天还黑着。从站内的地下通道走出站来，以为接站的张爱华没到，同行的老赵给张爱华发去了短信，张爱华回短信说她正在地下通道的出闸口等我们呢。我们又返回出站口去，模模糊糊的闸口人群里，张爱华果然迎了过来，原来是火车提前十来分钟进站，我们提前走了出去，这样她就没看到我们。她把我们引到地下停车场，上了她的车。

　　她很熟练地把车子绕出了地下停车场，往事先订好的宾馆开去。走在一条黑黑的巷子里，张爱华嘴里说她不大记得路，老赵说你怎么不开灯呢？不知是因为激动还是忙活忘了，果然车前的大灯没有打开。车灯打开了，不一会儿也找到了离车站不远的那家七天假日连锁宾馆。

　　昆明人是早上九点后去上班，在宾馆吃过早餐后，张爱华开车带我们去滇池，这一天的行程都由她安排了。在去滇池的路上，张爱华说如果我们运气好的话，会看到大群的候鸟。不过她又说，往年这个季节候鸟都已经往西伯利亚迁徙了。来昆明之前就听说今年天旱，这天却阴着，没有想象中的热。往城西开去，开过一条很长的花红树绿的街道，就来到了滇池边上。

　　张爱华把车停在马路边上，我们下了车。远远地看到一群海鸥在滇池水面上盘旋，我们就兴奋起来，天也放晴了。滇池边上游人不多，有人在向海鸥扬撒着食物，停好了车子的张爱华也买了几袋食物分给我们，我们也喂起来，白色的、灰色的海鸥也成群地被我们吸引了过来，这么大群的海鸥聚集在一起我还是第一次看到。张爱华也很奇怪它们还没有飞走，看来我们的运气不错。另一些海鸥飞累了，就自动站成一排在岸边的水泥台阶上，像在开会商量着远行的事（张爱华说）。一边说着话，一边顺着滇池边绕着湖走，蓝天、白云、碧湖、成群的鸥鸟盘旋嬉戏……不觉得忘了初上高原的疲惫。

从滇池边走下来，就走上两旁有热带植物的马路上来，马路旁除了有绿色植物，还有许多我叫不出名字的花树。

中午吃饭，张爱华带我们去了一家很有特色的爱弥餐馆，这家餐馆的院子里一蓬花树粉嘟噜的小花开得正闹。张爱华点了牦牛肉火锅，她一再说这里的牦牛肉是纯正的，还说这家老板原来是做茶叶生意的。果然如她所说，牛肉的味道很不错。已经十二点了，店里大厅里只有我们这一桌客人。张爱华说云南人都习惯晚上与朋友聚餐的。

吃过午饭，张爱华要带我们去一地喝茶，来云南不品茶也不算来云南。她要带我们去的那家茶馆是一个认识的朋友开的，上车时她给她爱人何群打了电话问了怎么走，结果还是走蒙道了，这一绕就等于她下午带我们逛了昆明城。在车上她又在说她开车从不认得路，自己出去（出城）走到哪儿算哪儿，她就讲了几件这样的趣事，本来是奔 C 地去的，却总要走到 B 地去。我说了一句，散文家开车就是散着开的啊。以前在单位每周聚一次例会都是老赵开车接我们的，谁想张爱华退休来云南还学会开车了。

找到那家餐馆，果然如她所说，环境很不错的。据说女主人是昆明电视台的一名主持人，茶室里放着的那架古筝，女主人偶尔闲来还会弹奏几曲，墙上挂着许是男主人自拍的高原风情照。室外是小桥流水的绿化园林，夕阳斜照在窗格子上，透着几许的安逸。

这一天张爱华给我们又当司机又当导游，晚上她找的一家素食餐馆，去时已没有座位了，好不容易跟人家说我们会吃得很快，服务员这才给我们安排了位置。这家餐馆不光是菜蔬自有基地种植供应的，连食用盐都是从境外进口的。吃完饭张爱华开车给我们送到宾馆，回去时城市的主干道由于在修地铁，路面很乱，车很拥堵，不时从旁边斜刺里蹿出一辆摩托车来，她还开得很自如。到宾馆时已八点多了，这个时间在内地早就黑了，在这里天还很亮堂。

第二天说好带我们去花市，上午过来时，张爱华找了一个叫五毛的朋友（既是邻居也是何群文联单位的司机）给我们开车，因为要开出城去的路远，她怕她开车我们都赶不回来，误了晚上的火车。我们买好了去丽江的车票，她也买好了回东北去的车票。

当地的土著云南人都长得有点儿像越南人，五毛也是，黑瘦，高颧骨。张爱华说他当过跳伞运动员，车开起来轻飘飘的如飞一般。花市在尚义，尚义的花市很有名。不到这里不知道花有多多，花也稀烂贱的如大白菜、大萝卜一样的价格。这里是花市的批发市场，就像别的城市蔬菜市场一样，花贩子一般都是早上过来上花的。我们到这里时已经十点了，批发花的人群已散了，各家花店主人都在摊前清扫着残花堆。问之，这里的花都是论斤上秤称的，玫瑰、百合也就三五块一大把，还有很多叫不出名的花儿。

走进花市市场大棚里，这里真跟别的城市蔬菜批发市场一样，每个摊主前都守着一大摊花，无论是名贵的花还是不起眼的花都是一样的待遇。我们问价，那主人连眼皮都懒得抬一下，似乎也看出我们不像是来批发买花的。走到一堆地上摆着的花摊前，一对正忙碌剪着花枝的兄妹俩，倒愿同我们搭讪几句问话。在另一位中年妇女的摊位前，一盆绿叶上带着细黄相间条纹的花吸引了我们，讲好四十元钱就给张爱华买下了。走到大棚门口处，一辆辆满载着花的三轮车正排着队等着开进来，五六辆车斗里的花铺开来停在那里，看上去像花海一样，车上都是勿忘我花，蓝色的海水一样的颜色，我们几人就站在花海里与花合影，那车的主人见怪不怪蹲在一边吸烟。出来时，一转身不见了张爱华，稍许看见她提着两枝花出来，原来她又进去买了两枝天堂鸟。

逛完了花市，张爱华又提议说去冰心故居看看吧。"冰心默庐"位于昆明近郊的呈贡县县城，是抗战时期，冰心随丈夫任教的西南联大来到昆明的，在这里居住了三年之久。去这里费了番周折，因为呈贡县现在是昆明一个区，老县城的城区也进行了改造，打听了好多县城里的人才找到这里。现在"冰心默庐"是在老县武装部一个大院里，在门口还做了登记，不过"冰心默庐"这个庭院还保存得十分完好。正午的阳光静静的，耀眼地照在冰心白色的塑像上。

参观完，晌午已过些时，肚子也饿了，就在这个县城一条老街上一家老字号的过桥米线馆吃了正宗的过桥米线。

下午回到昆明已经不早了，张爱华匆匆回家收拾行包，我们也回到宾馆收拾行包，晚上说好叫上她家老何一起就近在一家饭店吃饭的。五点多钟，他们过来了，又是五毛开的车，就餐时，头两年做过直肠癌手术的老何还喝了一瓶多啤酒，看起来身体状况不错。云南人喝酒不用让，自己喝自己的，能喝多少喝多少，也不像东北人那样拼酒。

吃完饭，五毛分别拉我们去车站。我们去丽江继续往下一程走，张爱华则回黑龙江北安老家去给她母亲祭扫十周年。我们来之前她已买好了回去的车票。我们就同她告别了。

我们向南，她向北，两列火车在昆明火车站错开发车了。

回忆山东

　　父亲十九岁从山东出来，之后便在山里落了根。之后无论是在我上学还是在外参加工作以后，填各种表格，我都要在籍贯一栏写上"山东省黄县"。

　　在我们还不大记事的时候就常听母亲讲，父亲即便是在外成家以后，也要每年回山东老家一趟，一回去便是全家回去。母亲也是山东人，母亲的村子和父亲的村子仅隔三十里地。多半是在过年时回去。有一年没有回去，父亲的嘴角就上火起满了水泡，牙痛得腮帮子肿得老高。那个时候回山东一趟并不是一件容易的事，有一年赶在年根上回去，父亲背着大包小裹，手里牵着三岁的大哥，母亲怀里抱着还不满一生日的我，倒火车，倒轮船，折腾了两天两夜，总算坐上大连通往龙口的船了，眼瞅着到家了，可是船在清晨时因为雾大就是靠不了岸。晕了一夜船干着急的母亲，差点儿把胆汁都吐出来了。那罪遭的！每每说起这事，母亲瘦弱的脸上就浮出一丝哀怨。

　　山东，就在我们小时候母亲的讲述中变成了一个十分遥远的地方。

　　我们稍稍大了又有了弟弟妹妹以后，父亲就很少带全家回山东去了。因为我们也要起半价车船票了。以父亲当时在小镇做店员一个人的工资，是很难担负起全家回去的路费开销的，每次回去还要给两边的长辈买礼物。这差不多得要父亲半年的工资积攒。在关外过年，父亲、母亲也都依照山东老家的规矩习俗过的。蒸枣馒头、磕面鱼、炸油丸子……还有父亲家里祖传的熬鸡冻，真是让左右邻居们好生羡慕。当然偶尔听到他们在家里说的山东话，我们带出来，街坊邻居孩子听到了，就说我们山东棒子。啥是山东棒子，我们并不太懂。因为小时候跟大人回山东的事都忘得干干净净，或者压根因为太小了就不记事。

哥长大了以后，父亲单独回山东时就把他带上回去过。除了节省路费外，在父亲的回去省亲的观念中还是挺看重长子长孙的。因此从小到大哥都比我们回山东的次数多。

在我八岁的那年秋天，二姨来我家了，二姨要带我回山东去。二姨是父亲和母亲成亲后从山东老家带出来的，后来就在山里成了家，嫁的是伊春北边林业局一名汽车队里的工人。二姨一直没有孩子，经济条件比我家要好一些。这次回山东就要带我回关里看看。父亲母亲欣然应允了，我自是十分高兴。临走的头天白天，母亲要我好好睡一觉，说路上要连坐两个晚上的火车怕睡不好觉。可我哪里睡得着哇，头枕在枕头上，耳朵却在听母亲和二姨坐在炕的另一头嘤嘤说着话……临走叮嘱又叮嘱我路上要注意的事情。

这是我打记事起第一次出远门，从坐上火车那一刻起就一直叫我兴奋不已。倒了两三次火车，火车好像总也跑不完，车窗外变换着我在山里从没见过的风景：城市的高楼、宽敞的柏油马路、辽阔的没有山挡着的大片田野……两天两夜直到眼睛看累了，列车才跑到了头。到了大连，又排队转坐到船上去。四等舱，一切还是那么令我好奇。夜间行船，站在甲板上看漆黑的海面，被船尾划出一道白浪花。回到舱里，看铺上舱顶的嘤嘤旋转的罩着网罩的电风扇也十分好奇，刚想把手指伸近试试风力，被二姨惊吓着一把扯进怀里，再不敢乱动了。

到了老家，先是在姥姥家的刘洪村住了几日，后又被二姨和老舅送到奶奶的村子。在姥姥家住着时，听老舅讲，哥和父亲回来时，父亲把哥单独放在姥姥家，日子长了哥就有点儿想家，姥爷就给他做了一根鞭子，让他拿在手里玩儿。可是他偏偏用那鞭子去抽姥姥家养的猪，将那两头黑猪身上抽得一道一道痕印的。老舅问我会不会想家。我说不会的。怎么会呢，无论是在姥姥家还是在奶奶家都有那么多好吃的东西。这在东北可是吃不到的。

奶奶家在三十里外的胡家村，奶奶家人口比较多，早先是个大户人家。大伯和二伯分家后，四叔五叔一家和爷爷奶奶住在一起，他们分别住在东西厢房里。爷爷奶奶住正房，正房后面就是一大片苹果园地。原先是奶奶家的，后来归了公社。紧挨着房檐有几棵桃树，那是奶奶自己家种的，又红又大的桃子结在树上，奶奶一边摘树上的桃子给我吃，一边和二姨说着话。从踏入老家的那一刻起，我就被一种浓浓的乡音包围着，他们管吃饭叫"逮饭"，管喝水叫"哈水"，管去玩儿叫"去耍"，等等。还有在东北吃不到的地瓜粥、小米红枣饭，煮花生米可以当饭吃，正是花生下来的季节，我也和大伯家的堂姐挎着一只篮子到生产队的地里去"遛花生"。到了摘苹果的时候，又和二伯家的堂兄爬到树上去遛大人落下的苹果。苹果渐渐红透了的时候，每天早上醒来，推开奶奶家的正房后门，一股浓浓的苹果清香就会扑鼻而来，继而涌进屋里，让奶奶家的两间瓦房屋都沁满苹果的香气。还有爷爷赶集捎回来树上结的柿子、青枣、麦芽糖。在老家能吃到这么多的好东西，那个年月在东北是没有的。我也渐渐明白了山东棒子的含义，那就是山东人力气都很大，不光古有武松。五叔和老舅给生产队干活儿挣工分，推的那手推车无论是装地瓜还是装苞米，那两边的大筐总是装得满满的像小山一样高。有一次老舅把车轴压坏了，姥姥数落他，他嘴里还在说："不沉，不沉……"

在山东一住就是两个多月，我也快变成小山东了，山东话随口就出。临走时，二姨过奶奶家来接我，奶奶找了一只面口袋，先在下边装了半袋苹果，又在上边装了半袋花生和红枣，叫我背回东北去，还有一小瓶自家磨的香油也叫我拿上。奶奶挪着她一双小脚一直把我送出去很远，还不肯停步。从她那幽幽望着我的眼神中，我知道她一定在想她的三子（父亲的乳名）了。后来听父亲每次从老家回来讲，奶奶每次都是这样望着他把他送出家门好远的。如果不是因为漂洋过海，奶奶一定会跟爷爷或五叔到东北我们家来看看的。奶奶活了八十多岁，只有她没来过东北。

又是几天几夜的船和火车，到沈阳倒车时，东北已是一片肃杀凋零的景象了；到哈尔滨倒车时，已是一片冰天雪地的景色了。从老家走时，山东大地还是一片暖洋洋的初秋季节。回到山里，走时还满眼绿色的山里，已是一片白雪飘飘的隆冬了。进了家门，母亲一见到我就说我胖了、胖了。我从三千里外的山东背回来的苹果、花生、大枣，成了大家的稀罕物。这些东西一直吃到过完年。

后来每年过年，奶奶都叫四叔五叔给我们家寄来一小袋花生仁，再后来父亲也把山里的松子缝制一小袋寄回去。老家的花生成了我家过年的一种企盼。接到花生后，父亲就叫哥依次给老家的长辈写一封拜年信。弟弟、妹妹长大了懂事以后，父亲和母亲也分别带他们回去过。

自从八岁那年二姨带我回去过老家后，山东我再没有回去过。

渐渐地，山东老家的印象就在我的记忆里变成了一种温馨的回忆。

心心丝雨

　　六月的那个夜晚很静。静得能听到滴答滴答悄悄的滴水声，不知哪个房间的水龙头没关严。妻所在的这家医院是厂医院，平常就很少有人住院，这个周末的夜晚更难得有病人过夜了。整栋医院楼里从始至终只有一种声音在陪伴我，滴答、滴答。丝丝缕缕的水声，流进我的心里，流进深沉起来的夜里，仿佛一个老人不厌其烦的絮语，又仿佛一个孩童咿咿呀呀的丝语。心，就在这款款流动中，慢慢地平静下来。

　　男人在这个时候只能等待。影视片中常能听到医生跟焦急的丈夫这样讲。身临其境才懂得等待的分量，更何况这种等待完全由我一个人来承受。生平第一次在这种文书上签字。也许本来可以不做剖腹产手术的，是妻自己坚决主张做的。用杨大夫的话讲，妻是心疼"宝贝儿"，怕孩子经受挤压。当妻被几个人推进门去后，门外剩下我孤零零一个人了，我怔怔地站在门外的走廊上，一下子失去了自主。一种空落落孤立无援的感觉攫住了我的心。妻和我的父母家都在外地，没有亲人可以通知。我突然羡慕起来那些这个时候前呼后拥男女老少齐上阵的人家，至少对男人来说也是一份安慰。男人不光需要等待，也需要安慰。

　　唯一的安慰是坐在那张不知多少个像我一样的男人坐过的长椅上，倾听着静静长廊里发出的滴水声……用心来与女儿对话（做B超是女孩儿），并注意去搜集女儿的第一声啼哭。这是一个伟大的时刻。我几次错把滴答滴答的水声幻化成了女儿的哭声，护士探出头告诉我，还没开始呢。后来我索性就把潺潺的水声当成女儿的丝语了，这是一个父亲和女儿最初的对话，是心与心的交流。滴答滴答的水声渐渐感动了即将成为人父的我。没有谁来打扰我们，我意识到这份宁静的珍贵。除了这时的我，还有谁能独享这份宁静呢？

子夜时分，那个小巧漂亮的护士抱着她走出来了，对我说："你姑娘很聪明。"我不知道她指的是什么。我却知道这是个十分喜爱宁静的小丫头，从产房到病房，只对我"咩"地哭叫了一声，像是打招呼，再没有啼哭过。这样，这个生产的夜显得特别宁静。疲惫的杨大夫她们也睡了很好的一觉。妻从手术室被推出来脸很苍白，却挂着一丝笑意。得知妻怕血库的血感染上传染病，就硬挺着没有输血。三十二岁的妻体质一直是比较弱的。

妇产科病房当夜只住了妻和刚出世的女儿两个人。妻疲倦地睡去了。我静静地守在女儿的床头前，眼睛一动不动望着褓褓中的那个小人儿。天，在窗外一点一点发白发亮了。睁开眼，夜里落过几丝雨的窗外，一朵六月的云，安安详详浮在青色的天上。

临到出院，填婴儿登记，要女儿的名字。和妻一个医科工作的护士，是有意要考鼓弄文字的人的。便随口答曰："丝语，王丝语。"大凡文人取名字都很作难，只怕是太穷于心计了。好像不唯如此，不足以证明自己是文人的。其实凡事都应顺其自然的好。在医院几日，常见婴儿面对这个新生的世界日夜不断做受难啼哭状，唯我女醒来奶后（当然有妻很足的奶水做保证），独自躺在床上，间或发几声斯文的呓语。便知道自己的"这一个"却与别个不同。又回想那夜滴答滴答的水语……丝语，丝丝心语也。

女儿的问世，给先前的日子做了多种注脚。平平淡淡中或笑或气或喜或怨，日子就别有了一种味道。同事开车把单位分的肉、蛋拉到楼下，"哪个是你家？""挂尿布的便是。"抬头五楼的一家阳台上果然挂出一圈五颜六色的尿布，如同万国旗招摇在灿烂的阳光里。那日去区上计划生育办给女儿办独生子女证。小 D 女士闪闪烁烁地说："你下午再来办吧，还得回单位开个介绍信。"下午去单位开介绍信，同事王一见着我就跟我说："小 D 打来电话问你的小孩是自己生的吗。"听之心里动气，说："不是自个生的，难道还是她生的不成?"同事王听了脸红了,讷讷地说:"不是这个意思,要的小孩也给办独生子女证,这么多年你们一直都没孩子。"听之心里又哭笑不得。想想也是,结婚五六年了,三十大几的人了,每年拨给的独生子女准育指标都一直挂在单位墙上,排名第一,能让人家不生疑吗,且国人素有关心人家日子的嗜好。

闲气归闲气,面对女儿是一切都烟消云散了。每日回家,不再是面对一份寂寞和缺憾。女儿生性不哭夜,这给兴奋的日子多少减轻了些疲惫。女儿会笑了,女儿会坐了,女儿会爬了……都会给我们一阵莫名其妙的惊喜。生命真是一件不可思议的事情。

刚刚一岁的女儿还不会说话,确切地说是还不会学大人话。女儿确有自己的语言。女儿有时看着画册会指指点点咿咿呀呀"读"出声来,有时玩儿着玩具也会手舞足蹈哦哦啊啊说出声来,有时早上醒来独自躺在小床里,望天,望云,自言自语半晌,童音袅袅,煞是撩人心动。每每这时,我就停下看书或写作,早上放弃了一个又一个睡懒觉的机会,走过去倾听女儿的诉说……这是人间最美妙的声音,是一种自由自在的抒发。妻教女儿说话,女儿却不说了,弄得妻有时很扫兴。我却不以为然。记得很早以前,一位朋友来家做客,看到邻居家一个刚会说话的小男孩儿在我家玩儿。朋友也喜欢孩子,便不自禁地将其抱起来。这孩子却对着朋友的脸脱口而出:"我是你爷爷。"搞得那位朋友夫妻双双都很尴尬。等那孩子被大人领走后,朋友说:"这什么孩子,骂人呢。"我们生存的语言环境也日益受到污染了。君不见,每日听到的国骂声比比皆是。为什么不多保留一下孩子自由纯洁的语言天性呢。这咿咿呀呀的声音是没有经过污染的声音、天使的声音。每日听到它,你的心就会跟着颤动,是一种享受。别说你听不懂,只要你用心去听,这丝丝缕缕的声音就会像清泉一样流入你的心底。

与女儿远行

女儿刚会说话，逢谁问她长大干什么去。女儿便不假思索地说："去澳门。"女儿对澳门的印象得助于每晚新闻联播后的天气预报。每当女播音员刚报完香港的天气后，女儿就坐不住了，张扬着两只小手喊："澳门来啦!"女儿欢呼雀跃的样子常常叫我们忍俊不禁，算一算澳门一九九九年回归祖国，那时女儿七岁。女儿这个愿望以后总能有机会实现的。

去年十一月，妻征得了单位一个去南方旅游疗养的指标，所去的地方是广州、深圳、珠海、海南岛等地，无疑都是好地方。特别是在听说了珠海毗邻澳门后，妻的想法就变得不顾一切起来；她要我和丝语一起去。"你疯了，她才两岁!"我提醒她。搞医的妻则振振有词："两岁的孩子大脑正需要接受外界刺激。"我又提醒她："钱呢?"谁都知道这些地方是经济特区，无一处不需要花钱。只是家中的存折加起来才有九千块钱，一家三口出去至少也得这个数的一倍。令我当时担忧的还有：我的一本书刚交由一家出版社出版，下印刷厂后还要由我个人承担五千元的费用。妻说："你的书可以晚一点儿出版，而出去的机会可是过了这个村没这个店了。"不日，妻从单位两个同事那里借来了九千块钱，又去办了边境地区通行证。妻决心已定，我也不好再说什么了，大不了书先不出了。咬咬牙一跺脚，去吧，何不潇洒走一回!

正应了那句俗话，在家千般好，出门万事难。本想这个季节出去，是旅游淡季，列车上的人会少些。可谁知这个季节还是南方旅游的旺季，一路南下的列车厢里，人塞得满满的。好在车票是疗养团体接待的人给买好的。吃饭却成了问题。每到吃饭时，妻就恹恹地对我说："你带孩子去餐车吃吧，我待会儿泡点儿方便面。"妻子有点儿晕车不想动弹了。餐车里每次吃饭都要等，最长的一次足足等了一个小时，才等到一个座位，开了票坐下又久久不见有服务员过来问津。旁边也有几个和我一样的人等得发呆。大人还可以忍耐，小孩却等得发困了。女儿哭唧唧要回去找妈妈。我正不知怎么办才好时，匆匆从过道走过一个端空盘的女服务员："噢，小朋友饿了吧？"我不满地说："我们等半天了。"她抱歉地弯下腰来对女儿笑了一下说："真对不起小朋友，阿姨马上给你拿饭来。"她收了票，马上就端来了饭。女儿不哭了，看着旁边那几个还在伸脖傻等在座位上的人，我的抱怨消了，唉，谁让咱中国人多呢？

　　每到一地，女儿最喜欢去的地方无疑是动物园了。在北京和广州，最先去了动物园。丝语一走进动物园大门，就主动从妻怀里下来了，一个人在前边摇摇晃晃奔跑。丝语还根据看过的动画书来品评动物，"大灰狼不乖，姐姐不喜欢你"。一边说着不喜欢，还一边恋恋不舍地回头盯着笼子里的大灰狼看。看着笼子里活蹦乱转的狐狸，丝语装作生气的样子说："狐狸狐狸，你不爱劳动，还想白白吃东西，哼，我才不带你去呢。"逗得旁边围观的人都笑了，女儿说的是画册中"小熊请客"一节。在熊洞池子边围了一群人，几个憨态可掬的黑熊正在洞底仰脖举着双掌张望着众人。有人把食物扔下去，它接进嘴里，就双掌合十，冲上面的人作揖点头。看来是训练有素了。女儿显然被这一景观看呆了眼，先是大模大样坐在水泥池台上，继而又冲妻子要饼干，饼干扔完了，又扔甜面包，面包扔完了，又扔草莓，不一会儿一兜东西统统叫她扔光了。她这才余兴未尽地住了手，我看见妻心疼地皱了皱眉头。要知道这可是我们中午带的全部午餐呀，统统叫她喂了熊。

　　到珠海那天是个明丽的中午，阳光宁宁静静普照着这座美丽、整洁的海滨城市。从肇庆到这里经过大半夜加一上午的汽车颠簸，大人都挺累，丝语却很精神。妻在旅馆休息，我就带着丝语出外走走。珠海是座依海而建的城市，从市中心走不出多远就到海边了，沿着海边是街心草坪广场，不远处就能看到矗立在海水里的仙女雕像。对着我们的路口是一个旅游码头，走近了才看清门形的标牌上写着：澳门环岛游码头。我就指着大声跟丝语说："这就是澳门环岛游码头！我们可以看看澳门啦！"小丝语似乎愣怔了一下，接着摇摇晃晃向码头前一块干净的绿草坪跑过去。我举着手里的照相机喊她回过头来，我咔嚓一下摄下了这个镜头。这是一个十分美丽的下午。码头上很宁静，只有几个游人坐在草坪旁边的石凳上。码头下停着两艘澳门环岛游的客船，一问都是上午发的。我不愿错过这样美丽的下午时光，就请两个在石凳上坐了很久的女孩儿给我和丝语在草坪上和码头船前照相。照完了相，我问她们是从哪里来的，她俩说是从浙江来的。"也是来旅游吗？"我又问。"不，是来打工。"她俩闪烁其词的样子叫我忽然想起特区有许多女孩子来这里做那种事情。我不愿意这样想下去，她俩才十六七岁。而且这是一个十分洁净有秩序的城市，晚上十点钟大街上书店还照常营业，我在里面买了两本书出来，一本是罗歇·瓦扬的《荒唐的游戏》，一本是克莱齐奥的《诉讼笔记》。里面静静埋头看书、选书的青年人很多，大多是外地来的打工青年，这在国内城市中实属罕见。

次日上午坐上澳门环岛游的游船，开始了环岛游。船过了澳门跨海大桥，澳门城一下子尽收眼底……赌城摩天大楼、澳门市政厅大厦……大家纷纷抢着位置照相。妻不停地指着岸上对丝语说："这就是澳门，这就是澳门！"丝语默默地看着听着，很少说什么，并没有表露出我们期望的兴奋神色。妻多少有些失望。我看得出来，我想她毕竟才两岁，你还能要她怎样呢？

海南岛是坐船去的。妻和丝语是第一次坐船，一宿零一天的航程，翻江（珠江）倒海。晚上妻也在船舱内翻江倒海起来，躺在铺上一动不敢动。丝语却没事。害怕她哭，妻示意我带她到外面走走。晚上看海，风大浪高，茫茫无际的大海与夜色融为一体。许多人躲进船舱里去了，只有我和丝语在静静地倾听着大海。感受着生命和世界的渺小与博大。

海南岛上的导游小姐把去厕所说成是去歌舞厅。说了这个典故，大家都笑了。在从海口去三亚的旅游车内，导游小姐组织了一个别开生面的歌会。她鼓动大家每人唱一首歌，并说有奖品。随团的有两名工会干部，听他俩非常专业地唱完，没人敢唱了。一时沉默得有些尴尬，丝语等不及了，要过话筒就唱了《我的好妈妈》，一曲嫩声嫩气的歌声打破了车内的僵局，继之又由衷地鼓起掌来。一盒精致的红豆奖品送过来。这是丝语今生得到的第一份奖品，而且在南国，此物最相思。

天涯海角在国人心目中一直是最遥远的一个地方。这个季节在北国已是千里冰封的时候，在这里却热得穿不住一件外衫。在沙滩上我和女儿被一群光着臂膀的男孩儿女孩儿围住了。"瘦瘦（叔叔），买贝壳项链吗？买珊瑚礁吗？"最大的也就是十一二岁的样子，最小的是五六岁的样子，裸露的胳膊、腿、胸脯晒得黑黑的。这里的阳光真亮，亮得刺人眼目。一路下来，我手里差不多买了二十多条贝壳项链了。冲出"重围"，仅够在天涯石、海角石前照一张相的时间（导游小姐规定两小时后回到车上），甚至来不及细细摸一下天涯石和海角石就匆匆回到车上，一起的人见了我很吃惊："你怎么买了这么多？多少钱买的？"我说："五元钱一条。"他们说："你上当了，其实才两元钱一条。"我听了后并没有后悔什么，一路上我都在静静地想着那帮比女儿大不了几岁的男孩儿、女孩儿们，他们天天都在做这种生意吗？天涯海角的阳光很热，很亮。

回来是坐飞机。生平第一次坐飞机，出来开始没打算坐飞机，因为妻坐飞机机票是不给报销的。考虑到妻在三亚回来的前一天病了，再加之回来的车票不好买才决定坐飞机的。机票拿到手时我怔住了，机票上写着刚出生的婴儿都需要买机票的。谁会想到丝语还需要购票呢？……因此来时就没给她带任何身份证明。

回到广州第一天就开始奔波给丝语办理购票手续。没有身份证明机场不给购票的。因此我们很着急很上火，找到白云机场公安处反复跟人家说明，并掏出我们大人的各种证件，人家才勉强给开了一张临时乘机身份证明，花了六十元手续费。办了证明我才放下心来。从公安处出来已是中午了，又去机场售票厅买妥了丝语的机票，这才觉得肚子饿了。看着我拿着机票兴冲冲地走出来，妻冷冷地说："这回你就不怕花钱了。"我举着票依然很高兴地说："就当是送给丝语的一份礼物吧。"

在广州上飞机时，街上还是绿树红花，下飞机时，哈尔滨已是一片冰天雪地了。四个小时横穿了整个中国，真够快的。机上免费供应午餐，每人一份。妻问小孩子有吗。始终微笑着的空姐说，婴儿票是没有的。可是过了一会儿那个空姐就返身端来一盒饭，说是给丝语的。我和妻一阵感动。飞机下降时，耳根发疼，整个机舱只有女儿一个小孩子在放声哭。妻怕影响人家，欲哄住女儿的哭声。站在旁边的空姐却说："让她哭吧，哭出声来会好受些。"这又让我心生感动。丝语以她悠扬的哭声结束了这次旅行。

回来数日后，丝语每天晚上又坐到了电视机前，当天气预报播报员依次报出城市的天气时，丝语随口说出："北京晴我去过，广州阴我去过，海口大雨我去过，深圳中雨我去过……澳门环岛游我去过喽！"每当这时妻就瞅瞅我："怎么样？我女儿不白出去吧。"我老老实实地说："是。"而我的书呢，只有泡汤了。

六月的期待

　　再有一个月女儿就要高考了，也就是说十二年的寒窗苦读就剩下最后一个月的冲刺了。一般高考的学生在这个时候都会有焦躁的情绪，家长也会跟着焦躁，家长是干跟着焦躁。许多高考过来的孩子和家长都跟我如是说。我没有焦躁，诗雨也没有焦躁。

　　诗雨的二模考试在这个月二十号考完了，尽管这之前她班主任王国强老师跟我说过，二模考试很关键，是三次模拟考试中最重要的一次，因为一模考试一开学就考了，大家还没有调整好状态，仓促上阵。二模考试是下月二十号，三模的题就不会太难了，高考跟前了主要是让大家高考前预热一下。二模是真正模拟高考了，这个时候是应该调到最佳状态了，否则就没有机会检验自己的状态了。

　　我也很奇怪，我的心态从她一模考试后渐渐平静下来，出奇的平静。甚至都没有她中考的时候那种紧张，应当说这是最不给她压力的一种状态。再加上还有无数的事在分扯着我，上个月二十号前回去给她过世一周年的爷爷、奶奶烧周年，下月初又要去北京参加我侄女的婚礼，还有手中正在写的东西……所以我尽量不去问她考试和复习的情况，完全放任地让她自己去掌握，因为她说过会对自己负责的，因为听她妈说学得好的学生现在是个什么样子，她现在就是个什么学习的样子。我现在都是间接地从她妈话里掌握她细微的动态了。比如这次考完两三天才在电话里顺便提到这次考试，她说三主科答得还满意，理综差了点儿。我问她自己的估分，她说能达到六百分的样子。她说星期三会知道分数的，全市统一出题统一评卷会慢些的，到时全校大榜也会排出来。我就不再多问了。

今天上午她妈给她做了酸奶，说要在中午或晚上送去。下午我写了一阵儿东西，打电话问她妈过去送酸奶了吗。她说没有，晚上送去。说她中午给诗雨打过电话了，诗雨说大榜下来了，在高三的走廊外面张贴着，她还没去看，说去看的学生都里三层外三层围挤在那里，她说早晚会看到，就不去跟着挤了。听她的口气一副淡定自若的样子。我能够想象到她的样子，与那些现在被折磨得神经兮兮的学生相比，她肯定是一副置身物外优游自若的样子，颇有点儿大将的风度。这也让我想起一位朋友在看了她网上写的博文说过的话，"你女儿像个男孩子那么大气"。

晚上她妈过去了，打电话过去问，她和她妈正在操场上散步呢。诗雨接过手机说，她这回考了六百二十分，不过题出得有些简单了些，与一模相比。如果是一模她这个分数是可以进到一中全校前一百名的，现在只是一百四十名。她也没想到题会出得简单，我也在纳闷王老师不说题会难吗？但愿高考时题是正常出，要不坑学得好的孩子了。不过她说她会按照自己复习的程序进行的，该解难题的解难题。我说这就对了。

再有一个月零三天就是六月了，前天出版社的编辑告诉我，我的那个长篇会在六月份出版。去年动笔写这个长篇时我跟小兔子说我用写这个长篇陪你一起度过高考艰苦复习的日子，绝不会像别的家长一样站着说话不腰疼的，让我们的腰一起疼（前一阵的确闪了腰，体验了一把真真切切腰疼的滋味），到时我们一起各自交上自己满意的答卷。

现在六月的脚步和着春风一起向我们父女俩走来，多么叫人期待又叫人心跳的六月啊！

不过此刻我真的很平静，因为女儿的淡定自若。

女儿，祝你生日快乐

　　女儿，今天是你的生日，是你十八周岁的生日，我还有点儿不能相信，一眨眼你就长大了，长成一个大姑娘了。按照我们国家的规定，十八岁是法定成人年龄，这个生日对你来说有着特殊的意义。这也是你高中毕业前在家里过的最后一个生日，明年你就要在大学里度过你的生日了……今天上午，你返校去照毕业照去了，此时你和同学们站在一中校园里的表情一定和窗外的阳光一样灿烂，凉爽的风拂动着校园里油绿油绿的杨树叶和一张张青春激扬的脸庞儿，刚刚经历完的高考一定会让你们人人表情放松下来。而你更应该是幸运和幸福的，因为今天是你的生日。

　　看过你幼儿园毕业时的照片，一堆孩子里你是出类拔萃的；看过你的小学毕业时的照片，你也是全班同学里出类拔萃的（那时穿着漂亮的校服你还是三道杠的大队长）……这绝不是一个父亲的偏爱，看过照片的人都这么说。此时，回忆十八年来你是怎么从一个牙牙学语的婴儿慢慢长成一个"聪明可爱的女孩儿"（小学班主任鉴定语）的每一个生动的细节，成了我最幸福的事。

　　六月是一个和童年永远连在一起的月份，你出生在六月一个平静的日子里。今天倒是有一件不平静的事情发生，由诺维斯基加盟十三年的小牛队首次夺得NBA总冠军，你知道老爸是个球迷，也就知道了老爸今天兴奋的成色又增添了一分。和六月的晴朗一样，六月的雨也是叫人喜欢的。

　　六月的雨多是淅淅沥沥的小雨，十八年前六月十三号那个午夜，在你妈妈工作的那个厂级医院里你安静地出生了。之所以说安静是你没有像别的婴儿一出生时就啼哭不止。那一晚医院里也很安静，只有一个做了父亲的男人很兴奋很好奇很期盼地坐在走廊的长椅上，静静地听着淅沥的雨点掉在窗户外面的树叶上，像静静的夜里春蚕吐丝的丝丝絮语声，因此这个以摆弄文字为职业的家伙在心里给你起了名字，叫丝语。在肃静的病房里和黎明一起醒来时，窗外的天空经过一场小雨的洗礼，是那样的蔚蓝明净，而比这明净的天空还纯净的是你的眼睛，那一丝杂质也没有的黑黑的瞳孔、黑黑的眼仁，看着就叫人心动。

世上没有比婴儿的眼睛更纯净的了，望着你的眼睛我只想到一种东西，那就是诗。我把想好的名字改了一个字，叫诗语吧。我想保存呵护这种纯净，我想叫你的人生有点儿诗意，因为这个世界在你出生时杂质已太多了。去派出所落户口时，那个我认识的女户籍员写下了你的名字，她先是写成王诗雨，后又改过来写成王诗语。看书写还是王诗雨三个字好看些，又想起了你出生时那淅淅的小雨，最终在户口本上还是用了"王诗雨"，意思没变。这就是你名字的由来。我也像经历了一场考试一样，幸福是不是毛毛雨？

还有落在出生证明上你那只大脚丫印，在那个早上也给我和接生你的医生留下了深刻的印象，她说你一定会像爸爸一样长高个儿，果不其然。只是你的脚成长的速度有点儿快，前天你还在跟我抱怨说四十码的女孩子鞋不好买，在网上也淘不到。怪脚乎还是怪鞋厂乎？现在大脚的女孩子在日渐增多了，鞋厂就该多生产大号女鞋的。

脚大才走得踏实，十八年来你正是从蹒跚学步这么一步一步走过来的。两岁时你就跟着爸爸妈妈走到了海南岛，在亚龙湾还没被开发的海边沙滩上，你一边吃着冰糕，一边看着渔民在往岸上拉网捕鱼，沙滩生长着许多野生的仙人掌。不到三岁的时候你就到大庆电视台 TV 俱乐部节目里去唱歌，上小学前的那个暑假，我带你到大连去玩儿，在富家庄浴场你站在海边沙滩上正吃西瓜时，一个浪头涌来把你打没影了，我在海里看到吓坏了，急忙朝岸边游去，潮水退去，你正站在那里吐西瓜水。也就从这回你尝到了海水的滋味，不知不觉学会了游泳。从小学到初中的暑假里，我都带你到海边去玩儿。那是多么快乐的时光啊!

从上初四开始一直到高中，学习就压在了你的身上，快乐似乎暂时与你告别了一样。大家都这样啊，我于心不忍也得忍了。好在上初中时，你央求我养一条狗吧。开始我还有一种顾虑，是你的一句话让我没有理由不答应你了，你说:"你小时候还有哥弟几个在一起玩儿呢，我就我自己。"一句话说动了我的心，半岁多大的小雪就来到了家里，它成了你的伙伴。

其实它只和你在周末和寒暑假时在一起的时候多一些，因为一上初中你就住校了，还记得初中刚一开学时送你去住校，把小雪也带去了。你在上晚自习，我们去你寝室，寝室里刚刚有一个和你同寝的小女生，想到你那么小就要独立在外住宿了，真叫我们有些不忍呀。可是一想到进一中来学习是多么的不容易，将来的中考高考竞争又会是多么激烈，只好忍痛把这些不忍在心里压下去了。记得离开寝室前，我匆匆写了一个字条给你掖在了枕头下，大意是从今天开始你就离开了父母身边，你还这么小要学会自理云云。过了一周我过去看你时，你从晚自习的教室里走出来跟我到外边，恋恋不舍停了半晌跟我说:"我想你们和小雪啦。"你才是一个十二岁的小女孩儿，怎么会不想呢? 于是第二天我又把小雪带了过去……

每周你一回来，小雪就在门口蹲着了，你一进来它就往你身上扑，还兴奋得直打喷嚏……等到周一一早返校时，冬天天还没有亮，你坐在桌前吃早饭，小雪就一动不动蹲在桌子下，陪着你。简直是雷打不动的一个神态和姿势，等你吃完它又跟到门边去。

初中你以七百零七分的中考成绩毕业，按我们说好的小雪也"毕业"了，其实这时我也舍不得送它走了，你妈在我没在家时把小雪送走了，答应你送到一个你能常去看到的人家。

一中以免费送你们中考前一百名的学生去国外旅游的条件，留你们在一中读高中，当然那个暑假你和其他同学在新加坡、马来西亚玩儿得也很开心，看你带回来的照片就知道。

高中你似乎就和初中完全不一样，长大了，也自立多了。也许是一中的环境你已熟悉得多了，对一切都司空见惯了。正是这种见惯叫我隐隐生出不安，果然在高二阶段你有些松懈，有一次期中考试没考好，还有高三的一次月考没考好，我严厉地说了你。你也对自己写了保证书。与老师的沟通并不多，但从你们班主任老师的脸上我却能看出晴雨表来，这缘自我对你的学习状态的了解。其实，高中阶段我也是很矛盾的，既希望你能像初中像小学时那样快乐些，又有一种很忧虑的心理，又希望你学习拧紧点儿，因为马上就要面临高考了。十二年的寒窗就看这最后三年了。这就是中国式的家长们普遍的一种矛盾心情啊。

去年我就想到了你的十八岁生日，应当感谢教育部把高考日期提前到六月的七、八、九日三天来考，正好你的生日是高考完事后，可以安心地庆贺一下你的生日了。如果是早几年这个时候正是苦战复习的日子，挥汗如雨心情焦躁的你哪还有什么心情过生日？

前天高考估分出来后，你的情绪似乎还没有完全从高考紧张的纠结中走出来，对什么都没有胃口。在前天我就提示你说，你的生日怎么过，要不要请几个同学到饭店一起过或去唱歌？你说看看周一学校通知不通知去照毕业照，要是去学校照毕业照就叫上两个平时要好的同学去城市森林公园野餐，要不就在家里和父母过了。听你这样说我当然是很欣喜的，就赞同你的想法了。

昨天接到了你的同学打来的电话说今天到校去照毕业照。你的情绪就高兴起来，一早出门时我还叫你把摄像机带上了，还说晚上回来也在家里给你过的。没有告诉你，除了给你买个蛋糕外，还要买上一束鲜花的。我只买过两回花，一次是在你出生回到家里时去买的花，一次就是这回了。

女儿，其实我是想在你生日这一天和你一天都在一起的，省里的作家哥们儿王左泓大哥在知道了你高考成绩以后，两次给我留言：你应该多陪她在一起，要不，要不她就像会飞的小鸟一样飞啦！想想也真是这样的，你和我们在一起的时间又有多少呢，你那么小就送全托幼儿园了，小学五年一毕业，你就到一中住校去了，你可能也是你同龄孩子中离开父母住校最早的吧。七年一晃就这么过去了，上大学后你又要"全天候"飞了。

女儿，你的生日在六月是一个非常好的日子，有一首歌叫六月的《心雨》，你在六月来到这个世上，又在六月报名上了小学，今年你又在六月高中毕业迎来了高考，你就是爸妈心中的雨。你也是让爸妈感到骄傲的女儿，在你十八岁生日这一天，这也是你人生的一个节点，你已经用你高考的优异成绩为自己送上了一份珍贵的礼物。

　　看看下午你该回来了，我匆匆去百货大楼前美食乐店买蛋糕和去会战街上花店买花。走进花店，卖花的女士见我是给女儿过生日买花，就问我女儿多大了，我说十八岁。就叫她选了十八枝花，有向阳花，有玫瑰，有百合，百合是我喜欢的花，看着百合还多半是含苞待放的花骨朵儿，我想起遥远的童年在家乡小镇上去草地采野百合的夏天，一股清新的花香扑鼻而来⋯⋯

　　走在大街上，我还在挺幸福地想着在你这和青春和前途有关的生日里，老爸唯愿你平安、快乐、幸福，像六月美丽清新的鲜花一样绽放在你的人生路上！快乐的笑容能凝聚成未来日子每个精彩温馨的瞬间！

　　生日快乐，亲爱的女儿！

给女儿开最后一次家长会

刚刚进行完高考，女儿照完毕业照回来跟我说："学校要家长明天下午去开家长会。"哦，那就是说最后一次家长会了？前几天家长孩子学校都忙着高考，我以为高考完她就离校等着成绩出来，就等着通知书邮来，学校不会再开家长会了。

女儿诗雨从小学到高中的家长会都由我去开，开始是缘于她妈没时间，后来就形成了一种习惯，只有去年上半年我去北京学习那段时间她妈妈去开过一回家长会。

女儿上小学时，我家住的离学校很近，走几步路就到了。女儿上学也不用去送，在楼上阳台看着她蹦蹦跳跳走进实验小学校园去。那个像蝴蝶样的身影就是这么看着一天天长大的。放学时，有时还会看到她和小伙伴走到楼前的小公园去玩儿。女儿在上小学时成绩就很好，往往是班上的前两名。上三年级时还当了班长。放学后开家长会，女儿也常常被老师留在班里帮老师发放卷子和鉴定书。一次我去开家长会，坐在她后边的座位上，女儿帮老师做完事，就蹭到我跟前来，倚在我的大腿上，我问她这回班上期末考试谁第一啊，女儿骄傲地一扬小脸说："当然是我第一了。"旁边一个孩子女家长听了有点儿开玩笑说："你可别骄傲，别下回不能考第一啊。"这个家长的孩子是班上另一名学习好的男同学。

诗雨小学考试成绩好，要的奖励很简单，只要一份肯德基奖励就行了。上小学时她有两位班主任给我留下过印象，一位是在鉴定上给她写上"你是一个聪明可爱的女孩儿"这样一句话的女老师，别小看这样一句话，它对孩子心灵的哺育不亚于一个一百分。另一位是后来当"亲戚"处的马老师，她的爱人和我原来就认识，可是孩子她开始并不认识。她的偏爱和喜欢让女儿比别的孩子都幸运。

上初中了，而且是上的大庆一中初中，女儿分在了六班，班主任老师叫李文。刚一入学时就听人说她带班带得好。果不其然，每次考试六班在各科排名上都是靠前的，除了两个奥数班。家长会开得也多了起来。

上了中学完全是成绩说话了，早就听身边的同事和朋友说开家长会是最让家长头痛的事。有一个邻居一到开家长会时，两个大人都互相推诿着不愿去。去了也像犯人似的把头使劲低在桌子上，任凭老师去奚落自己的孩子。还有一位同事，去开家长会时，老师让学习成绩不好的家长站到讲台上去，偏偏这个家长腰间的手机这会儿不合时宜地响了。开家长会老师明令禁止开手机的。上中学后女儿就给我规定了两条这样的纪律：一是不准开手机，二是不准说自己是什么作家。我从初中到高中都严格照办了，以致到高中的后一学期班主任王国强熟悉了我之后竟不知我是干什么工作的。还是说我那个同事吧，当时他站在讲台前听着手机响了也不敢接，结果还是被班主任数落这样一句今生都让他脸红的话："还带手机呢，孩子学习这么差还有心思带手机。"那时还刚刚兴手机，他带的那个手机还是朋友送给他的，特别大。当时他恨不得找个地缝钻进去。

因了女儿的学习成绩，从小学到中学去开家长会我都是昂着头坐在教室里的。在小学是不出前两名，在初中是不出前十六名，前十六名就是全年级一千多学生的前一百名。班主任李文老师很会做，每次开家长会总是把排在后边同学的家长留下来，和他们单独说说，这样就不挫伤家长的自尊心了。初中时的排名很勤，几乎是每周一小考一排名，每次女儿考试完我在电话里听到她说的各科分数，我都能在心里给她排出在全班的位置，一发榜果然跟我估计的一样，女儿也说我神了。其实这得助于我对她和她前边一些同学学习成绩的掌握。女儿最好的一次期末考排过班级第二名，全年级十二名。一中初中抓得很紧，各科任课老师也都很辛苦，那个教物理的小女老师，孩子还不大，晚上上课时家里没人给看孩子，就带到班上来，很是敬业。中考考物理时她守在考场外，每个她教过的考生出来她都上前拥抱一下，紧张地问："考得怎么样？"面对这样的老师没有理由不考好啊，结果女儿和另两名一中的同学，考了物理满分。这也是上高中后我坚定不移地让她学理科的原因。

在初中时，每次开家长会都和一个同年级家长一起去，是搭这个家长的车，每次去时这位家长都问我女儿考多少分，然后又说她的女儿多少分，每次考试我女儿都要高出她女儿一大截，她女儿的心态挺好，当着孩子的面说成绩孩子也不难为情。这也成了一种习惯，每次去开家长会这个家长要不问我点什么就好像少了点儿什么。她家的孩子也一直是她去开家长会的。

上了高中，女儿按中考成绩分在尖子班九班，班主任是朱晓敏老师，也是一个很热情很敬业的女老师，时间不长去开家长会时，她都能把她观察的每个同学的特点说出一二来，叫下边的家长很服气。要知道尖子班的学生哪个也不是白给的，不是有经验的老师带班学校不放心家长也不放心。只是由于她的身体原因，高二时她调走了。又来了王国强老师接了班主任，他是刚送走高三毕业班临时被抽调过来的。

王老师五十来岁，方脸，头发有一半白了，从我见到他的第一天起他就一脸忧心忡忡的样子。王老师倒不像女儿那几个女班主任能说，但他的表情却是一个晴雨表。上高中的时候，女儿的排名就在班上三十左右了，在年级一百到一百五十名之间了，因为一中高中他们这届好生源兜上来不少。对于处在班级中间位置的学生，王老师还能掌握清楚，说出一二来，真叫我惊讶了。

高中时家长会在减少，一学期一般只开一次家长会，对于我对家长会的关心，女儿报以嘲讽和讥笑，说："你是不是特喜欢开家长会呀？"说真的，开习惯了家长会，冷不丁不开了，我还真不习惯了。也是因为高二高三课时忙了。不开家长会，班主任想到的和我想到的也一样，从女儿那里反馈来的是，说我和王国强像哥俩儿，她对我们这种忧心忡忡的心态很是讥讽。包括对她的一些分神的事情上，比如班上新年晚会不要太花精力去搞等。每次顺便到校一见到王老师的表情，我就知道女儿这一段的学习状态了。

最后一次家长会了，本来以为轻松些，高考完了分也估出来了，考好的也罢考孬的也罢，也就这样了。可是一走进这熟悉的教室，一看到这些似曾熟悉的家长脸上，一个个似乎还纠结在一种不能放松下来的心态和表情中。因为啥呢，因为这冒蒙的估分和冒蒙的报志愿本来就是在考家长啊，何况今年的高考本来就有点儿诡异。诡异之一，用孩子的话讲，各科试卷出得就有点儿诡异。诡异之二，用王国强老师的话讲，本来看起来今年出的高考题比去年难或持平，但低分段的考生分数却比去年上涨，传说是有的地方考场纪律有些松懈造成的。所以，下午一去所有的家长都关心今年的高考估分段怎么划。学校给出的大庆估分段划出来是这样的：理科本科一表五百五十二分，二表四百七十分。比去年要高出二十分，这让开始还自我感觉良好的家长能不忧虑吗？本来以为分数段和去年差不多的家长，分数搭在一表、二表边上的孩子，就有可能被无情地划出去了。唉，这不仅是在考孩子的心态也是在考量家长的心态啊。

而且，王国强老师说志愿这三天要报出来，家长一定要掌握好，回去和孩子这三天什么也别干就干这件事，现在还不是放松的时候，这可是十二年寒窗的最后关口啊。家长在开家长会，九班的学生一早就被学生自发地召集到油田乐园大家一块儿放松玩儿去了。

想想也是，得嘞，就按学校老师的要求去做吧。现在还不是最后放松的时候，无论是对家长还是对孩子。

家长会快散时，看诗雨戴着眼镜的圆脸从靠走廊上方的窗口往里看了一眼，我立刻看到她了。每回我来教室找她也是从那个窗户角上往里看的，她多半是在写题和看书。看来她是从游乐园回来到学校来找我的。这张刚刚玩儿过后的轻松面孔一闪过去了，可是此时我心里还真是没法轻松起来。是谁把中国的高考弄得这么复杂呢？孩子们走下考场还不算完，还在考孩子考大人……

这张熟悉的课桌我就要起身告别了，每次来，都能在桌面上看到女儿大咧咧没来得及收起的卷子和书桌堂里放得不规整的课本、作业本，现在都叫女儿收空了。女儿从今往后也不会再来坐这张桌椅了，可这张桌椅上分明还留着女儿的气味儿，叫我久久不愿离去。十二年啊，十二年的寒窗就从这里终结了。

　　家长们都走了，黑板上彩色粗体粉笔字"欢迎各位家长光临"还在，我真想对着这空落落的教室微微鞠上一躬，再见了家长会!

怀念一只叫小雪的狗

诗雨刚上初中时，家里养了一只宠物狗，起名叫小雪。在这之前，看到楼区内人家和同学家有养宠物狗的，诗雨曾央求过我和妻子也养只宠物狗。我和妻子都没答应，后来有一天诗雨说的一句话打动了我，她说："你小时候还有哥弟几个在一起玩儿呢……"我心一软就不能说啥了。不过跟她说，只能养到她初中毕业，她也答应了。

没过几天，在社区卫生服务站工作的妻子，就从认识的一户人家里抱回来几个月大的小雪，只有几个月大的小雪通体白毛，毛茸茸的像团雪团从妻子怀里滚落下来，很陌生很胆怯地打量着它的新家、新主人。我们要做的第一件事是给它搭个窝，妻子和诗雨用纸壳箱在电视柜旁搭了个狗窝，小雪钻进去后安静了下来。下面要做的事情是给它起个名字，现在养宠物的人家，多数给自己的宠物起个时髦的洋名，好像这样人和狗都高人一等了。我们没有，我们只给它很随意地起个朴素的名字：小雪。

第一次把小雪带到楼下去遛，楼区内一位打扫卫生的大爷见了，夸小雪漂亮。白白的毛，圆圆的黑眼睛，小巧的鼻子。自己听了也很受用，就像夸赞自己的女儿一样，小雪也是女生。

小雪第一个熟悉起来的家庭成员自然是诗雨，几乎形影不离，我和妻子不在家时，她还叫小雪跳到沙发上或床上去，抱着它看电视，或搂着它睡觉（这是我们坚决不允许的），通常小雪一听到我们回来在楼道里的脚步声，就噌地从沙发上或床上跳下来，进屋看诗雨和小雪，她（它）两个都一副若无其事的样子。

好在诗雨在家的时候并不多，因为她很快就住校了。诗雨上的一中离我家并不太近，一中是重点中学，初中部的学生也可以住校。诗雨这么小就离家住校，开始叫我和妻子有点儿担心，把行李给她送过去的那天晚上，诗雨去上晚自习了，我和妻子在宿舍里给她收拾了一下床铺，没有等她下晚自习，给她留了一张纸条先回来了。过了两天，我有点儿不放心，又去学校看她，她刚刚和同学吃过晚饭从食堂出来，看上去神情有点儿闷闷不乐。她看到我独自走过来，我问她："这两天你过得怎么样？"她抬起头来瞅瞅我："想你们和小雪了。""那我明天晚上把小雪带过来给你看看。""嗯……"她点点头。

第二天傍晚又是那个时间，我和妻子把小雪抱过去。一中的校园很大，从晚饭后到上晚自习有一个多小时的时间，诗雨看到我和妻子站在楼拐角处，眼睛一亮扯着她的两个女同学走过来，妻子抱在怀里的小雪一见到诗雨，就噌地从妻子怀中跳下来，迎着诗雨跑过去。显然她已向那两个同学提到过小雪，那两个女同学一见到小雪，也惊叫着跑过来。诗雨拍着手把小雪引到绿草坪上奔跑去了，一扫她前两天见到我时闷闷不乐的神情。

望着她们三个欢快地和小雪奔跑、嬉戏的身影，我在想她们是不是被关在笼子里的鸟儿呢？

诗雨每周末回来，周五下午一放学，小雪就早早地蹲在了我家外门口的门槛上，我家住在五楼，诗雨的脚步刚一走进一楼楼道口，小雪就从门边站起来，先是竖着耳朵听，接着尾巴慢慢地摇，随后随着诗雨的脚步接近五楼，它的尾巴就快速摇动起来，等到诗雨人进了屋，它就扑到了诗雨身上，又摇头又打喷嚏，亲热得不行。等到周一一大早诗雨返校时，诗雨五点钟就得被我们叫起来，先洗脸再吃早饭，冬天五点钟，天还黑着，大人孩子都不愿起来，而愿意起来的是小雪，一听到妻子下地穿鞋的动静，它就跟着起来，屋里屋外地跟着走动。等我后起来去诗雨屋里看时，她已坐在床前餐车前在吃早餐了，她吃得一声不响，而蹲在车子底下的小雪也静静地一声不响地陪着她，这个场景好长时间都成了我家每周一早上一个固定的画面。也许因了小雪的陪伴,诗雨脸上没有了过早起来那份无奈。我送诗雨去学校,妻子留在家里,常常是我们走下楼去后好久,小雪还在门里头抵在门缝里好长时间不动。

诗雨不在家,下楼去遛它就是我的事了。常常是早饭后一遍,晚饭后一遍。回来要给它洗脚,如果没洗脚就先让它蹲在门边等着。小雪很有规矩,如果没有给它洗脚,它是不往里屋和书房走进一步的。有一天早上我遛它回来,脑子里在想着一个正在写的东西,就忘了给它洗脚,它竟一声不吭蹲在门口一上午没动。还是妻子中午下班回来,发现它在门边一动不动的。我这才一拍脑门,想起一上午没有给它洗脚了。赶紧用盆子打来水给它洗了脚,它这才走进里屋去。

因为我不坐班,通常我和它在家里的时候多。小雪是只安静的小狗,不像别人家的狗一听到楼道有点儿动静就"汪汪"叫个没完。因此我家养狗后,好长时间左邻右舍都不知道我家养狗了。听人说狗随主人的性情,小雪这一点也是我和诗雨喜欢的。白天通常是我坐在书房里写作,它趴在一边一动不动,或闭上眼睛假寐。春天的时候,它喜欢趴在阳台上晒太阳,落在地面上的阳光暖和地照在它身上,屋里、阳台都十分的安静。时间一长,它也觉察到我的规律来,我伏案在写作时,它是从不到我跟前打扰的。如果我的思绪不畅或写完一阵后,坐在椅子里不动,它会悄悄走过来把两只前爪搭在扶手上,仰着头黑黑的眼仁静静地望着我。这时我就会放下笔来,抚摸一下它的头。等我又动起笔来,它就放下去前腿无声地走开了。

最快乐的时候是每年春天五一放假时,和诗雨带它去儿童公园游玩。每年春天都要到宠物医院里去给它打一次防疫针,让它痛得肚皮一抽搐一抽搐的,那家宠物医院就在儿童公园旁的一条临街的门市房里,打完针,放开手,小雪跳下去就撒欢往公园里的草坪上跑了。它在前面,我们在后面。新绿的草坪好像是专为它铺起的绿地毯,任它撒着欢。一会儿又从假山树林子里钻出来,满鼻孔都是杏花和桃花味儿,兴奋得它连连打着喷嚏……

那年暑假,我们带它去鹤城江边游玩,这是小雪出最远的门。

火车上不让带，我们只好坐汽车走了。到了鹤城先在龙沙公园里溜达了一圈，然后在炎热的午后，我们带它来到了江边，我先游到江里去，看到岸边诗雨把小雪抱到江水里去，然后放开它，它扑腾扑腾向江边游去……小雪天生会"狗刨"，诗雨见了嘲笑我的狗刨没有它游得好。

有了小雪，比较难办的是每年回山里诗雨她奶奶家过年探亲的时候，每次回去都要把小雪托付给楼下邻居宋太太照顾。需要每天过来喂它一次，带它下楼遛两次，走时叮嘱了又叮嘱小雪的一些习性。过年那两天宋太太还把小雪带到楼下她家里去，宋太太的儿子家里也养着一只叫"公主"的宠物狗，过年到宋太太家来，那只大小雪几岁的"公主"，还欺负小雪。小雪胆子很小，过年外面放鞭炮，它都吓得一激灵一激灵的。每次探亲回来，听宋太太说起这些，都会让我们生出一丝担心和挺难为情的歉意来。

日子过得很快，不知不觉四年时光一晃就过去了。中考结束后，就听妻子念叨说，该给小雪找个好人家了。我也随声附和，不过心里却有点儿舍不得让小雪走了。再去看诗雨，她并没有说什么。这个时候我倒希望她说点儿什么。也许我会不忍心把它送人的。小雪似乎听懂了妻子的话，有时会抬起有些湿润的眼睛望望她。

诗雨的中考成绩很好，考了全市的三十二名，被一中高中部强行留下了，并要在暑假被学校组织免费到新加坡、马来西亚、泰国旅游去了。我和妻子就打算在她出国时，把小雪送走。要送的人家已找好了，是妻子单位附近的一家开旅店的人家。我有点儿担心那户人家开旅店会不会很乱。妻子说那户人家夫妻俩都喜欢狗，家里还养了两只大狗。就打消了我一点顾虑。

诗雨出国走了，妻子就在一天上班时把小雪带走了。这天早上是我最后一次带它下楼去遛弯，看着妻子把它放进车筐里，它似乎意识到什么，要从车筐里跳下来，而不是像以前带它去公园它很兴奋坐在车筐里的样子。妻子摸了摸它的头，它眼眶湿润地望望我。我背过脸去，它被妻子蹬车带着走远了。这一刻我的心里有些空落落的。可是为了诗雨迎来更加紧张的高中学习，只能这样了。

诗雨回来了，她的心情还沉浸在和同学在国外旅游的见闻里。开始并没有问起小雪，过了几天她才问："小雪送到哪里去了？"妻子告诉送给她认识的一户人家了。诗雨问："我可以去看看它吗？"妻子说："当然可以。"就在一天休息时，带她去了。我也去了。

　　正在店里忙碌的那户人家，一见我们来，很热情。引我们在他们院子里看他们的狗圈，那是为两只大狗准备的。我们问小雪呢。他们告诉我在里面楼上的屋子里，他们说怕大狗欺负小雪。主人这样说，我们也就放心了。我们带着给小雪带来的香肠，跟着主人往里面走。一楼二楼都有旅店房间，走过狭长的走廊，刚刚走上楼梯，大约听到了我们的脚步声，小雪从楼上的走廊里跑到楼梯口，一抬头刚好看见我，似乎愣住了一下站下了，随后它看到诗雨，嗖地一下从楼梯上奔下来，诗雨也快步奔上去，嘴里一连气喊着："小雪，小雪……"上了楼进了里屋的房间，诗雨把带来的香肠喂给它，又听到它一连串兴奋的喷嚏声。

　　离开时，主人跟我们说，诗雨如果想小雪了，可以随时来看它。这也正是我们开始想送给一个认识的并且离得不能太远的人家的理由。诗雨和我们都满意了。只是我还对这户人出人进的旅店人家有点儿担忧，后来就证实了我这份担忧不是多余的。

　　诗雨后来又跟她妈过去看了小雪两回，后一次去她还被主人留在家里一起吃了饭，饭桌下小雪依偎在她脚旁，头蹭着她的脚背在啃一块肉骨头，看着诗雨回来学说小雪的样子，看得出她很开心。没几日诗雨也开学读高中住校了。

　　开学后，诗雨就没时间去看小雪了，偶尔回来会问到小雪，妻子每天下班会路过那户人家。过了一段日子，有一次妻子下班回来，说小雪丢了。我听了一怔，怎么会丢了呢？妻子听那户人家说，前一阵店里住进一个远道来的女人，那女人一见小雪就喜欢上了，总给小雪买香肠吃，还在房间里抱它。那女人走后小雪就不见了，他们怀疑是叫那个女人抱走了。这个消息虽然证实了我先前的担忧，可听说是叫一个喜欢它的女士抱走的，也倒叫我生出一份安慰，至少比把小雪收留在那个嘈杂的人家要好。只是诗雨再也看不到小雪了……

我们正不知该怎么向诗雨说这件事，哪知诗雨听了和我想的一样，诗雨说小雪这回天天有火腿肠吃了，不用担心和那两条大狗抢食吃了。

说归说，以后的日子里，诗雨每当想起小雪来，总会跟我说，她想小雪了，要是小雪在多好啊。她还会做出小雪各种顽皮的动作来，包括它被我家楼区里一只公鸡欺负的样子。

诗雨上了大学走了以后，有一天傍晚她从北京传媒大学校园里打来电话，说在校园里看见一只宠物狗，跟小雪像极了。走到近前却不像，没有小雪漂亮。说时还轻轻叹了一口气。我这头听着，也一时无语。

这个时候小雪已离开我们有五年了，这个时候它要活着，也是十来岁的老雪了。不知它流落到哪里了，它还好吧。

总之，我和女儿诗雨现在提到的最多话题是小雪，无论是她开心还是不开心的时候，提到小雪时我们都很开心。

我的鲁院学习生活

四个月的时光匆匆而过。

来时还是乍暖还寒的三月，走时已是骄阳似火的七月。北京八里庄二十七号这个小院里，白玉兰树上醒目的白玉兰花开过了，梧桐树上的浅紫桐花开过了，阔大的梧桐叶在树冠织成了蔽日的大伞。想起我们刚来时，院子里的枝头还看不到一点儿绿意，只有春天还略带寒意的阳光跳荡地洒落到这个院子里，洒落到我们风尘仆仆来自全国各地（包括海外学员）五十二张渴望的面孔上，如同扑落到这个院落里来的小鸟一样，新奇地呼吸这里的新鲜空气。如今，院子里的云松、银杏、梧桐的绿叶已丰满了整个小院。

201是我住的房间，正对着楼梯口的墙壁上是鲁迅先生的木刻头像和先生的生平长幅板刻介绍。从我居住的寝室房间窗口望出去，绿树掩映下的那幢红楼一楼是鲁迅文学院院史陈列室，陈列着一排排让我仰望的文学前辈的名字，这里凝聚的绿荫足可以撑起中国当代文学的天空。

鲁院是中国作家的"黄埔军校"，早在八年前自己就曾梦想来鲁院，那是在那年参加全国青创会时，听当时的中宣部长丁关根说中宣部要拿出一百万支持中国作协在鲁院打造这个中青年作家高研班，自己就对鲁院暗暗向往。鲁院的前身是鲁迅文学讲习所，上个世纪五十年代，一批批作家从这里走向了中国文坛，特别是改革开放八十年代初，一批有影响的作家蒋子龙、张抗抗、王安忆、梁晓声……至今还蜚声文坛。当怀揣着八年前的梦想，由黑龙江省作协推荐，踏入鲁迅文学院学习的第一天起，这份欣喜、这份激动、这份惶恐就溢于胸中。

在鲁院既容易迷失自己，又容易找回自己。初来鲁院时就听施战军副院长说，你们每个人来到这里就是要打碎自己，清空自己，只需"带一只空筐"来。

回首想来，自己在文学路上已走了二十多年，人已到不惑之年，是需要停下来进行一番思索，是需要停下来进行一些调整，是需要增加一些"内功"去突破；而鲁院这个时候于我正是一座文学旅途上的加油站。审视自己需要一种勇气，打碎自己还原自己是要有撕裂的阵痛，而这种迷茫、这种彷徨、这种阵痛也是必须有的，它伴随着我走过这四个月。

鲁院是知识密集的天空，是思想交汇的花园。每天扑面而来的讲座都是全新的，无论是国情时政课，还是大文化课，引领我们在文学天空之外自然科学的"太空"里遨游，在人文知识的"海洋"里深潜，从自然科学最新最前沿领域到人文知识的建构、继承，思想、意识、观念一次次被刷新。而一个个学者、大家的身影又是那么谦和儒雅，如中国月球探测工程首席科学家欧阳自远的课：人类的空间探测与中国的月球探测；中央党校文史部副主任周熙明的课：核心价值体系建设与创新；叶宪舒的课：文学人类学；牛宏宝的课：审美现代性的三副面孔；王瑞芸的课：西方现代艺术欣赏；王晓鹰的课：戏剧与舞台；欧建平的课：现代舞思潮与创作；宋瑾的课：后现代主义与音乐；陈丹青的课：漫谈现时代文化；何光沪的课：儒、佛、道与基督教的仁爱观；傅谨的课：中国传统艺术与美学；戴锦华的课：无影之影——吸血鬼流行文化分析。在文学课上，当今活跃在文坛的评论家、作家，为我们奉献了一次次文学的盛宴，雷达的课、蒋子龙的课、张颐武的课、李敬泽的课、胡平的课、白描的课、施战军的课、李建军的课、孟繁华的课、陈晓明的课、彭学明的课、严歌苓的课等，这份名单太丰富了，丰富得几近叫我们感到有些奢侈，还有聘请在京各大文学期刊资深主编担当辅导导师，和我们一对一进行交流。在学习期间，《当代》《人民文学》《十月》等编辑部宴请我们部分学员或全体学员共进晚餐。鲁院是一座没有围墙的大课堂，课堂上和课堂下的交流同样重要，同样丰富多彩，思想的火花彼此碰撞，五次学员作品研讨活动，两次与文坛活跃的作家对话，都让这种学习的氛围充满了一种澎湃的激情。

鲁院是学与思、知与行相辅相成的课堂。在鲁院和这样的一个从春到夏的季节一样，感受到的是青春如火的朝气。不仅仅是因为年龄和激情，还有思想和美。到中央戏剧学院小剧场去观摩话剧《轨道》，去首都电影院观看电影《阿凡达》，去国家大剧院观摩歌剧《卡门》，去北京郊外宋庄观摩京漂画家村，还有两次社会实践活动，四月份去山西平遥古城和六月份去上海看世博，去浙江西塘和鲁迅的故乡绍兴、茅盾的故乡乌镇，每一次出行都是一次思与行的收获，都是一次心灵的洗涤。

绿叶的丰满是靠根吸取土壤的养分来滋润叶脉的，在鲁院课外的阅读是必需的，鲁院的图书室和饭堂是挨着的，每天去那里借书还书和每天去饭堂吃饭一样自然。吃饭、散步（或打乒乓球）、读书、睡觉是每天必做的内容。鲁院的阅读环境是安静的，每人一个单间，互不打扰。四个月结束后，我检阅了一下我的阅读量，竟然是在家时两年的阅读量，一些似曾相识的作家，在这里得到了系统的阅读。如村上春树、约翰·欧文、大江健三郎、茨威格、格拉斯、爱伦·坡、聚斯金德、福克纳……每天宁静的午后或早上或晚上，我都与他们静静对话。有一个午后，我正歪坐在床上看《铁皮鼓》，一只小鸟从窗口蹦跳进窗台来，或许是因为屋子里太安静了，它在窗台上站了半天，不知什么时候飞走了。鲁院组织的第一次文学沙龙就是有关读书的，接着又组织了与作家徐坤、邱华栋、徐则臣的对话：阅读经典与创新，在浩如烟海的古今中外的大量经典名著中如何去汲取营养，如何在自己的创作中找到创新，让心灵去打开一扇窗口。

在鲁院，我们接受的不仅仅是文学还有文学上的情谊，那就是和鲁院老师朝夕相处留下的一段段佳话，这同样让我们感动，如白描常务副院长在去医院动手术之前，给我们讲的最后一课：优秀作家的素质解析。这个关中汉子在预知被诊断癌症后，从容淡定饱含深情解析从西北黄土地走来的三位优秀作家：路遥、贾平凹、陈忠实的创作之路的背景，让我们心灵感到一次震颤。主抓教学的副院长施战军，在开始时他好像很对不起我们似的跟我们说，由于他到中央党校去学习，不能常跟大家在一起度过这四个月了。可是他跟我们平时在一起的时候最多，每次学员作品研讨会他都回来，并且总是一语中的地对学员作品进行点评。白天在中央党校学习，晚上他穿过半个北京城赶回来和大家进行交流，和大家在一起快乐地打乒乓球。班主任陈涛，比我们班上许多学员年龄还要小，是个很阳光的70后。记得开学之初，我们省文学院长李琦打来电话，询问我在鲁院学习情况时问起我们班主任是谁。我说叫陈涛。她说陈涛啊……小伙子人不错。一来最先走进我房间的就是他，他像个弟弟一样为班上推举班干部的人选征求我的意见。我从他明亮的眼睛里看出这份信任，也给他推举了几个同学。他的办公室窗口正对着我寝室的窗口，有时我们在窗上看到了就挥挥手，相互的会意就在其中了。还有风趣的成副院长，每次出行为大家默默服务的教研部温华主任，在一次饭桌上激动地告诉我看了我一篇小说很为感动的副班主任赵兴红。

四个月是一个不长不短的时段，鲁院四个月又是我们每个人文学人生的最难忘的日子。这四个月于我又是我人生中的一段特殊的记忆，有思索，有痛苦，有欢乐，我经历了人到中年太多的变故和感慨。

刚来鲁院报到时，报完到走出来，站在院子明媚的阳光地里，我曾在心里向上苍默默祈祷，保佑患癌症三年的父亲能挺过这四个月，让我全身心地投入到这四个月的学习中来。然而不幸的是，四月末的一个傍晚，我还是接到三弟打来的不幸电话，我急匆匆往几千里之外的家中赶，那个夜晚我的心情是十分焦虑的。在路上不断接到班上同学发的慰问短信，给了我一丝丝的安慰，一个女学员在短信中说：我们等着你回来。快到家时我又收到了施战军副院长的短信，走时在中央党校学习的他并不知道。这样的短信在我茫然无助的时候让我感到十分的温暖。到家处理完老人的丧事后，我重新回到了北京，身心疲惫地走进这个熟悉了两个月的小院，看到院子里的树都葱葱茂绿了，我有了一种回家一样的亲切。上课、读书、讨论、散步、打乒乓球，日子又重新回到了一种生机勃勃中，内心的阴霾和隐痛被这里的阳光和温暖渐渐晒干了。

除了上课，一楼的活动大厅那张乒乓球案子也是我们交流的平台。同学和同学之间，同学和老师之间，彼此的默契，彼此的乐趣，伴着笑声在每天的课余写作之余读书之余在这里度过。门厅的正面是鲁迅先生的铜像雕塑，左右两边的墙壁上是郭、巴、老、曹、丁玲、张天翼等文学前辈的木版群雕头像。他们的目光让这里充满了浓浓的文学气氛。据说，乒乓球是历届鲁院作家高研班同学和老师交流的一个传统。刚到鲁院入学时，性格内向的我还不太习惯往那张乒乓球台前凑，后来在两个要好的同学鼓动下，我把多年不打的乒乓球捡了起来，并且在同学中打到了前几名。我忘不了刚回家处理完父亲的丧事回来，班里要搞乒乓球比赛，两个男女生文体委员非要我参加，我知道这是大家对我的一种鼓励，是让我尽快从低沉的情绪中走出来。我没有辜负同学们的期望，在师生对抗赛中我赢了第一局。后来在那张乒乓球台上每天晚上还能看到一个熟悉的身影，那就是每天晚上从中央党校匆匆赶回来的施战军副院长。他的乒乓球打得并不好，他只是利用这样的机会多和大家在一起。他关注班上每一个有创作成就并且思想活跃的学员，我没想到他也会关注到我。有一次，在给四个70后学员开作品研讨会时，他向教研部主任郭艳问起我来。其实在小组报学员作品讨论时，我推荐报了本组两个年轻学员。郭艳就向他提到征集学员作品时我那篇新写的短篇小说写得好，我没想到他那么忙会找来看。

施战军副院长的临时宿舍就在二楼，有一天晚上看到山东来的李辉从他房间里出来，手里拿着他的一本评论集，我也想向他索要一本书又担心他手头的书不多。一天晚饭前打球时，我把这个意思向他说了。吃过晚饭，晚上八点钟后大家集中在顶楼礼堂看电影，正看中，一个人影摸黑走到我的跟前，我抬头看来人正是施战军副院长，他是特意到这里找到我给送书的。他什么也没说给我书后就匆匆走回去，那晚他要赶回家去住。

在鲁院，每个人都会重新审视自己，审视自己从前的创作。一晃创作之路走过二十多年，可我有时还觉得自己站在十字路口上。这届高研班第一次为《中国作家一线》征稿，并由老师给点评看稿，我就把新写的一个小说稿《七公里半和三条鱼》交了上去。自从我转向生态意义的小说写作后，对自己的转向还有些拿不准，内心还有些忐忑。有一天郭艳老师下课后在走廊上碰到我，跟我说起这个小说，说写得好，里面有很多东西，并告诉我被《中国作家一线》一期选用了。

临结业时，一天晚上和施战军副院长打完球后，我回房间把带来的一本十年前出的小说集赠送给他，并请他给自己的创作"把把脉"。没想到到他房间一提起这个话题，他就说："你的那个小说就写得很好。"他的话让我陡增在这种样式小说走下去的信心。

班上许多同学都是经他不经意的点拨，找到自己再突破的路子的。他常说思想的交流就是不经意间擦出火花来的。

四个月的鲁院学习是紧张而又松弛的，是温暖而又温馨的，从春天播种的季节到夏天的枝繁叶茂，走进火热的七月，每个人都带着一份沉甸甸的收获，这是用汗水结出的果子。在鲁院学习期间，我有两部中篇小说、三篇短篇小说、四篇散文分别在《中国作家》《上海文学》《中国作家一线》《散文选刊》等刊发表和留用。

感恩鲁院，郁郁葱葱的小院会叫我们心存感恩，我们有幸成了这里最后一届的高研班学员，鲁院的新院址已在现代文学馆旁建成了。鲁十三就成这里的最后一期。今年又恰逢鲁院建院六十周年。我们把手印留给了这个小院，结业时赠送给鲁院的是一块印有我们五十二名同学手印的牌匾，五十二只手印膜压在鲁院做背景的牌匾上。我们手挽着手感恩鲁院，结业式学员们的泪水涟涟，那就是绿叶对根的倾诉……

告别了鲁院，告别了温馨而愉快的学习生活。我们如一只只羽翼丰满的小鸟，向着更高的天空去飞翔，鲁院的滋养一定会叫我们飞得更高更远……

走进宋庄

　　宋庄在北京郊区通州县的宋庄镇，从朝阳区十里堡乘大巴出发，沿五环沿京沈高速公路走一个来小时就到了。走进了宋庄就走进了中国第一个画家村。这里聚集了四千多名自由画家。在宋庄路口上车担任解说的那个胖胖的女孩儿上来一说我不知是不是听错了。这些京漂的自由画家原来一些部分在圆明园画家群落里，后来就都迁移到宋庄来。一想宋庄的镇官们真是大手笔呀。他们把庄稼地腾出来不种庄稼种艺术，让人想起凡高的那幅向日葵画，庄稼长在画家画布里，比长在地里更有价值。所以我们看到一座座房屋错落有致颇具艺术视野的小镇。先是参观一个很大很有特色的展厅，里面展出了十几位不同风格画家的作品。接着我们又去宋庄北部参观一个尚尚美术馆。

　　这是鲁院作家班第一次外出参观活动，大家纷纷拍起画家作品，顺便也把自己捎带拍进了作品里。附庸风雅啊。

　　下午去参观画家的艺术画室，这是一处深灰色调曲转回廊的城堡式建筑，走在中间的回廊道上，像置身欧洲某个艺术建筑风格的城堡，绝想不到这里几年前还是一个村落。

　　随便走进一个画室内，一个四十多岁的男画家站在室内注视着我们，室内有些阴冷，他上身穿着一件黄色棉装，挺长的头发披散着，显示出艺术家气质，他叫张伦，四壁的墙边或挂或立着他的几十幅油画作品。里边隔着两个小屋，一间是休息室，一间摆放着颜料台。一个学员小声问他："你的画卖吗？"他不动声色冷着眼瞅着学员说："卖，不过你得拿一袋子钱。"见我们不解，导游过来说：

"你们跟他最好交流艺术，别谈钱。"明白了他眼里的冷色，艺术家骨子里清高，如生前贫困潦倒的凡高。就有了惺惺相惜的打量，一张桌上残羹剩饭和颜料板堆砌在一起。他这个画室一年的租金是三万元，虽不是个天文数字，却也得靠孔方兄来解决呀。

走到最顶一层楼上去，看到一个挂着"寻梦之旅"的小展室，是两个年轻女子画家的画，用后现代主义的手法和观念表现了一种生存状态。两位画家在这个焦躁的时代表达的那种极个性思想和生存态度令人为之赞叹。"在当下，任何的借用和拿来都是聪明的，却因此背离了真诚。当下是一个聪明人的世界，不需要土壤，当下是善与恶慌不择路轻浮苟合的产物，以它的浅薄和煽动性虏获大众。因此我画画不仅仅是一种纯美学的选择，我总试图寻找一些其他的东西，来建立和表现自己的世界观和价值判断。"（择自一女画家的艺术手记）走下来，还有一位五十几岁穿着淡紫色长袍的男画家，一边作画，一边裁剪时装服饰，他的画室里还摆着一架缝纫机，屋中还摆了一排他裁剪的时装、披巾，有的女学员就花不多的钱买了他裁剪的"作品"——一件上衣衫或一条披巾。

告别了宋庄坐上了大巴，天空和早上来时一样没有色彩，灰蒙蒙的，色彩都留在宋庄了。那里有一群自由的画家和一群自由的灵魂。他们在一片生长过玉米生长过向日葵的庄稼地里自由地歌唱。比我们这些坐在优雅的殿堂里装模作样的作家要幸福得多。灰色的天空始终保持着沉默，到了鲁院才有细细的雨丝下来，落在我们的头上。

湿润润地想起了宋庄，湿润润地想起了维特根斯坦说过的话："凡不可言说的，就保持沉默。所以，在语言终结的地方，音乐和绘画才开始。"这句话一开始走进宋庄时就被那个上车来导游的胖胖的女孩子重复过了。她肯定是土生土长的宋庄农家姑娘。

恍　惚

　　恍惚之间，我来到鲁院已经一个月有余了，恍惚之间一个午觉醒来躺在床上我竟不知身在何处（在家时我也有午睡的习惯）。人是多么习惯适应环境的动物啊，一个月下来我已彻底地习惯了鲁院生活，听各学科领域的专家名家讲座，与请来的作家座谈研讨对话，早餐、晚餐后散步，课闲时间歪在床上看书（连这习惯也和在家时一样），还有就是把丢弃的十几年二十几年打乒乓球这项爱好也捡起来，竟然可以在男生中打到前三名，真是不可思议呀。

　　那天与徐坤、邱华栋、徐则臣对话，徐坤面对 70 后 80 后这些青年作家感慨自己老了，说自己二十年前刚来到北京时还是多么的欢天喜地，多么的青春焕发。邱华栋和徐则臣面对对话的主题"经典与创新"侃侃而谈，古今中外的经典作品与经典作家恍惚之间在他们的话语中打破了时间和空间的界限，打破了某种可比性和不可比性、永恒和面对自我孤独灵魂的写作……

　　晚上，《人民文学》编辑部要请我们部分学员吃饭，两天前就有学员打电话告诉我了。又去了《当代》上回请吃饭的那个大清花饭店，那好像是请鲁院学员吃饭的定点饭店了。走上去二楼订好的房间不一会儿，李敬泽就率《人民文学》全体同仁到了，主编、副主编、编辑共六人，我们学员十九位，分三张桌围坐着。我先是在最东边的桌边坐着，他们进来时大家都站了起来，重新落座。他们进来我就看见马小淘了，她和另一位年轻的女编辑站在一起，那张熟悉的面孔我是从她的博客里和她妈妈给我看过的照片看到过。隔着站着的人，我轻声叫她"淘淘"，她没听到，或者听到了并不知叫她

168

的人是谁。

　　我有些茫然地看着她。她被邱华栋（编辑部主任）安排在中间的主桌和李敬泽主编坐在一起。恍惚之间我明白过来：她是不可能认出我来的。我们只是在她小时候，八九岁时在她妈妈工作的《北方文学》编辑部里见过一面。十六七年过去了，且不说女大十八变，她由一个北京广播学院的佼佼者，摇身一变成了一个名副其实的美女作家，单就能跻身中国第一文学大刊当编辑，就是让多少人仰慕的事。怎么会让她记住十六七年前在《北方文学》编辑部很随意见过一面的"叔叔"呢？这不是有点儿太难为孩子了。我深刻地自责起来。

　　正在我恍惚之间发愣在那里时，没想到她正在小声地问邱华栋："哪位是×××叔叔？"邱华栋一抬头看见我，往这边指着我，说："他就是。"她顺着手指把目光投过来，胖胖的邱华栋向我招手，要我过，我就走过去了。看我和淘淘聊起来，又笑呵呵地对我说："你就坐在这桌吧。"小淘也很懂事地叫我坐在她身边。我就在这桌坐下了。

　　与李敬泽先生见面最早是在二〇〇一年全国青创会上，提起来，他"噢"的一声说："九年了……"九年似乎是一个很遥远的事情。那会儿他还是编辑部主任，现在是《人民文学》主编了，而且在前不久结束的中国作协全委会上，他刚刚当选了中国作协书记处书记。

　　他们编辑部带来了一桶五斤装的双沟当地产白酒，编辑部这几位男士都挺能喝酒，特别是邱华栋，喝得很豪情，让这顿晚宴气氛活跃了许多。大家轮流串桌敬酒，白酒、啤酒都没少喝。

　　马小淘随她爸她妈，一口酒也不能喝，她只喝饮料。她不时地给大家倒酒，还不时地这样说，不喝完她还得负责带回去。后来坐在她另一侧身边的宁肯兄说起马小淘是鲁七届高研班的，开玩笑地说："这么论你还是我们的师姐呀。"小淘低头笑而不语。宁肯兄说："来咱班的，为小师姐喝一杯。"桌上的大家都站起来与淘淘碰了杯。

　　喝得高兴很晚才散去，走出大清花来，送小淘他们上车，她在车里摆手向外致意。恍惚之间，她眉宇举手投足之间多么像她的爸爸、妈妈啊。就好像两位黑龙江著名的诗人马合省、李琦在眼前一样。

这是两个我非常敬重的好人，他们有一个非常优秀的女儿，恍惚之间就突然长大了。

记得我当初在《人民文学》发表小说《孤鸟》《正午阳光明亮》，那是二十来年前的事了，那会儿觉得可真年轻啊。可现在呢，走在街灯如繁星京都一隅的街头上，已然有种沧桑感了，真的觉得有点儿老了。

想想看，人生有多少这样的恍惚之间呢？

去中戏小剧场看话剧

在北京，有个最大的问题就是到哪儿去要打出路上堵车时间的提前量来，特别是我们鲁院所处的四环以外的这个位置。

刚来时，有一次班级集体组织去首都电影院看新片《阿凡达》，本来四十多分钟的车程，足足打出两个多小时的去程时间来，到了那儿还有半个多小时开演，大家就在高高的商场里东转西转起来。首都电影院在东单的一个商业中心，电影院在九层。虽然是等得有些不耐烦，可是一进入隔音影院场里还是叫我们耳目一新，戴上给每位观众发的3D眼镜，立体现场效果立即出来了，感觉影片中的景物、人物就在你的眼前，你触手可摸，不管你是坐得近还是坐得最远的一排座位。这和网上和VCD影碟看的效果是截然不同的。也就忘记了漫长的堵车行程，也就忘了堵车时心里产生的焦躁和不耐烦。两个小时的乘车行程，在黑龙江可以从大庆到哈尔滨，要是有谁叫你从大庆坐车去哈尔滨看场电影，哪怕是新出的大片，打死你也不会干的。谁叫这是首都北京呀。

那个周末晚上，鲁院又联系好组织同学们去中央戏剧学院小剧场看话剧，是一群中央戏剧学院表演系本科班学生实验演的俄罗斯话剧《轨道》。在家时，我们创作室有两位搞戏剧创作的编剧，跟他俩没少看这种刚刚出炉的毛茬戏。这种毛茬戏比正儿八经大剧场演的正式戏还有看头。

全班要去看戏的同学又是早早吃过晚饭，鲁院又雇来了大巴车提前了两个小时出发。中央戏剧学院也在东城区中心一带，地界儿叫北兵马司棉花胡同。大巴车靠近不了棉花胡同，大家就在马路边上下来了，学员里有一个是早先从中戏毕业的，她在前边带路往中戏学院里走。走了一会儿，感觉不对，正好迎面走过来一个学生模样的年轻人，就问北剧场在哪里。小伙子瞅了瞅我们这些人，说北剧场不在学院里头。"那怎么走?"他又瞅了瞅我们，说："我带你们去吧。"我们就跟着他折头往一个胡同里走，看来他是中央戏剧学院的学生，一个多么热情的小伙子呀。他好像要出去办事，事不办了为我们引路，一直快走到地方了，看到小剧场大门口了，我们向他道谢，他才回去。

门口上也是一些学生在把门服务，进去时他们把剧情简介单递到我们手里，并很有礼貌地把我们这一队人引进去。在门厅的外廊墙壁上，挂着一些中戏毕业的著名演员，有田华、孙道临、李默然、濮存昕等大腕明星。走进去，小剧场场地不大，观众也不多。台上的道具已摆好了。我们坐在了正中间前一排的位置。过了一会儿，演出开始了。应该说这还是一群孩子，如果卸了妆，他们是一个个嫩得脸蛋能捏出水的孩子。看节目单，导演也很年轻。可就是这样一群孩子表演得十分成熟，十分入戏。特别是那个演女主角涅丽的申奥女孩儿，简直棒极了。连我这个多次看话剧的话剧迷，也被她的表演打动了。中戏到底是中戏!《轨道》的剧情是上个世纪初，市场经济带给人们的道德观、价值观的混乱，"轨道"是和人生命运、人生使命相联系的一个词，这是一个俄罗斯知识分子三代人思考的问题。

我们是友情邀请来观看演出的，演出中间，坐在我身边的班干部曾剑跑出去两次，开始我不知道他干什么去了，后来他捧回来一大把鲜花，我才知道他是买花去了。他去买了两次，一次看他把花送给了为我们联系观看演出的那个上届鲁院女学员，后一次买回来他是要代表全体作家班学员送给演员的。演出结束了，不大的剧场里响起了久久不息的掌声。演员来台前谢幕时，曾剑上前去把鲜花送到女主角的怀里，除了他还有别的观众也把鲜花送给了她，满满的一抱，是她的同学，是她的老师，还有是她的家人。她眼里滚动着晶莹感动的泪光，这也许是她戏剧生涯的第一次开始，鲜花和掌声都是那么的新鲜……她毫无矫揉造作之情，这一切让人感受到是这样的美好，美好得让人久久舍不得离去。

走出来，夜色在棉花胡同里朦胧着，晚风习习，让从剧场里走出来的每个人都心情愉悦而舒适，让人情不自禁感谢这春天这么一个美好的夜晚……

上了车已经夜里十点半多了，这个时间比来时路上塞车状况要好一些。车很顺应人意地流畅地开动着。北京大街的繁华夜景灯光流线似的从车窗外划过。如果不发生堵车，这是一个多么舒畅的让人把兴奋的谈论、意犹未尽的兴致一直带入梦乡的夜晚呀！

可是堵车了，来得这么猝不及防，大巴车在三里屯一个站牌附近停下了，起初大家还没觉得怎么样，以为是正常的塞车等车，可是等别的车都走了，我们的车还久久没动，这才发觉出问题了，前边的司机已下车去了，后来几个性急的同学也忍不住下去看了。原来是车头前斜停着一辆出租车。出租车不动，我们的车就没法走。出租车司机在和下去的大巴司机讲着什么。等上来的同学说，刚才停车时，两辆车身稍稍刮了一下，只是划了一道车漆印。大巴车司机说是出租车司机的责任，出租车司机说是大巴车司机的责任。大巴车司机叫出租车司机去电话找交警来，出租车司机也不打，就抱着膀靠站在那里。

车上一车的人就这样等着，眼看夜越来越深了，不知要等到什么时候。带队的孙老师下去了，问明了情况，他给出租车司机掏出五十元钱。出租车开走了，我们的大巴车也开走了，大家重新回到座位上坐好。

流光溢彩的夜幕一下子在车窗外暗淡下来，车内也叫人沉默下来。

这是一个美好的夜晚，似乎不该有这么一个小插曲，是什么东西让我们眼前的生活就轻而易举地偏离了"轨道"呢？

平遥古城行

鲁院我们这届鲁十三期的两次社会实践课采风活动先去了山西平遥。

四月十六日中午十二点四十分乘 D2011 次动车从北京西站出发赴太原，途经河北省省会城市石家庄，进入山西省境内时，车窗外掠过一片片黄土高坡地带，一道道很深的沟壑里，埋伏着村庄，半坡腰上是庄稼地。这样的地带还是头一次实地见过。火车穿行走好半天看不到一条河流，就觉得这样的黄土高原是缺水的。吕梁山上也看不到有树。

下午四点四十分到达太原站，乘上大巴往平遥去，导游的女孩儿姓李，是地道的山西人，普通话说得很好。她一路滔滔不绝介绍起来。知道了三晋的由来，及晋南、晋中、晋北一些著名的旅游景点和晋商文化。原来天下的商人出在山西，国共双方的首任财政部长都是山西人。中国的王姓也是从山西走出来的。出了城郊时就看到了汾河，在山西境内看到一条河真不容易，难怪山西把他们的名酒用这条河命名。

一个半小时后车到平遥了，此时已是夕阳西下的傍晚时分了，暮霭中古城在向我们遥望。好像看古城就该趁着这样的暮色走近，到了古城墙外，我们几人一组乘电瓶车进入城内。为保护古城禁止大型机动车入内。电瓶车驶入古城墙内，沿城墙下的边道绕住宅区往城中心驶入，暮色中古城老旧的城墙和老旧的胡同宅院墙跃入眼帘。城墙的下部分是黄土，上面是墙砖。一直沿院墙走了挺远，才来到正街把头上一家古色古香门脸的客栈文渊奎客栈，这就是我们要下榻的客栈。我和曾剑一个房间，里面是四合院结构，我们的房间在天井把头的一间。院落里挂着红灯笼。走进房间也是仿古式格局，一张高桌旁摆着两把太师椅，房间吊着四只挂着红缨的方灯。

放好行包走进大堂里吃饭，摆着四五张木方桌，棚顶吊着一排红灯笼，颇有在影片里见到的传统中式厅堂的味道。

吃过饭，三五个人一伙去逛街，沿着这家客栈朝西走，沿街两旁是各式店铺，店铺前也是高高的红灯笼挂着，晃着闲逛的游人，好不热闹。这逛古城街市的游人多数是外地游客，而且还有三三两两的外国人，本以为这店铺都是中式的，卖剪纸的、卖小吃的、卖杂货杂耍的，谁想在古色古香的店脸里还有灯光或蜡烛暗暗的酒吧间，悠闲地坐着三两个洋人男女。在一个卖绸巾的拐角店铺里，看到一个老外坐在角落里，面前摆着茶碗，正在用小笔记本电脑上网。沿街所有小商品都可以砍价。不一会儿，我们的少校曾剑就买了一顶皮革礼帽、一副黑墨镜、一个印有毛泽东头像和"为人民服务"字样的黄书包，把自己装扮成一个不伦不类的角色。砍价统共加起来花了不到四十块钱。走到街头古城楼处，我们折了回来。

小城的街还在热闹着，我们要回客栈里入宿了。沿街这样的客栈不少。那些见到过的老外也住在这样的客栈里。看来这座古城真成了吃老祖宗饭的旅游之地了。这座有着两千七百年历史古迹的小城，一九九七年被列为世界文化遗产保护地。小城现居住五万人，大部分人已迁到城墙外的新城区里去了。

早上，早早地起来，我们两人要去逛逛早晨的古城。

古城似乎还在沉睡中，街上的人影很少，和昨夜的热闹相比颇有些寂寞。我俩沿着古城街向东头走去，走到城墙边折回，往胡同里走去。胡同里保留着一些老房子，每家高高的院墙正中都有一个很不错的门脸，那门檐上方刻有文字，如"忠厚人家"等。走在窄窄的胡同里，像走在迷宫里。这里每一条胡同都走不到尽头，没有死胡同，容易走迷路。胡同幽深幽静，很少看见有人出来。偶尔在胡同里碰到一个出现的人，还以为我们是住店的，看来他们已习惯和外地游客打交道了。他很热情地把我们引到一个古宅前，说这户就是老宅子了。抬头见门旁有一方石刻的字：王宅。他引我俩走到院子里，这院落十分幽深安静，进去往左是一个走廊，隔着一个院又走进一个院落里，两边是厢房，中间坐北朝南是一正房，那雕花门檐下的厚重的木门虚掩着，看来主人还没起床，我们止住了脚步。想必这王姓人家祖上是一个大户人家，才留下了这户老宅。

出来在门前照了一张相，我俩又沿着这盲肠一样的胡同走，高高的院墙挡住，看不出东西南北方向，只是凭感觉在走。这感觉就好像时光在倒流，古朴的小巷幽深，偶有电线露在墙外，才看出这样的老宅里和现代社会的一点儿联系。

吃过早饭，集体去参观古城城门楼。走上高高的城门楼台上，俯看小城，才看出小城是一个卧着的"龟"字形状。城门楼台上，还摆着几门古炮。炮兵学校出来的曾剑在这古炮前留了一个影，不知他作何感想。

走下古城墙，又去了县衙府。这县衙府保存得十分完好，据说头些年平遥县政府还在这古衙门里办公，后来才搬到城墙外面的新城区去了。而如今的大堂里坐着一个"摆设县太爷"，等游人参观完了各个院落，就给游人上演一出《县太爷上朝办案》。几个古装演员倒也配合得娴熟有序。

之后，又去逛了平遥古城最早的票汇号日升昌票号，这也是我国最早的银行了，逛一逛这二百年前的中国华尔街——明清古街。逛完一座座如同流水线一样的日昌升老票号房，在一棵老槐树身上看到余秋雨先生一留文：抱愧山西，"山西的财富不在太原，在山西最红火的年代，财富的中心并不在省会太原，而是在平遥、祁县和太谷，其中又以平遥为最"。这么不起眼的一条街，这个票号应是中国银行的鼻祖了。房屋结构基本保持原样，甚至连当年的匾额、对联还静静地悬挂着。遥想当年这里曾经是何等的昌盛热闹啊，天南地北的商人聚集在这里，熙熙攘攘在做着中国商人的梦想。不料想的是日本人的入侵让这个票号的生意停顿了下来。不然这条街说不准会多昌盛呢。

吃过饭，春日的阳光让午后热了起来。大巴车载着我们离开了古城。古城的护城河成了一条干涸的河沟。而沟上正在修着加宽的公路，看来古城准备迎接日后更多的游人前来呀。不知当年古城里的商人对今天这一商业景象作何感想。而我嗅到的和留恋的是古城那悠悠千年古朴的风尘，就在那一砖一石一瓦上。

下午，我们去了祁县境内的乔家大院。许多人是从电视剧知道乔家大院和乔家发家史的，再早一点儿知道这个大院是张艺谋在这里拍摄了杰出的影片《大红灯笼高高挂》，那只是取了其中的一些庭院角落而已。事实上，说乔家大院是中国民间的第一大院一点儿也不为过。它占地十亩，共六个大院、二十个小院、三百零三间自成一体的房屋。何等的气派！建成现在这个规模用了一百二十年。你只要在这个宅院中徜徉片刻，便能强烈地领略到一种心胸开阔、敢于驰骋华夏大地的豪迈气概。万里驰骋收敛成一个宅院，到这里才真正明白了什么叫富贵。整个大院成双"喜"字建筑格局。进门一条气势宏伟的甬道把整个住宅划分成好些个独立的庭院，而每个庭院都是中国古典建筑学中叹为观止的一流构建。宅院的无数飞檐又指向着无边无际的云天。

乔家大院每日吸引着很多游客，人们来参观建筑，更是来领略逝去已久的主人的风采。大院的主人乔致庸是在日本人侵入山西后离开这里携家去南洋的，乔家的后人多散落海内外。新中国成立后，乔致庸把这个乔家大院无偿捐给了国家，现在做了山西民俗展览馆。乔家大院只是当年众多的山西商家中的一家罢了。其他商家的后人又怎么样了呢？

上午参观完日昌升票号，下午参观完乔家大院，才真正明白刚来时导游说的山西人的财富和富有。其实，以前对山西贫穷之地的印象来自两个印记，一个是新中国成立前的走西口，不穷谁偏要离开山西走西口呢？一个是新中国成立后的学大寨，头戴白毛巾、满脸皱纹挥舞镐头的陈永贵带领乡亲在向贫瘠的土地刨食吃。特别是后者的印象，让我想不到山西先前还是个财富之地。山西出商人。而山西的大商人除了靠天生的经商头脑之外，也是靠着山西人的犟劲和吃苦耐劳劲得来的。如乔家的第一代就是白手起家的，一句笑贫的话让乔致庸的父辈走了西口，带回来了后来的乔家大院。写到这里我想起了那首山西著名的民歌《走西口》，这不是哪个山西人吃饱了撑的随便编出来的，这是几辈山西人积满了惆怅从心底里流出来的：

> 哥哥你走西口，
> 小妹妹我实在难留。
> 手拉着哥哥的手，
> 送哥送到大门口。
> 哥哥你走西口，
> 小妹妹我有话儿留：
> 走路要走大路口，
> 人马多来解忧愁。
> 紧紧拉着哥哥的手，
> 汪汪泪水扑沥沥地流。
> 只恨妹妹我不能跟你一起走，
> 只盼哥哥早回家门口。

西塘古镇

　　从上海坐汽车行一个小时左右便到了古镇西塘，西塘位于浙江省嘉善县境内，是个千年古镇，早在春秋战国时期西塘就是吴越相交之地，故有"吴根越角"之称。与繁华热闹的大上海比起来，西塘实在是有一种小家碧玉的寂寥、寂静。因了这寂寥、寂静，倒也让心情获得了一份难得的清凉，仿佛在昨日上海世博园里挤出的一身虚汗一下子在这里消失得无影无踪。

　　六月的江南水田里一片葱绿，这朦朦胧胧的绿意一直在视野里跳荡着，跟踪着，少有农人在田里忙碌的身影，偶有水牛在田埂里悠闲地甩着尾巴，一幅悠闲的江南乡村风情画。

　　从古镇古牌坊门口进入，需购得门票，若是镇上的人便自由出入了。天虚虚地阴着，暗灰的天色和古色古香的小镇倒也浑然一体了。

　　走过的街道，铺开的店铺里主人是一副温和的笑脸，夹着嘉兴一带乡下的软语。游人悠闲地走在石板街上，更多的游人和我一样，对小镇的古屋建筑发生兴趣，就停下脚步来仰脸张望，细细地冲着敞开的堂屋内瞧。这些衰老的木屋，一身乌黑，多是些明清时的建筑，房檐廊柱间、幽深的天井里和敞着的正堂太师椅、木柜，散发着一股久远的气味。更有人家会把一两件古董摆放在正堂的乌黑的柜子上，从街前走过可以瞥见，便知这家祖上在镇上有些年代了。

　　西塘和别的水乡古镇不一样的是，在古镇临街的木屋都是有廊棚的，这也方便了那些商家商贩，把自家的商品铺位，直接摊摆在廊棚下。不必担心晴天的日晒和雨天的雨淋，任游人像鱼儿一样在长长的廊棚下游来游去，那铺子的主人就一副姜太公钓鱼的神情，坐在暗暗的铺子后面了。游人不管需不需要，多是会随手选一些当地小商品特产，如丝绸织品或特色小吃。

走在这样的长廊古街上，更多的是走出一种心情，阅读一种文化。西塘古镇，廊棚苍老，弄堂幽深，置身其中，似乎走进了久远的历史……时光仿佛和缓慢的脚步一样停止了。在一些乌黑的古屋瓦顶上，长着近尺高的瓦草，据传是宅屋以前的魂灵附在这些草上了，使它们长得如此茂盛，保佑着古屋的宁静和久长，也佑护着古镇的繁荣和祥和。

和嘉兴一带别的水乡一样，水是西塘的衣裳。九曲回肠的水道在古镇的街巷里穿来穿去，那临水巷的木屋多是临水而建，浸在水中的木柱久而久之便生了一层墨绿色的青苔。推开临水的窗子就能望见水道中的船只走来走去和对岸街面繁华的街铺、如织的人流。更多的临水房屋多是些客栈了。到了晚上住在客栈的客人可以推开临水的屋门，坐在亭台上饮酒，也可以聚到水边搭就的一个舞台上听歌、看戏，会别有一番情趣的。

走在这样的古镇水乡里，是需要慢慢品味的。

老天似乎很解游人的心境，不知何时飘起丝丝缠绵的雨丝来。那雨丝细如牛毛沾到皮肤上，润润的，黏黏的，又有几分沁凉，轻柔如少女的玉指轻轻掠过。这江南的雨也是这般温柔。再去看水巷里、拱桥下，织起了一道银色的丝网，洒在那氤氲的水面上。行走在水道里的艄公显然已习惯这雨中走船了，并没有去戴上斗笠，任雨沾湿了脸、乌乱的头发，"吱呀——吱呀——"一摇一晃地摆去。岸上的游客，如我等鲁院的同学同伴，并没有去遮伞，好像就该在雨中去欣赏这个江南小镇的。

站在行人摩肩接踵的永宁桥拱形桥面最高点，抬头望去，这朦胧雨雾中的小镇，白墙墨顶，舟影波光，如一幅轻轻泼墨的水彩画，一种清灵脱俗的飘逸就在其中了。

古镇，古韵，让人流连忘返。

水乡乌镇

去过西塘，再去乌镇，好像一幅画的两个版本。都是江南秀气的小镇，水在巷中流，巷在水边依，水巷两边是古朴的人家，捶衣、淘米皆在水边的石阶上。就连巷子里如雨后春笋兴起的小商铺都大同小异。将一条窄窄的巷子挤得满满当当，游人如鱼儿塞行在巷子间。

宽松的是水道，船夫撑着船篙，穿梭行走在九曲回肠的巷道里，将一拨拨游人送上岸来。漫游在巷子里容易迷路，因为所有的水巷、所有连接水巷之间的石拱桥都十分相似，以船代步则免去了迷巷的困扰。

茅盾的故居就坐落在这样一条不起眼的小巷子里。我们先是随导游从写着乌镇旅游牌坊的大门口走进来（在西塘亦是如此），这是收门票的。进门听导游说乌镇源于古时一位将军的名字。依次穿过一片竹林，竹林下的水道就泊着一些船只，走过一个水塘，水塘里立一高高的竹竿，导游说古镇每年到旧历正月十五时，选一人把一香灯送上去。竿顶部快弯压到水面那人也不会掉下去，就想那人身轻如猿多么轻手利脚啊。

嘉兴桐乡一带乡下盛产茧丝纱布，这在茅盾的笔下已有过描写了。而这里也产染织的青花布，在巷子东头就走进一家染织布作坊人家，院子里吊着一排排长长的青花布，供游人参观拍照。出来又走进一家烧酒作坊，院子摆满了一排排酱色酒坛子。后作坊屋里间，一老者主人和两年轻女子在酒柜台面上还将刚出锅的酒倒在几盅白瓷小盅里供游人品尝。

茅盾的故居就坐落在这条巷子的西头，院落并不太大，游人到了这里已将巷口和窄窄的一条带天井的庭院挤满了，我们的鲁院学员也早在巷子里走散了，我和奥地利来的学员方丽娜勉强挤进去，只在一间略宽的展室看了图片文字介绍，再转到茅盾先生童年卧室时和后来他走出后再回来用稿酬修缮的书房时，人已拥挤得迈不开步了。方同学要照一张照片都不可能了。天井里长着一棵年代久远的桑树，另一伙的导游小姐正在此介绍此树是茅盾的母亲栽种，从小教茅盾认识的桑树，以至后来影响到茅盾先生对《春蚕》小说的写作。

走到巷子里，和茅盾故居斜对面的几步远的街旁，便是写着"林家铺子"的一家商铺，不过早已不是茅盾笔下林家铺子的模样了，走进去，是一家很大很嘈杂的商铺，里面是出租柜台，经营着十几户个体商贩，卖一些应时的商品。商铺里人流穿梭往来，好不热闹。在海外旅居多年的方同学在里边买了一盒当地特产芝麻糖小吃，边走边品尝了起来。

走出来，一上午的时间不知不觉如行云流水过去了，人也走乏了。走过一石拱桥，遇到班上西藏来的词作家刘一澜等人，正站在水道边处排队冲我们招手，便走了过去。正是晌午时分，坐船走出巷子返回的人多，就成堆候在水边上了，要排队等船上去。那船只倒是一条一条飞快划来，但实在是人多，就慢了些。等了四五拨才轮到我们八个人。坐了上去，船划起来，沿着水巷慢悠悠地走，一身热汗方才渐渐消尽，心思也慢慢清凉抚平了下来。

眼望两岸，一幅江南水乡古朴的风情图：石桥、流水、人家，就不由自主地喜欢起这悠然自得的水乡来，想，这灵秀的水乡，不出大家才怪呢。

重游绍兴

绍兴我在十多年前来过一次，那次是我一个人来的，在绍兴还住了一夜，这次是我们鲁迅文学院第十三届中青年作家班全体学员集体来的，颇有些寻根问祖的意味。在我们那不大的鲁院里，到处都有先生的身影（雕像、木刻像），和我们朝夕相处了几个月了。据说往届的鲁院学员也大都组织到过这里朝拜过先生的故乡。

我们是早上从杭州市里出发的，一个来小时的车程就到了绍兴。大巴车开进了绍兴，我有些认不出绍兴来了。这里改成了县级市，新建了不少楼房，弄得我印象中的那些老青黑砖瓦平房和蛮有特点的水乡胡同口少了许多。坐在我身旁的来自海南的学员《天涯》编辑赵瑜说，兴许老城区会保留原貌的。

大巴车在鲁迅故居前一条街口头上停了下来，我们下了车，除了街口一面墙上画有一幅巨大的鲁迅先生黑白半身头像和鲁迅故乡几个大字外，我仍有些蒙头转向，跟着导游顺着街走去，先去了鲁迅故居，这里和别的参观景点不同是不收门票的。在鲁迅故居的展室里，增加了一些鲁迅先生手稿的手迹，这是让我们极有兴趣浏览的。那蝇头毛笔小楷，工整犀利，颇见先生的风骨。在后面的一间新增的展室里，还专辟一间鲁迅先生的木刻小说插图，惟妙惟肖，有《狂人日记》里的插图，也有《阿Q正传》里的阿Q插图，还有《祝福》里的祥林嫂的插图……这些是我十年前来那次没有见到过的。

从鲁迅故居里出来，又去了百草园，还是那个屋后的菜园子，不过已规整又扩大了许多，不再是我当年看到过的那个杂草丛生的百草园了，而是种着各种整齐的蔬菜垄，在菜园的正中地头上，还立着一个巨石，上面写着"百草园"，游人纷纷站上前去照相。菜园的后墙又开了个月亮门洞，走过去在另一个院落里一间敞着的屋门外，还摆着一个卖纪念品的摊柜。往东侧一走，和百草园连着的一个园子里，是一个盆景园。那一个个植物盆景想必也是出售的。

从百草园出来，我们去了三味书屋，隔着一条水道，在这条街的左侧，走到近前来，穿过一座小石桥，那桥下还和当年我来时一样，横着几条乌篷船，还有两个船夫蹲在船头上。这船和在乌镇见过的水巷里的船不一样，要窄小得多，上面只能坐两三个人，倒可在窄窄的水道里行走。我又蹲在石阶上和这乌篷船合了影。走进三味书屋来，这几间书屋还没有变样，在东侧一间是鲁迅先生读私塾时的教室，隔着门窗看到，在里面靠屋角的一张座位是鲁迅先生小时候坐过的桌椅，那桌面上被鲁迅先生刻着一个"早"字。鲁迅先生当年对他的私塾先生的评价是：极方正，质朴，博学的人。可见鲁迅对他的教书先生是极为尊敬的。走出来，在门廊处一处卖纪念品摊铺前，我买了一把印有鲁迅先生头像和三味书屋题字的扇子和一个镇尺。

中午，导游说要在咸亨酒店吃饭，便自顾和两个学员往咸亨酒店老去处走去，到了那里才知不是这个老店，是在原来咸亨酒店旁边新建的一家大酒店，虽名字也叫咸亨酒店，可比原来的那家大得多了。分成楼上楼下，我们坐在一楼大厅里，满满的一桌饭菜，也有茴香豆和黄酒，却吃不出那年来时的味道来。那茴香豆被精致地盛在一个小盘子里，那黄酒也盛在一个白铁皮壶里，用酒店里通常的酒杯来喝。不由得想起那年来时，中午一个人在旁边那家小酒店喝黄酒吃茴香豆的情景来，一间铺子里挤得满满当当，桌子是四方的木桌，长条凳，挤了半天才挤出一个空位来（也有站着喝的），要上一碟茴香豆，还有一样小菜，坐在那里慢慢喝，周围是嘈杂的人声，店里的伙计直接从酒缸里舀黄酒倒在客人的酒碗里，那碗是粗陶瓷碗，那酒的浓度也纯，口感好，我不知喝了多少。这里的黄酒是最正宗的。走出来头也有些晕，脸红红的。就在店门前和那个立着的孔乙己雕像照了张相。想当年读书人和做工人不过如此吧，不然怎么会有这么多人来这里一品茴香豆和黄酒来呢。后来到过这里的游人都讲这家酒店每日的生意都是这么红火的。不知是看满足不了来这里的游人慕名享用，还是看这家小店生意这么火爆，才在这旁边盖起了这家大酒店来。

走出来没有了当年晕乎乎的感觉，心也就跟着空落落起来。这黄酒和茴香豆也就跟着变味儿，看来并不是什么都可以精致包装起来。不知为小镇失去的旧貌，还是为先生笔下的招牌店名悲哀起来。

城市·井水

我总以为水是有灵性的，一座城市会因为有了水而秀气，而生动，而让人热爱。我常常为我所居住的城市没有一泓活水而感到遗憾。城市没水井，总觉得城市的人缺少伸向地气的根。在外徒步旅行时，走累了时，我常常喜欢坐在乡野之间的一口井沿上歇歇脚，渴了就喝一口村人打上来的井水，那真是一种享受啊。

初到大庆这个城市里来（那时这个油城和我所上的学校都刚粗具规模）的那个晚上，在家一向喝惯了凉水的我四处找凉水喝，有位同学告诉我拧开宿舍里一根水管的法兰阀门就是。我照着去做了，结果我闹起了肚子，而且嘴里好长时间都有一种含碱和类似天然气味道的混合怪味。从这个晚上起我学会了和大家一道喝开水，并且在杯子里泡上浓浓的茶。喝开水是最叫我不痛快的事情，而且夏天大热的天，身上还要多出许多汗水来（我这人爱出汗），入不敷出搞得我很狼狈。有一句话叫心急吃不了热豆腐，同样心急也喝不了热开水。等着一杯开水慢慢凉下去再喝，至少要耗掉一节课的时间，做学生的哪能有这工夫。只好在早餐时多喝一碗稀粥，这样一上午就不用喝开水了。

我从没想过我的胃肠会在城市自来水中闹起"革命"来。那个一口气能把一大瓢拔凉的井水喝得透心凉的山里孩子哪里去了？母亲说怀我六七个月时，她还到小镇上的大井沿上去挑水。后来不敢再挑了，母亲就买水吃。卖的不是水，卖的是力气，小镇人朴实，挑水的是一聋人，以此为生。我可能打娘胎里就品尝到了井水的甘甜、清凉，每天上学前放学后，总要站到水缸前"咕嘟咕嘟"灌上一大瓢凉水，肚子都灌得发胀了才肯罢休。母亲见了总要慈爱地说上一句："这孩子，也不怕拔得肚子痛。"奇怪，我的肚子从来没因喝拔凉的井水疼过。

小镇西南角那口老井我小的时候去看过，极深。后来我无论走到哪儿都再没见过这么深的井。炎热的夏天，井口还泛着森森阴凉之气，伏身小心往里探望，幽幽的井眼下深不见底，染着青苔的井壁上还挂着白冰，辘轳井把把一只水桶摇下去，在极深的水影处顿时开出一朵极灿烂清凉之花，悠悠的水音仿佛顺着井绳从远古荡来。吸一口这拔凉的井水，顿感口腔清冽麻甜，头清目醒，仿佛五脏六腑都通畅了。听老人讲，山里的井都是穿透几层岩石打下去的，水是岩石底下的空山泉水，自然含有多种矿物质。在今天恐怕装上瓶子就能拿到城里卖钱。

老井是小镇的灵魂，喝过这井水的人无论走到哪里都会想着它。它滋润了小镇人的善良和淳朴。

井水不似如今城市街头小摊上随处可见的瓶装矿泉水、纯净水，这种瓶装的矿泉水周游四方，你不知道它从何而来，许多假冒的矿泉水堂而皇之地摆在那儿，总让你很怀疑它的纯度。井水是有根的，它是甜甜的。

当城市里开始流行饮用桶装饮用水的时候，妻同我商量咱也买饮水机喝饮用水吧。为了健康着想我也同意了。说买就买，星期天就有走街串巷开车销售饮水机饮用水的。便领到了家中，两男一女，男的一个是司机，一个是搬运工，女的开票，倒也流水作业。女的纤纤婀娜，一进门就惊叹："哇，这么多书哇。"读书人都是脸薄爱面子的主，更架不住人家的热情，说买饮水机多买水票可以优惠，就一下子买了一百五十桶的水票。走时那纤纤女子听说敝人是作家，又做出索要拜读状，就随手拿了一本新出的集子送她。走后想，这年头读书的人总比不读书的人叫人可信，就没有多想什么。一百五十桶水花掉了一千五百元钱。那时我和妻的月工资加起来还不足一千元钱。

按照水票上写的，这家送水公司是"五九"康力宝离子水开发公司。下边没有具体地址，只听说在东城区一带。头两桶水还算正常，打电话都是头一次来的那个搬运工小伙子给送来了。等到送第三桶时就有点儿费劲了，一会儿说等一会儿，一会儿说送水的车还没回来。大热的天，等吧。从上午一直等到了下午，等得心焦口渴，方才见那个小伙子扛着水桶上楼来。不免有了抱怨。那小伙子连连致歉，说天太热，要水的人家太多。抱怨就没有了，一想也是，人家肯定人手不够，就理解了。

下回要水有了经验，不等水喝光，头一天就把电话打过去。对方和上回一样，说等到下午才能送来。这回不用着急了，可等到晚上了还没有见把水送过来。第二天又三番五次把电话打过去催，直到傍晚才见把水送过来。真是千呼万唤水始来。妻子挖苦嘲笑我要水像害了魔怔似的。其实当初一下子买这家公司这么多水票时，妻就有点儿犹豫不太赞同。更为严重的是等水的日子已影响到了我的写作，我们单位不用坐班，平时在家里写东西，每天的习惯是一清早泡上一杯清茶，然后泉思也跟着缥缥缈缈的茶饮来了。而这突然的断流，泉思也跟着中断了。弄得很闹心不说，连这安静的写作也进行不下去了。明明知道他们桶装的纯净水和自己家自来水管里的水烧开的没什么两样，可非要等这桶装的水。

要到第七桶时，电话终于打不进去了，老是占线的忙音。只好又重新烧起自家的自来水管里的水来，想着什么时候有空儿去东城区查找一下，可是水票上没有具体的地址，上哪去找呀？

某日，到一个朋友开的公司办事，忽见他办公室里饮用水也是这家"五九"康力宝公司。顿时眼前一亮，好像同上一条贼船遇见了同路人，赶紧问其原委，朋友说这家公司在西城区，他刚买的上门推销的水票。要过电话号码打过去，对方说他们公司搬了新址，马上送水来。这回送得倒快，不过换了一个送水的小伙。他倒有规矩，一问别的，一概不知。

一连送了两桶后，电话又打不通了，就去打电话问那个朋友。他一接电话就怒气冲冲地说："骗子，纯粹是骗子！"口干嘶哑的声音很大，震得我耳根阵阵发麻。这一下什么都清楚了，遭妻子数落就数落吧，倒也死心。一百五十桶水票仅仅送来了十余桶。

又一想，这样的假水公司，与其让他送来，还不如自己打开水龙头省事、放心。就很阿Q地安慰了。

水折腾了我一个苦夏，就想起了家乡的那眼老井，一丝清凉的感觉战栗地泛过我的心底，就什么虚火都没有了。

每次回家探亲，我都要从那里走过，小镇繁华了，老井依旧。井口依旧长满墨绿色的青苔，默默地渗着阴森水汽的井口，如一个城府很深的修行百年的大师，静坐在那里，缄口不语，任春暖花开秋叶凋零。如今去老井挑水的人已经很少了，多数人家已有了机压井，甚至也学着城里人用上了自来水。

我回家的第一件事就是喝一口清凉的井水。奇怪的是，我已"习惯"城市自来水管里的水的胃肠并没有坏过，只有回家我才敢喝凉水，清凉、甘甜的井水畅快地掠过我的胃肠。它解我旅途中的饥渴、疲惫。家乡的那口老井才是我的根，喝一口井水，就面对一次故土，心也就变得水一样的清，水一样的纯。

哦，家乡的井水啊。

母亲的新衣

　　这几年每次过年探亲回家，总要到商场里给母亲选一件衣服带回去。或保暖内衣，或羊毛衫，或中式的开襟服。一般回家的心情也就从买新衣服这一刻开始了……看到商场里服装柜台前那些老老少少买新衣服的人们，就想起小时候过年母亲为一家人做新衣服的情景。

　　从我记事起，母亲总要为家里每个人准备一件过年的衣服来，即使布票、棉花票不够用了，母亲也要把我们身上穿的棉衣翻新一下，旧棉花重新弹过了再续进去，布的里面翻过来再放在外边。因此我们穿出去的衣服总要比别人家孩子身上的衣服新一些。每有邻居家的孩子到家来玩儿，母亲总要问人家一句："你妈给没给你们做新衣服啊？"那时镇上每家的生活都很拮据，过年孩子能穿上新衣服的人家并不多，而把旧棉袄翻新的也不多。

　　过年做新衣是很耗母亲一些时日的，没等进腊月，母亲就开始做针线活儿了。她盘腿坐在炕上，除了做饭，她几乎一天就在炕上絮着棉花或缝着针线。母亲说她在家时是姐妹五个里的老大，她小时候就帮着姥姥给家里人做针线活，这种性子和针线活的手工是那时磨炼出来的。母亲的针脚细密均匀，打的棉袄扣结花样翻新，让邻居家的女人很是羡慕。

　　后来我家就有了那台蜜蜂牌缝纫机，它成了母亲的宝贝。自从有了这台缝纫机，家里人的所有衣服都用它来扎了。而且单衣服的样子都是母亲自己琢磨裁剪的，连我们几个上学背的书包也是母亲做的。大妹的书包是母亲用剩下的花布边角拼扎的，没想到不同颜色的布角扎出的书包，花色样式都很别样，让大妹很喜欢。

缝纫机放在我家大屋背面靠窗台的窗前，五冬六夏都常看见母亲伏案在劳作的身影。夏天天长，往往是晚上我们睡过一觉了，母亲还伏身在那里"嗒嗒……"地扎着。上小学时，我们孩子平时身上穿的衣裤还有补丁，即使打补丁，母亲也尽量找块布料接近的颜色，那针脚细密得看不出是扎上去的。

父亲是在外工作上班的人，一般家里买了新布后，先可父亲的衣服做，而且衣服的样式都是时兴的。母亲常常说，男人在外边走，带着家里女人的一双手。那年涤卡布刚一流行的时候，母亲买回了几尺涤卡布，她要给他做一件上衣。当时流行穿中山装便服式的，那时还没有谁家做的，都是买成衣的。父亲要母亲借一件成衣的样子来裁，母亲不想找人借，就照着父亲身量裁剪了。衣服做好了，父亲穿出去，下班回来跟母亲说，单位同事见了都问他这件衣服是在哪里买的。母亲听了脸上就露出很满足的笑容。结婚这么多年，父亲很少当面夸过母亲，这一回是我听到的第一次。

我们渐渐大了，过年的新衣不再是一件棉袄了，母亲也要我们在棉袄外面罩上一件外衣穿了，那时的布料不光有华达呢、平纹布，也有涤卡、的确良这样的时兴布料。为了家里的布料花销，母亲总是省吃俭用从口里节省，而她自己从我记事起，就没见她为自己买过一次布料。她总对我们和父亲说："我也不出门，在家里用不着穿好的。"

过年给我们做新衣服的样式也是一年一换，这又让她每年颇费些功夫。为了能让全家人过年穿上新衣，家里那台缝纫机又常常"嗒嗒……"响到半夜去。记得有一年，我的一件新衣一直做到大年三十这天下午，因为这一年母亲的气管炎犯了，耽误了手里的活计。我本想这个年我不会有新衣穿了，没想到母亲又支撑着她病弱的身子，为我扎上了最后一只衣袖、钉上最后一枚扣子。看着我把新衣穿上，她才轻轻舒了一口气，眼里露出满意的神情来。

我穿着这件衣服站在屋的中央让母亲左右端量着，不时抻抻衣边，我却不忍再去看她憔悴的面容，把脸扭到了一边去，我怕眼里掉出泪花来叫她看见。

　　我参加工作后，有一年秋天父亲和母亲从老家回来路过省城，中转到我这里来看看我。那时我还住单身宿舍。第二天，我让父亲在我宿舍里休息，我带母亲去逛逛街。走了一家商场后，母亲嫌累不想再逛下去，其实她是怕我花钱给她买什么。在百货大楼的服装柜台前，我看中了一件开襟盘竹结扣的厚针织绒外衣，花色图案都适合母亲，我就叫母亲试试，母亲不想试。后架不住我和营业员的劝说，就脱下她外面的旧褂子试了，一试正好合身。我说叫营业员开票，当母亲听说这件衣服要四百多块钱时，说什么也不叫我买了，和我撕撕巴巴起来，可是我还是买下了。母亲很生气，回到我那儿，说什么也不再换上这件衣服，还问我能不能退掉，我骗她说买了就不能退了。母亲直到走时都显得不开心的样子。

　　这件衣服母亲回去后也没有穿在身上，压在了箱子底，听大妹说，她回去后还在埋怨说我乱花钱，因为我当时一个月工资才三百多块钱。

　　有了这次买衣服的教训，以后我再回家，给家里别的大人孩子买衣服，很少再给母亲买衣服了。而我和弟弟妹妹腿上的棉裤直到我们成家后，母亲才不再做了。头些年，母亲年纪大了，眼睛花得针线活儿一点儿做不了，母亲才允许大妹给她买棉袄棉裤穿。几年前过年回家时，妻子跟我说："给咱妈买一套保暖内衣内裤吧。既保暖实用，她也不会嫌贵的。"我也同意了。这套衣服带回去，母亲果然很喜欢，穿在身上就不脱下身了。山区冷，这套衣服果然很实用，穿在身上还轻便。母亲逢人便说，这是她二儿媳妇给她买的。

　　家里人口在增多，每年回去过年，全家都要在一起照全家福。而母亲非常看重照全家福的，每次照全家福之前，一向不喜欢打扮的母亲尽量把自己打扮得利索一些，从箱柜里翻出一件平常没舍得穿的衣服来。其实她的衣服是最少的。有一年回去照全家福时，母亲从箱子里找出一件暗红色带图案的开襟衣来穿，这件带竹结扣的开衫突然让我觉得有些眼熟，问她什么时候买的。母亲说："那不是那年去大庆你给我买的吗。"我想起来，可不是吗，这正是我给她买的那件。一晃十多年了，只是母亲一直压在箱子底没穿，拿出来穿在身上像新衣服一样。而且样式也没有过时。看到母亲脸上挂着的笑容，我心里也十分欣慰。

从这年以后，我们每年春节回去，都给母亲买一件新衣服，尽管母亲嘴里还在数叨着嫌贵，可是她还是穿在身上了。年前忙活一家人过年吃的东西，身上还穿着旧衣服，等到年三十这天下午，母亲就把她的新衣服准备好，大年初一早上她早早把新衣服穿在身上，因为大年初一这一天，她要接受儿孙们的拜年，还有这一天全家要在一起照新一年的全家福。

穿新衣服过年，是母亲最看重的一个辞旧迎新仪式了。在外这么多年，每当想起小时候母亲给我们做过年衣服的情景，心里都会涌起一份很温馨的暖意来……

家中的老井

　　天气渐冷了，我们兄弟在老家给父母买了楼房，可是母亲却迟迟没有从老房子里搬到楼上去，打电话询问过去，母亲犹豫了半晌才叹了一口气说："真舍不得咱家的这口井啊！"

　　母亲的话叫我心里为之怦然一动。

　　还是在我很小的时候，就听母亲说起过在怀我六七个月的时候，还到大井上去挑水。那时我们家在小兴安岭一个叫苔青的小镇上住。小镇只有一口井，全镇人吃水都到镇南头那口老井去挑，冬天井沿上四周冻成厚厚的冰，空人走上去脚下都要打战，更何况是一个身怀六甲的大肚子孕妇？母亲说这话时带有一丝明显的庆幸。母亲和父亲那时都在小镇上的商店里工作。父亲是店里的会计兼调货员，由于老出差，家里的大部分活计都不得不由母亲来干，母亲在生下我之后就把店员工作辞了。母亲坐月子的日子里，就雇镇上一个叫张聋子的男人来挑水，一担水二分钱，由于是花钱买来的水，母亲用起来十分节省。

　　后来我们举家搬到汤旺河林业局，我和哥也大了，就能帮家里挑水了。我和哥先是用扁担去大井沿上抬水，后来就换班半桶半桶地挑。两个还没有扁担高的孩子去大井沿上担水总还是有些叫人不放心，常常是我们走出家门好远了，母亲还站在门口遮手张望着。由于得过肺结核病，母亲那时身体十分瘦弱，一到冬天又总是咳嗽不停。不然她一定会自己到井沿去挑水的。

　　后院的李麻子家自己家里打了一眼机压井，这叫母亲羡慕不已。邻居们都去他家里打水，我们也不用再去大井沿上了。去挑水的人多了，李麻子就流露出不悦来，嫌大冬天把屋里的热气都放光了。尽管我家和李家比别的邻居家走动要近些，可是看人家脸色打水终究不是母亲的禀性，母亲也不叫我们去他家打水了。母亲那时就想要是自己家里也能打一眼机压井就好了。为这从不向父亲抱怨过什么的母亲就曾向父亲抱怨过，说父亲不如李麻子有能耐。我们家里也曾找人来看过，由于我家地势比李麻子家高，处在高岗上，出水可能困难些，再加上我和大哥高中还没毕业，家里经济负担也重，母亲这一想法也就一直没实现。

我和哥在外上学的第二年，母亲来信说家里打井了。果然这年放寒假，一走进家门，母亲就舀了一瓢井水欣喜地对我说："宏儿，你尝尝咱家的井水。"我一饮而尽，除了感受到家乡水的甘甜外还感受到母亲那份欣喜。这可是母亲盼了多少年自家有的井水啊。

问及打井的经过，母亲却缄口不语。后来还是父亲偷偷告诉我，在打井的那段日子，母亲为了省工时，白天打井的人走了，夜里就自己一人偷偷往院子里倒土，结果在搬一块石头时把腰扭伤了。母亲并没有叫人写信告诉我们这些，是怕我们在外面挂念。

有了这口井，家里过年时再也不用像往年那样把大缸小缸都盛满水积存着了，这是我们这儿的习俗，过年从初一到十五是从不挑水劈柴的，再则大井沿上井口的冰由于几天没人打水也封冻死了。母亲还热情地有点儿炫耀地邀请左邻右舍们来家里挑水。大年三十，母亲还特意叮嘱我剪一块红纸"福"字贴在机压井管上。

这些年日子好过了，家里的三间木刻楞夹泥墙油毡顶房换成了砖瓦房。房址还是在原来的老房址上，本来是要到别处去盖房的，可母亲舍不得那口井，还说这个房址风水好，我和哥都考学走出了山里。父亲便由着母亲去了。

我和哥在外上学毕业以后，哥分回家乡贮木场当了书记，我则在外面参加了工作。这些年由于老家林区过量采伐森林，河流、地下水位也在下降。有一年赶上天旱，家里的水井突然不出水了。令母亲着急上火的是后院老李家的水井还在出水，而我家的水井却压不出水来。三弟来我这儿，我问他是什么原因，三弟叹了一口气说，还不是因为深度不够。我说当时为什么不打够深度。三弟告诉我，当时打这口井打到一块岩石上，实际上这已经是后院老李家的深度了，要穿过这块岩石还要斜着打十多米才能打到深水层，还要花一倍的价钱。当时我和哥还在外面读书。母亲看出水了，就叫停了手。我听了默然了。

为了不叫母亲在家着急上火，我把母亲接到我家里来住些日子，以前母亲总不肯来，说住楼不习惯。母亲来了，我没有跟母亲再提家里井的事。可母亲住了不到一周还是张罗要走了。问她为什么，她说喝不惯城里楼上的自来水。我和妻子听了都哑然了。母亲说的是实话，我们所居住的城市是油田，地下水含碱严重。我到这里来的第一天就把一口喝进肚去的水吐了出来，又怎么能强求喝了一辈子山里水的母亲来适应城里的自来水呢？不过，我感觉出来母亲惦念的还是家里那口井。母亲曾经指着窗外楼区内打加密井的井架问过我，那是干啥用的，我说是打油井的。"天天钻这要往地下打多深呢？"我说几百米吧。母亲听了一愣，大概她从没想到过这么深的天文数字。随后母亲便不说话了，她一定联想到了家里的那口井，神情有些黯然。我和妻子再挽留她住几日也没留住，就让她走了。

母亲走了两日，我不放心往家里打电话，接电话的正是母亲，她说："家里正在忙活打井呢！是你大嫂雇人帮着打的。"听得出母亲口气很兴奋，像换了个人似的。大嫂从过门那天起，母亲就和她有点儿隔阂，再加上大嫂生的是女孩儿。看得出来这回她俩的隔阂就像这口日后给母亲带来骄傲的井一样被打通了。大嫂不仅叫人给这口井又往深了打十五米，而且还在井上装了抽水泵，不用人再压水了，只要一拉电闸，清澈的井水就顺着井管抽了上来。

我回家探亲时，喝着从深井里刚抽出来甘甜的井水，听着母亲嘴里一遍一遍在夸着大嫂，心里也是甜甜的。我家这口井，由于井深成了全镇自家打的唯一一口不干水的机井了。老李家井没水时，我家井也有水。那会儿左邻右舍家家户户都到我家来打水，母亲脸上堆着满脸的热情、很幸福的微笑，母亲那会儿很满足。

这样一口水井真让母亲有些舍不得。要搬家卖房时，逢人来看房，母亲总要亲自舀上一碗井水给人家喝，并要数叨一遍打这口井时是多么多么不容易。好像人家不是来买房而是买这口井的，弄得来人都不好意思张口讨房价了。这样就迟迟没有找到房主，母亲就迟迟没有搬，惹得大妹和三弟都很生气。

终于挨到雪花飘飞时，房主找到了。据说搬家那天，东西都搬上了车，母亲又颤颤巍巍走回到我家老房的外屋里去，抚摸着那口老井井管久久不语，而后轻轻伏下身去汲出一碗水来，平端着这碗清冽冽的井水走上了车。

父亲走了的那个夜晚

父亲走了，患肺癌三年的父亲终于没有挺过二〇一〇年这个漫长的无论是北京还是小兴安岭都带着格外冷意的春天。

那天下午似乎就有一种感应，我给大妹打了电话，我知道那些天一直是大妹在身边照顾他。大妹在电话里告诉我，父亲在中午还吃了两个蒸饺，叫我不要挂念，还按原来订好的五一节回去的火车票回去就行。挂了电话，我心稍安了安。吃过晚饭回房间，手机没电了，给手机充上电，打开电脑上一会儿网看看有没有往来的邮件，书仍是无法静心看下去。就到楼下去打乒乓球，打了一会儿，看到住我隔壁房间山东来的那个身材魁梧的陈原同学跑下楼来，他悄悄把我拉到一边贴在我耳边说："你弟弟来电话，打你房间里没人接，转到我房间里……说你父亲去世了……"我手里的球拍当啷一声落到地上，正在乒乓球案台旁的刘一澜和杨帆急忙上前来问："怎么回事？"我身体晃了晃挺住了，说没事。随后赶紧跟这个同学上楼，往家里回拨电话，大哥接的，他在电话里冷静地说："咱爸七点十八分走了，走得很安详。"我压住哽咽的嗓子说："我现在就出去订飞机票……"

此时，已是晚上八点多钟了，在鲁院北边的一个民航飞机票代售点窗口已经没人了。我问旁边饭店里一个人，她打电话联系到了代售点售票的人，手机打通了，我急忙说订明早直接到伊春的机票。他说没直接飞伊春的机票，明天早班有哈尔滨的要不要。我忙说哈尔滨的也行。他叫我把身份证号码告诉他，我告诉他了。我问他什么时候能把票送来，对方说他在二环，问我在哪里。我说鲁院在四

199

环外。他说得十一点多才能赶到这儿送过来。我说我等他，就告诉了他鲁院的详细地址。

出来外边已黑透了，此时大约九点钟，刚进寝室楼大门，碰见刘一澜和曾剑两人出来找我，见到急匆匆返回的我问机票订好了吗，我说订好了。他俩就上楼陪我回房间坐会儿，我心不在焉地回答着他俩的问话，等着订票的人打电话。看看时间不早了，我叫他俩回去休息，说我没事，并叫刘一澜明天代我跟班主任陈涛请个假说一声。他俩走后我又走出去到外面给家里打了个电话，又一次给订票的王先生打去电话，他的手机竟然没通，让我有些心慌。站在外面黑暗中正不知所措时，王先生打过来了电话说他到了鲁院大门口。我赶紧迎出去。大门外的黑影地里果然站着一个戴摩托车头盔年轻人的身影。我赶紧把他让到门卫室里，他掏出机票，说："你还走运，明早这班飞机就剩最后一张票了。"我长长地舒了口气，一再向他道谢，并把他送出大门外，又向他问明早从这里到机场怎么走快，他说打的或倒最早的一班去机场地铁快轨都行。

什么都问清楚了，回到房间，剩下的就是等待。回到房间里，我一下子就变得空落落起来，我不知道这个夜晚怎么度过去。此时已是子夜十二点了，满脑子都是这件事，一点儿睡意都没有。打开手机，看到一条短信："鸿达兄节哀，刚打你宿舍房间里电话没人接，想必你已动身，切勿过于悲伤，我同你有同样的经历，父亲走时未满六十至今伤痛未愈，想你父亲已享你等儿孙之福，你比我要幸运的……"是晚上同我打乒乓球那个女同学杨帆发来的。此刻我恨不能就在路上，稍稍镇定下来，强迫自己休息一下。屋子太静了，躺在床上仍是睡不着。这注定是一个漫长而又难熬的夜晚，虽然离天亮只有短短的三四个小时，我却不知怎么挨过去。此时几千里之外的家里一定忙成了一团……而我只能等待，孤独无奈地等待，这种滋味像水一样浸透在房间里，泛着陌生的凉意。三年前那个冬天的夜接到确诊父亲肺癌的电话，这种心焦和无奈就有了，知道这一天早晚会来，只是父亲让我们这种心焦和无奈变成一种侥幸……不知怎么挨到窗帘外稍稍有点儿朦胧亮意，拧亮了台灯，才凌晨三点，起来洗了脸，刷了牙。我不打算这么早打车去机场，打算去倒机场的快轨，让在路上的奔波时间长点儿迫使大脑（乱糟糟思绪了一夜的大脑）停下来，到大门口叫起门卫的小伙子给我打开门。

走出院子，阴郁的天色在早晨里充满了凉意，这是北京四月末的天吗？身上穿着厚厚的皮夹克还觉得发冷。大街上的风也冷飕飕的，直吹得我心里阵阵发凉。走到八里庄北里一公共汽车站牌去等车，首班的车还没过来。站在那里有些孤零零，平时看惯北京堵塞满了拥挤车辆的马路上，此刻变得空荡荡起来。盼星星一样等来了首班的公共汽车，三站地就到了地铁 2 号入口处，地铁的首班车还没来。地铁服务员看我买票着急的样子，说了一句："你着急也没有用呀，地铁还没到点。"进了站等了有十多分钟，首班地铁才来，上了地铁又看到大妹发来的短信："叫我二嫂先回来吧，咱妈也住院了。"我心一沉，知道母亲受不了这个刺激，父亲查出肺癌来一直瞒着没敢告诉她。就给妻子打电话，她说已在路上了。她是后半夜乘火车去省城的，但转去山里首班长途汽车也得早上七点以后。在三里桥地铁站倒的地铁快轨，地铁快轨就是快，好像一下子从地下冲到地面上来的。北京城郊的景色一下子尽收眼底，晨曦中露着微弱的霞光。我的心里倏地揪紧了一下，父亲再也看不到这个早上的晨光了。差不多整整提前了五十分钟到了机场，办完登机手续后还是等待。这种等待是揪心的。这个时候接到小妹发来的短信，她和妹夫也从青岛坐飞机往回赶，他们的飞机比我的飞机晚一个小时到哈。坐上飞机，在空中想打个盹也睡不着，窗外是铅灰色的云层。一个小时五十分钟后，飞机降落在哈太平机场，打开手机，看到大妹又发来短信说，表妹文杰（省农垦总局下边一个处长）带车回来，叫我等小妹他们到时再和从大庆赶过来的我侄子一起坐她车回来。这才知道，除了我从北京飞回来，小妹从山东飞回来，弟媳也从浙江义乌飞回来。我们都几乎在这同一时间从不同的地方一起往家里赶。

在机场走下飞机，表妹打来电话，告诉我先坐机场班车到民航大厦去等她。我先到了那里，又是坐在椅子上等待，这种静静的等待不如赶在路上，时间一分一秒都觉得那样的漫长。十二点多钟表妹先来车接上我又去接刚下飞机的小妹、妹夫，还有刚刚从大庆转火车过来的我侄子（他在大庆上大学），接上了他们，表妹就叫车马不停蹄地开上了往伊春去的哈伊公路了。从下飞机时哈尔滨就下起雨点儿了，这会儿变成了淅淅沥沥的小雨。很像我们此时的心情。

到家得五百多公里的路途，开车的小师傅说得晚上才到，因为哈伊公路铁力到伊春段在修路。他的话又不由得叫我生出一丝担心来。

雨时断时续，我们很少说话。老天就这样一路哭随着我们，连开车的小师傅也说："这雨好像在撵着我们下。"车过庆安县境时，一望无际的田野上空聚集了大团黑黑的雨云，像是有大雨下来，我真担心大雨下来后，前边的山路不好走。我们这才走了三分之一的路程呀。

奇怪的是车过铁力后，雨突然停了，天也放晴了。我想这是不是父亲在关照我们，让他的儿孙们顺利到达家呢？过了铁力就进山了，父亲十九岁一个人从山东来山里，那是比我侄儿还小的年纪，从此就在山里扎下了根，现在又把生命路途的终点停留在了山里——七十六岁。有运材车从我们车旁错车迎向开过去，开车的小师傅又自言自语地说："山里的木头越拉越细了。"山老了，父亲也老在了山里。

季节还是去年那个季节，路还是去年回家的路，看到突然放晴的天就想起去年那次回家来，也是四月份，父亲的病情突然加重，整夜咳嗽咯血。我也是忧心忡忡地往回赶。车到伊春时也是在下雨，一路的山路就下着这四月份的冷雨，等车过上甘岭山顶上时，突然雨停了，山坡上变成了白茫茫的一片雪地，一半是雨一半是雪，泾渭分明。不知怎的，一看见这缟素白发了的山坡，我心里一沉，不知是不是不好的征兆。我就是揣着这份惶惶不安走进家门的，父亲在东屋床上躺着，听到我走进家门来，他从屋里床上转过头来轻声说："鸿子回来了。"我松了一口气，换鞋走到里屋去，看到床头凳子上的纸盒里堆着一堆咳过的血痰纸……

去年的春天父亲挺过去了，不再夜里咯血了，能够吃饭坐半天了（因癌细胞转移到腰部，他的腰坐一会儿就很痛），能够下地走路了，能够扶他到楼下的阳光地里去溜达了……去年回来，我是一直陪伴父亲到天暖和的时候才离开家的。

颠簸的车里此时不断收到鲁院同学发来的问候短信，这样的唁函短信也不断在打断我的思绪，让我回到现实中来，车过翠峦时收到班长宗利华代表全班同学发来的短信："鸿达兄，许多同学知道消息后都非常关心，但现实所限，无法前去祭奠，请兄长节哀，也请您转达鲁十三同学的心情，请您及家人节哀！"车过友好林业局时，还收到了鲁院副院长、我所尊敬的著名评论家施战军先生的短信："鸿达，知道了不幸，请节哀！家中的大事还需要你的坚强支撑，问候你的家人！"

我多想还能像去年匆匆回来时那样，还能看到父亲，还能听到父亲的那声轻轻的呼唤："鸿子回来了……"

可我已明明知道父亲走了，父亲这回真的走了……泪如雨默默往心里流去。

月是故乡明

　　每逢佳节倍思亲。这几年的中秋节这一天，我总要赶回到山里去和父母一起过中秋节，一是父母年纪大了，二是父亲身体有病。可是今年的中秋节我知道再也回不去了，甚至害怕触碰"合家团圆"这样一个字眼。早两天我把在省城上大学的外甥和在本市上大学的侄子打电话叫到家里来过中秋节，似乎想冲淡些什么。从饭店吃完饭出来，天已晚，抬头，雪块状的云朵遮去了月亮，倒很像我此时的心情。

　　回到家里，三弟从南方温州打来电话，说他们那里此时在下雨，也看不到月亮。打开电脑，收到省城我尊敬的诗人李琦大姐发来的邮件，她在邮件中问候我说："这个中秋，你可能要有一些伤感……双亲的离去，让你只能在月光中，怀想他们的慈爱了。"

　　这个中秋的月光对我注定是凄凉、冷淡、孤寂的。窗外的月光朦胧中，时而从薄云中走出来，时而又被薄云遮了去。我独坐在书房里没有开灯，月光似清水从窗口斜洒进来，又无声地被收走了。我坐在椅子里的身影就披着这样一层凝霜一样的淡光，任由思绪慢慢地被拉长。

　　成家以后，除了春节带着妻儿回去团聚外，回去最多印象最深的就是中秋节了，因为父亲、母亲很看重这个"八月节"的。记得那年妻子生小女，母亲到我家来住了些日子，本打算要她在我家过完八月十五再送她回去，可是临到八月十五头几天，母亲就说什么也要回去了，嘴里天天念叨着"你爸一个人在家是不行的"，并且还上了火犯了牙痛，看她这样，我只好请了假送她回去。中转到哈尔滨时，我本想带从不大出门的母亲在哈尔滨好好玩玩儿，可是母亲吃不下睡不下，逛秋林时给她买了一件衣服她还嫌我乱花钱，看她又上火牙痛得厉害，我就打消了在哈尔滨玩儿一天的打算，找人买了卧铺票连夜坐上回山里去的火车了。等到回到家中，母亲的牙痛病也好了。看她去菜园子里摘最后一茬豆角，看她去看鸡窝里的鸡饿瘦没有，我这才知道，这才是母亲真正的"家"。

中国人的情感含蓄有时就像这八月十五的月亮，温情脉脉地含而不露在其中，而不善于表达。我家更是如此。从小到大，父亲给我的印象是严厉，而很少把喜悦流露在我们面前，再加上日子的拮据，很少看到他脸上展出笑容。久而久之，我们也习惯父亲的沉默寡言了。成家以后每次回去，临走时，别看父亲不多说什么，可我知道他心里还在期盼我们下次什么时候能回去。

有一年秋天，我陪两位诗人朋友一起回小兴安岭看五花山。走前就是中秋节的前几天了，我也想中秋节会留在山里和父母一起过。走时并没有给他们打电话，一是怕他们挂记，二是也不知哪天到家。春天时父亲得了脑梗，因为住院住得及时再加上病情轻微，大哥并没有让告诉我，所以我也一直惦记着回去看看。陪两位诗人在山里走了两天，从黑龙江江边的嘉荫折回来，就返到我的家乡汤旺河林业局了，是当晚到的。在宾馆安排他们住下，我就赶回家去了。

中秋的夜晚山里已很冷了，从林业局车站大桥头旁边的宾馆到我家不足二里的路，我是步行回家的。夜色中的小镇似乎在安静地熟睡着，头上那轮皎洁的月亮引领着我，走过儿时玩儿过的广场，走过上中学时读过的石头楼中学，走过电影院，就来到了汤旺河上游大桥头对面那片住宅楼小区。自从父母年纪大以后，我们兄弟三人就给父母买了楼房住。原来的带园子的平房老房子卖了，卖老房子时母亲还有些不舍，因为我家老房子里有一口井水非常清澈甘甜的老井……

月亮的清辉无声地从楼房洒下来，我站在楼房单元门口还在想，父亲和母亲绝不会想到我会这么晚回到家来的，我的心情也很激动。手举了两次才摁响了门铃，我想这个时候他们是不会睡下的，父亲向来是看电视很晚才睡。过了一会儿，果然蜂音器里传出父亲一声苍老的问话声："谁呀？"我声音颤了颤说："是我，我是鸿子。""啊——鸿子啊！"我分明听到父亲惊喜地叫了一声，分明感到头上的月亮颤了颤。

踏着月光回家，这个中秋我给两位老人一个惊喜。

得知父亲患了癌症以后，我就每年八月十五都回去，知道父亲留在世上的日子不多了。为了让他安心治病，我们大家都瞒着他没有告诉他。不仅如此，担心母亲精神受不了怕她说漏了嘴，连母亲我们都没有告诉。三年的光阴清月如水地匆匆走过，对他对我们来说又显得那么漫长，揪心的牵挂是让我们数着日子走过来的。好在父亲年轻时身体底子好，让他扛住了肺癌化疗时的消耗。不过第一年化疗时，他的头发还是掉光了。出院陪他在楼下散步时，平时不习惯戴帽子的他，我们也总让他戴上了帽子。中秋节回家，儿时的伙伴张喜龙到我家来找我上山去采蘑菇，说野生的蘑菇是癌症病人最好的食补。我就和他去了，采回来新鲜的蘑菇，他又买回来一听清蒸肉罐头，然后把鲜嫩的白蘑菇用热水焯了，和清蒸肉一起炖了。一锅味道鲜美的蘑菇汤飘满了屋子，让吃药吃得没有食欲的父亲胃口大开，多喝了一碗蘑菇汤。

第二年中秋节回去时，父亲虽不再进行化疗了，头发也长出来了，可是已明显消瘦了许多。这一年的中秋节远在山东的小妹也回来了，大哥大嫂也从市里赶回来了。

八月十五这天，见外面天气挺好，我就说全家到楼下花池边照个相吧。自从父亲生病以来全家一直没照过相，而以前我们回来过年，父亲总是叫全家在一起照个相。见说，父亲、母亲已穿戴好了，父亲由三弟搀扶着走到前边的楼区空地上，我是先下去的，想看一下全家或坐或站的位置，不料想我刚刚走到长椅边上，手里拿着的数码小相机一脱手掉到地上，我赶忙捡起来一看，后边液晶显示屏摔裂纹了。我心一沉，一种不祥的感觉攫住了我的心。外面秋风瑟瑟，花池子里被霜打过的花枝颤颤发抖。为了不影响大家的情绪，我没有声张，依旧叫两位老人坐在花池前的长椅子上，我们兄妹站

206

在后排，叫楼外面邻居一个女孩儿帮忙拍照。她接过相机端好了，刚要说看不清，我说："你摁下快门就是了。"她摁下了，我担心照不上，接过相机偷偷翻看了一下，见照上了这才心安了。回到大庆来我把相机拿去修前，把存储卡拿出来放到电脑上，将照片下载下来。尽管那天风挺大，大家表情被风吹得不太好，可是这张照片就真的成了我们全家最后一张全家福了。

父亲没有等到第三年的中秋节就走了，更叫我们痛心的是，没料到母亲也脚前脚后随他而去了。父亲今年春上病情恶化了，整夜整夜地咳嗽，并且癌细胞转移到腰上，让他腰痛得无法久坐，就是吃饭在饭桌前坐一会儿痛得都受不了。我当时正在北京鲁院作家高研班学习，听大妹说，他们把父亲送到伊春市里医院，住些日子，再用什么药也不好使了。住院最后一天夜里，父亲整夜都在大口大口咯血，父亲就明白了，他不再相信我们以前对他说的他只是"气管病"了。第二天早上他跟陪护的三弟说，说什么也要回家了，不在医院住了。其实我们明白他心里是怎么想的，他是不想死在医院里。大哥就找了车和三弟、大妹他们把他送回来了。没想到回到家他竟然情况有所好转，挺了些日子。走的那天中午，听大妹说他还吃了两个蒸饺。到了晚上，做好饭，三弟去叫他吃饭，看他安静地睡在那里，以为他在睡觉，叫了几声没反应，三弟这才赶紧叫救护车把父亲往区医院送，大哥大妹也先后赶到医院里。送到医院里其实父亲已平静安详地走了……

父亲走的那天当晚，母亲还像以前家里人每次给父亲送进医院那样，以为父亲还会回来的，尽管在一个月前三弟已间接小心翼翼告诉了她父亲的病情，可她还抱有一丝希望。当她看到大哥三弟他们那晚很晚从殡仪馆回来，一进屋没等他们说什么就明白了，母亲发出了一声撕心的痛哭。后来，在大妹和邻居们的劝说下，母亲安静了下来，可是她躺在西屋的床上，眼睛一直还直勾勾往门口看着。见她一只胳膊麻木，大妹和大嫂赶忙叫救护车把她送到林业局医院，此时她已说不出话来了，母亲是第二天早上溘然离世的。

左右邻居和亲戚们都说母亲是离不开父亲才随他而去的，按佛家的说法这是几世修来的缘分。母亲是在父亲过世的第二天突发脑溢血走的，而在这之前大父亲两岁的母亲身体一直挺好，一点儿发病的征兆也没有。

悲伤过后，我们也释然了，母亲这是怕父亲一个人去那边寂寞才随他而去的，想想这么多年，母亲从来没有离开过父亲，离开过家。哪怕是在我和山东的小妹家里有事住几日也着急回来……

阴历七月十五鬼节之前，我们把父母的骨灰从殡仪馆请出合葬到伊春北山的灵山公墓。从手捧父母骨灰离家（汤旺河林业局）安葬到灵山那一段的山路上，我就在想，故乡对我来说已变成那一锹从松树下挖出的黑土，老家讲入土为安。在公墓骨灰盒下葬的那天，特意去南山上一棵松树下挖来一锹黑土放进墓穴里，那亲亲的、黑油油的山土是城里没有的。

是谁发明了这样的节日，鬼节一个月过后就是活人的八月十五团圆节日。逝者为先，天上人间，只有这长长的月辉缀满人间的思念……

那年正月十五的元宵

　　小时候在我们老家林业局那个偏僻的镇上，每年过正月十五的时候，都是每家按户凭票到商店里买来元宵的。镇上就一家糕点厂，生产的元宵供应到商店里的数量有限。我家人口多，常常是元宵买回来，先放在仓房里冻着。为了防止老鼠嗑，还要把这小兜元宵放在为大罗儿（水桶）里面，上面盖上木盖，用石头严严实实压着，等到正月十五这天晚上，家里的上灯（灯笼、冰灯）都点上了，母亲才去仓房里把这兜元宵拿出来，放到锅里或煮或蒸出两盘来，端上饭桌。一家七口人，没等吃上两三个就见底了。看着弟弟妹妹用小勺刮着盘子底粘着的黏糕，那时我就想，什么时候元宵能管够吃，就是过上共产主义生活了。

　　在我上高一那年冬天，学校已经放寒假了，大年三十刚过没几天，有一天下午，班上有一个同学找到我家来，告诉我说班主任老师叫来通知班干部和班里几个要求入团的积极分子，晚上去参加区糕点厂的义务劳动。这样的义务劳动在那个时候常有，我以为无非是帮着清扫清扫积雪，再不就是帮助运煤这样的活计，可为什么非得安排在晚上呢？

　　等去了那里才知道，是要我们帮助做元宵。我们班主任姓宋，是位年轻的女老师，教我们政治课。她妈妈是糕点厂的厂长。因为这一年林业局贮木场工人搞冬季百日木材生产大会战，过年也不休息。糕点厂要在正月十五这天把元宵送到一线工人手中，把这也当成了一项政治任务。这样糕点厂就超出了原来生产元宵的任务，要额外生产出一些元宵来。厂里的人手就显得不够用了，他们连夜加

209

班加点也要生产出这"革命的元宵"来。糕点厂厂长的女儿宋老师就想到了她的学生，让我们来支援参加这样的义务劳动。可我们哪里做过元宵啊！

到了糕点厂车间，工人们给我们每人发一件白大褂工作服穿上，再由有经验的女工师傅带着几个女同学，去元宵制作车间掺和加工配料的工序。而我们男同学呢，则从外面搬面粉袋，再从里边把刚从机器筛子底下制作出来的元宵接到竹簸箕里，端到院外倒进一排木箱里，冻上。还有两个不太讲卫生的同学被分配去了烘烤车间，干往炉膛里添煤这样的粗活儿。

不用说这样的劳动让我们大开了眼界，既新鲜又刺激，想想看，平时摆在商店里我们很少吃到嘴里的饼干、炉果、槽子糕、面包，是我们亲眼看着一箱箱怎么从炉膛里制作出来的，还有这小小的白元宵，是怎么配料、怎么和黏米面，又是怎么在机器筛子里被滚成小球。这样的视觉享受比吃到嘴里还过瘾，我过后就向邻居小伙伴炫耀过元宵是怎么做成的，听得他们眼球瞪得比元宵还大。不知不觉干到半夜，我们竟然谁都没觉得困。

到了半夜时，一个管事的师傅喊，休息一下啦，吃夜宵喽。就见两个戴着白套袖的女工端来了两盆煮好的元宵和两箅子蒸好的元宵来，叫我们可劲造，管够。其实我们的肚子早已饿（馋）得咕咕叫了，就放开肚皮吃起来，一直到实在吃不下去为止。吃完这顿夜宵就叫我们回去了，到家时已是下半夜两三点钟了。

这元宵好吃可吃多了不好消化，第二天一天都不觉得饿，也不想吃东西。晚上我们又去糕点厂劳动，这回大家不约而同都是空着没吃晚饭的肚子来的。

一连在糕点厂干了三天，开始的新鲜劲一过，元宵也吃腻了，熬夜就成了问题。想想看那时我们正是十五六岁贪睡的年纪，从来没有这么熬过夜，白天也不知道像夜班工人那样补觉，一到晚上八九点钟，困劲就上来了。我和一个男同学端着竹簸箕里的元宵一趟一趟往厂院子里走，上下眼皮就跟着直打架。终于迷迷瞪瞪眯瞪过去，脚下一滑，一个跟头跌倒了，人倒是醒了，可竹簸箕里的元宵却撒在地上。好在院子里的雪是干净的，我们赶紧把元宵捡到簸箕里去，筛了筛雪，这才倒进放在院子里的一排木箱子里。又用雪擦擦太阳穴，让自己精神点儿。

工人师傅可能看我们连续几天跟着干太困太累了，这天十二点不到就叫我们收了工，我们也正困得迷迷糊糊想早点儿回去睡觉，夜宵的元宵也不想吃了（是吃够了）。正当我们要抬腿往外走时，一股香香的味道钻进我们的鼻孔里来，睁开眯瞪的眼，只见一个戴着蓝套袖的女工端来一盆刚炸出锅的黄灿灿的元宵走到我们面前来。他们叫我们吃了元宵再回去。这油炸的元宵可是我们头一遭吃，我们几个情不自禁地伸手抓了就往嘴里吞，嗬，真香啊！又香又脆，外黄里嫩，香喷喷的直入胃里。一会儿工夫，这一盆油炸的黄元宵就让我们包圆了。我今生头一次吃到这么好吃的油炸元宵。

糕点厂的义务劳动结束了，可那次吃过的油炸元宵的味道却叫我久久回味。后来过正月十五时，我也想叫母亲把元宵放在锅里炸着吃，可我也只是这样想想而已，那年月每人每月的豆油供应量才二两，母亲怎么会舍得拿油来炸元宵呢，再说元宵煮着都不够全家吃的呢，怎么会那样奢侈地去吃呢？我想就是真的用油炸冻元宵也炸不出那样的味道来了，在糕点厂里吃的那可是没有冻过的元宵下油锅炸的啊。

同学张五四

　　张五四是我的小学同学，我每次回小兴安岭父母家过年，总能在贮木场的楞场上见到他。他在那里干活儿，用卡钩在摆弄大木头。林业局的楞垛越来越小了，木头越来越细了。工人们为了生计纷纷到外面跑找活干，甚至离开了山里。当年一到冬季生产热火朝天的贮木场，如今变得冷冷清清。场里时常放假，没活干。张五四走不出山去，他还有两个正拔劲念中学的儿子和一个没户口的老婆。家里还靠他支撑着，因此他就固守在楞场上。

　　读小学时张五四在班级有个外号叫四五张，他是五年级留级到我们班上的，比我们大一岁，人就显得调皮狡黠些。他逃课上山捉山雀往女同学桌膛里塞，惊得女同学一惊一乍的。他还常常带我和另外一个小伙伴逃课到河边的大沙滩上去讲故事，"梅花党""绿色尸体"什么的。他家里有好多小人书，让我们羡慕不已，都是他那当伐木工的父亲给他钱买的。躺在沙滩上，蓝天、白云、沙滩、恐怖故事，多么快活的童年时光啊。

　　一晃三十年过去了，我们都长大成人为人父了。我第一次回家在楞场上见到他时，不由得愣住了：这个躬曲着背、皱纹多得像榆树皮、黝黑的扁平脸上露出一丝麻木的笑、嘴里一下子喊出我的乳名的人，就是那个活泼调皮的四五张？就是那个我常向女儿提起的小时候给我讲故事的四五张？说出来恐怕连我上小学的女儿都不能相信。我是带她到贮木场来看看树是怎么从山上伐下来，再锯成段、堆成垛的。天上下着小清雪，张五四工服后背积满了雪，狗皮帽子扔在一边的木头上。一抬头认出了我，惊喜得嘴木讷地咧了咧，执意让我们到他家去。

张五四的家在北山山根上，一座孤零零的老式木刻楞泥房子歪着，很旧，现在林业局人家很少有人住这种房子的了。不过房前房后有很大一片菜园子。张五四告诉我，夏天贮木场放假，他就和女人种点儿菜倒腾着卖，贴补家用。张五四第二个女人是从农村找的，很能干。张五四原先的妻子是当地的，日子越过越紧巴，就嫌他窝囊老和他吵架，最后丢下他和一个儿子走人了。我们坐一辆破旧的三轮车来到他家山脚下，下了车，张五四抢着从兜里摸索着掏出两张脏分分的一元钱票子付给了三轮车夫，就听院子里一阵很凶的狗叫。

听到动静，张五四的女人打院子里推开了房门，透过热气腾腾的雾气，站在眼前的是两个活脱脱的大小伙子。这第二个女人还给他生了个儿子，他俩一个上高中一个上初中，个头都高出张五四半截。

女儿马上和他家里的猫厮混熟了，炕上炕下玩儿个不够。大山里的猫，不像城里的猫富贵慵懒，趴在什么地方就不愿动弹了，它全身通黑，尾巴尖和四脚呈棕色，浑身透着一股憨厚的野性。它和女儿玩儿起了捉迷藏。张五四见女儿喜欢猫，就夸起他家的猫来，说它小时候在土豆窖里，遇到耗子，差不多和它一般大，可它毫不惧怕，从土豆窖里撕咬到地面上，又从地面上撕咬到土豆窖里，到底把耗子咬死了。

我们坐在里屋炕沿说话的工夫，他女人在外间无言无声地把菜炒好了。我叫他女人和他的两个儿子一起上桌来吃。张五四说他两个儿子在小屋里吃过了，不用去管他们。叫他女人来，叫了半天他女人才肯坐到桌前来，很拘谨地让着菜、夹着菜。张五四见到说："乡下女人没见过世面。"席间，看得出张五四很为他两个儿子将来的出路犯愁，林业局早就不再招工了。

吃过饭与他站在院子里放眼望去，在半山坡上有一片模糊的水泥砌的小院，甚是豪华。我问张五四那是什么。张五四一笑，说："那是看山人住的。""看山的?"我恍惚明白了，那是一片墓地。又想起小时候一件事来，那是我们小学时班上有一个漂亮女生是张五四的同桌，女生的父亲也是一位伐木工，别人就喊那女生的父亲是砍山的。后来那女生的父亲病逝了埋在了伐过林子的山头上（那时伐木工死了都埋在山头上，光秃秃的山头那一个个坟头就像一个个树墩子），同学们就把"砍"字换成了谐音"看"字，就喊那女同学的父亲是看山的。那个漂亮女生听了就难过，眼泪汪汪的。张五四就不准同学瞎喊，谁喊就跟谁急眼。男同学就私下嘲笑张五四和那女同学"搞对象"。张五四也不管，那时就能看出张五四的心地善良。

张五四这一瞬间展开眉目笑了，我仿佛看到了三十年前的四五张。但即刻这张脸上又木讷呆滞起来，冬日的落日余晖从大山背面投过来，落到他的脸上，使他的神情看上去有一种落落寡欢的寂寞、苦涩。我想这都是生活的重负让这个山里汉子过早地失去顽童的笑容。看到他躬曲的驼背，我的心隐隐作痛。

张五四又背起了斧子和锯，他下午还要到楞场上做活儿。女儿对那只猫还恋恋不舍，走出他家房门了还抱在怀里。张五四见状执意要把猫送给女儿，我没批准。张五四又说那就让她抱回去在她奶奶家（在镇子的南山街上）玩儿几天吧，你们走时它也会自己找回家的。我还是没有同意。走出去好远，回头望望，张五四家的木刻楞房和大菜园子，还有那个伸头张望的躬曲身影在山边已经很模糊了，女儿这才含泪把猫放了。

大黑猫"嗖"地朝茫茫雪中的那个穷人家飞奔而去。都说猫嫌贫爱富，是吗？我不信，至少四五张的猫不是那样的。

家乡伙伴捎来的山货

刚入秋的时候，大妹打电话时说今年山里收山，不论是蘑菇还是榛子、松树塔都挺收的。就有点儿后悔今年秋天没有回山里看看，本来前一阵挺想回山里看看的，否则，是不是可以上山去采采蘑菇，跟人上山去捡捡松树塔的？我知道，小兴安岭的松树塔是十年一大收，五年一小收，碰上个收年是不容易的，赶上收年，松树塔是不用上树去打的，山风一刮落在地上，拎着袋子和筐在地上捡就是了。

话说没几天，这日一大早我刚坐在电脑前打稿子，我老家的初中同学张喜龙把电话打到我家来，一开口就说："鸿达，我过两天去佳木斯我姐家，我给你带了点儿山货，我打听好了到佳木斯时有往大庆去的汽车，到时叫司机给你捎过去，你去站上接。"他一口气说完就撂下电话了，我还在愣怔中。张喜龙是我儿时最要好的伙伴，他家在山下的大河边上住。高中毕业以后我每次回家都能见到他。还因为他在大庆当过武警，这么多年我们一直没有断过联系。去年他还托一个在大庆工作回去的人给我捎来过蘑菇呢。

张喜龙的工作是看管林业局小区里唯一一口排污井的阀门，每天早上去开闸晚上再去关闸，活儿倒不累，挣得也不多，只开八九百块钱，这在林业局也是低工资。可他却做得兢兢业业，每次回家我都邀他到大庆他当兵时的第二故乡来看看，可他总是说抽不开身，也是，他的工作是把身子的。张喜龙工作之余就上山采点儿山野菜，下河捞点儿小鱼，贴补家里的生活，再加上冬天上山捡点儿树枝丫柴当过冬取暖的烧柴。他可谓靠山吃山，日子还过得去，而且有滋有味儿的。上学时他就属于乐天派那伙的，工资没他当中学老师的爱人高也不觉得比谁矮一头。

由他的电话，我忽然想到他既然出门到佳木斯来了，何不邀他顺便到大庆来玩玩儿。估算着昨天他该到佳木斯了，我就一早把电话打过去，他接到电话嘴里哼哈答应着，说到了车站再说吧，也可能来也可能不来。我一听就生气了，说："你要是人不来，东西也别找人捎了。"我一是特别想叫他来玩儿，二是找不认不识的班车司机捎也挺麻烦的。他一听我这样说，就小声地说："我尽量争取吧，到车站看看有没有合适的车去。"我又叮嘱他，等他上了车一定给我打电话。他答应了。

他说要坐就坐早上八点多钟的那趟车，可一上午过去了，他并没有电话打过来。到了下午，在单位的妻子打电话回家来，说张喜龙打电话给她了，说他已把东西交给跑大庆长途的司机了，这车下午三点到，叫妻子到车站去接货。他坐回山里的车回去了。听了妻子的电话，我只有叹息的份儿了。这个张喜龙怕我生他的气，没敢把电话打给我而是打给了妻子。就想起小时候他好耍点儿小聪明的样子。

妻子晚上下班回来，就用自行车推回来鼓鼓的一编织袋山货：有蘑菇，有榛子，有松树籽儿，还有二十多个松树塔。其中有三个青青松树塔还挂在一小截松枝头上，我明白了他的用意，是想让我放在书柜上。我想起有一年回老家去，我要他和我上山去找两个松树塔。他说干什么用，我说放在书柜上当装饰用，再个也给女儿看看。城里孩子没见过松树塔是什么样的。那年不收山，结果我俩转悠了一下午才在一棵树的树尖上找到两只树塔，他爬上树费劲巴力摘下来。拿到家里父亲见了还给我说了一顿，说爬到那么高的树尖上多危险。我也有点儿后怕，那天中午喜龙还喝酒来着。十来年过去了，现在那两只黄了皮、松了皮的松塔还摆在我的书柜顶上。这回这三只青翠的大松塔真叫我好喜欢。这一袋子山货妻子拿到手时，要向司机付运费，司机说付过了，光运费就是三十块钱。岂止是三十块钱运费，我想了一下，他从山里我家乡那个林业局把这袋山货背到佳木斯坐火车要七八个小时，再从佳木斯托长途汽车司机捎到大庆来又要八个多小时，而且指不定他和人家不认识的司机点头哈腰不知说了多少好话，人家才会勉强同意给他捎的。这袋山货拎在我手里顿时变得沉甸甸的了。

那些松树塔他为什么不像那十来斤松子一样也砸了装在袋里，好拿，也省运费呢。喜龙在电话里特意跟妻子交代过了，让在煤灶上用小火烤着吃，就像小时候我吃的灶坑烤的松树塔一样，那味道和炒出的松子味道是不一样的，真香啊！真亏这么个粗粗拉拉的大男人想得这么周到，他是让我找找小时候吃松塔的感觉啊。

晚上看电视时嗑着榛子、松子，一股亲亲的、香香的味道流进我的胃里，流进我的思绪里，刚刚打出的榛子、松子嗑出来满口清香，一下子好像回到山里一样。山里人过年不就是亲朋好友围坐在一起嗑着榛子、松子，说着话的吗？

想想，张喜龙也五十岁的人了，还是山里人纯朴厚道啊，没有城里人那么多的势利心、虚荣心、不厚道心，多难得啊！他怎么不肯再回大庆来看看呢？我想我明白他为什么不愿也不想回他待过的城里看看了。城里有什么可看的呢？怎么能和生他养他的那片山里比呢？

去天堂的路上也春暖花开吗

你走了，走在北国丁香花、杏花刚刚绽放的春天里，走在了南国花艳叶茂的炎炎夏日里，天堂的路上也一定是花红柳绿的季节相伴吧？

这几年冬天你都和老伴去珠海暂住一段时间，今年冬天你去得晚，是因为那个纠结成心结的改编电视剧本的官司。上次省作协主席迟子建来大庆出席市作代会还问起你，我说你去南方没多久。五一节过后我去北京刚回来，一个朋友打电话来说你回来了，叫过去新村一起小聚了一次。

时隔没多日，那天上午你突然打来电话，问我在干什么呢。我说在写字台前坐着呢。跟你就不提在写小说了，那天确实笔有些滞涩。你说要喝酒，并说不喝酒什么也写不下去了。你叫了一些人，在你家跟前的一个饭店。

天有些阴，像憋着雨。过新村到了那家饭店，你和一个写古体诗词的朋友杨三福已坐在那里等着了。陆陆续续你叫的几个人都到了，大家边喝边聊了起来，聊的比喝的多，那天你好像特别想和人在一起说说话。因知道你以前的病史，大家和你在一起吃饭时都不劝你的酒。席间你还是一贯式的幽默调侃。

不料，从新村吃完饭，下午我有点儿事办完挺晚回到家，你电话打过来，说中午一起的杨大哥晚上找大家吃饭。本来席间听杨大哥请吃饭是定在第二日的，可中午在场的几个人第二日有事就改在晚上了。我看时间有点儿晚，新村离我家又有点儿远本不想再过去了。你说你大女儿也在家做好了饭，不去不好。你总是替人着想，这是你的义气。

我过去时已经挺晚了，除了中午在场的几个人，你还把你的同乡当年也是调到大庆搞创作的张郁民也叫来了。说笑之间，大家边吃边等另外两个晚到的客人，刚刚吃了几口菜，你说有点儿不舒服，就起身抓起桌上的烟和帽子要回去。大家先劝住你，说你老伴去大连了没在家，一个人回到家大家也不放心。郁民还把你杯子里的酒倒进了他的杯子里。见你执意要回去，大伙就要给你大女儿打电话，电话是你从手机里慢慢调出来的，是坐在你身旁的郁民兄给打的。你女儿说她开车来接。在等你女儿来时，见你神情蔫蔫地说右边胳膊有点儿发麻，右边腿也发麻，大家赶紧又要打120送医院，这会儿你低着头贴在拉着你的手的张郁民的耳边说：我不行了，天数，回家。这工夫你女儿和外甥开车赶到了，大家把你搀扶背上车，就往油田总医院送。随后杨三福、刘树岐、郁民和我也打车跟去了。路上车窗上已掉上了零星的雨点。

我们赶到油田总医院急诊室时，你已被推进CT室拍片去了。出来护士在抢救室给你挂上了吊瓶，由我们推着往后边住院部大楼送。外边已完全黑了，有丝丝的凉意，这时你的意识还是清醒的。我握着你的手，感觉到你的手也用力地握着，大家紧随在你的身边快步往前走。送到住院部九楼观察室时，你的三妹妹也闻讯赶来了，尽管鼻孔插上了输氧管，叫你时你还用手用力握着她的手。CT片出来了，医生看过片后对亲属和我们说，脑干出血20毫升，血压180，先观察视情况看做不做开颅手术。

看你情况稍有些稳定，此时已是夜里九点多钟了，你女儿和你三妹妹就叫我们回去，我们就回去了。

第二天早上郁民打电话来，说他刚给你女儿打过电话，闻知你已被送进重症急救监护室。你女儿说早上六点时，你脑内已大面积出血，高烧出现深度昏迷，我心下一沉，和郁民约好一起匆匆赶到大医院去。到了那儿，重症监护室已不允许人进去探视了，你的好友市房产局的张国栋局长也赶来了，他找来了神经外科主任，请他进去察看并探问一下情况。那个主任出来说情况很不乐观，现在只能靠呼吸机在维持呼吸，在等你老伴冯大姐从大连赶回来，那边已开车送她回来了，预计晚上会到。这边家里人已开始准备后事了。

得到消息的文友们一整天都在不间断地赶来探视，此时大家多么希望你醒过来啊，就像十八年前你第一次脑出血时奇迹般醒过来一样。也是在这家医院里，那时我刚调到市文化局创评室没多久，过来看你时你躺在床上拉着我的手悲观地说你不行了，你说你父亲也是得这病走的。可是你却奇迹般挺了过来，并且创作上一发不可收拾……让省内外文学界朋友都很吃惊。去年是你退休的年龄，朋友们请你吃饭时你开玩笑地说，你活得已经在赚了。不，是大庆的文学在赚了，你为黑龙江文学留下了浓墨重彩的一笔。你是个视写作为生命的人，你常跟冯大姐说不写作会叫你活得很痛苦，就像当初叫你戒烟戒酒一样。其实以你的勤奋耕耘和创作实绩，完全可以笑傲"江湖"了。何况你是在重病重生之后取得的骄人成就，常让熟知你的人敬佩。

幽默和微笑地对待生活和朋友，是你外在的常态，尽管有时这微笑带点儿苦涩带点儿酸刻，甚至带点儿嘲讽和自我嘲弄，就像省内一位评论家评价你的作品一样，你是"含泪微笑的歌者"。你的为人也是这样的，善良仗义和知恩图报是你骨子里内在的品质。对那些不知道感恩甚至像蛇一样的人你是深恶痛绝的，也是不屑找他们喝酒聊天的，你的嘴也得罪了一些人。生活中常常有不如意的事叫你激愤，比如去年那场官司，让你耿耿于怀，好久无法释放你心中的愤懑。而对待有恩于你的人你常常是感恩不尽的，你一直对调你到大庆来搞专业创作的姚明理副厅长念念不忘，老姚退休后你常常找他在一起喝酒、聊天。提起在文学之路上当初对你有过提携帮助的鲁秀珍老师，你更是感怀在心。那年春天退休后在上海定居多年的鲁秀珍老师携书回东北看看，来大庆的两天，你和冯大姐一直张罗陪着。在酒桌上每每听你提起鲁秀珍老师在《北方文学》做编辑时千里迢迢去八面通林业局看望刚刚开始写小说的你，鼓励你在文学道路上坚持走下去，让你感激不尽。

同事这么多年，没想到你对小你十几岁的我也念及有加，你第一次发病后，我在医院工作的妻子叫我送个血压计给你，叫你时常测下血压，十几年过去了，你还念念不忘这件事。还有一年到海林去采风，在游玩过一座河上浮桥时，不会游泳的你走到浮桥中央时有些晕水，要折回来，我走上桥去拉着你的手走过对岸去，事情过去了好几年还听到你提及这件事。

许许多多的往事都历历在目，昨天上午去医院看你时，大庆的一个作者赵国徽说他一夜几乎没睡，一闭上眼全是和你在一起的情景。赵国徽还是你后来结识的晚辈，对于年轻朋友的创作你总是提携鼓励有加。记得你以前说过不太喜欢开博客的，在去年你开博客后，结识了许多博友加文友，你乐此不疲地一一回复博友的留言，这占去了你许多宝贵的时间。就在你发病的那天，清晨五点你给司权大哥留言："……我的状态也不好，不知道怎么回事，有点儿抑郁了……"是你对自己预感到了什么吗？

你走得不甘的就是那个官司，追悼会上看你的遗像时，你镜片后含怨直视的眼神似在向天发问：社会的公理公平何在？作家的劳动和尊严何在？道德良心何在？可敬的冯大姐知道你身体不好生前一再劝阻你，安慰你，作为从山沟里走出来的结发妻子，冯大姐一直在默默地料理你生活中的一切，甚至在替你忍受一个作家的委屈。把这种委屈当成荣耀与你分享，这才是荣辱与共啊。

五月十五日中午十一时许，你在医院停止了呼吸。你就这样匆匆地走了。两天后的傍晚我和你的同乡加文友刘培亮一起到你家去看望冯大姐，冯大姐说那天早上你给在大连的她打电话，说一辈子你也从来没有这么当面夸过她的，你说她虽不是最优秀的女人，却是最好的妻子，你能有今天的成就她的功劳最大……家里的钱该花就花，不要去省。这话让冯大姐听了十分感动。走时我打量了一下你的书房，这是你每天写作的房间。如今书房和电脑桌前的主人静悄悄地走了。

你没有什么遗憾的了，临走发病的那天你该跟冯大姐说的话都说了，前天陪从省里特地赶来的李琦、王左泓和省作协副主席王立民去家里看冯大姐回到宾馆，李琦跟我说你们还是有夫妻缘的，最后说出的那些话就为你们夫妻画上一个圆满的句号。该见到的朋友都见到了，该想到的朋友也都想到了。冯大姐说你发病前虽然她没在跟前，但你和朋友在一起，她也是很欣慰的了。

出来，刘培亮开车走过黎明湖畔，已是万家灯火了。这湖边也曾是你每天早上起来散步的去处，此时夜幕静悄悄的，这座城市的一位优秀作家就这样走了。车窗外似乎透进来路旁刚刚绽放的丁香花香味，你走了，走在这样一个季节里，一路走好吧！

本文是作者怀念著名作家王立纯的文章。

小小说刀客袁炳发

　　说袁炳发是黑龙江小小说第一刀客一点儿也不为过。国内、省内文学圈子里的人都知道他这么多年一直专攻小小说，拿过"中国小小说金麻雀奖"，获得过"全国小小说十大金牌作家"称号。小小说遍地开花，作品收入过《世界华文微型小说精选》，收入过美国、日本大学教材。

　　我与炳发兄认识得很早，大约在一九九一年初夏的时候，北方文学在巴林搞了一个笔会，我和他一起参加了，我那会儿在区文化馆，他那会儿在宾县松铜矿编一份企业报纸。第一次见到他，他身材瘦条条的，脸瘦条条的，上翘的嘴唇上留着一撮硬茬茬的胡子。用他自嘲引用老婆的话说，蹲着不如烧鸡高，天生就不是干大块的料。如果按身材定性，他天生就是写小小说的料。不过炳发的确是一个骨子里透着小幽默大智慧的人，一跟他接触就从他嘴里眼里时常嘿嘿一笑看出他的幽默来，让人少了矜持。那次笔会来的诗歌作者和小说作者都很多，我因为晚到了一天，跟大家还不是很熟悉，就先跟他熟悉起来。我到的第一天晚上他就到我房间来找我，那次笔会我们散住在当地百姓人家房子里，他跟我提起他看过我那篇《孤鸟》的小说，还说起来参加笔会的谁谁的趣闻，让我跟大家都熟悉起来。炳发是个活跃的人物，不几天他跟大家厮混得都很熟。

　　笔会结束后，炳发说他到大庆看一个亲戚，我们就一起乘火车走的。到大庆已经半夜了，他亲戚住的离车站也挺远，我就叫他跟我去我家住，我妻子上夜班没在家。他就跟我到我家去住了，夜深打不到车，我们是从车站走回我家的（当时我家住在总医院旁边的平房区），一路上我们唠了很多，回到我家还睡意全无。第二天又把他送上车，他去看他亲戚去了。

那次笔会回去不久，我收到了袁炳发寄来的发表他小小说专辑的《小小说选刊》刊物，封二"当代小小说百家"还配发他的近照和作家手迹。当时这家刊物选的专辑都是国内名家大家，为他高兴之余写信向他祝贺。至今我还记得他在专辑后边一篇创作谈里说过的一段话，有人问他为何不写长篇或短篇小说。他说："猪往前拱，鸡往后刨，这叫各活一路。如武林之人，各怀一绝，你使刀，我用棍，虽然玩儿的活儿各有不同，但最终还是殊途同归，玩儿的都是武术。"这话说得精妙。此后我们就联系频繁起来。

第二年初夏时节，北方文学又在苇河林业局搞笔会，这次笔会邀请的作者不多，只邀请了省内几个重点小说作者，其中就有我和袁炳发。这次笔会是和省作协联合搞的，省作协专业作家迟子建和常新港也参加了，省作协主席贾宏图也参加了。在省城会合后，省作协出一台中巴车把大家拉去的。到了林业局后，我们又乘坐小火车去了柳山林场，住在山上林场场部的砖房里，每天早上我们都一起相约出去散步，聊一聊各自的创作和生活近况。这次笔会后，听孙苏老师说，袁炳发不想在他的松铜矿报干了，想调到省作协下面的报刊门市部来，而且挺有希望的。可是过了没多久，又听孙苏老师说他没调过来，招聘省作协工作人员的名额被别人给占了。后来得知他真的不在松铜报干了，他在矿上承包了印刷厂，自己当了厂长。

一九九五年夏天，我参加了省文学院长刘亚舟在省党校办的一期笔会班，六七个作者里又有他，我与他又见面了。不过这次他显得匆匆忙忙的，报到来时也是迟来的，笔会班没等结束他又早走了，每日的电话不断，看来是这个厂长让他忙得焦头烂额的。这次笔会没多久，从别人那里听说，他这个小印刷厂承包赔了，他也自动下岗了，就感叹，看来经商不是他的"鸡道"啊。

为生计炳发兄到省城打拼去了。他在多家政府类内刊杂志兼职，加之他为人豪爽热情，在另一个圈子里也打拼了一片天地。我与他见面的时候不多了，见面时也很少再听他谈到小小说了。有一次他到大庆来采访，在给他张罗的一个圈里人酒局上，没等别人怎么劝酒他就很哥们儿地先把自己灌醉了，我送他回宾馆，酒后聊天中可以看出他和先前不一样的内心苦闷。

他渐渐淡出了文学圈子，每次省里的文学活动，我们在一起碰面的机会少了。那次他来大庆，跟我说业余时间他写一些给《知音》《女友》之类的稿子，挣得一些高稿费。我以为他从此后小小说不会写了。哪知他沉寂了几年后，重新出山，捡起的依旧还是小小说。刀锋还是那么锋利，似乎比以前更老到了。还有更让老袁出名的那篇《弯弯的月亮》被一陕西高考生当美文抄袭过，引得国内各大媒体关注，那一阵他的手机差点儿被打爆。他在外面的小小说知名度也大了起来，外边也有出版社给他出版小小说集，再也不是十几年前他送给我的那本薄薄的小小说集了。

炳发也被聘为省文学院合同制作家，我们每年出去采风又能在一起见面了。炳发兄还是那么好喝酒，并且酒像他喝得这么真诚的人也不多见，在酒桌上不管是认识的还是不认识的人，第一个喝醉的保管是他。除了喝酒外，个头瘦小的他竟然和我一样喜欢看篮球，这让我俩身高之差外有了共同之处。那次省文学院组织签约作家去阿尔山采风，坐在火车上他还像害了牙痛似的念叨着一场没看完的男篮世锦赛中国队的比赛，不一会儿，在家的朋友给他发来短信说中国队赢了。炳发一下子兴奋得跳起脚来，在车上畅快地张罗起酒局喝起来。

那次到了阿尔山驻地，晚上还有一场中国队对希腊队的关键比赛，我们爬山累了一天，晚上回到房间正守在房间电视机前看着直播，突然停电了，把他和我急得又像猴子一样蹿了起来。跑到镇上一家没有停电的单位去看，他跟人家门卫点头哈腰说尽了好话，人家才允许我们进值班室去看了，一起进去看的还有董谦。结果这场球在开局领先八分的情况下，最后输给了希腊队。摸黑回到我们住的宾馆房间，我们心情别提有多沮丧，第二天早去吃早餐时还在议论这个事，庞壮国在一旁听到了，一边埋头吃着早餐，一边幽默地说了一句："啥人都跟去看，还有不输的。人家大个子王左泓、王鸿达跟着去看也就罢了，你小个子董谦、袁炳发跟着凑啥看篮球……"炳发听了郁闷地嘿嘿一笑，算是自我解嘲地排解了。

炳发兄这点很好，再大不痛快的事，在他这里都会很快排解掉的。看球是这样，别的事也是这样。二〇一二年省作协重新聘定签约作家，这次聘定的签约作家由原来的三十二名减少到十六名，由专家委员会投票评定。以袁炳发这几年小小说的创作成就我以为肯定会有他的。这一年夏天我在肇州深入生活，六月初的一天袁炳发电话打来，邀我到哈尔滨去参加我们几个"苇河笔会二十周年"他搞的一次聚餐，他把退休在家的原《北方文学》主编韩梦杰老师也请到了。次日上午我赶到了哈尔滨，在南岗一条繁华街道上找到他说的那家知音饭店。袁炳发已兴冲冲地到了，过了一会儿，韩梦杰老师、陈力娇、付德芳也陆续到了，大家都很高兴，一晃我们在文学路上坎坎坷坷走过二十年了，当年我们几个参加那次笔会都是刚刚在文学路上起步的文学青年，也难为炳发费心选了这家饭店，我们当年和韩老师可谓是文学上的"知音"。刚刚喝酒吃饭时，炳发告诉我们他手机里来之前收到迟子建给他发来的一个短信，大意是告诉他这次签约作家他落聘的事，安慰他坚持写下去。已获知在座的我和陈力娇这届签约作家被评聘上了。我本想安慰他两句，可是他像我刚来见到他时脸上带着笑爽快地说："没事，我还会写下去的。"桌上他依旧谈笑风生，豪爽地把一杯杯啤酒干了。那天我们都喝了很多，和韩老师叙谈着这二十年的文学经历。下午离开知音饭店时已挺晚了，我又匆忙坐车赶回肇州去了。

等到去省城参加这届签约作家仪式时，我还跟人包括李琦院长在内说，炳发这次应该签约上。李院长也为他有些遗憾。

炳发并没有因为签约作家落聘而消沉，这两年还在不断地看到他的小小说在各刊物上发表。看到省内有苗头的小小说作者，他都热心扶持。他就让我给《岁月》推荐过一个省内小小说作者的稿子，他还搞了个小小说"袁家军"讲座班，搞得有声有色。去年冬天的一天下午，我正坐在电脑前敲打东西，他忽然打电话来，让我帮他联系一个大庆我也不太熟悉的写儿童文学的年轻女作者，他要给她推荐到一个刊物上去。看他十分着急的样子，我就向《岁月》副主编王政阳打听联系上这名年轻女作者。当晚他又打电话来催问，看到他打电话为别人的事比为自己的事还着急的样子，我就想，这哥们儿真是够东北爷们儿的。

寒地文友韩立东

第一次见到韩立东还是在一九九五年的夏天，当时，省作协召集了几名风头正健的作者搞了个青年作家创作研讨笔会，由省文学院刘亚舟院长牵线，还邀请来了京城几个名刊编辑参加了这个笔会活动。我们住的地方也在省文学院租借的省党校院里宿舍，当时文学院正在办第四期学员班，韩立东就在上这个班。这样就认识了韩立东、曹立光等几名学员。韩立东是从大兴安岭来的，个子不高，身子骨倒也结结实实的，眉眼举止间透着几分山里人的朴实和善良。他是大兴安岭新林林业局一个林场小学的美术老师。用他的话讲，那个地方很封闭，难得有这样的机会到省城来。他是利用暑假假期自费到文学院来学习的。

我读到的韩立东第一篇小说，是他拿给我看的一个短篇《画棺》。当时他还很不自信，我倒是被这篇小说挥发的浓郁神秘的乡土气息所吸引了，我惊叹他一个初学写作者截取生活的视角。不过那时韩立东的小说语言还略显稚嫩，这可能也是他回到山里后很长时间在写作上沉默下来的原因吧。记不清我当时都对韩立东说了哪些鼓励的话，反正韩立东都是很虚心地点头听着，虽然他说话很少，但我看出来他是一个很有悟性的人。后来这篇小说在他们那期学员班结束后就在当年《北方文学》十二期发出来了。这是韩立东第一次在省级文学刊物发作品。

笔会结束后，立东回到山里就断断续续和我有了些联系，得知我睡眠不好，他还给我寄来一箱北极神茶。通过书信往来，我也知道了他的一些情况，他老家在克山古城镇的乡下，中学毕业后回村子里小学当了一名小学老师，后来考入齐齐哈尔师范学校。毕业之后就分到大兴安岭碧洲林场小学当老师了。时隔三年后，我和一个朋友去漠河北极村采风，立东知道后，非要引我们一道同行。他所在的那个林场并不通车，立东是绕了挺远的山道在我们坐的那趟列车路过新林站时辗转上车来与我们会合的。车到漠河转汽车时，立东临上车前去菜市场转了一圈买了一大坨猪肉和青菜背在肩上。我们见了不解，立东说他要安排我们在当地一个哥们儿家住下，这个哥们儿家里挺困难的。我就觉出立东为人的厚道来。在北极村他哥们儿家住，我看出立东喝酒是有些酒量的，朋友见了他也好爽快。

那次北极村之行后，好长时间我似乎和立东断了些音讯，只是从当地加格达奇文学朋友那里知道，立东除了在那个小林场教学外，还在为生计忙碌，养木耳椴、种地等。大约是前年春节过后的一天，立东突然打电话来，说他写了个长篇，要请我给看看。随后他就把厚厚的长篇打印稿寄来了。这八九年没联系，我也知道立东一直在写，一直也没停止读书，也在看别人发表的东西。可我没有想到他一下子就写出个长篇来。更叫我惊诧的是他的语言，就像大兴安岭野生的山林荒草一样，自自然然疯长在他的作品里。真是士别三日，当刮目相看。这部《佛土》是写他从小生活熟悉的那个偏远而又充满神性的地方，两代家族人物诡异的命运似乎都能看到他熟悉的影子。写这部小说立东显然是经过长期的语言历练和多方面准备的，包括他的生存状态。正如稿子后来交到湖南文艺出版社，编辑金国政先生评语写的那样："韩立东这年轻人，像他生活的那个大兴安岭一样安详、朴实，见不到现代功利的污染……这样的小说可能被当下市场读者视为黑森林里一团似有嘴脸却长枝、似拔地生根却忽地飞惊的怪物。""它造情、造景、造境、造像的语言，让它整体充满神性、野性、生命的独特性。"尽管由金国政先生力荐，稿子并没有在他们那里的出版社获得通过，原因是没有市场效益。后来我从立东口里知道虽然这部小说几经周折，但最终没有出版出来。我也很为他遗憾。

但立东没有气馁，仍在写。说不定什么时候会打电话来，谈他写的小说。立东所在的那个林场很偏僻，有时候晚上还停电。有时候他就是晚上停电的时候打电话过来。我年轻时在小兴安岭也待过林场，我能想象那种偏僻和寂寞。

有一年放寒假过春节期间，立东到大庆他的一个亲戚家来串门，突然打电话说来看看我。我很高兴，就约了另外一个文友，叫妻子炒好了几个菜在家等他。一等两等不来，过了好久他才满头大汗敲开我家的门，手里拎着一盒包装精美的花开富贵瓷瓶五粮液精装酒。他是跑到大商场里买的，出来找我家路又不熟，绕了好几个弯才耽搁了。我虽不善饮酒，可家里也备下了两瓶五粮液，当然也是人家有求于我送我的。我责怪他不该去买酒，他憨厚地笑笑，大冷的天他脸蛋冻得红红的，或许这点儿冷对从大兴安岭来的他不算什么吧。朋友也被立东的实在所感动，就说，我们三个就喝立东带来的酒吧。结果这顿酒我们从中午一直喝到天快黑了。我们喝了很多，也聊了很多。

我在医院工作的妻子听说立东和他爱人结婚这么久了，还没有孩子，就关心地劝立东该要个孩子了，如果有问题趁年轻赶紧治疗。立东也很喜欢孩子，每次通电话他都要问到我女儿在学校里的学习情况。

这次他回去不久，我妻子给他打听了一家专治不孕不育症的老中医医院，妻子催我打电话跟立东说说，叫他和爱人放假时过来看看。立东在电话里应着，也说到放假时看看情况再说。他爱人也是学校里的老师。可是到了放假的时候，我电话打过去，立东又说他爱人忙着在家办英语辅导班，等过一两年不忙的时候再说吧。他这样一说，我也不好再硬劝，我也知道他假期也忙，他忙的是写小说和养木耳椴。有一回他还给我寄来一大包他养的黑木耳。就想立东真是勤奋能干的人。

后来没多久，立东又给我寄来他新近写的几篇小说稿，其中有一部中篇小说《寒地》，我看过后觉得写得不错。正好有一次《北方文学》副主编白荔荔让我推荐省内青年作者的稿子，他们刊物准备设专栏推出一下。我就把韩立东的情况和他新近创作的这篇小说向她说了，她一听就让我把这篇稿子转给她。过了几天，她又打电话来，说稿子她看过了，写得很好，叫我同韩立东联系叫他写个创作谈来，并叫我给韩立东写篇编后评价文章，他们准备在当年的十二期上一并发出来。我痛快地答应了下来，随后打电话告诉了韩立东，叫他写篇创作谈电邮寄给《北方文学》白荔荔的邮箱里。电话里也能感受到他那份激动，就像他在深山旮旯里养的木耳椴卖了个好价钱一样。

有时我也在想，假如韩立东不是生活在那寂静的大山世界里，他还能写出这样鲜活的作品来吗？生活底层的历练造就了韩立东一种坚韧的性格，无论是生活上还是写作上他都有一种耐得住寂寞的心性。从这个意义上说，我也为韩立东生活在那片大森林偏僻的小林场感到庆幸，安静封闭的生活环境让他免受了世俗世界里浮躁和喧闹的污染，使他能沉下心来写出这样清凌凌带着山野气息让人耳目一新的作品来。对他这样心灵纯净的写作者我有理由做出更多的期待。

匆匆写完这篇文字的时候，今冬一场迟来的大雪洋洋洒洒从我所居住的城市上空飘落下来，身为黑龙江人对雪花总有一种独特的情感，仿佛没有雪的冬天就不是黑龙江的冬天了。其实入冬最早见到雪的地方应该是大兴安岭了，那个中国东北部最寒冷的地带，凭窗远眺，心里在默默为我的朋友祝福，愿那片冻土地带上，有一方属于他的星空。唯此，再冷的冬天，心也是温暖的。

山是一本打开的书

游山即读山，山是一本打开的书，让你走进去读。古人云"醉翁之意不在酒，在乎山水之间也"，可见山在人用脚步阅读之中，让人为之陶醉、为之痴迷。

范乙堂原是汤旺河林业局技校的一名老师，后来当了林业局旅游公司的经理，就把他的"课堂"从校园移进了大山里，天南海北来汤旺河林业局石林景区旅游的游客就成了他的"学生"。每次陪客人游山，一走进山里，老范的嘴里就滔滔不绝。而平时粗看上去，老范则是寡言少语、挺深沉的一个人。

因我弟是他的一个学生，老范就抓了我一个"公差"，让我这个作家为他写的石林景区解说词参谋参谋。走进山里，我才知道我这个半拉山里人，也地道地成了他的学生。

四月的小兴安岭，山有些单调，树们、野植物们还没有绿透，偌大的石林景区竟无一游人。一线天石峰默默地沉浸在明媚、略带松树清香的阳光里。

沿着林中小径拾级走上来，冷不丁往单调的林中一瞅，一大片粉红的达子香喷薄欲出，静静地盛开在那片白桦林中间，如粉雾缥缈，似红霞流云，缠绕在众多雪白的树身半腰处，这种美景着实让我也惊讶不已。

石峰下这片白桦林我多次光顾，可有一种解释我还是第一次听到。

林业局早期采伐时，这片林子保留了下来。白桦作为林海中的先锋树种，种子随风飘落到此地生根成林，在这片白桦林的庇护下，林下的红松、针叶松缓慢成长，终有一天会超过白桦林并把它覆盖。所以在林区，把白桦树比作"红松的母亲"，白桦不仅美丽可爱，而且非常伟大。

　　北坡森林中一个低洼处，一些横七竖八黄褐色的朽木埋在腐叶枯枝中，朝上伸出的枯枝和搭在树上的枯枝，挂着长长的一排排胡须，如同饱经岁月沧桑、沉睡千年的老人身躯。老范说，就是这些风化的朽木，让我们认定这里是一条古河道。走过栈桥道，老范弯腰拾起不知哪位游客丢弃的一只空矿泉水瓶子。阴凉中，让我们对这些不知多少年前倒下的朽木有了对先人、对树的鼻祖一样的敬重。

　　石林中的石峰，名字也多数是老范取自书中，玉兔岭、钟馗崖、莲花洞、悟空望月、唐僧牵马、八戒醉酒……一路走来，如同书中的一个个插图，惟妙惟肖，情趣横生，让人过目难忘。而熊石仓，又会引来一串早期林区猎人的故事……

　　除了山中的树、山中的石，老范对小兴安岭的上百种动物和植物也如数家珍，仿佛为了配合老范的讲解，不时有小松鼠、花鼠蹿到我们脚边来，还有林中百啭啁啾的鸟鸣，让这山、这树、这石和这人，形成了一种和谐的自然交响曲。哦，多么赏心悦目的一幅自然春天的山景，人在其中岂能不醉。

　　走下山来，我稍稍为家乡的石林有点儿遗憾——此时的山中美景竟无人光顾，达子香一过五月就谢了。这里只有到了夏季，游人才蜂拥而至。其实山的四季都是有内容的。老范说，每天早上不管有没有游人，他都到山上走一趟。年过五十的老范看上去足足年轻了十岁，身形矫健，登山平步如飞，这是他常年每天都到山林里走一趟的结果。清晨入林来，置身天然大氧吧，吸纳的是大山清新之气，静听的是清泉流音，这里的一树一叶、一山一石、一兽一禽，在他眼里都变成了生动鲜活的文字，令他每天百读不厌，他像熟悉自己的亲人一样熟悉它们的习性。

初次相识老范，他身上有一股说不出的书卷气，是这养眼养肺养心养神的山——这部大书赐予他的。

热爱植树吧

　　大凡从林区走出来的人，对树木都有一种天然的亲近吧。我喜欢植树。在北方这座城市里，每年一到四月，我都有意无意期待着这一天，单位里通知去植树。

　　国家有每年法定的植树节，而我真是把这一天当成节日来过的。早早地准备好一副白线手套，早早地准备好铁锹，早早地准备好一天的好心情。到城郊外去植树，对于我们这些整天关在屋子里爬格子的人来讲，无疑也是一次难得的活动筋骨、呼吸春天野外新鲜空气的好机会。

　　大庆早些年是一个每到春季多风沙的城市，各单位去城外植树时，还会看到女同志头蒙着纱巾把头和脸捂起来，男同志就让风沙吹吧，吹得一头一脸的沙回来。干完活时，领导通常还领着大伙到饭店里撮一顿，然后，下午再给大伙放半天假。多么愉快的事情啊！因此早些年，大伙还是都愿意去植树，那会儿还没有法定约束，政府机关里别的事情可以放下不做，别的劳动可以请假不参加，唯独植树是雷打不动地参加。植树这天全体机关干部浩浩荡荡开到城郊野地里去，红旗招展，煞是一片热闹。

　　植完树，春天就来了，这也成了每年迎接春天的一种方式。

　　那会儿，我还在区文化馆，每年植树我们文化馆这些人都跟着区机关干部到西下洼子、萨大路一带的城郊野地里去植树，没几年工夫，那里的树们也都长成一片了。夏天绿油油的让挺荒凉的地界变得美观起来，同时也遮挡了春天、秋天的风沙。树啊，真是挺不负栽树人的。

后来我调到市里以后，不坐班了。可每到植树的季节，单位也有人通知的，因为这时也有了法定规定，大家还都是跟着参加的。

　　城市变得像模像样起来后，植树也不到郊外去了，就在新建的大道两旁或公园广场上。公园广场上推土机推个假山坡，让我们在假山坡造林，让我们也有种造假的感觉。不知从什么时候起，看到机关里别的单位去植树的也变得不那么法定了，变得稀稀落落起来。没来的人可以由别人顶替挖坑了，甚至可以雇民工来干了。春天还是一样的春天，可是却看不到从前每到植树的日子那般热闹来。

　　后来机关里再去植树时，也不找我们这些不坐班的作家了。事后，问办公室的人，答曰："分配给我们几个人的树坑都叫人家雇人挖了。"

　　今年五一节一周前的一天，突然接到单位的电话，告诉去植树。我心里乐滋滋地愉快地跳动了几下，赶紧告诉妻子准备好干活儿的衣服和手套。

　　等到第二天我早早来到局机关大楼走廊里，别的科室并没见去植树的动静，有熟识的机关干部见了我问："干什么来了？"都知道我们不坐班。

　　"植树。"

　　"植树？"问的某科长有点儿奇怪地看了我一眼，我也觉得有点儿奇怪。大楼里开着门的各科室机关干部都在忙着自己的事情，我以为昨天单位同事电话通知有误，可过了一会儿，我们的人庞壮国、周树山、李长春也都来了，老赵到了后，就带我们去植树的地点了。

　　植树的地点离市政府很近，就在跟前正建设中的时代广场上，等到了植树分担区，才知道大部分机关单位已将分配的树坑包了出去，每个树坑十元钱，怪不得没看到别的单位人来呢。偌大的广场上，只有两伙农民模样的人在那里干活。

　　在一处堆起的土包坡上，我们几个作家干了起来。天倒是植树的好天，昨天刚下过雨，脚下的土半干半湿，天空爽朗地晴着。

　　我们干了一会儿，有一伙在那边干活儿的农民围了过来，跟我们说："我们给你们挖吧，每个坑只要你们五元钱。"他们显然已把植树当成赚钱的活儿揽了。

我们依旧卖力地挖着，没有搭他们的茬。

有个青年农民看周树山、庞壮国年纪挺大，又凑到他俩跟前说："你看你们这是何苦呢，磨破了手累伤了身子，还不够买药吃的钱呢？"

好像真让他说中了，挖着挖着，诗人庞壮国一铁锹下去，"咔吧"一下，脚上的一只旧皮鞋底裂了。

"看看，我说什么来着……"那个青年农民还在那里嘟囔，诗人的火气就上来了："躲一边儿去，老子当年下乡修理地球那会儿，你还不知道在哪摆弄土坷垃呢！"那青年农民就住了嘴，识趣地走开了。

每人三个树坑，不到两个小时活儿就干完了。走下土山包来，身子一阵舒筋活骨的舒服，回头望望偌大的时代广场上，空落落的似乎少了点儿什么，少了点儿什么呢？少了以前植树时红旗招展、欢声笑语热闹的场面。不过想想也挺欣慰，作为这个城市的公民，能为这个城市永久标志性的广场，植上一棵树，为春天增添一点绿色，何不是一件快事呢？

热爱植树吧！

球迷的梦想

我喜欢看球赛，特别喜欢看篮球。对足球却不大钟情。总以为一场九十分钟的比赛下来，再拖泥带水地踢成0：0平局，总让人看着不够解渴。比赛嘛，要的就是输赢，要的就是精彩的进球。而当今篮球场上（特别是美国职业篮球比赛），一场球下来往往能进球到百分，看着叫人过瘾。再者我这人比较看重输赢，这可能与性格有关。

我从很小的时候就喜欢看篮球了。童年小镇上唯一的一项体育运动就是篮球比赛。也可能是因为花费不大，有一副球架，有一块不大的场地就行了。小镇广场即球场，每到夏天都进行比赛，那是小镇人的节日。大人小孩都围着尘土飞扬的球场在观看，更多的是看一种新奇。

后来就看到了区队、市队比赛……有了电视以后，就看到了国家队、职业队比赛。这才感觉出来篮球比赛还是不一样的。看美国职业篮球比赛不是在看打球，而是在看魔术表演。我总在想约翰逊天生就是上帝派来打球的，有时又为他挺犯愁，不打球他还能干什么呢？有例为证，在他闹了艾滋病退役之后，美国前总统布什曾邀他出任美国艾滋病防治委员会主席一职，这该是个闲职肥差了吧，可他愣是看不惯美国政府例行公事的态度，刚一上任就牛烘烘地给布什总统写了一封辞职信，大意是：不管一支球队打得有多出色，没有队长的组织它就永远不能成 NBA 联赛的总冠军；令我很失望的是，您已经抛掉了球离开了球场。话是很精彩了，可你这不是吃饱了撑的吗，魔术师就这样跟总统先生"白白"了。

美国职业篮球跨年度联赛，一般都在每个星期六上午电视转播。

好了，从头一天开始我无论干什么都想着它，一分一秒都过得很愉快，星期六上午无论有什么要做的，都雷打不动地守在电视机前。有一次去省里出差，买好当晚的票后，看到当天电视报上有一场篮球赛转播，当下赶到离火车站不算太远的《北方文学》编辑孙苏家里，在人家看完球才往车站上赶……

我梦想咱们的国家队什么时候也能人人像约翰逊、乔丹、奥尼尔、佩顿、皮篷……一样，这个日子对中国球迷来说一定十分精彩，可这只是我的梦想而已。中国男篮在亚特兰大奥运会上能够打入八强，得了个老八已实属不易了。第一场球对安哥拉队的比赛，我是在外地一家旅馆里看的，整整守了一夜，像过年一样。

我喜欢魔术师约翰逊，不仅是因为他有着一副温和的外貌，还有他那富有传奇色彩的个人经历，给篮球这项运动赋予一种神秘的色彩，就像他本人神秘莫测的球术一样。在美国历史上曾有三位不同球星感染并死于艾滋病。第四个摊到了约翰逊的头上。上帝也真是很公正，一九九一年十一月让这个曾率领湖人队五次夺得 NBA 总冠军、拥有全球最多球迷的篮坛巨星亲自去宣布这个不幸的消息：他已身染艾滋病毒，并立即退役。试想这得需要多大的勇气呀！当晚，美国前总统布什发表电视讲话："我要代表所有美国公民，代表世界千千万万热爱他的球迷说一句话：他是个英雄。我们要以埃尔文那样的勇气面对这一威胁全人类的病症。"

时值今日，已五年过去了，这位昔日称雄篮坛的魔术师在同绝症艾滋病的斗争中，仍表现出了他强大的、魔术师般的力量，他四次宣布"有限复出"。最精彩的一次莫过于一九九二年作为队长率领美国"梦之队"在巴塞罗那夺得了奥运金牌，一时间在世界刮起了一阵"梦幻旋风"。最伤心的一次复出是一九九二至一九九三赛季NBA 联赛上，中途退出并非体力不支，而是为消除对方球员心理恐惧。用他自己的话说："我感到伤心的并不是退役本身，而是人们对艾滋病的极端无知和对'魔术师'的误解和恐惧。"这真是太精彩了！在洛杉矶湖人队遭到史无前例的败绩后，看台上的魔术师又坐不住了，后两次复出一次是作为教练，一次是作为球员。终因未能力挽狂澜而饮恨。正如美国前总统布什所说："约翰逊那种与艾滋病斗争的不屈不挠的勇气，正是今天意义上的美国精神。"

魔术师曾经有一个梦，那也是千千万万广大球迷的一个梦想：那就是和"飞人"乔丹公开举行一场"单挑赛"，只有"魔术师"和"飞人"两个人，比赛时间为两节即各十五分钟，打一个半场，这个愿望一度在两人之间差不多要实现了，但不幸的是，NBA 有一项规定：它所辖的球队队员参加任何一场比赛，都必须得到该队员所属球队的同意。两位篮坛巨星的经纪人甚至提出了一项这样的建议：先各自宣布退役，然后举行这场比赛，赛完了再说自己实在离不开篮坛，再复出继续在 NBA 打球。不过，思考良久，两人谁也不愿意同 NBA 发生冲突而放弃了。遗憾之余就是有些叹气：老美 NBA 也真是多管闲事，你管好你的每年赛事得了，你管人家单挑赛不单挑赛的干什么。试想，如果这场比赛打成了，一定会叫世界大开眼界。魔术师和飞人大战，就成了汉城田径场上的刘易斯和另一个叫约翰逊的大战，让人一睹难忘。最后的赢家将是最后一秒钟进球的人。可惜的是两个巨星之梦和千千万万球迷的梦想怕永远成了一个实现不了的梦想了。上帝交给魔术师的"有限时间"实在太有限了。今年初约翰逊率领湖人队冲击 NBA 总决赛未果时说："我本想给年轻人树立个榜样，可惜我失败了。"我想这一刻呆守在电视机前的全球球迷听了，一定会和我一样难过得想哭的。

约翰逊真英雄也！他没有说出我已尽力了这样容易欺骗自己也容易欺骗别人的谎话。

亚特兰大奥运会前，所有的参赛项目中只有美国的"梦之三队"敢于说出他们是稳拿冠军的。奥尼尔牛气十足地说，他们不知道还需要跟什么（球队）进行比赛，他们只知道是来拿金牌的。作为一个喜欢看现场定输赢的球迷，公正地讲，我不想看到常胜将军球队的比赛。那样会失去了对抗的精彩。我像约翰逊希望有人打败他一样，也希望有一天美国职业球队被人家打败，不要对它产生恐惧。"梦之三队"那个被体育记者称之保守的主教练说："与美国球队对抗的球队要在二〇〇四年奥运会才有可能出现。"一竿子支到了下个世纪零四年，还说不远。不过还好，本届奥运会的男篮比赛并不像人们想象的那么糟糕。异军突起的南斯拉夫球队让人们看到了希望，这个饱经战乱和诸多苦难的民族，让人们看到了一种不屈不挠的强悍精神。在去年刚一组队参加欧洲锦标赛上就拿冠军，这次又在奥运会争夺冠亚赛上，与美国"梦之三队"相遇。上半场打得难解难分，最后"梦之三队"仅以二十几分的优势获胜。与美国"梦之队"每场净胜四十五分球比起来，似乎有理由让球迷们缩短梦想的距离，谁说下个世纪伊始二〇〇〇年不会有谁打破美国"梦之队"的金牌梦呢？谁说欧洲、澳大利亚，甚至是亚洲一不小心不会冒出个约翰逊，冒出个乔丹，冒出个奥尼尔来呢？

　　既然是梦，咱们不妨把梦做得早一点儿。奇迹发生的那一天，就是球迷最开心的日子。

有奥运会的日子

如果一个人能够放下所有的一切，全身心地投入到一种愉悦激动当中去，那么这样的日子对他来说，就一定是个节日。观看奥运会对我来说便是如此，每四年一次的奥运会，我都当节日一样来过的。

一般这样的这段日子里，我就什么也不干了，老老实实守在电视机前，体验着这份激动和幸福。

出于各举办国时差的缘故，这样的日子有时真像过年一样，是需要守夜来观看的。一九九二年看巴塞罗那奥运会那会儿，我家还和人合住在妻子他们单位医院分的一间半平房里，奥运会的比赛多是在晚上和下半夜进行，两家屋连屋门对门，有点儿动静都能听得到，而对门那家偏偏不是个体育迷，那对夫妇都在医院工作，和妻子一样需要倒班休息。

妻子一再告诫我不要影响人家休息。我把电视机音量调到了最低，每场比赛解说员的解说基本不听了，只看画面。偶尔我会控制不住，发出一声喝彩来。忘乎所以就要遭来妻子的责怪，赶紧把头缩在被子里，嘴巴也捂住了。在那届奥运会上，有一场比赛是女篮决赛，是下半夜两点中国队和俄罗斯队，得知对门两口子都值夜班，也跟妻子打了招呼，叫她和别的护士串个班，她当然也忍受不了我的大喊大叫，也就那样做了。我一下子解脱了，那个夜晚我一直等到下半夜两点，把电视机音量开到了正常量，看到精彩场面为中国女篮高呼加油，当然最终中国队没能夺冠，获得亚军，这也是中国女篮在奥运会历史上取得的最好战绩了。更主要的是我获得了一次

242

酣畅淋漓的释放。

一九九六年奥运会时，我正在外地一个著名风景地旅游。到达那个风景小镇的当天，我要做的第一件事就是找一家房间里有彩电的旅馆，因为第二天是奥运会开幕的日子。住进的这家疗养院宾馆，有彩电的房间有点儿潮湿简陋，没人愿住，我就和管工会的小D住了进去。第二天，大家到镇上风景区游玩，下午又去泡天然冷水泉，正是七月末最炎热的季节，只有我浑身是汗地老老实实待在房间看开幕式，开幕式的当天下半夜，有一场男篮比赛，是由中国队对安哥拉队，我就不打算睡觉了。由于白天看了开幕式，下半夜又连轴转等着看这场比赛，人困得实在不行，头在床上就一点一点了起来。这时同屋的D君见了对我说："你先去睡一会儿吧，到点儿我叫你。"他知道我睡眠不好。我还真怕错过了这场球赛，也不想影响D君的睡觉，把音量关小了，先看着射击比赛，愣是没合眼。对篮球不怎么感兴趣的D君，下半夜也起来了，陪着我一直看到天亮，叫我委实很感动。中国队战胜了安哥拉，在这个安静的疗养院旅馆房间里，我又大喊大叫了起来。在体育项目中，我最喜欢看的是篮球，其次是乒乓球、举重、射击、体操、田径、跳水……如是几日，我甚至是忘了来旅游疗养的了，别人是游小镇风景、泡温泉，我就是泡在房间里看奥运会赛事直播。连离开的那天在途中，也不放过。

临返回那天，从五大连池到北安火车站中转火车，在等车过程中，得知当天中午有一场女篮的四分之一赛，是中国女篮对俄罗斯女篮。我就在站前附近找有电视看的小饭馆，找到一家带彩电的小饭馆，电视不能白看，女主人说得吃她家的饭才能看，我就同意了。随便点了两个菜，要了一瓶啤酒，坐在窄小的房间里看了起来。等看完，一看表，车已进站了，飞身往外跑，穿过了站台闸口，火车已开动了。我不管不顾飞身上车。好险哪，差点儿没上去车。刚才大家都为我捏着一把汗呢。

二○○○年悉尼奥运会时，正赶上省作协一次全省中青年作家创作座谈会在大庆召开，是会议要结束的前两天。本来这届运动会北京和悉尼同时竞争申办的，但北京只一票之差落选了。好在，悉尼和北京的时差也只有四个小时，看这届奥运会可以不用熬夜了，可偏偏赶上了开会，与会人员都住在离市区挺远的凯旋大酒店里，还偏偏赶上那天会议安排去大庆高新开发区参观。开幕式是下午两点开始。大家刚吃过早餐后，常新港、鲍十找到我，悄悄说："我们可不可以不去你们高新区参观了，在房间里等着看奥运会开幕式。"真是一拍即合，我们当即叫服务员开了房间，把我们锁在了房间里。

看看离开幕式的时间还早，喜欢打扑克三打一的鲍十又张罗先打扑克，结果又把诗人魏氓拉上了，四个人就坐在房间里打扑克。打到奥运会开幕式开始时，上来牌瘾的鲍十还要边打边看，可是我们这三人一推说，不玩儿了，看开幕式。

四个小时精彩开幕式结束后，晚上我们下楼去大厅里吃饭，听着大家议论的都是尼悉开幕式的盛况，这才知道，下午的参观早早收场了，大家都跑回宾馆房间里来看开幕式了。连作协的党组书记冯建福也不例外。

会议结束的第二天就是正式比赛日了，我早早从宾馆跑回了家中。比起他们几个老兄还奔波在回去的旅途中，我自然是要幸运得多。

一直盼望着奥运会能在我们国家举办，这一梦想终于得到了实现，在悉尼奥运会前，中国申办二〇〇八年夏季奥运会获得了成功。想想，二〇〇八年奥运会就要在咱们家门口北京举办了，到那时再也不用倒时差，再也不用熬夜了，不必再看优势项目，电视直播也不用跟人家主办国抢黄金时段转播了，睡上一宿好觉起来看电视，绝对是一件幸福的事！

回忆声音

有一年岁末，去市电视台参加十佳书香家庭颁奖晚会，并聆听了一台别开生面的诵读音乐会，意外地见到了中央人民广播电台著名播音员方明和上海电影译制片厂著名配音演员丁建华。其实说见到他俩本人，不如说又听到他们的声音更准确些，这熟悉的声音穿过三四十年的时光已注入我童年、少年的耳鼓里，听起来是那样的亲切。

因是直播，下午进行了一次彩排。两位名人并没有现今名人大腕的架子。彩排时，方明就坐在我后面的观众席一角里，有人悄悄捅了捅我说，瞧，那位老人就是方明。方形脸，一双浓重的剑眉，目光炯炯有神。他缓步走上演播厅中央台上去，他朗诵了范仲淹那篇《岳阳楼记》，抑扬顿挫，字正腔圆，声音洪亮。有谁会想到这是一位七十五岁，而且在三年前刚刚战胜过癌症的老人呢？老人调侃地向主持人和现场观众讲述了那段经历，当他胃癌住进北京 301 医院，大夫要为他做胃部切除手术怕他思想有顾虑时，他平静地对大夫说："我给你朗诵一首诗吧。"随后他在病床前朗诵了将军诗人周涛的诗《对衰老的回答》，正是医院快要下班交接班的时候，医生和护士从走廊里走过，都被这间病房里发出的朗诵声音吸引住了，医生护士进来围了一圈又一圈，大家静静地听着。他朗诵完半晌，那个主治医生才醒过神来感动地说："我们还做他的思想工作呢，他这是在做我们的思想工作啊。"上帝也会被他的这种乐观豁达的声音感动的，他的胃癌切除手术获得了成功。老人平静的讲述也打动了在场的每一个人。

其实对一个人的声音追忆比对他容貌的记忆更久远得多，那就是声音是不会老的，那就是声音永存于我们想象的记忆里。

上个世纪七十年代初期，在我家乡那个偏远的小兴安岭山区，外面的世界都是靠收听广播、收音机知道的，报纸都很少看到。林区每个镇上都有广播喇叭，早、中、晚定时播报新闻联播和报纸摘要节目。播报完，播音员再报上自己的名字。方明的名字和他浑厚的声音正是在那个简朴的岁月里被人记下的。那会儿谁家要是有台收音机简直是件叫人羡慕的奢侈品。我和弟弟常到邻居有收音机的人家去蹭收音机听，那会儿收音机除了播报新闻节目外，还常常播送娱乐节目，如长篇小说《渔岛怒潮》《杨家将》等。后来父亲用他的五十四元钱工资攒了好长时间，我家也买了一台红灯牌收音机，这可成了我和弟弟的宝贝。每天醒来第一件事就是争着抢着打开收音机。后来我在外面参加工作了，城里都有了黑白电视机了，每次回家探亲，还看到弟弟守着那台用旧了的红灯牌收音机听得津津有味。当然那会儿镇子上能买得起电视机的人家还真不多，收听对山里人来讲比收看更普及。

我的家乡林业局镇上有一家电影院，原来叫工人俱乐部，很少放电影。即使是放映一场《打击侵略者》这样的老影片，也会挤得人山人海。那是我读高二的那年，一个冬天的晚上，父亲的一个女同事到我家来，神神秘秘掏出两张电影票来，交给正吃饭的父亲。父亲的这个女同事是出纳员，长得并不好看，长条脸，黑黑的皮肤，常抽烟还有两颗熏黄的牙齿。就是这晚她雪中送炭送来的这两张电影票，叫我和弟弟对她刮目相看了。她送的是两张《追捕》电影票，当时比肉票还金贵。父亲带着我和弟弟去看了（一个大人准许带一个身高不到一米的小孩）。大冷的天，电影院外面人山人海。这是第一部日本影片在我国上映。我后来对真由美比对杜丘印象还深最主要的原因是她甜美的声音。想想看，那时我们的视觉、听觉都刚刚从冰冻期苏醒过来，听惯了八个样板戏和国产影片那统一的革命化的声音，这样柔美的声音我还是第一次听到，真是耳目一新呀，似久旱的甘露，似山林中淙淙的泉水。幕后的配音演员也一下子叫人记住了。记得看完这部电影后，杜丘成了那时男孩子模仿的偶像，真由美成了女孩子模仿的偶像，特别是影片中那一句大胆的"我喜欢你！"仿佛一缕春风成了化解那个年代无论是城里还是山区小镇人们情感表达的冰河。世界上还有这么美好的声音，是那么的清纯。

时光倥偬，转眼回首三十多年已经过去，人到中年的丁建华女士还是那么年轻，她身着一件红色上衣，肩头披一条月白色长巾。她在《追捕》里的配音搭档毕克先生已经过世多年了。市电视台的年轻男主持人客串和她一起配音表演了《追捕》中这段精彩的片段，舞台大屏幕上，真由美一头飘逸长发骑着马涉水跑过来，让杜丘快点儿一起骑在她的马背上，马在幸福地狂奔，一句"我喜欢你！"仿佛那个温馨遥远的岁月也随着马蹄声"嘚嘚"而来，多么美好的画面，多么美好的声音，久久地萦绕在我的耳边，久久萦绕在我心头……声音会这般让人感到神奇，就好像三十年前坐在小镇电影院里电影刚刚散场一样。接着丁建华又特意为这个刚刚建市三十周年的年轻城市朗诵了王蒙所作的《青春万岁》，"所有的日子，所有的日子都来吧……"激情饱满的朗诵，再一次打动了台下观众的心弦。走下台来时，我悄悄留意到丁建华女士在擦拭着自己的眼角……就像她坐在台下听我市播音员鲁风朗诵邓颖超为周恩来写的《海棠花》一样，一遍一遍在擦拭眼里涌出的泪水。

我忽然明白了，一个播音员和配音演员对声音是特别敏感的。一个播音员和配音演员对声音的热爱会渗透到骨子里去的。

岁月会叫他们的声音永远年轻。

警察与失眠

二十四岁以前我从没想到过失眠，因为那时我是一名警察。能有时间睡觉成了一件非常奢侈的事情。说不定什么时候桌上那部黑色老式电话机会猛地响起来（你别指望它会有什么好事情告诉你），说不定什么时候报案人的敲门声会在门板上响起，也许你刚刚躺下没多久，也许还在睡梦中。你总不能把报案人拒之门外，哪怕他是个酒鬼或是一个刚刚从精神病院里跑出来的患者。派出所门上的红灯长明不灭，你就得老老实实为它二十四小时工作。

二十岁我刚从警校毕业，分到这个油城站前派出所里来，请注意我们不是铁路上的派出所，是地方上的那种治安派出所。派出所没有单独的宿舍，胖所长就安排我睡在值班室里。值班室人进人出的，可这并不妨碍我的休息（睡眠），并且还有鼾声打出。多么令人惭愧的鼾声啊，如果放在今天我会为它感到骄傲的，可是在当时它的确是令我十分尴尬。那日午后大约两点钟了，胖所长让人把我从值班室床上叫起来，我慌乱地理了理新发的警服，匆匆来到所长室里。只见胖所长沉稳地坐在椅子上，看见我进来只是怪味地瞅了我一眼，说了一句："你呼噜打得很有水平呀！"我顿时脸红了。

事后，直到脱离了警察职业的今天，我还时常回想胖所长那怪味含蓄的眼神，想明白了后就想出了一身冷汗。想想看，派出所值班室里什么人都出入，如果进来一个歹徒或图谋不轨的人，摸下我的枪或做出报复派出所的举动来……当然那会儿还没配给我枪，当然那会儿治安状况还比现在好。

无独有偶，时隔不久又发生了一件令我十分吃惊的事情。那是

248

个冬天，我和所里王指导员住在所里，矮个瘦瘦的王指导员老家是河南的，老婆在外地工作一直没有调过来，只好跟我一起住所里。王指导员有点儿文才，爱写点儿书法看点儿书什么的。我那时刚好也爱好上了文学写作，自然对我有些好感。基于这一点也消除了我们上下级的隔膜。尽管这样，每日睡觉之前，我还都是等王指导员睡着后我再睡，我真怕我打呼噜什么的让他听到。一天后半夜，王指导员起夜，他怕冻着我轻轻将房门虚掩上了，不想一股刮进走廊里的寒风啪嗒将房门破暗锁给锁上了。他方便完了回来，先是用手指轻轻地敲门，继而又叫我的名字。而里面的我依然酣睡未醒。他站在走廊里只穿着短裤冻得受不了，也顾不得斯文了，加重了手掌擂起门板来，可里边仍毫无动静。他只好拿起门口一把烧煤炉子用的破铁锹头，撬起门板来。那门上本来是有玻璃的，玻璃打碎了后就钉上一块胶合板，他撬开了胶合板的一角后，将手伸进来，把暗锁的舌头拉开了。早上起来，我看见被撬开露着风的破洞门板，大惊失色地问道："咱们的门板是谁给撬开啦？"他以为我在同他开玩笑，气鼓鼓地坐在床边说："你问谁？问问你自己吧。"我听了更加懵懂啦。他见我真的一点儿不知晓，才说起了昨晚的事，末了轻轻叹了一口气道："你睡得太死了，恐怕谁抬你出去都不知道的。"

我痛恨起我的睡眠来。这样的睡眠状况对从事警察这种职业来说简直是不可原谅的大敌，睡眠会像叛徒一样背叛你的意志。和我前后脚进到派出所的小宋，也是一个二十来岁的小伙子，原来挺好的工作不做了，走后门来了公安局，他一心一意想当一个好警察。一天深夜，他在值班室看押一个抓来的小偷，小偷戴着手铐坐在墙角睡着了。他坐在椅子上看着，下半夜实在熬不住了，头在椅子上点了起来。等他打了个盹儿醒来后，发现那个小偷不见了，他是戴着手铐子逃跑的。小宋受到了批评处分。这件事让他和我们都觉得是一种耻辱，为了克服贪睡并养成熬夜的习惯，我们向老警们学习，学会了抽烟和喝酒（在夜深人静的夏夜里点上一支烟你会觉得十分惬意；在夜半更深的冬夜走进昼夜营业的站前饭店吃一碗水饺喝上一口白酒，既可以暖身子又可以驱散一下睡意。这个时候城市如同沉睡的婴儿一样，你会觉得当一名警察是一个挺自豪的职业）。烟和酒会帮助我们夜间驱逐疲劳和睡眠。可这两样东西并没有叫我上瘾，叫我上瘾的恰恰是另外一种东西，那就是看书。

后来我分到了外勤组。要做的事情和铁路警察一样，到车站的执勤室里值上十二小时的班，休息二十四小时。我们的任务是查堵偷盗油田物资的人。在这十二小时的值勤时间里，我们要接二十几趟南来北往的火车。白天还好说，夜间就难熬了。为了克服睡意，没车时我就捧着一本小说坐在执勤室里读。小说是我从市里图书馆借来的，第二天下夜班如果看完我再到那家图书馆去把书还了。一来二去我看书看上了瘾，下了夜班去还书，我就直接坐在图书馆阅览室里捧着一本新上架的书来读了。白天也不睡觉，中午就在图书馆里吃两个带着的面包（上世纪八十年代初，这个城市许多青年人都是这样在图书馆度过的，可惜穿警服去的年轻人只有我一个，所以去图书馆我尽量不着装去）。渐渐地我自然养成了熬夜的习惯，睡眠在严重地减少。当我意识到这一点时，我已经坐在医院的诊室里了。心跳发慌，精神恍惚。医生对我说："你患了轻度神经衰弱，你的睡眠要有规律些，你要注意休息了。"

可我的工作叫我没办法有规律些。当然我也不相信我会得这种贵族病。

好在情况不算太糟糕，不久，在我二十四岁这年春天，我因为发表了点儿豆腐块文章，被调到区文化馆去工作。在这里读书和写作成了我的职业。而令我感到不妙的是我的睡眠越来越差了，再也不敢晚上看书熬夜了，尽管这样还时常睁着眼睛躺在床上久久不能入眠。失眠成了一件令我十分头痛和痛苦的事情。我甚至怀疑二十岁那个冬夜，指导员砸门我竟真的睡得像死猪一样没有听到吗？

我成家后还和王指导员有过来往，他向我的妻子提起那件事来，妻子也有些不能相信。上帝真的是很不公平，原来是没时间睡个好觉，现在是有时间睡个好觉却睡不成了。

又十多年过去后，王指导员再来我家时，我那时已调到市里去搞专业创作。他也调到分局刑警队去做内警工作。我问他："能吃得消吗？"我知道刑警队比派出所更没规律，况且他年纪也大了。"小宋挺照顾我的，很少叫我值夜班。"他笑笑说。"哪个小宋？就是原来咱所里的小宋？"我又是一惊，宋民福居然当上了刑警队分队长了。老王并没有理会我的惊讶，对我说："你看你多好，不用去上班，在家里想写就写，不想写放下笔就可以睡一觉。当初我就看出你是块作家的料。"不料老王这样一说，我就脸红了，说："我现在夜里常常失眠。""怎么会这样呢？"老王说什么也不相信。老王走时还说："小宋说哪天把咱们当初在所里的老人儿叫到一起聚聚呢。"听老王这样说，我就在心里盼着这一天了，可是一个月过去，半年过去了，我也没听到聚的动静。一日老王再来家，我禁不住提起了这个话头，老王叹了一口气说："唉，他太忙了，连喘口气的时间都没有。昨天夜里他连夜带人到齐齐哈尔抓一个盗车团伙，下半夜两点刚把人捉回队里，眼皮没等眨一下，就接到青海打来的长途，说一个逃犯在那边有线索了。他带着两人就登两点半的火车去西宁了。"

　　隔了几年后，我去原来的区公安分局体验生活，看到分局原来的老人儿更换了不少，公安这个行业真是养小不养老的，在分局楼里我见到的都是一些年轻的陌生面孔。我像记者一样发傻地问一个小伙子："你们现在除了工作最想做的事情是什么？"小伙子腼腆地一笑诚实地说："最想的事情就是停下来睡个囫囵觉。"这不是时下警察电视剧中的台词，我知道这是他们真实生活的写照。他们每间屋子里都放着一张硬板铁床。

　　小D是我在体验生活时认识的一个小伙子，刚刚从警校毕业不到一年，人长得很帅气，喜欢看足球，也喜欢听歌。我最后一次见到他是在殡仪馆。在我认识他不到两个月的一天深夜里，在追捕一个持枪抢劫犯罪嫌疑人时，他胸口中了一弹牺牲了。他刚刚二十一岁。我赶到殡仪馆时，化妆师刚给他化完妆。那个年轻的女工作人员刚要把他推到告别厅去，被一个四十多岁神情哀伤的女人在走廊上拦下了。她轻轻地托起他的头，将他的头托在怀里久久未动。她是小D的母亲。白发人送黑发人我见过不少，可我却被这个女人的举动惊呆了。"你知道他生前最大的愿望是什么吗？他说过就是像小时候一样躺在妈妈怀里睡一觉。"小 D 的同事悄悄跟我说。我的眼眶湿润了，为那幅凝固了的母子雕像。他的确还是个孩子。走过花丛中的小 D 身边时，我看到他鼻翼下露出嫩嫩的绒毛。他微微合着眼睛，真的如同酣睡去了一样。"小 D，你安息吧。这个世界再不会有什么罪恶的东西打扰你的睡眠了。"我在心里这样轻轻地说了一句。

走出火葬场，阳光灿烂。这是六月份的日子，是一个鲜花和阳光都灿烂的季节。小 D 那在花丛中安息的脸庞始终在我眼前晃动。

睡个好觉，真好。

重返警营

　　人这一生是有各种各样的情结的，而警察于我就是一个情结。虽然我的警察经历很短暂，可是留在生命里的记忆却是深刻的，或许这是和我青春连带在一起的一段日子吧。那会儿，我还是个二十来岁的毛头小伙子。我觉得这世上有两种职业是应和男人的血性方刚有关的，一个是军人，一个是警察。

　　今年五月末的一天，市作协主席李云迪打来电话，说省里作家贾宏图、阿成、李琦他们要随省公安厅组织的"知名作家进警营"采风活动到大庆来，叫我协同市公安局的同志陪同一下。

　　省里来的作家采风团一路是从齐齐哈尔过来的，到的这天下午，我先见到了贾宏图、阿成老师，李琦说是去外地有个诗歌活动，第二天直接从哈尔滨赶到大庆来。在采风团里我还见到了《北方文学》主编佟塈和两个写小说的哥们儿袁炳发、何凯旋。

　　市公安局黄政委带大家先去了高新区公安分局，在高新区公安分局门口，迎接在台阶上的分局人里有一个叫我眼熟的人影，时光一下子穿越了三十多年，恍惚愣怔之间，我一下子叫出他的名字来，刘宏祥！这不是我当年上警校时的同学嘛。他也认出我来，过来紧紧握住我的手，随后又引大家往楼里去。他现在是这个分局政委。他还是那个黑眉毛小眼睛笑眯眯的刘宏祥，只是头发有些花白了。上警校时我们在同一寝室，他是小组长。他带我们去楼上走廊里看干警们自己创作的书画作品，就好像当年他带着我们在寝室整理的毛巾、脸盆一条线比别的寝室标准一样，这是一个干什么都细心周到的人，这个分局警营文化生活开展得好，与他这个政委不无关系。

从警校出来，我听说了他从民警干起，派出所所长、分局副局长、分局政委，这一路干下来，三十多年警察生涯就过去了。因为他负责接待介绍，没有时间和他细聊。只是在走廊大家观看干警作品的间歇，我跟阿成颇为得意地介绍他，这是我的警校同学。阿成很是有点儿惊讶地看了他又看了我一眼。后来阿成问到我："鸿达你警察干了几年?"我说警校出来我干了三年多警察，阿成就有点儿不可思议地说："你警察当了三年多，警察生活的小说却写了三十年啊!"

第二天上午是在市公安局大会议室座谈，黄政委把市公安局各路的负责同志都找来了，会前大家在门前台阶合影，有人小声叫我的名字，一抬头，认出是王连，在警校时他虽不和我在一个班，他歌唱得很好人也帅气，每次警校搞联欢，大家听过他的歌自然也就认识他了。毕业时他是和我一起分到萨尔图公安分局的，我调出萨尔图区公安分局，再见到他时他已是分局刑警队的队长了。他现在是刑侦支队副队长，合完影，一边同他往会议室走一边唠嗑，他说他好几年前去黑河那边办案时，碰到那边公安局有个人（文学爱好者）向他问到大庆有一个写小说的作家认不认识。他听了名字后说"那是我同学呀"。正说着话，后边被人拍了一下，回头又见一张面熟的脸，是治安支队副队长曲明，也是我同学，他一见我就提起我刚当警察那会儿发表的习作《烟》。我没想到那样一篇现在说起来都叫我脸红的东西，他还记得。到了会场看桌牌名签没来的还有我同班的同学金树臣。他现在是刑警支队队长，正在下面县里出一起杀人现场没有赶回来。要知道在市公安局最关键的岗位就是刑警队长的位置，我们在警校时对刑警队长仰慕得用现在的话说那简直是"炫"得很，那时我们是没谁敢想自己将来会成为刑警队长的，而且是市公安局刑警支队队长。我的眼前立刻浮现出金树臣的模样来，圆脸，胖胖的，人看上去很憨厚，不知这三十多年过去后他会变成什么模样来，不过在当时我无论如何也不会把刑警队长和他挂上钩的。坐在会场里看出警校同学为我骄傲，其实我从心里更为他们感到骄傲。我把最近发表的那个写警校生的长篇小说告诉了他们，真心希望他们看到。

坐在会场里，看到发到手的一本事迹材料中，有一篇是写我的另一个同班同学蒋德忠因公牺牲的事迹，叫我心一沉。这也是我熟悉的一个同学，蒋德忠细瘦的个头，长瓜脸，自然微卷的头发，上警校时我们是一个寝室的，他家是大兴安岭呼玛的，来学校报到时我们是一同在萨尔图车站前的石油招待所里等着学校来车接，他跟我们说起他家乡大马哈鱼多么多么的多，多么喜欢他的家乡。警校毕业后，他一直在下面派出所里做一个普通民警。走的前一天夜里，他还下管区巡查，其实警察这个职业就是普通民警也是很辛苦的。老蒋对他负责管区的街巷恐怕比他自己的家门还要熟悉。老蒋有一个不错的家庭，他也很爱他的妻子和女儿，年过五十的老蒋本来已请好了假，答应妻子过几天要赶去大连和在大连的女儿去海滨度假，妻子先去了，就在这天夜里他下管区回来累倒在家里了（由于长期超负荷工作诱发心肌梗死）。当同事打他手机没打通，担心焦急地一清早打开他家的家门时，看到警服都没来得及脱下的老蒋歪头坐在沙发上像睡过去了一样静静地走了，茶几上还有一桶打开的没有来得及吃的方便面，此情此景令在场的每个人无不心动。一位年纪大的同事含着泪不忍心上前去搬动他，轻轻地说："让老蒋再睡一会儿吧，他太累了。"

离开警校这么多年，我从本市媒体上还有从以前的同学嘴里听到警校同学许多英雄壮举，可像老蒋这样默默无闻牺牲在一个普通民警岗位上却很少。也许他们太普通了，太默默无闻了。可我知道我们那届警校同学大多数都是像老蒋一样默默奉献在普通民警的岗位上。因为当初我们班大多数同学都是分到下边一线派出所的。

这次随同省里作家进警营采风最后一天下午的活动，是由市公安局曹力伟局长亲自陪同去走访萨尔图区公安分局。萨尔图区公安分局是大庆市中心区分局，一走进这个分局的大楼，我就有一种熟悉的感觉。三十年前我从警校毕业分配时正是分到这个分局，一台警用的面包车把我们十几名同学拉到这个分局来，到了分局后，除了留在分局刑警队、治安科的同学，我又和几名同学被一台帆布破吉普车拉着分到下边派出所去，我分到了站前的一所治安派出所里。

从此开始了我的短暂的警察生涯。

那时的治安案件还比较多，因为我所在的派出所是市中心地带，打架斗殴小偷小摸的很多，常常每天一干就挺晚的，处理治安案件够治安拘留的，不管案子搞得多么晚，都要把当事人的卷宗送到分局治安科来报批，从铁东到铁西分局去，要走过一座天桥，那时区分局在铁西老区政府大院对面。冬天也是走着过去的，常常冻得我们嘶嘶哈哈，棉警帽都挂满了白霜。卷宗在治安科报批完（有时询问的卷宗搞得不合格还得回来重弄），还不算完，还得连夜把拘留的人送到市郊的拘留所去，等下半夜人送到那里，我们回来人也冻得哆哆嗦嗦的了，这一宿折腾得也别想回去睡觉了。好在那时我们年轻，在值班室的长椅上棉大衣一卷，打个盹就成。白天接着忙活。偶尔有点儿倒休的时间，我也不回宿舍睡觉，我就跑到中七路上那家市图书馆去看书。喜欢文学是我那时的一大业余爱好，觉得那时的时间老也不够用……紧张却快乐着，是我那时最真实的感受。真是时光倥偬啊，此时走进这座搬迁到东城的萨尔图区公安分局里面参观，虽然我有种回家的感觉，可已是今非昔比了。一晃三十年过去，人不光没有认识的了，里面的设施也比那时要先进得多了。

想当年我调离区公安分局时，也是非常偶然的。一天我们区公安分局全体干警正在铁西区政府大院西侧的大会议室里开大会，开会前，一个人找到我的座位，说区文化科的赵科长想见我，叫我开完会去区文化科一趟。我有点儿发蒙地看着那人，说赵科长我不认识，他找我有什么事。那个传话的民警只说了一句："你去了就知道了。"区政府大会议室和区政府机关的平房连着，开完会后，我就顺着走廊找去了，看到走廊最里头挂着一个文化科的白牌牌，就走了进去。里边一个三十多岁个头不高方脸庞的人正在桌子后面写着方块字，大概是写什么会标。我问哪位是赵科长。他抬起头来看了我一眼，说："我就是。"我自报了家门。他就放下笔来，问我愿不愿意到文化科来搞创作。这叫我感觉有点儿突然。后来我才从科里别的人嘴里知道，赵科长看了我在报上发表的一些豆腐块文章，正好文化科缺搞写作的人才，就打听到我想调我了。

这件事对我来说的确有点儿突然，老实地说那时警察我还没干够，我还想再干几年。回去和所里的同事一说，同事们却主张我调到区文化科去，说："这是多好的机会啊，警察是不养老的，况且你是那么喜欢搞文学写作。"同事的后一句话打动了我，也许怕过了这个村就没这个店了。就这么着我依依不舍地离开了公安队伍，调到区文化科上班去了。

我离开了曾经的警察同事、曾经有过的警察生活，可是他们的音容笑貌、那段警察的生活却一直没有离开过我。当年和我在一个派出所寝室住过的哥们儿同事宋民福，我以他做原型，创作了我第一篇公安题材的短篇小说《孤鸟》。后来再见宋民福时，他已是分局刑警分队队长了。他把我这篇后来在《人民文学》发表的小说要去收藏了起来。这么多年来我一直在笔下熟悉着他们，熟悉着警察生活。因为我们每个人的生活都离他们不远，没有他们我们何来的平安日子？

离开分局大楼时，在大门口的分局牌子前，我和李琦、阿成、袁炳发一起合了影。在这块蓝地白字神圣的牌子下，我仿佛看到三十年前自己的影子，从武到文，一晃三十年过去了。

巴林笔会

许多年前，我第一次参加北方文学组织的笔会是在大兴安岭和内蒙古交界的一个叫巴林的小镇上。那时我还在萨尔图区文化馆，是那一年的初夏时节，大约是六月初。北方文学发来的邀请信上写明参加笔会的作者到齐齐哈尔市富拉尔基区文化馆会合，然后一起去巴林。

我因坐错了车次，结果当日下午从齐齐哈尔赶到富区文化馆时，已是下午三点钟了，一问参加笔会的人已乘车走了，而且再没有途经那个小镇的火车了，只好在富区住下了。打听好第二天一早有火车途经那个小镇再走。

富拉尔基区的那个老文化馆长很热情，他请我在一家小酒馆里吃了晚饭，并喝了点儿酒。我想象巴林小镇应该离富拉尔基区不远，结果听他说远着呢，并且途经那里的火车只有慢车才停。他上午刚送走带队的《北方文学》副主编鲁秀珍和李琦他们，他们文化馆里老邱也跟着去协助张罗这次笔会，若不是他有事，他也去了。听说我也在文化馆工作，他有一种挺亲的感觉。这一晚上边喝边听他聊，没觉得有多寂寞。吃完饭，他带我找到一家旅馆住下，送走老馆长后，我又在富拉尔基厂区大街上走了一圈，齐齐哈尔我来过多次，富拉尔基我是第一次来。

第二天一早，我坐上那趟途经巴林的火车，这才觉得去那个小镇还真有点儿遥远。我以为中午前会赶到那里，结果一直到了下午四点钟才到。这是一趟慢车，所有的站都停。开始我还没觉得慢，一个是新奇，一个是激动。这趟绿皮火车穿行在绿色原野上，六月

258

初这一带的草原青草刚绿，从车窗外刮进来的风都是绿绿的风，吹在脸上爽爽的，透着一股沁凉。还有那绿毯似的草地，不时涌出一片片小白花小黄花来，点缀着草原的美丽。阔阔的蓝天，飘着绵羊状的白云，还有时而从车窗外闪过的一丛丛的白桦林，过了不多久，那条雅鲁河也从草原、白桦林中闪了出来，欢快地向下游奔腾着流去，湍急处溅起朵朵白浪花。在车上，听人说六月是草原上最好的时候，草原上的那达慕一般都在六月份举行。这才知道我要去的那个小镇是属于内蒙古和大兴安岭西边的地界。我这是第一次参加笔会，而且我在《北方文学》发过小说稿子后，他们编辑部的老师我还谁也没有见过，心情自然带着一分激动。火车在午后不知不觉停下来不走了，车窗外的风景也停住不动了。邻座有经验的乘客就卧在座位长椅上打起了盹，我的心情便焦急得恨不得一下子扑到那个叫巴林的小镇上。

六月天孩子脸，上午还晴朗的天空，下午阴了起来，并且掉起了零星的雨点。等绿皮车蛇一样爬行到那个小镇，天色还在阴着。阴云下，这是一个不大的小镇，只有几十户人家，十分安静，周围有几座秃山。我找到那户人家的家庭旅馆，女主人说来开会的人都上山玩儿去了，叫我在屋里等。

话音刚落就听外边有脚步声，接着有人从靠山那面房头一侧的房门进来了。最先进来一位三十多岁的女士，看见屋中站着的我，把手伸过来："王鸿达你好，我是李琦！"啊，这就是诗人李琦。接着她又把我引见给鲁秀珍老师，鲁老师昨天看我没到，还有些遗憾地跟人说以为我不能来了呢。一见我赶到自然十分高兴。

吃过晚饭后，在这家家庭旅馆的大屋子里开了会，李琦说，这是北方文学第一次组织小说作者和诗歌作者在一起开笔会。在这次笔会上，黑龙江的许多小说作者和诗歌作者都是头一次碰面。小说作者有鲍十、袁炳发、苍虹、滕贞甫和我等。诗歌作者有庞壮国、孟凡国、全勇先、韩兴贵、阿红等。还有富拉尔基区文化馆带的几个作者张大朋等。

在这样一个静静的山里小镇上，是我们这些作家、诗人打破了这里的宁静。夜里我们总是要聊到十点以后才到各屋去睡。吃的饭菜是这家女主人为我们做的纯绿色农家菜，当然也有雅鲁河打上来的鱼。一切后勤服务都由富区文化馆的老邱安排得挺周到。他白天带我们到周围几处原始风景的山头去爬山。爬的最高的一个山峰只是张茜黄一个人上到了顶上，他总是喜欢一个人做点儿冒险的举动。没来之前，看每期的《北方文学》责编的名字，以为他是位女编辑呢，见了面才知道这位剃着平头喜欢穿牛仔裤我行我素的张编辑，是个十足的东北汉子。

白天坐在山坡上的大石头上，李琦给我们讲她刚参加完全国青创会的见闻，本来这次会省里也推荐了大庆的两位作家王立纯和庞壮国，可是他俩的年纪都超过四十岁了，就没去成。

这次笔会，鲁秀珍老师还把她八岁的外孙女带去了。白天去远处爬山，年纪大的鲁老师和她外孙女就留在家里不去了。不过，她总是利用大家游玩回来的间隙和大家谈创作。

那天上午，大家在镇上自由活动，鲁秀珍老师找到了我和袁炳发，就坐在女房东家院外的柴火垛上和我俩谈小说。细落叶松原木柴火垛上还散发着一股雨后湿漉漉的潮气味儿。鲁老师对我在《北方文学》上发的两篇头条小说极尽夸赞之意，聊天中她还跟我提到当初她帮助过的从牡丹江农村走出来的另一个小说作者张郁民，还很关心他在大庆的创作和生活情况。在跟袁炳发交谈时，她一再鼓励他在小小说创作这条路上坚持走下去，并很同情理解地说道："写小小说稿费很低，对小小说作者不公平，但能把小小说写好也不容易。"这话后来给了炳发兄很大的鼓励。

三天的笔会活动很快就结束了，临结束的前一天，李琦还特意组织了一场诗歌作者现场朗诵会，庞壮国、韩兴贵、全勇先都拿出了笔会期间新写的诗给大家朗诵，记得庞壮国是在一块白桦皮上写的一首《白桦的眼睛》的诗。两天来只见他喝酒、打牌，没想到他一迷糊间写出这等水灵灵的好诗来。绿漉漉的小镇有灵气啊！

晚上在聚餐时，大家边喝酒边唱起了三毛的《橄榄树》……就在这家农家的屋地上，随着音乐，庞壮国还和李琦跳起了交谊舞，他俩从里间跳到外间，让我们这些不会跳舞的人很是羡慕。

笔会结束后，大家次日上午又是坐一趟慢车先回到齐市的，再从齐市中转返回。傍晚到齐市时，我、庞壮国、袁炳发几个没出站台，直接上了一列往南去的火车。到大庆已是半夜了，袁炳发也跟我在大庆下的车，他要到大庆看他的一位亲戚。下车后天太晚了，他跟我到我家去住了一宿。

至今我还保留着那次笔会在农家院板障子外照的那张照片。当年参加笔会的北方文学鲁秀珍老师早已退休。全勇先后来不光写诗还写小说写剧本了，最出名的是中央电视台播出的那部电视剧《悬崖》。鲍十也离开黑龙江调到《广州文艺》当副主编去了。滕贞甫官运亨通，已从五大连池调到大连市当宣传部副部长去了。瘦筋筋的袁炳发，好像天生就是写小小说的料，小小说越写越纯青了。

苇河笔会

一九九二年春末夏初，省作协和北方文学在苇河林业局搞笔会，我和几个当时省内创作势头正好的作者都参加了。省作协的专业作家迟子建和常新港也参加了。省作协主席贾宏图和《北方文学》的主编韩梦杰亲自带队。

记得我们几个外地作者，是当天上午乘火车赶到省城耀景街二十二号《北方文学》编辑部那个小院，再统一集合坐车去苇河林业局。我是上午九点赶到编辑部的，看到小说编辑室主任孙苏和副主任鲁晓聪在小楼上迎候着我们。副主编李福亮正忙活着带人出去给大家买路上吃的香肠和面包、矿泉水什么的。这次笔会还给大家每人买了一个纪念品，是迟子建帮着挑选的，是一个包装精美素雅大方的相册。

贾宏图主席来了，看到我和新港说："咱黑龙江的作家都是大个头！"省作协还有一个身高一米九的作家王左泓因在外地没有参加这次笔会。

人都到齐了，大家就上车出发了。省作协派出的是一台中巴面包车，开车的司机是田刚，三十多岁，话语不多，浓眉毛下眼睛很有神。他开车的技术很熟练，回来时幸亏他的技术熟练，不然车和人都得搁在半道上了。这是后话。

天气很好，阳光明媚，我们每个人的心情也是这样的。在车里幽默的李福亮不时地在开着一些玩笑，学者儒雅风范的韩主编不时地询问几句大家生活和创作情况。特别是对从宾县松铜矿来的袁炳发和从明水县来的陈力娇，他更是很关切。

我们也都是第一次和《北方文学》从主编到编辑这么近距离地接触，要去的山里又是一个长途的距离，坐在车里一边观光一边聊天其乐融融，也就少了一些拘束。

汽车跑过尚志后，就早过中午了，本来是要在车上吃午餐的。可是在前边小车里坐着的贾宏图主席却叫车停了下来，中巴车也随后停了下来。他眼望着四周的山野说，我们就在路边的小饭馆吃饭吧，也活动一下腿脚。五月末大山刚刚透着新绿，刚刚从城里出来的我们，呼吸一下这山野的空气都叫人兴奋。贾主席显然是让大家多呼吸一下这山野新鲜的空气，趁和大家在路边一起就餐，也能说说话。

路边有一家挂着幌的狗肉馆，大家就坐进去要了狗肉汤。透过敞着的窗子，能看到远处的帽儿山，迟子建说她小时候奶奶家在那一带住过。

吃完饭走出来，阳光明亮地照着这翠绿的山野，贾主席目光还久久不舍地落在满目绿意的山坡上。许多年后，听说贾主席退休以后，果然夏天到这里隐居种起菜园来，还把《北方文学》编辑部全体同人请到他的山野居吃他种的菜蔬瓜果。

汽车又上路了，跑到天黑才跑到苇河林业局。这个林业局一个姓刘的局长也是一个小说作者，晚上就餐时，林业局领导都很热情地来作陪。吃的是山野味的绿色菜肴，喝的是蛇血酒。这蛇血酒开始还有点儿叫人不敢喝，后来李福亮过到我们这桌来，给我们每人少倒点儿尝尝，当地人都说这蛇血酒还有多种保健作用，大家就尝了。迟子建也尝了一口，编辑部不会喝酒的女老师孙苏、鲁晓聪没喝。

当晚，在苇河林业局住了一夜。第二天上午贾宏图主席带我们在林业局一些木器加工厂参观。在一个加工厂里，看到工人在手工雕刻木头人，迟子建看到了惊呼，她去日本时还买过两个木头人工艺品，原来是从我们国家出口过去的。

在山下参观完，我们就要到林业局最远的一个林场柳山林场去。贾主席留在山下采访了，他第二天有事要先返回省城去。

去柳山林场是坐小火车上去的，咣当咣当的车厢里只有我们这伙人，小火车穿行在森林里，大约两个小时后，我们来到山上。这是一个不大的林场，很安静。到了山上林场，才觉得有些凉了，看周围的山绿着，可是往远处看，高山坡顶却覆着白色的雪。家曾是牡丹江的孙苏说，那边是大海林林业局的山。在林场住下，一早一晚都得把带着的羊毛衫穿在身上。司机田刚没带羊毛衫，结果他第二天就着凉感冒了。

我们住在场部的一趟平房里，三天笔会活动是这样安排的：一是由迟子建和常新港给大家讲讲创作，和大家交流；再一个由大家把带来的小说稿给编辑看，然后由编辑跟大家个别交换意见，活动结束后《北方文学》要发一个笔会小说专辑；再就是由当地作者刘局长带着大家爬山游玩。

这个林场的林子还很密，刘局长带大家钻山时，告诉别掉队迷山，再一个这个季节注意别让草爬子叮上。登山回来，我和袁炳发还是从衣服上抖落掉好几个草爬子，好在没叮到肉里去。

一早一晚大家自由结伴在林场周围转转。一天早上，我和袁炳发散步走到这个林场山坡下的一所小学校去，静静的校园被树林遮蔽着，不过校舍很好，是三趟围着的平砖房。透过一间屋子的窗子，我还看见一架崭新的风琴。这不由得让我想起我代课的那个山上林场学校来，我代课的那个林场学校远不如他们这个林场学校，几间木刻楞土房很破旧，也有一架风琴，坏得已无法教孩子们上音乐课了。这样一想就羡慕起这个林场的老师和孩子了。也许是这次笔会看到的这个林场学校勾起的一些感觉，回来不久我写出那个反映我代课生活的小说《绿》。

在柳山林场笔会临结束的前一天晚上，韩梦杰找到我说，他明天早上要和我一起出去散步。我知道他是有话要和我说，这几天的接触我已觉察到，韩老师是一个儒雅可亲没有架子的人。而且他的作息很有规律，每天都早起。

第二天早上，韩老师过来叫我了，我和他沿着林边的茅草小道散步走去。茅草小道上的露水还很重，打湿了我们的裤脚。可是韩老师一点儿没在意，他在和我交谈我的创作，从我给《北方文学》第一篇小说起，他就一直挺看重我。他跟我说创作和人生的路一样，要紧的关键就几步，迈过去就迈过去了。这话至今还叫我记得很清楚，也给了我很大的鼓励。这个雾气淡淡的早上，我俩都是拖着湿漉漉的裤脚走回来，韩老师的眼镜片上都哈上了雾气。

笔会结束了，从苇河坐车往回返时，出现了点儿小插曲，我们坐的中巴面包车坏在半道了，这可辛苦了开车的田刚。他在山上林场患过一场感冒刚好，没想到中巴车也患上感冒，走走停停，他不时地钻到车底下去修车，这才知道作协这台面包车也有些年头了。来时还挺争气，谁知道回去却不行了。

迟子建坐在前边田刚旁边的车座上，不时给他鼓劲儿。看他一遍遍地上来，又一遍遍下去修车的辛苦劲儿，迟子建开玩笑地说："早知这样，我不写小说了，也学开车了，是不是还可以帮你啦。"

好不容易走走停停到了尚志附近，车又一下停住发动不起来了，田刚又钻到车底下去，这次他半天没有钻出来。大家都担心天黑到不了哈尔滨，焦急又无可奈何地等待着。天色就一点一点等待暗了……本来我们外地的作者还想下午能回到省城，直接有火车往家赶。看这架势是不行了。连一向沉着不多言语的常新港也锁起眉头不由得叹起气来。

因为第二天是六一儿童节，家里孩子还小的孙苏、陈力娇、付德芳，还着急赶回去明天带孩子过节出去游玩，这要是真走不了，就得就近在尚志住下了。

就在大家无望的时候，车还真叫田刚鼓捣着了，发动机发动起来车开走了，大家一片欢呼。而且剩下的路途，再没有坏过。多年以后，我见到田刚，他已是省作协文学院外联部主任了，说起那次笔会途中车坏在道上的经历，他还颇有感触地说当时还真叫他捏着一把汗呢。

车很顺利地开进了省城，当晚五点钟，我们回到北方文学的院子里。下了车，大家都有一种历经万难回到"家"的感觉。

珍贵的贺卡

又是雪花飘飞的年终岁尾时，窗外雪花纷纷，在打扮着这个俏丽的北方冬天。往年每到这时，我的书桌案头上总会收到一封制作精美的手工贺卡，那是远在上海万航路里弄定居的鲁秀珍老师寄来的。那熟悉的笔体一下子会把我带到近三十年前，其实我和鲁秀珍老师就是从字迹上开始认识的。

那是一九八一年，我还是一个刚刚二十岁的小青年，第一次给《北方文学》投稿，是一篇叫《车夫》的小说，隔了不久收到了《北方文学》的退稿信。记得那时许多刊物退稿信都是铅印的退稿笺，这封退稿信却叫我保留了好久。因为那上面有一句话叫我很感动，并增加了我后来在文学路上走下去的信心。那信上最后一句话是这样说的：如果照此努力下去，定会写出好作品。信尾并未署名。后来我把这封信拿给一位调到大庆搞创作的朋友看，他一看到信后就说，这是鲁秀珍老师的笔体。而他也正是在鲁秀珍老师的帮助下走上文学创作之路的。当时叫我吃惊不小，因为我知道当时在《北方文学》上发的获全国短篇小说奖的梁晓声、孙少山的小说都是鲁秀珍编发的。北大荒走出去的作家肖复兴后来提到鲁秀珍老师冒着风雪去北大荒连队组稿至今还叫他心怀敬意和感动。没想到对我这样一个无名作者还那样认真复信。

几年以后，当我正式在《北方文学》上发小说时，鲁秀珍老师已是《北方文学》的副主编了，已不负责具体发稿了。当我接二连三地在《北方文学》上发头题小说时，已引起了《北方文学》主编的关注。一九九○年夏天鲁老师到大庆来，特意带着韩梦杰主编的嘱托要来看看我，那时我在下边一个区里文化馆。由于市文联把鲁老师一行日程安排得紧，没能看上我，鲁老师很是遗憾。这是第二年初夏开笔会时鲁老师见到我特意跟我说的，那次笔会是在巴林小镇办的，是我第一次参加北方文学的笔会，也是第一次见到鲁老师。鲁老师一见到我就特意说起了这件事，语气中似乎还带点儿歉意，这让我很感动。她人是那么和蔼，对十几年的文学编辑工作又是那么执着。从她身上，你会感觉到为他人做嫁衣裳的那份快乐和满足，这是一个多么好的人啊。那次笔会采风她还把她的外孙女带去了，大家在一起游玩了几天，给我留下了深刻印象。

后来过了几年鲁老师就从北方文学退休了，和她爱人一道回南方定居去了。最先我是从清雪家里看到鲁秀珍老师每年给他寄的亲手制作的贺卡，后来才知道她给许多老朋友每到新年时都寄她亲手制作的贺卡，既惊异又羡慕。

那年初春，鲁老师带着她出的书来东北了，一直为他人做嫁衣裳的她退休多年以后才想起把自己多年积攒的散文整理出来为自己出本书，并且她要把她的书亲手送给她曾经扶持过的作者学生、朋友手里。她走了一大圈，最后来到了大庆。来大庆那天，杨利民、王立纯、潘永翔、张郁民和我一大帮人到车站去接站，她一一叫出我们的名字。在大庆的两天，我们陪她去杜蒙、林甸游玩了，相聚的两天，每次在席间介绍我时她总是说我也是他们《北方文学》培养的重点作者，似乎没成为我的责编有稍许遗憾。我就悄悄提到了我刚写小说时收到她那封没署名的退稿信，我说其实您已是我的启蒙老师了。她愣了愣，显然不记得了。是啊，她怎么会记得默默为人做嫁衣那么多事呢。送她走时，我知道她喜欢喝茶，就特意把杭州朋友给我寄来的两筒新茶送了她。

这年岁尾，我收到了鲁老师从上海寄来的她亲手制作的贺卡。我没想到年近七十的她还在亲手制作贺卡。我恨自己不能像清雪一样亲手制作贺卡回赠给她，只好到街上去左挑右选了一张贺卡回赠给她。

从这以后，每年元旦到来之际，总会收到她的贺卡，或画着一截大树吐露着几枝新绿的树叶，或一座童话般的小雪屋。心里涌动着温暖感动之余，常让我在某个雪天夜晚在想，她给那么多朋友亲手制作贺卡，得耗费她多少心血和精力啊，这样的制作又多像她几十年如一日的编辑工作啊。在这样一个雪花纷飞的夜晚，我仿佛又看到那个为他人做嫁衣的熟悉身影，在新年来临时做这些贺卡，她的心里一定是幸福和满足的。

二〇一〇年元旦来临时，我收到了她最后一张贺卡。这张贺卡的白纸上画着两只捧起的手，手指上方一行绿色的字：二〇一〇新年好！手心下方的空白处工整地用熟悉的粗笔体写着几行字：制作贺卡三十年（1979—2009年），此为最后一卡，啊朋友再见，啊朋友再见……贺卡不再见，贺卡不再见。我心里为之一动！三十年啦，她一直在亲手给朋友做着手工贺卡，这不是一张普通的贺卡，这是凝聚着一位文学老编辑心血和祝福的贺卡。相信那些和我一样接到这最后一张贺卡的朋友，都会和我一样心里为之感动的。

此时，我只愿这北方纷纷飘扬的雪花变成一张张贺卡，送去我深深的敬意和祝福：祝她新年健康快乐！

贺卡不再见……

与书为伴

　　痴迷读书好像是从上小学三四年级开始的，那是物质生活和精神生活都极度匮乏的"文革"年代，能抓到手可读的书不多，像《高玉宝》《闪闪的红星》这样的书就如获至宝了。那会儿学校也不正经上课，看书的时间倒是有的是。上了中学以后，在同学中能借来的书都偷偷地挖空心思借来，有的还是没头没尾泛黄的书，像什么《烈火金刚》《青春之歌》《野火春风斗古城》之类的。父亲从大人手里借来的摆在柜子上的《水浒传》《红楼梦》也偷偷地看。《红楼梦》还看不大懂，远没有看《烈火金刚》解渴。

　　上了中学以后就能到小镇上的书店里去租书了，两块钱的押金，是过年大人给的压岁钱，租金是一天三分钱。我家兄妹五个，七口之家每月只靠在供销社当会计的父亲五十四元钱工资过活。为了能租到书看，我常常把家里大人过年给的压岁钱省下来，拿到书店租书看。一本书我通常起早贪黑三天便看完了。家里那时多数时候还点的煤油灯，第二天早上起来鼻孔和眼眶熏得黑黑的。白天有时一边帮母亲烧火，一边蹲在灶坑口看起来，有时忘了添柴火，母亲就说我看"闲书"看得入迷了。小镇书店当时能租到的书也不多，摆在柜台上的也就是那么几部《金光大道》《艳阳天》之类的，后来还能租到《子夜》《牛虻》等这样的书。

　　上了高中以后，恢复了高考，母亲就不赞成我这样入迷地看"闲书"了，一是怕我把眼睛看坏，二是怕耽误了学习。细想想母亲这样做也是对的，我第一年没考上大学与这样偏重文科不无关系。为了躲避母亲的视线，我就偷偷拿一本书跑到山坡上去读。伴着阵阵林涛声，宁静的林间山石上一只小花鼠跳过我的腿旁我竟浑然不觉，陶醉在书的境界里真是一种享受啊。

我在上高中时作文很好，每次作文写完交上去，教我们语文的班主任李老师都把我的作文当作范文拿到班上来读，因此班主任李老师对我的印象很好。高中最后复习阶段，我还到离学校不远的区图书室里找小说读。是在每天晚上的下自习后，那个时候一些文学期刊都陆陆续续地复刊了，像《人民文学》《当代》等。李老师是从北京下放到林区来的，在学校住，单身，晚上也常去阅览室浏览杂志。有一次碰上了，见到我并没有责怪我复习这么紧张还来看小说，还把刊物上新发的他认为好的小说推荐给我读。那时自然没有妄想能在这等刊物上发表小说，觉得能在《人民文学》《当代》上发表作品的都是了不起的大作家。十多年后当我真的在《人民文学》《当代》上发表作品时，心情已然平静下来，回想起来的，只是和李老师在汤旺河林业局那个简陋的图书阅览室里相遇时，那默默地会心一笑的情景。那是一个人人可以把文学当成梦来做的年代。

参加工作以后，我读书的兴趣一直没减。我那时是一名警察，当警察和读书似乎没有多少联系，可我下了夜班休息时就往市图书馆跑。那时，在我们这座城市的那家市级图书馆还坐落在一片草塘洼地中央，一幢围成四合院似的红砖房，十分简陋。走到那里去，需要穿过一条弯弯曲曲的羊肠小道。后来这条羊肠小道走的人多了，市图书馆就变成了一幢漂亮的大楼。坐在图书馆明亮的阅览室里读书和啃面包似乎成了那时年轻人生活方式的一种时尚。那时许多年轻人谈恋爱就是在图书馆或以书为媒谈成的。去图书馆的年轻人多得要占座位。我每次下了夜班都准时早早地坐到图书馆那间阅览室里去，中午就坐到楼外面那片芳草林地上去，捧一本书和一个面包在读，在啃……一个上午和一个下午的时光就这样不知不觉地幸福度过去了。警察工作是繁忙的，由于倒夜班白天睡眠的休息时间泡在图书馆里度过，久而久之，我患上了神经衰弱，医生建议我好好休息，可我怎么能舍得离开看书呀，即使是在失眠严重的日子我也是靠读书来度过的。

那时文学刚刚解冻，大量外国文学名著也刚刚被解禁。从小就酷爱读书的我，真的如同一个饥饿者扑在一个面包堆里：《战争与和平》《安娜·卡列尼娜》《悲惨世界》《包法利夫人》《静静的顿河》《红与黑》……读这些文学名著除了让我享受到审美愉悦外，还像一道道阳光照亮我的思想和灵魂。

除了这些大部头，我也阅读阅览室里林林总总的文学期刊。那时的文学期刊可真多呀，如雨后春笋般差不多占据了阅览室里的全部书架。坐在图书馆里的年轻人大部分都和我一样，是当时很时髦的文学青年。我们在翻阅这些文学期刊时，似乎还从没敢想到过自己的作品有一天会在这些文学期刊上出现，最多只是向市级小报副刊上投投稿。

或许是因为热衷于读书吧，或许是因为我经常在报纸上发点"报屁股"之类的小文章吧，不久，我被调到区文化馆工作。这样就更有时间和条件看书了。成家以后，图书馆我依然经常去，似乎成了生活中的一种习惯。节假日别人和家人去逛商场、逛公园，我却喜欢一个人骑单车去图书馆。在那里静静地坐上一天，与书为伴度过属于自己的一天。

突然在图书馆里看到自己的作品了，那份惊奇和喜悦是无法言表的。那是一个宁静的初冬的下午，图书馆里静悄悄的，我在翻阅一份《文艺报》时，突然被报纸期刊广告一栏吸引住了，上面有我的名字！是当年《北方文学》十一期的广告目录，自己几个月前寄给他们的一篇小说《代课教师》被发在了头条位置上。这是我吗？我有些不能相信……我茫然四顾，阅览室里的读者大都在静静地埋头阅读自己手里的期刊，可我知道说不定在他们哪位手中正在阅读自己的这篇小说呢。这个冬天的下午让我觉得有了一种特别的温暖。

后来，不断有作品在多家文学期刊上发表……我再去图书馆自然带上了一份亲切的"功利"，那就是在文学期刊阅览室里见到自己最新发表的作品。当然由于文学上的成就，我已由区文化馆调到市里搞专业创作，由于搞专业创作不坐班，写作之余图书馆更是我经常光顾的地方。我所去的这家市级图书馆里面的管理员已换了三茬人，我和他们早已像亲人一般熟悉了。

纳博科夫说过："我想象天堂的样子，就是一座图书馆的模样。"在这座城市生活了许多年，我最常去最喜欢去的地方就是图书馆。无论它是当初坐落在草塘中的简陋的红砖房，还是后来坐落在中七路临街一行杨树荫旁的四层环形楼，还有楼前院子漂亮的圆形花池，那里的一花一草都是我再熟悉不过的了。

稍稍遗憾的是后来图书馆从中七路搬迁了，搬迁到新村开发区大学园区，和一家大学图书馆合并了。从那以后我再没去过。不过我家书房的藏书已相当于一个图书室的规模，一面墙六组大书柜，里面的书籍都是我参加工作以后陆陆续续买的。我的工资大部分都花在购书上了。刚参加工作时，工资只有三十几元钱，不过那时书也便宜，一本书才块儿八毛钱，现在一本书已涨到十几二十几块钱了，不过每周我还是光顾一次书店，想想少打一次出租车就可以买一本书，我就再没有出门打车的习惯了。

每到过年过节，我领女儿必去逛的地方就是书店。看着女儿蹲在图书柜台下津津有味看书的样子，我好像看到了我小时候在老家那个简陋的书店里捧着一本小说一读一个下午的情景，透过窗子射进来的阳光很温暖很温馨，觉得时光好像在倒流，这种感觉特幸福啊。

所以至今我还信奉作家阿成先生的一句话，家中有书子孙贤哪。家里什么都可以没有，但是不能没有书。所以我家里书房里的藏书是唯一值得向来家的朋友炫耀的"家私"了。

与书为伴，其乐无穷。

一本书和一座城市的记忆

　　大约是在十年前，女儿诗雨牙牙学语时，带她到南方去旅游。时值冬季，南方街市的花还在开，如同北方的夏末一样，白天还有些燠热。是日晌午，在珠海逗留，妻子在旅馆休息，我带诗雨出外走走。珠海是座依海而建的海滨城市，当时也是沿海开放的窗口城市之一。

　　午后的阳光，宁静地照着这座美丽整洁的海湾城市，走出不多远就到海边了，而且附近还有个码头。走近了方才看清门形的标牌上写着：澳门环岛游码头。便指着这个码头大声对诗雨说："这就是澳门环岛游码头，明天我们可以乘船看到澳门了。"诗雨摇摇晃晃的小身影朝码头前干净的草坪上跑来，我举起相机咔嚓拍下了她张着两只小手欢呼雀跃的镜头。这是个十分美丽的下午，码头上很宁静，只有几个游人坐在草坪旁边的石凳上。售票窗口上写着两趟环岛游的游船发船时间都是当日的上午。

　　诗雨对澳门的印象得缘于每晚电视新闻联播后的天气预报，每当女主持人报完香港后，女儿就坐不住了，张舞着两只小手喊："澳门来啦！"那时澳门还没有回归，带她到这个城市里来就是要乘船望一望澳门的风光的。

　　一个人喜欢一个城市总是要有些原因的，那一回对这个城市的印象正是如此。

　　当晚夜幕降临时，白天的燠热渐渐消退。我们一家三口在街边路旁一家很干净很安静的餐馆吃过饭，还不想这么早回到宾馆去休息，就沿街随意地散起步来。整洁有序的街上宁静依旧，路两旁除了绿树外，路灯散发出柔和的光。丝毫没有我们到过的城市广州、深圳街头夜生活那份嘈杂和喧闹，大排档里随处可见赤膊赤脚的男人在喝啤酒，阴霾的烟雾中夹杂着一股浓烈的海腥气。广东男人都很瘦小，吃的东西也很古怪。

沿着海滨路走去，迷人的海风徐徐吹来，多了几分凉爽和惬意。在路灯折射的海面上，能看到白天导游介绍过的那尊海神之女雕像，亭亭玉立在黑色的海水中。让这夜这海多了几分睡梦般的静谧。这座城市在大海臂弯中宁静熟睡如一个处子。

大约一直逛到十点钟，正想回宾馆时，在一条街口的路旁一家灯火阑珊的店面吸引了我，这是一家还在营业的书店，隔着窗镜就能看到里面看书、选书的人影。我不由得走了进去，明亮的店内，一些人或站或坐都在静悄悄埋头看书选书，他们（多是些外地打工的青年人）的神态告诉我，他们已习惯每晚泡在书店里了。而在内地一些城市十点以后是没有书店再开门的了。我来到了一个亲切的地方，旅游几日，导游引导的多是购物店。我在书架上选到了一本克莱齐奥的《诉讼笔录》，我如获至宝。女儿困了，我们抱着她走回了旅馆。我的心情是愉悦的，和这样一个异地城市的夜晚一样美好。

这本巴掌大的暖黄色封面小书在我的书橱里珍藏了十多年，二〇〇八年冬天的某天我把这本书重新找出来读。二〇〇八年的冬天是属于一个人的，当诺贝尔文学奖授予这个叫克莱齐奥的法国人时，国内还很少有人知道他，克莱齐奥在上个世纪六十年代肯定还是一个青年人，他写出处女作《诉讼笔录》并一举获得法国勒诺多文学奖。这位关注人类自身生存境况的大师在他六十八岁时摘得了文学的最高桂冠。这个世界有许多被忽略或被遗忘的事情。可也有许多让你记忆清晰得如同夏日阳光一样明媚。在大雪纷飞的北方，我的记忆情不自禁被带回到了南方那个城市，那个在冬季里天很蓝、海水很蓝的城市。克莱齐奥的那本小书上个世纪九十年代就夹杂在那个街面书店的某个角落里。

这个城市至今还叫我保有好印象。

读书 阳光 短信

二〇一三年春节哪儿也没去，这个年过得安静，免去了以前回山里过年的旅途奔波之苦和亲戚朋友酒宴之累。

正月初十这天早上，吃过饭后，我侧躺在东屋书房的单人床上看报纸，报是《文艺报》和《文学报》，是多日积攒的，平时写东西时来不及看，就堆到一边闲暇时来翻阅。这两样报纸都是赠阅的，一份是中国作协给会员订的，一份是市作协给订的。过了一会儿，诗雨也拿了一本前几日从我书柜里抽出的《霍乱时期的爱情》过来，坐在书桌前来读。书房里静悄悄的，只有明媚的阳光照在窗台上，让屋子里透着一股温馨的明亮。这种安静，让我恍惚倒退到许多年前，倒退到中七路上那家市图书馆的阅览室中。那时我也是和诗雨一样大的年纪，二十一二岁吧，节假日里别人都在和家人热闹时，我就钻进那个图书馆，沉浸在这样一种宁静的时光里。如果时光能倒流我还会那么去做，当然那会儿也没有电脑让人迷恋。

午休是照常的，睡得似睡非睡，迷迷瞪瞪的，西屋卧室的窗子也正冲着南面，总觉得太阳光很热地照在身上、脸上，很厚的黄黑两色有苹果图案的窗帘已叫我拉上了半截，还觉得有光影晒得屋内床上有些燥热。闭着眼睛睡得恍惚的我，感觉这阳光不像是正月里的阳光，倒像春日的阳光那么热烈，甚至夏日里阳光那么燠热。就想，搬新楼时一定不要让床离窗子太近（新楼是南北通透的，这老楼只有南窗没有北窗）。

下午一点多钟起来了。先坐起身向窗外看了看，确定这是冬天的日光。窗外楼前边的空地上雪还很厚，虽然立春早过，可阳光照射下，那阔阔的雪面上还闪着一种纹丝不动的寒意。白白的阳光看得久了，倒是能读出一种暖意来。毕竟立春已过了好多时日了。

下床时顺手拿起床边电视柜上的《教父》来读，这是译林出版社出的纪念版，漆黑的书脊、封面颜色，书名中英文字体是发亮光的紫铜红颜色，这刺目的阳光亮闪闪晃在上面，看着就有一种忍不住阅读的诱惑。在鲁院时，一位讲课的身材高大的先生（记不住他的名字了，讲课老师陌生得有的只能记住他讲课的细节）说过这样一句话，这本书他每年都读一遍，已经读二十遍了。这绝对是个阅读上的天文数字！还有班上我的一个同学好友、西藏的词作家刘一澜，说到这本书时，也是一脸的虔敬之色。

我正侧歪在卧室的床上，这已成了我习惯的阅读姿势了，原因是写东西时坐着的时候太多了，人一种姿势久了就要生出毛病来，所以尽量变换一下姿势吧。好在这是在家里，不用去考虑雅不雅，读书以读到心为重。手机在这时响了一声短信提示，年已过了热闹期，还会有谁发短信来？随手打开手机，一条极短的短信跳了出来：长篇已刊发三期。手机号是陌生的。谁来的短信，要发在什么刊物，甚至连哪个长篇都不记得了。真是一时叫我有些发蒙。也不好直通通发短信过去问，就找电话号码本，想从上面查一下是否有这个号码。结果没找到，还是硬着头皮回过去这样一句短信：您是哪位？哪个长篇刊发贵刊？我以为这一下也会把人家给问蒙，会叫人家觉得我是多么没礼貌。可是十分钟不到，短信又回复来了，看到短信我这回真的觉得像窗外的阳光直射进我的心里，让我眼前一亮，是《中国作家》。就想起来去年夏天我是投给这家刊物一部长篇小说稿。稿子发过去后，我就到外县下乡深入生活了，十月份回来后，又一头扎在中篇、短篇小说的创作里，也就忘了这个长篇稿子的事，当然还有一种潜意识的想法，不知能不能发。这可是当年发莫言成名作《透明的红萝卜》的大刊，想也没用，也就不去想了。记得卡佛说过："如果你写得恰当又真实会有人很高兴，那么你孤独地待在那间房里写出的东西就有了意义，剩下的就是编辑的事了。"

没想到在这过年期间回信了，而且很快就发出来了。真是让我既意外又惊喜。我向诗雨叫了一声："兔子，好消息！"她倒很淡定，还坐在书房椅子上看书哪。

此时我也想起了这部长篇小说的手写稿，写完后还没来得及收藏，它就静静地、厚厚地摞在我书房书桌前的窗台上。就在这个位置正好放了有一年了，一年的阳光、一年的尘埃落在上面，我都没有去动它。现在它总算尘埃落定了，我可以不必叫它晒在这里了。

祝福它的面世吧。

萨尔图的月亮

虽说月是故乡的圆，可是在平原上待过的人都知道，平原上的月亮是格外圆的。我的家乡在山里，小时候看山里的月亮，是一点一点爬上山尖来的，有时还是半个月亮爬上来。而平原上的月亮，好像没有什么过渡，一下子就跳出地平线来，又圆又大。当初我来到大庆，在萨尔图区参加工作时，才知道萨尔图这个地名的蒙语译意，是月亮升起的地方。

月到中秋分外圆。今年中秋佳节前两日，回到阔别多年的萨尔图区政府礼堂，听了一场别开生面的音乐会，是我的老馆长、原萨尔图区文化馆馆长王连才先生的个人音乐作品专辑演唱会。台上大红的幕布上，悬挂着一轮明月和王连才在月下弹钢琴的艺术肖像。演出结束后，当鲜花和掌声在台上拥抱年已七旬的王连才时，我看到他眼角有泪光在闪动。他激动地、颤抖地说："是萨尔图这片抒情的土地，给了我创作的灵感。"

歌声一晃飘过二十五年。想起当初我与王连才先生相识，正是在二十五年前。我和他是在萨尔图老铁西政府大院的老文化馆平房里成为同事的，那时我还是个毛头小伙子，刚刚调到文化馆搞文学创作。当时，比我早一年调到文化馆的王连才先生，已经有了他的成名作《油田夜色》，那是他在石油学院附中做音乐老师时作曲、由张晓春先生作词的一首歌曲。后来由与关牧村齐名的著名歌唱家赵英明演唱，在黑龙江电视台、大庆电视台《每周一歌》节目中播出。想想那时，连家里有电视的人家都不多，他的歌就上了电视。

那会儿，王连才家在安达，每天早上他匆匆坐火车来上班，晚上下班时再坐车回去。五冬六夏的，天天如此。四十五六岁的王连才，一头飘逸的长发，天天早上嘴里哼着曲子来上班，看上去和我们这些二十来岁的年轻人一样富有激情。就这么从安达到萨尔图，从萨尔图到安达，火车的轮子追着初升的太阳跑，跟着初升的月亮跑，一首歌就这么跑着跑着写了出来——《萨尔图，月亮升起的地方》在文化馆那间低矮阴暗的平房里诞生了。当年，这首歌参加了西北地区艺术节比赛，后来又被萨尔图区政府定为区歌。

王连才创作时常常忘了赶火车回家，有时不得不在单身宿舍和我们凑合一宿。除了创作，王老师还搞音乐辅导，文化馆辅导部的琴房里，常常传出王老师悠扬的手风琴声和钢琴声。他辅导的学生，有进入中央音乐学院的，也有进入天津音乐学院、沈阳音乐学院的。

音乐能让一个人不老。我调到市里后，王老师也退休了。不过后来相聚时，常常能听到他创作的新作品。从文化馆长的位置退下来，他更有时间潜心于音乐创作了。特别是近几年，他和他的同乡好友、原十四中学校长孟庆凡先生合作，先后创作出《萨尔图传说》《雪花》《月儿弯弯》《大庆，中国的大庆》等歌曲。

王老师老伴常这样说他，他这一辈子只认得七个数（音符）。可就是这七个数，让他快乐了一生。如今，他的家里依然常常响起琴声，常常聚集一群作词的、唱歌的大庆音乐人。油城的年轻歌唱家，众星捧月般地围着他，围着他的一首首带着油味的歌曲从他家楼房里飘飞出来……

萨尔图，一个月亮升起的地方。这个地方，有一个和月光共鸣的人。

铁东·铁西

　　一座天桥把城市的中心区分成了两半——铁东，铁西。天桥的右侧下方是火车站，火车站早先的名字不叫大庆站，叫"萨尔图站"。要说它早还真叫早，一九〇〇年俄国人修中东铁路时就有了这个小站，并以当地蒙语"萨尔图"称为站名，萨尔图意为"月亮升起的地方"。一个很有诗意的地名。大庆油田开发后，到了七十年代后期油田不再对外保密就改为"大庆站"。我刚来大庆时还能在车站广场前看见两座古旧的俄式黄砖房子，一座是铁路小学校舍，一座是铁路卫生所。站台内两棵被机车煤烟熏黑的古榆树伸向天空，苍弯的枝头似乎在诉说着这个城市的变迁。

　　要说铁西的繁华比铁东要早些，东北刚刚光复后，东北民主政府建立起来的第一个大型国营牧场——黑龙江省萨尔图种畜场，也就是后来被人称为的红色草原牧场就坐落在铁西。新中国成立后这片地界归安达县管，当时的红旗镇人民政府也坐落在铁西。后来变为萨尔图区，划归大庆时，区政府仍旧坐落在铁西三道街上那座黄楼脸带东西两侧平房的大院里。

　　无论是上个世纪五六十年代还是八十年代初，铁西俨然热闹繁华得像一座小县城了。顺着天桥走下去，朝西的正街上每日都人流涌动，热闹非凡，街两边各家店铺林立，都是萨尔图地界带"老"字号的，老五金商店、老回民饭店、老红旗饭店。还有老萨尔图电影院，坐落在二道街的北头，这是大庆最早的一家电影院，黄楼脸，四扇朱漆斑驳的木合门。记得有一年冬天，我和三个同学到萨尔图来玩儿，看了一场电影，逛到天黑时肚子饿了，就在一道街拐角头上的红旗饭店下的馆子。这是我们当学生第一次下馆子，大家 AA 制凑了十几块钱，要了几个炒菜，又喝了啤酒，啤酒是倒在大白碗里喝的。菜的味道十分地道，啤酒喝得我们每个人红头涨脸，而后顶着寒风穿过天桥到铁东去坐那长挂末班公共汽车赶回学校去。那会儿萨尔图冬天街里的寒风十分凛冽，铁东街道上还显得无遮无挡。

　　警校毕业后，我分在萨尔图当警察，有事没事总爱到天桥上转转，打量着铁西也打量着铁东。傍晚看着月亮从铁东一片新建的楼房工地升起来，又圆又大。这个人流匆忙的城市里可能只有我这么闲情逸致地欣赏月亮。天桥下还开着一家二人转剧场，不时有尖厉的唱腔和婉转的乐曲从胡同口飘出来……即使到了黄昏，铁西的天桥下也是热闹非凡的，卖瓜子的、卖糖葫芦的、耍杂耍的、摆地摊的，各种吆喝声此起彼伏，直到夜色深深，才曲终人散。

　　与铁西的小家碧玉的繁华热闹比起来，铁东的发展颇有些大家闺秀。铁东是市政府和石油管理局机关所在地，单听一些标志性名字，就和那个特定的年代有关，会战大街、会战商店、二号院（原大庆油田开发会战指挥部）、大会棚（一九七六年开工业学大庆会议时建的）。到了八十年代初期铁东的城市面貌仿佛是一夜之间发展起来的，几乎一天一个样，百货大楼、邮电大楼、青少年宫、图书馆大楼蹿着高往起蹿，还有居民住宅楼也连成了片，当然居住的多是生活条件逐渐优越起来的石油职工和市里职工。

　　铁东越来越像个城市的模样了，天桥还是那座天桥，不过人们匆匆的脚步往铁西逛去的少了，而往铁东逛去的脚步却多了起来。市里百货大楼商品琳琅满目，而且十分洋气。交谊舞刚刚兴起，青少年宫每晚都举行舞会，悠扬的舞曲把铁西的年轻人也都吸引了过来……铁西人就羡慕起铁东人来。虽然同在萨尔图地面，可是却叫铁西人感觉铁东的月亮比铁西圆。水泥沥青马路比铁西宽，楼房比铁西多。而铁西呢，西下洼子一带一到雨天就积水，人得踮着脚走路，众多低矮的平房区叫从铁东走过来的人感觉像走进了"贫民窟"。不用说就连铁西的姑娘找对象都愿找铁东的小伙子。

　　就有铁西人挖空心思想调到铁东来，调到市里工作或者调到管理局当一名石油职工。不过那时从区里调到市里或调到管理局下边采油厂工作就如同从外县调到大庆来一样难。我那会儿在区文化馆工作，因为发表了几篇小说被当时的市文化局长兼文联主席老姚看中，要调我到市里搞创作，可是人事关系在人事局卡了一年多，让我几乎放弃上调的想法了。退一步讲，在哪里搞创作不是一个样，我倒是真真喜欢文化馆那个安安静静的平房院落，真真喜欢铁西那热闹得像个县城集市的街头了。早晨起来晚了趿拉着拖鞋出去吃碗豆腐脑，晚上写东西肚子饿了，再走出宿舍去街上随便凑在哪个摊前吃点儿烧烤，烟熏火燎地同周围人侃两句大山。这种三教九流的人气铁东是没有的。

到了九十年代初期，市里为了实施地上服从地下的石油开采战略，让开主城区占领两厢，市政府搬到了东风新村，管理局机关搬到了龙南西城区。铁东又一下子空旷下来。铁西还剩下区政府，热闹了一阵，后来区政府也从铁西搬走了。除了让给采油区外，市里还对铁西的市容进行了综合改造。一时间，轰轰隆隆的推土机把铁西的许多平房都推倒了，许多老住户都搬离了铁西。那时我已调离了铁西多年，调到市里工作。从电视里看到这个消息后，就想什么时候回铁西看看。

就在这么一个夏日的晚上，我突发奇想一个人去了铁西。从天桥走下来，走在铁西的街头上，已听不到那里熟悉热闹的吆喝声了，鼻子里已闻不到那烟熏火燎的烧烤味儿了。二道街的北头拆了一半的萨尔图电影院静静地卧在夜幕中，原来拥挤不堪的巷子里被铲平的废墟上栽种上了树木。铁西变得静悄悄的了……

铁西的老区政府大院还在，不过已是旧貌换新颜了。原先旧楼后院的那棵每年春天都开花的桃树没有了，还有院子里的丁香花丛。后院连着我住过的机关单身宿舍楼，我是从后院走到老文化馆那幢红砖房的，我停下了脚步。黑洞洞的窗口里看不清这幢低矮的砖房做了什么用。这就是我工作了八年的地方吗？那间熟悉的光线暗淡略带潮湿的屋子，和我青春连在一起的岁月……从旁边那间馆长室里每天晚上还时常能传出手风琴声。老馆长家在安达住，每天早上从铁东下了火车风尘仆仆跑到铁西来上班。

　　走在铁西冷清的大街上，一切都叫我陌生起来。抬起头来，刚好此时一轮圆月升在了空中，叫我不由得想起了老馆长创作的那首萨尔图区歌《萨尔图，月亮升起的地方》，耳边仿佛传来一阵熟悉的歌声……饱满的月亮挂在头上，而此刻我的心里却空荡荡的——

　　萨尔图，萨尔图，你会听懂这片土地上的人们一百年后的歌唱吗？

萨尔图有一条会战大街

上个世纪八十年代初，我刚来大庆时就结识了会战大街，一下火车与车站正对着的就是会战大街。那会儿萨尔图火车站还是一座矮平房，站前有几幢俄式的黄房子，一座天桥连着铁东、铁西。铁东的会战大街两旁，有百货商店（现在的百货大楼）、邮局、新华书店，还有老一中，都是平房，走到头就是对着的"二号院"了，当时还是大庆管理局和刚建的市政府合在一起的办公机关。我来的那个初冬的下午，天上飘着清冷的雪花，街上走动着一群穿着杠杠服、戴狗皮帽子的人，这有点儿像电影里的黑白镜头。这条街道给我最初的印象也是冷冷清清的。

为什么叫会战大街呢？后来我才知道，当年会战时召开的万人誓师大会，就在"二号院"前面正对着这条街旁老一中校址前身操场上。"二号院"是余秋里、康世恩当年住过的指挥油田会战的首脑机关。在誓师大会上，铁人戴着大红花在台上喊出了"宁可少活二十年，拼命也要拿下大油田"的誓言。那个场面定格在了这座城市激情岁月的记忆里了。

后来我在这条街上当了一名警察，派出所就在会战大街的天桥下。忙完了一天的公务，我喜欢坐在天桥上，打量街上来来往往的行人。这个城市和这个城市的人都在悄然发生着变化，变得会打扮了，来来往往从街上走过的行人不再是单调的"杠杠服"、劳动布服了，时髦的青工也穿起了喇叭筒裤子，姑娘烫起了头发，穿起了高跟鞋。街两旁的萨尔图第一百货商店、新华书店、邮电局也换了

"新貌"，盖成了大楼。新华书店是我常光顾的地方，记得我刚参加工作那会儿，曾用一个月的工资买了一部刚刚出版的《辞海》合订本和巴金、老舍选集。那会儿我还做着文学的梦。

我的工作是外勤，常在街头和萨尔图站前一带"溜达"，跟老民警学"打现行"（反扒窃）。我们所长是个反扒能手，外号叫王小偷，短墩墩的个头，一双火眼金睛的长眼睛，他曾抓获过两千多个扒手。他上街从不带枪，只带一把磨得锃亮的白钢手铐。出去一趟回来，那手铐总是神不知鬼不觉地戴在一个扒手的手腕上。与他相比，我就"望贼兴叹"了。有一回中午，赶上我在所里值班，一个被割了裤兜的老太太进来报案，说她刚才在街上被人掏了兜。我问她："掏你兜的人在哪儿？能认出来吗？"她说："能。"我就随她出去了。街上人来人往的，在百货大楼出来的人群里她认出了那贼，那贼见她身边跟着警察，转脸贴着人群往街上蹿去，我紧跟了过去，街上人太多，我跟得磕磕绊绊。眼瞅要跟不上了，那贼在天桥下要跨过铁栅栏跳到火车站里去，我顾不上多想了，拔出手枪来喊了一声："站住——""啪！"就冲天开了一枪，枪声一响街上的人大乱，那贼也没想到我会开枪，身子吓得一哆嗦摔了下来。听到枪响跑出来所里的人和我一起把他提溜到所里去，不知是由于紧张还是由于激动，我手里提着的五四式手枪保险还没有关掉，是王小偷悄悄把枪接过去关掉了保险。想想真是后怕，要是伤着人……这是我当警察第一次放枪，也是最后一次。

过后由于我常在报纸上发点儿"报屁股"文章，被调到萨尔图区文化科（馆）搞创作去了。萨尔图区政府大院在铁西，在天桥的另一头。与铁东的会战大街比起来，铁西更像个县城街道一样热闹，唱二人转的、杂耍的、摆五金摊的、掌鞋的，什么都有。

不过我还常常翻过天桥，走到会战大街上去，是因为我的初恋。我初恋的女朋友在百货大楼上班，介绍人介绍我们认识时，就直接把我领到百货大楼去，让我站在一边人群里打量在柜台里忙碌的她。她端庄文静秀气，她卖的是化妆品，可皮肤白净的她却很少用化妆品。认识了以后，因了她工作忙下班晚，我常常去百货大楼等她下班，然后从铁东走到铁西去，在我那儿坐一会儿我再把她从铁西送回铁东来，她家在铁东住。夏日的傍晚，晚风习习，街两旁树影婆娑，走在会战大街上，我们常常嫌这段路太短，还没说完话，就到头了。

会战大街上的路灯默默送走我们这样不知多少个夜晚，我们的初恋也走到了路的尽头，这一年秋天我们分手了，或许那时我们还年轻不懂爱情，或许我太痴迷专注文学了。不过分手后，我们还是朋友，去百货大楼买东西时还能碰到她。那一年女儿出世，我去大楼买花，在买花柜台意外碰见了她。她精心为我插了一盆花，并替我付了款，说是祝福我女儿的。

这以后好长时间我没有在百货大楼见到她，她因工作调走了。傍晚走在会战大街上，我有了几分惆怅……那时我已调到东风新村市里搞专业创作，会战大街去得也少了。

一晃又十几年过去了，会战大街几经改造变得更加繁华了，俨然成了大庆的"王府井"。当初和我一起警校毕业分到会战大街派出所里来的老胡还在那儿当警察，是中区公安局便衣反扒中队副队长。

一次，市里要我们专业作家下去体验生活蹲点，我就选了老胡他们的反扒中队。老胡带我去街上跑了一天，百货大楼、庆萨商场、冠群街……老胡在人群里像个猴子似的身形敏捷地钻来窜去，而我在后边跟得气喘吁吁。在庆萨商城四楼服装柜前，没看清怎么回事时，老胡把一只铐子铐在了一个贼的手腕上，用外衣遮着带下楼来。

一天跑下来，我身体累得像散了架似的。老胡见了笑笑说："怎么样作家，不当警察身体吃不消了吧？"我苦笑笑。老胡比我还大两岁，四十好几的人怎么楼上楼下像小伙子一样脚下生风呢。老胡说这大楼、商场他一天要"遛"个几遍的，可他从来没带老婆逛过一次商场。走在街上，望着熙熙攘攘的人群我在想，这条街平安繁华的背后，也有老胡他们一双双警觉的眼睛……

每次出差回来，我都会从会战大街上走过，我轻轻地打量它的变化，想起我刚来大庆时，想起我刚参加工作时，想起我初恋时从这条街上走过时它的模样，就像打量一个亲人一样，不管岁月抹去我心底多少痕迹，可这条街留下的记忆总是在我心底里延伸……

铁人的故乡

一

许多到过油城来的人最想看到的地方恐怕就是铁人打的第一口油井了。航天英雄聂海胜来到大庆时，记者问他："到大庆最想看的是什么？"聂海胜不假思索地回答："铁人打的井！"英雄惜英雄，一个圆了中国人的飞天梦，一个圆了贫油共和国的石油梦。

我记不清是第几次到这里来了，二十年前我记得我刚来大庆那年冬天，就向别人打听过铁人打的第一口井在什么地方。别人告诉我在杨树林。我就在那年冬天来找过这里，坐着油田上还到处跑的那种颠颠簸簸的长挂子车，那时这条路还是渣油路。对于第一口油井的印象还得益于在林区老家时电影院里放的纪录片，冰天雪地里铁人戴着狗皮帽子带着工人们人拉肩扛地搬运着井架钻机，铁人和工人们冒着凛冽的寒风一盆盆端水……那会儿我就在心里猜想，铁人带着这群西北汉子从萨尔图小站赶到这里时又会走的是一条什么路呢？

走进这片秋天黄叶渐落的杨树林间，我又一次见到了他，一个身材瘦削、面带谦和笑容的老人。他就是铁人纪念馆的原副馆长刘仁，如今他已经退休，可是他还守在这里。每逢铁人的祭日和生辰日，他都准时迎候在这片杨树林的小径上，迎候着铁人的老战友们和外地慕名缅怀铁人的人们的到来。二十年前他还很年轻，如今他也老了，背已弯曲，如霜的白发已染上了他稀疏的头顶，唯有不变的是他脸上的微笑。他说过从打他在中学里见到的第一张铁人照片，就是铁人披着老羊皮袄、戴着前进帽微笑的面容。在那种艰苦环境中只有怀揣梦想的人，才会露出这种微笑的。他引我朝"萨－55"白井房走去，轻步来到白井房前，井房房顶，一幅油浪图案托起的钢板切割的红旗上，赫然醒目地标注着"铁人王进喜同志带领1205队打的第一口油井"。

老刘告诉我，那年八十四岁的著名军旅作家魏巍来参观第一口油井时，听到这口井还在自喷，老人家感到十分惊喜，抬腿下到井房内，饶有兴趣地将耳朵紧贴采油树油管，听油流的声音。先是左耳听，后又转到左侧俯身倾听，过了两三分钟才直起腰来像孩子一样兴奋地对众人说："我听到了，像风的声音，呼呼的。"

在井场上，还有三位生前和铁人结为亲密朋友的著名人士长眠在这里。他们临终前不约而同地叮嘱家人将自己的骨灰安葬在铁人打的第一口井旁，陪伴着铁人。井场南侧的丁香树下，安放着原石油工业部部长宋振明的骨灰。井场东侧王进喜半身铜像前的云杉树下，安放着原石油工业部副部长季铁中的骨灰。井场北侧的丁香树下，安放着著名作家、诗人魏钢焰的骨灰。

岁月的风尘洗不去人间的铅华，二〇〇六年铁人纪念馆迁至油城中心新馆后，这里没有了往日的喧闹和嘈杂，留下的只有春日里丁香默默的花香，夏日里成片的绿荫，秋日里秋风吹过的树叶声，冬日里一如既往的雪尘……一切都让这个曾经很热闹的地方，静静地安静了下来。纪念馆搬到新馆后，老刘留了下来，老刘说他很喜欢这里。从一九九〇年铁人纪念馆成立就在这里工作，老刘已和铁人结下了不解的情缘，无论是向领导、向客人、向朋友讲起铁人时，他眼里总是情不自禁地涌上一种深情，就好像在讲解自己一位可敬可爱的父兄。老刘说这都是天南海北来看铁人井的人们让他感动的。他忘不了六年前一个深秋下午，一位胃癌晚期患者在家人的搀扶下来到铁人像前，尽管他被癌魔折磨得皮包骨，双脚叉开站立着仍然颤抖不已，但他不顾人们的劝阻，仍然向铁人像深情地鞠了三个躬，然后，缓慢地直起身子，抬起头，久久地凝视着铁人，并动用全身的气力，大声说："铁人，我来看您来了！"此情此景，令老刘和在场的人无不动容。后来这位胃癌晚期患者托家人转来他在病床上写的"铁人雕像"观感绝笔：站在你的面前，双眼被情感的雷雨一阵阵打湿，我仿佛看到了一个苦难泡大的民族，铧犁般辟开座座冰山，牵来缕缕春风……

老刘退休后天天守在这里，春天他在白井房前种上扫帚梅，夏天他会走到林地里修剪树枝花木，秋天他清扫着落在林间的树叶，冬天寂静的林地里会飞来各种林鸟，当然最多的还是喜鹊……老刘说这种鸟和铁人的名字一样都有一个"喜"字，叫他喜欢。有时老刘还会向林间撒上一把鸟食，说这些鸟也是来陪伴铁人的。老刘说时脸上是很幸福很满足很平静的微笑。

离开第一口井那片林地，秋日里红红的夕阳已悄悄地抹上林梢。老刘那瘦削挺拔的身影也融入了杨树林里，他的脸上依旧挂着那种谦和的微笑……

望着秋风中老刘那微驼的身影，我恍惚想起老刘这个"铁人井"守井人说过的一句话："铁人圆了中国石油人的梦啊。"那么老刘的梦是什么呢……

二

沿着油城铁人大道西南方向行驶，就来到了大庆红岗区八百垧。八百垧位于萨尔图西南三十公里处，如今一些退休的老钻井职工家属都居住在这里。

在今日的八百垧，一个星期天，一位年轻的妈妈领着上小学的女儿去逛铁人公园。母女俩走到铁人雕像前停下了，女儿注视了雕像，一会儿问妈妈："王露的姥爷为什么是石头呀？"明媚的阳光下，年轻的妈妈听了一愣怔……王露是铁人女儿的孩子，现在和这位年轻母亲的孩子是同班同学，身在八百垧，铁人的事迹这位年轻的母亲听长辈无数次说过了，可是她面对女儿天真的瞳孔，她一下子无法去回答。幸福的阳光像花儿一样从母女俩脸上掠过，公园里到处都是祥和安乐的人群……这一张张幸福的面孔和这张大理石雕像温和微笑的面孔是如此的和谐，他好像在兑现着自己的誓言：宁可少活二十年，拼命也要拿下大油田！

上面那个孩子天真的话，让我想起小时候看过的阿尔巴尼亚一个电影：《第八个是铜像》，英雄的壮举是何等的相似，他们给今天的人们、给今天幸福生活留下的只能是永恒的雕像。

在7-6号楼1单元杨天元老人家里，我见到和铁人一个钻井队的两个老战友杨天元和许万明。他俩都是甘肃省武威县人，一九五八年招工到玉门油矿贝乌五队，是和王进喜一个车皮来大庆的。许万明当时是队上年龄最小的，被铁人称为小老虎。说起铁人来，两位精神矍铄的老人都情不自禁地说王老铁少活何止二十年啊，铁人活着时没住过楼房，到这里来时一直住干打垒。说起今天的生活，许万明还深有感触地说起一件事来，去年石油公司组织他们老会战和家属到深圳、香港十日游，从北到南坐飞机四五个小时就到了，而当初他们来大庆会战时回一趟武威老家来回要半个多月。有一回家里人来信说父亲病危要他回去看最后一眼，他去找铁人请假，铁人跟他说："你要回去也可以，可你想没想过你在路上就得十来天哩，赶到家里时也看不上最后一眼，你不如把省下的路费给家里寄去能用到要紧处。"许万明摸着身上二十块钱要给家里寄去，铁人又喊住了他，又从自己那儿拿了三十块钱给了他，叫他一块儿把这五十块钱给家里寄去了，后来弟弟来信说家里就用他寄来的五十块钱给父亲办的后事。许万明就在心里挺感激地想，还是铁人想得周到啊！还有一回，铁人把他叫了去，叫他到玉门出趟差，并叫他顺便到家里去看看。他去时铁人正在他的大队部办公室里听秦腔，桌上那台留声机还是他出国到越南参观时，一位外国友人送给他的。铁人是个秦腔迷，没事时就爱听个秦腔，高兴了有时还会自己吼几句。队里他们西北老乡也跟着爱听秦腔。王进喜说完这事，正有事要出去，看许万明还站在那里听，就说："你怎么还不走，赶紧回去收拾收拾东西。"许万明就说："你让我听完嘛。"铁人看他也听得入迷，就说："你爱听就拿去听吧。"许万明想自己就要出门了，再则这么贵重的东西也怕放在自己那里弄坏了，就没动。哪知铁人随后又说："送给你了。"就替他给包了起来。后来，许万明出差路过探亲回老家也就把留声机留在了老家，也让老家的人高兴地开了"洋荤"。去年新建铁人馆开馆，老许才打电话叫老家的人把留声机交给大庆方面去寻找铁人遗物的铁人纪念馆的同志。

在八百垧创业广场上，我见到过那座"五把铁锹闹革命"五位家属英姿风发的群雕塑像，她们分别是薛桂芳、吕玉莲、王秀敏、丛桂荣、杨晚春。

铁人街道社区主任魏光梅是位年轻而又干练的女主任，一听说我是来寻访铁人的老战友和当年会战参加"五把铁锹闹革命"家属垦荒队的老大嫂们，魏光梅的脸上就绽开了春天般的笑容。看得出像提到她的亲人一样让她感到亲切。

她带我走进了王秀敏老人干净利落的家里，家里挂着那幅新华社记者拍的放大了的"五把铁锹闹革命五姐妹"黑白照片，站在最边上那个头扎两条粗辫面带憨厚笑容的女子就是王秀敏。她当年是五个姐妹当中年纪最小的一个，只有二十三岁。如今老人已经七十四岁了，她有三个儿子一个女儿，都早已成家。当年带她来参加会战的老伴已过世，如今安享晚年的王秀敏老人说，她每天下午都喜欢到创业广场走一走，散散步。我想老人不仅仅是到那里去散散步，面对广场上的雕塑像一定会勾起老人对往昔峥嵘岁月的回忆……说起当年，老人脸上还露出和照片上年轻时一样羞涩憨厚的笑容。王秀敏老人说，那时组织上要自愿报名去三十井（创业庄）开荒，她二话没说就给自己报了名，和另外几个大姐被车拉到了那个荒无人烟的垦荒地，搭个窝棚在那里起早贪黑地刨地，一干就是一个月……那时她和丈夫还刚新婚不久。

夕阳透过温暖的屋子洒在老人幸福的脸上，也挂在社区主任小魏的脸上。她告诉我，社区自己办的枫叶民乐团和顺德艺术团，都定期排演一些老会战喜闻乐见的文艺节目给他们看。

小魏是在八百垧长大的70后一代，她读书的学校里还保留着铁人当年焊制的篮球架。或许是在这片坚强的土地上长大，给她身上赋予了一种坚强的性格。魏光梅四岁时母亲得脑瘤去世了，是在井队工作的父亲把她带大的。高中毕业后魏光梅参加了工作，到钻井二公司维修一队当了一名化验工。由于她在工作中勤奋吃苦，大热的天她像男孩子一样爬到高温炉去取化验水样，深得老师傅们的赞赏。一九九四年她和当固井工的爱人王凤宇结了婚，第二年他们有了自己的宝宝。生活似乎向她露出了甜蜜的微笑。可是厄运又降临到她这个坚强的女子头上，爱人被查出得了白血病，而且住院需要一大笔钱。为了照顾爱人，也为了不拖单位的后腿，她毅然决然地买断了工龄。丈夫病情稍稳定后，正好赶上八百坰街道风华社区竞聘社区主任，魏光梅参加了竞聘，从此便当上了"小巷总理"，进万家门办万家事。正在她大展宏图在小巷里干一番大事业时，丈夫的病情急剧恶化，永远地离开了她和孩子，那一天她正在社区里召集人协商解决楼区里老年人健身器材场所问题。她没有惊动街道领导和社区的姐妹，悄悄办完丈夫的后事，又一头扎到与钻井二公司领导协商解决楼区老年人健身器材的事情上。当钻井二公司的领导得知她爱人刚刚过世，她这么热心为社区老人活动场所奔走时，感动了，当即批复解决了健身器材和室外健身场所。这一刻，她那说不清的泪水涌出了眼眶……

二〇〇三年的春天，对中国来说是一段不平凡的日子。这一年的春天对魏光梅来讲也是一段不平凡的日子。铁人社区的原支部书记兼主任被"非典"隔在了探亲的老家山东威海，魏光梅临危受命被调到铁人社区来主持社区里日常工作。那一段防范"非典"，区里要求社区人员协助卫生部门做到每天都得入户调查，工作十分繁忙。况且魏光梅刚调到这个社区来对每家每户还都不熟悉。社区里前期工作做得不好，外出回来的人该登记造册的也没有登记造册，魏光梅十分着急，要亲自去走访重点人家。有人就劝她说："算啦，何必冒这个风险，你干一段儿说不定就要走。"魏光梅想铁人社区住的多数是铁人的老战友、老会战家属，他们晚年的健康，就是自己工作的重要责任。她一家一户地走，一家一户地登记。为了不让人家不信任，她走访时连口罩也不戴。有人说她在拿自己的生命开玩笑。

她却说铁人为了工作都不怕少活二十年，这算个啥。有的人家白天没人，她就晚上去。晚上家里的孩子丢在家里她放心不下，她就带着孩子去。敲开了最后一户人家的门，孩子也在她的背上睡着了……这个春天的夜晚，小巷里记住了她奔走劳累的身影，这段非常时期的日子里，铁人社区里的人们记住了她那张微笑的面孔。

三

随着大庆油田后期的开发，油田许多企业进行重组改制，富余人员分流，很多油田职工也下岗自主择业，开始了人生道路上的"二次创业"。走进铁人工业园区，似乎能感受到每位创业者那份艰辛和对脚下铁人故乡的土地那份深厚情感。

孙利尧，是一位身材魁梧的汉子，看上去和他实际年龄有点儿不太相符，面带憨厚笑容的他，似乎与在商界打拼多年的他也不太相符。二〇〇八年"5·12"汶川大地震让人们记住了他和他的民营企业，没用谁动员，带着数百万元的救灾物资和设备支援灾区，打通了一条救命路。让那里的人们知道了他们是大庆人，是铁人的后代……

十几年前，孙利尧还是大庆采油十厂的一名正科级干部，用他的话说，如果不下海他在油田企业里也会饱食无忧。可是偶然的一件事却改变了他的命运。孙利尧下乡时曾在北安县胜利乡革命村当过知青，那里曾是抗联老区，改革开放后一直很贫困。有一次第二故乡和他一起下过乡的人来到大庆找到他，问他能不能帮那里的人脱贫致富。怀着对第二故乡的深厚感情，孙利尧发动本单位职工和一些朋友亲属集资凑了二百来万块钱，买了三百五十头秦川牛运到村里，由当初下乡留在那里的知青和几个下岗哥们儿饲养。天有不测风云，刚刚养了两年的牛，被一九九七年十月初一场突如其来的大雪冻死了三百头，听到这个消息，孙利尧连夜赶了去，寒冷的雪地里，他亲眼看到一头牛打打晃就倒下死掉了，他十分心痛。更让他着急上火的是，本想帮助下过乡的哥们儿和乡亲们共同致富，不但没有致富，反倒他还欠下了向单位同事亲戚朋友借来的上百万元外债。这笔钱他拿什么还呀？一时的压力让他和爱人夜不能寐，二〇〇〇年单位有买断一说后，他和在采油四厂工作的爱人双双买断了，两人把买断的各自十七万元钱都还了外债。

买断后，孙利尧一心想干点儿什么，把欠下的外债尽快还上。正在这时有四个和孙利尧一起买断的职工，看出孙利尧的为人实在，也想跟他干点儿什么。四个人就凑在一起，让孙利尧挑头，连凑带借凑了五十万元作为启动资金，注册了一个公司，正巧采油四厂一个矿上有个压裂的活儿让他们揽下了，让他们拿到了创业的"第一桶金"。

这时他从他妹夫那里听说北安监狱有个机械加工很大的厂子，苦于没市场已停产了。他妹夫是那个北安监狱机械加工厂的总工程师。孙利尧就想机会来了，何不借船下海，利用对方的厂房、设备、工人，生产油田所需的抽油管。当年，孙利尧就把生产的产品打向了长庆油田，实现产值两千万元，利润一百七十万元。接着他们又生产出来了套管、抽油机。

"扩大再生产，没有自己的厂房，我们就像一个游击队，我们要把别人的东西变成自己的。"二〇〇三年恰逢红岗区铁人工业园区招商引资，怀揣着对大庆家乡这片热土的热爱，他毫不犹豫把自己的企业落户到这里。他投资三千万元，在铁人园区打造了一个集生产、办公为一体的现代化企业厂区。

说起创业的摸爬滚打，孙利尧说，人干什么都需要点儿铁人精神的。"有条件要上，没有条件创造条件也要上"成了孙利尧常挂在嘴边的一句话。

二〇〇八年"5·12"地震发生后，一条在第一时间收到的地震消息短信让他立即在公司召开了紧急会议，跟下边的人商议怎么支援灾区才好，是出动工程机械去灾区救援还是派人给灾区带去钱物？出挖掘机，大庆与灾区远隔万里没法运送……

"这么大的灾难，大家都拿点儿钱去，谁来帮助灾区抢救人呢？我们去！"他果断决定组织人先赶到成都，后打款一百八十万元在成都采购了一台装载机、一台挖掘机。

十二人的抢险救灾突击队分两批乘机赶到了灾区，在都江堰市龙池镇抢险最需要的时刻他们来了，冒着阴雨，挖掘机和装载机轰隆隆开进了东岳村，突击队员们一口饭没吃，一口水没喝，就开始抢路。余震震落的巨石随时都有让他们车毁人亡的危险，可是没有谁退缩，他们知道这是一条抢救灾区百姓的生命路，早打通一分钟就多一分钟希望。每个人都把生死置之度外了。车挡玻璃被滚下来的石头打碎了，操作员手腿划出血了，嗓子又干又哑，挖掘机一刻也没停止，向前再向前……村民感动了，把仅有的鸡杀了送到他们手中。"'铁人'兄弟，歇口气吧，吃点儿热乎饭吧！"多熟悉亲切的称呼呀，让每个人都无形中增添了力量和勇气。

"啥子是铁人哟，我们看到喽！"在南岳村一位叫覃天珍的老大娘逢人就讲。

在这十多天日日夜夜抢修道路的战斗中，当地的村民没有一个人不知道大庆铁人抗震救灾突击队员名字的，从东岳村到南岳村，累计三十六公里，修好六条道路，打通七十二处障碍，清理数十万吨山石，历经三十多次遇险、一万多次余震……

当大庆突击队员离开南岳村时，在离村口不远处路边一块饱经沧桑的巨石上，当地的老石匠朱恭正凿完最后一锤，"大庆路"三个大字赫然呈现在人们的眼前。

大庆路，多自豪的字眼。这伙浑身带着泥巴泥浆的人从这条路上走了过去。

肇州笔记

　　三肇，肇州县为之首，先有肇州县后有肇东县、肇源县。从历史上看肇州有八百八十多年的历史，这样一个年岁，在笔者走过的南方一些古县城，早可以以祖师爷的辈分自居了，可在东北这疙瘩还不行，这就像北方的人一样，善迁徙而居，迁来迁去就把自己的名分迁没了。

　　史料记载，金太祖阿骨打在出河店（今肇源境内）大败辽兵，奠基金朝天下，"肇基王绩于此"，公元一一三八年建州，始有肇州之称。清光绪三十一年开禁蒙荒，理刑主事庆山勘定安字十二井中心（今肇州镇）作为肇州城基地，设直隶厅辖三肇。可后来同知沈崇缓并没有相中"老街基"，而是相中了骆驼脖子（今肇源镇）靠松花江，交通便利，就把驻地设在了肇源镇。十二井只留下了老街基，今肇州境内的二井子、大同境内的八井子都是这么由来的。民国初年中俄铁路开通，在沿铁路两旁荒段划出肇东县来管辖。肇州县一县变两县。

　　人算不如天算，伪满时康德元年，松花江发大水，伪县公署因洪水冲没不得不迁到老街基来了。洪水撤后，肇源境内划郭尔罗后旗所属，旗治所设在肇源镇，后旗改县形成如今的"三肇"之格局。一县变三县，而三县都由肇州的老街基奠基演变而来。这除了当年那个戴红顶翅的理刑主事庆山眼光不差外，也说明不靠中东铁路不靠松花江嫩江的肇州的确是块风水宝地。

　　远的不说了，就说近处的吧，在我没下来县里深入生活之前，还真不知道大庆的源头也是从肇州开始的。一九六〇年以前大同镇也归肇州管，大同在当时有一种酒很出名，我父亲一九五九年从山东闯关东到小兴安岭来落脚就知道大同的烧酒出名。这是我二十多年后到大庆工作时父亲跟我说的。一九五九年在大同境内打出了松基三井，也就是说大庆第一口油井是从肇州地界打出的。这一喜讯惊动了党中央、国务院，当时黑龙江省委书记欧阳钦给大同镇起名大庆，后来就把大同划归了安达。

老街基诞生了三个县和一个大庆市，这块城基地打得好。从大庆的第一口油井在这里打出，到大庆油田的最后一个采油厂采油十厂在这里的朝阳沟乡落户，可见这里的确是块风水宝地。而这个县却像老黄牛一样并不张扬，默默地为国家奉献着粮食和石油，甚至是无数革命先烈的生命。

二〇一二年春夏之交，我作为中国作家协会批准的定点生活作家，到肇州县来定点深入生活，就住在县里新建不久的老街基公园旁边的县业余体校楼内。这个公园就坐落在县城东南郊，公园北侧就是县城烈士陵园。

来县里之前，我曾听说抗联十二支队一九四〇年曾在肇州活动过，还有龙江工委也在肇州活动过，可我没有想到县里的烈士陵园建得那么早，有那么多抗日时期、剿匪时期、抗美援朝时期牺牲的烈士安葬在这里。那天早上，县文体局副局长杨大春陪着我一起走进烈士陵园，他边走边向我介绍。穿过一排排顶天立地的钻天白杨，先来到陵园西侧的两座纪念碑前，一座是抗日烈士纪念碑，一座是抗美援朝烈士纪念碑，两座碑立于一九五二年十月一日。我曾听省里作家王左泓说过，他父亲曾在肇州县当过副县长，抗美援朝时带着肇州县青壮年组成的担架大队去过朝鲜战场，并担任担架大队大队长。想想看，当时对于刚刚获得翻身解放开始过好日子的肇州父老乡亲来说，这是多么不容易的壮举啊。

我们又脚步缓慢地来到陵园东侧，一座高高耸立的白色纪念塔映入眼帘。

塔碑的正面是当时嫩江省主席于毅夫题写的"革命烈士纪念塔"几个醒目的大字，这座塔落成的日期是民国三十六年七月七日。碑的背面碑文是当时哈西地委书记王建中撰写的。绕塔走到背面去，就是县里百姓妇幼皆知的"六烈士墓"了，六座白色的长圆形墓，从左至右分别是李祝三（时任哈西地委组织部长）、刘德明（时任肇源县委书记）、韩清华（时任肇州县委书记）、岳之平（时任肇州县长）、邓国志（时任县组织部长）、王耀先（时任县民运副部长）。他们的牺牲都是因为光复时留任的伪县长蓬世隆投靠国民党的叛变，在一九四六年一月三十日夜里，蓬带人押着这六位志士仓皇向西大同方向出逃，途中在邹万灵屯（现肇州县永乐镇六烈士村）将他们六人杀害。牺牲时最年轻的刘德明只有二十五岁。

后来我在肇州采访的日子里，从街上走过，不经意间会看到县城的一些主要街道都是由他们的名字命名的：祝三街、德明街、清华街、之平街、国志街、耀先街。走在这样的街道上，能不让人肃然起敬吗？不管年代过去多么久远，都会叫我们停留一下脚步的。

老街基公园里一早一晚散步健身的人熙熙攘攘，是我见过的县城公园人最多的。徜徉在公园散步休闲的人群中，常常让我想到县里把老街基公园建在这里的寓意。昨天和今天隔着真不太远，享受幸福生活的人们，不应该忘记这幸福生活的源头。

在烈士陵园还有一座圆形的大的白色水泥坟墓，那是抗日时期牺牲的三十二位烈士的集体坟茔。他们是一九四一年牺牲的李学明、艾青山、任殿英等三十二位抗日志士，据说枪杀他们时就在县城南门外的南沟子，也就是后来县里人叫的青马湖。

肇州县是三肇唯一无江无河，奇缺水的县份。境内别说湖，连水泡子都难见到。听一些老人讲，一九三四年松花江发大水，许多人家乘木排、水筏子举家冲下来，冲到老街基南面的南沟子，南沟子对面是老山头，两岸都很高。许多人家就在此地安家驻扎下来，我采访过的杨小班传人杨成伟老人的爷爷，还有县"活史志"王化武的祖上都是这么迁徙过来的。

去年大庆市非物质文化遗产中心郝主任说肇州有一个国家级和一个省级非物质文化遗产保护项目，一个是杨小班鼓吹乐棚，一个是青马湖传说，问我能不能挖掘点儿素材写点儿文学作品。我随口问他一句："肇州有湖吗?"

下来县里的第二天，我就一个人走到南沟子水边上去，辽阔的水域在阳光下有些雾蒙蒙的，一看还真把我给镇住了。这么一大片水域是该叫湖啊！湖岸边很静，远离了县城的喧嚣，离湖边不远处能看到新建的县二中（省重点高中）校舍，看来县里是把最好的风水地给了县里这所最好的高中。听县文体局邵局长说，当时大庆搞的百湖典礼启动仪式，县里选一位代表到这个湖里来取圣水，找来的是县里一位参加过抗联的老红军，是这位抗联老战士从湖中盛起圣水，高高举过头顶。老者神情肃穆，沿湖围观者肃然起敬。这象征吉祥幸福的圣水，让人想到了它的源头，想起牺牲在青马湖两岸的抗日志士，想到了青马湖传说……

而在县里的这些日子，让我感受到青马湖在肇州并不是传说。

我是一只孤独的鸟

上个世纪九十年代初的一个春天，我从那家区文化馆调到市里搞专业创作，成了专业"坐家"，调到市里不用坐班，可以天天在家里写作。

那时我还很年轻，乍一去还有点儿不太适应，就像一个被单位抛弃的人，或者就像我们这里后来那些买断工龄的下岗职工那种感觉一样。我原来工作的文化馆在区机关大院里，每天还和那些机关干部一样按部就班去上班，就连每天到单位收发室里去看看信（多是些投稿的回信）也养成了一种习惯。有时习惯这东西是需要一个过程来改变的。

于是，我就向创评室主任杨利民要来了办公室钥匙，天天一个人骑单车到单位里去写作。写到天黑了再骑车回来。我的一个中篇《夏天的困惑》和一个短篇《生命的故事》就是在那间空荡荡的办公室里和那段空荡荡的日子里写成的。每天落在办公桌上和稿纸上的阳光都是寂静无声的，只有我和我伏案坐在椅子上的影子相伴。

后来我就很快适应了单位里这种不坐班的习惯，也在家里写作了。我想我之所以这么快适应，一是我性格中喜欢自由寂静的天性，再一个就是我已习惯孤独的缘故。伴随着女儿新生的啼哭声，我在家里那张简陋的写字桌上写成了后来发表在《人民文学》上的《正午阳光明亮》、发表在《当代》上的《农家肥》……阳台上挂着女儿的尿布，氤氲着一股阳光过滤后的味道。读书、写作之余，我会走到阳台上去打量街上如蚁一样忙碌的人群，有时会很幸福地想，不用上班就能拿到工资，逢年过节单位还把分的福利送到家来。自己是不是个挺幸福的人？

可有时我又挺跟自己过不去地想，我的根在哪里？这座我生活了十几二十几年的城市总叫我有一种漂泊不定的感觉。城市日新月异的面孔于我来讲是陌生的，我常常迷失在城市的人群里，变成一个失语者，无论是当警察的日子，还是在区政府大院上班的日子……这种感觉从我来到这个城市的那天起就一直在困扰着我。

我的家乡在小兴安岭北部的林区，父母至今还生活在那里，所以每年我都要回山里一到两趟。十岁时我离开我出生的那个小镇苔青，十九岁时我离开我当代课教师的那个克林林场，离开后我从没想过这两个被森林遮蔽的角落今后还会和我有什么联系。直到有一天我在城里不做警察了，直到有一天我在文化馆那间潮暗的屋子里写《生命的故事》《代课教师》时，我才感受到生命中一种从没有中断过的联系和激动。

屈指数来，从一九八六年创作的第一篇森林题材的小说《跑马套子的人》（发表在《春风》上）开始，也写了二十多年小说了，写得也不算少，真正让自己畅快的还是那些森林题材的小说，它们像森林中的小溪从我心中涓涓自然而然流淌出来，我在一篇创作谈中把这归结为"绿色情结"。无论是早期的《套户》《最后的猎人》《组织问题》《尼克医生》《狗命》等，还是后期的《氤氲的雨》《绿》《乌拉嘎》《土豆地》《最后被猎杀的熊》等。文字像张开翅膀的鸟引领我在森林中穿行、飞翔。森林带给人们的是神秘的想象，而城市永远是那么实际，如同一个爱慕虚荣的女人，城市只在意它华丽的外表。

在城市，我永远是一个孤独的行者。

每次回到山里都叫我一颗疲惫的心得到一次栖息和净化，无论是山里的人还是山里的树都叫我觉得那样亲切，和他（它）们有说不完的话。而回到城里我又成了一个孤独的"局外人"，城市的欲望和喧嚣叫人日趋冷漠，人们已经习惯了隔膜与生疏，每人都是一个孤岛，挨得很近却也无法连成陆地，网络时代人与人的交流不是更容易，而是孤独感使人对交流产生了病毒一样的抗体，再也没有比陌生更让人熟悉。想一想，人可真算是一种自相矛盾的动物，人类从森林里走出来，建造出城市却把自己囚禁起来，同时又渴望人性能够破土抽芽，长出一片森林来。城市实在是斯芬克司一般的怪物。

大江健三郎说，出自森林的是生命，回归森林的则是完成了的死亡。无论是在创作上，还是在城市居住得久了，我都会感到一种恐慌和焦渴，一种灵魂的焦渴，就像饥饿的鸟儿渴望飞回到大森林中去一样……我行走在城市间的身影正在一天天变得苍老疲惫，已由青年步入了中年。

想起那年我在《小说林》上发表的那个中篇小说《最后被猎杀的熊》创作谈时说过的话："小时候，每到冬日下午总会看到一个风尘仆仆的猎人从小镇森林中走出来，身后是他的一群猎狗……这成了我小镇童年一道独特的风景。长大后才知道这道风景永远地远离了我，我们已远离了森林！其实，我们每个人的灵魂不能离家出走得太远、太久。"

月亮走我也走

　　三十年前的一个春日下午，两个在大庆当武警的老乡开车帮忙，把我的一个红松木箱子、两个自己找人打的红松木高低书柜、一个行李卷，从铁东搬到铁西老区政府后院的一间机关宿舍的寝室里，从此我就脱下警服调到了萨尔图区文化（科）馆工作，从此我就有了自己相对独立的寝室。当警察时没有单独的宿舍，都是和值班的民警混住在一个屋里。

　　区政府宿舍小二楼正对着我工作的文化馆那幢房子的后窗，可以说我上班是不用出院子的，我说相对独立的寝室是因为和我同在一个宿舍里住的有一个区里姓杨的秘书，他比我大，而且已成家。只是家离得远，偶尔在宿舍住一下，后来他家搬过来离区里上班近了，就不在宿舍住宿了。再有一个姓郭的小伙子，是区机关里的电工，比我小，整天疯疯癫癫的不着宿舍，他事多，结交的朋友也多，白天晚上看他回来的时候少。这样实际上就我一个人在住了，后来宿舍里也没再安排别的人进来。杨秘书不住后，他的床撤走了，我的两个书柜放在靠我床头的一面墙上，还显得空空当当。调我到区里来的喜好书法的赵焕慧科长给我写了一幅字"风华正茂"，裱了之后挂在那面空出来的墙上，谁进来都说有点儿书生意气。

　　出来宿舍去食堂吃饭，或去前院馆里上班，要走过区机关楼后一个带月亮门的庭院，那庭院里还长着一棵有点儿年头的杏树。正是春天，那杏树的枝头粉红色的花朵开得正艳，如果是傍晚月亮正好从那月亮门照进来，这样的环境就叫人陡生起一种欢喜来。那时还刚刚流行邓丽君的歌儿，搞音乐的王馆长不知从哪里搞到一盘磁带，放到馆里大录音机里听，周日我也常常把大录音机拎到宿舍去听。这是多么快乐的八十年代单身宿舍生活呢，读书，听音乐，看黑白电视，当然有时也带点儿没有来由的忧郁，就像有时看晚上被云遮去的月亮。

"萨尔图"我最早是从搞区志的同志那里听说是蒙语"月亮升起的地方"的译音，王连才馆长就谱了一首《萨尔图，月亮升起来的地方》，后来这首歌就成了萨尔图的区歌。遥想当年，铁西这一带一定是一片美丽的大草原，那月亮会像蒙古人勒勒车车辖辘一样在上面滚动，宁静的夜里这是一幅多么美的画面啊。可是八十年代铁西还大多是干打垒砖泥房，家家户户生火做饭还用的是黑原油，冒出的黑烟一早一晚把西下洼子上空都熏成污糟糟的烟云，哪里还去找月亮的身影。

我在区政府宿舍一住就是五年，别人都是过渡式的，早点儿结婚早点儿成家搬出去了，我除了骨子里某种惰性外，还有近水楼台先得月的一种随意。寝室和办公室这么近，爬格子多么晚也都能回去安然入寝，还有晚起时，单位有什么事，来人敲敲窗就知道了。

这种惬意在五年后成家被打断了，住在妻他们大医院分的两家一户干打垒平砖房，厨房共用，拥挤不堪，炒菜做饭的烟火味都会窜到对方的屋子里来，实在有种寄人篱下的感觉（因为是住女方的房子）。每日早晚从铁东骑单车跑到铁西区里来上班，虽不说披星戴月，文化馆上班要求倒不像别的机关科室那么紧，但往往在馆里一坐下来写东西忘了时间的概念，天黑时骑车往家赶就有点儿急三火四了，再加上肚子也按时按点地饿了。太阳落下去，月亮就该升起来了。往往骑车过东铁道口，一抬头，看见月亮从东边升起来，我就不着急了，心情也平静下来。圆圆的月亮让再着急的人也会安静下来。

在铁西萨区工作了八年后，我调到市里工作。调到市里搞专业创作的好处是不用坐班，家住得远近就看妻子工作了，这期间因妻调动工作搬过一次家，是一片老楼区。住的是小点儿，可离她单位很近，五分钟的路程。考虑她是慢性子，这样的上班距离正适合她。

而且那会儿孩子上幼儿园、上小学都很近。这一住就是二十年，当别的人家都调了两三次房时，我们才想起调房。

虽然我的时间和精力很有限，对这个城市新开发的楼盘也是很挑剔的，不能饥不择食划拉到篮子里都是菜。何况这个城市由于是油化区地段，环境上有那么多的不尽如人意处。

前年十一放假时，我从肇州深入生活回来，听说了东城两家楼盘开发得很好，就利用一天时间跑了这两处楼盘。头一处觉得离石油化工区还挺近，就沿着五湖新区一处广告指引往北走，走到刚刚落成的萨区政府气派的大楼前来。早些年就听说萨区政府从铁西搬走了，一直在东风宾馆和开发区外包园临时租的办公楼办公，没想到转了一圈的萨尔图区政府新大楼会坐落在这里。与市里其他几个区新建的政府大楼比起来，它是最晚的一个了，也是建得最漂亮的一个。沿着楼后一条安静的马路走，路的西侧是一片湖边杨树林地，正值秋天，那满目金黄的树叶在秋风的轻拂下，透着一种迷人的宁静，我的心一下子安静了下来。这个秋日下午阳光还映衬着路东侧正在建造中的造型别致的一处楼盘，我不想再沿着广告指引箭头继续往北走了，就走进了区政府大楼后面的这处楼盘，一问这处新开发的楼盘名叫月亮湾，又叫我心里一动。这个城市也早就有一位诗人说过，新建的居民小区名字不像小区名字，不是叫人不能往深处想的憩园之类，再不就是不伦不类的东城领袖、唐宁杰座、翰城国际什么的。

一年后的冬天，我拿到了新房的钥匙，从新房打量完出来，天已黑了，要走出小区门口时，刚好有一轮月亮从空中升起来，照在这片错落有致的楼区房顶空地间，模糊的光洒在皑皑的新雪上，疑似地上洒下的霜。

春天开始抓紧装修房子，为的是能在八月节前住上新房子。小区的绿化美化也在跟我的装修同步，不愧是国企开发国企物业，除了绿树花草，还有小桥流水的水系环绕。女儿放假回来了，更是急不可耐要提前入住了。看了一下日子，可以在中秋节前几天搬进去住的。

这次搬家找的是搬家公司，家具什么的都换了，唯有不换的是我那一面墙书柜，书捆成了十几个大纸壳箱子，我提前一天捆扎打包成箱，整整忙活了一天。次日两个工人来搬了一上午，一边搬还一边说，这书好沉哦，现在卖纸是最不值钱的了。好像我家再没有值钱的东西可搬了。我却眼睛紧盯着箱子，生怕他们给搬散花了，摔丢了一两本。

　　终于让这些书在我的书房书柜里落位安家了，我用了一下午收拾完时，天也黑了，宽敞的书房窗玻璃外，一轮新圆的月亮正从萨尔图区政府楼顶上爬上来，一点一点移过小区楼顶空地间。我恍惚地觉得，三十年的时光就是从这指缝间一下子溜走的……

在 路 上

　　时下时兴自驾游，自驾游的好处是走哪儿看哪儿，邀上四五个兴趣相投的朋友，选择一个好季节出行，这一路就都是风景了，心情自然也是十分惬意的了。

　　那天宫柯打电话来，说他周末组织几个人到扎兰屯一带的山里草原去，问我想不想去，我没有犹豫就答应了下来。

　　宫柯先生是我的一个老文友，当年下乡时在黑龙江江边（黑河山里）当知青，对黑龙江的山山水水透着那份骨子里的热爱，曾在油田勘探、采油、钻井多个领域做过领导职位。退休后他的爱好有两个，一个对东北地方史有兴趣，这些年但凡东北有点儿历史遗迹的大大小小地方他都跑遍了；二是喜欢上了"驴友"生活，退休后他加入了两个驴友协会，一个是汽车自驾游，一个是自行车车友会。这几年他多数时间是在路上，每回难得见到他，他面孔皮肤都晒得黑黑的，不过身体却结实了许多，不像一个六十开外的人。

　　周末一大早，宫柯就开着他的丰田大吉普准时来到了我家小区的门外，车上还坐着两个文友赵守亚和朱智启。一上车宫大哥就跟我说，他的后车厢里帐篷、炊具什么都带了，就是中途跑到野外也不愁驻扎的了。

　　八点钟出城，从让胡路向北往齐齐哈尔去，没走高速，走的是一条老道，便于观风景。路过喇嘛甸车站附近荒草中一幢孤零零俄式站房时，宫柯指给我们看，说这样的房子应当当文物保护起来。进入杜尔伯特境内，湛蓝的天空下，是刚刚泛绿的草原，公路上过往的车辆很少，显得很安静。在车里听宫柯讲起喇嘛甸和杜尔伯特的来历。喇嘛甸是一个早年流落到这里来的喇嘛开的大车店，因此叫喇嘛店。这我还是头一次听说。他又感叹当年这条通往卜奎（齐齐哈尔）去的官道是很荒凉的，全靠马来跑，还要提防胡子和狼劫道。说话间从车前路面跑过一只野鸡，扑棱棱飞进了道边的草丛里。

中午时分我们到了碾子山区，在这里吃午饭。吃过午饭，又向西北跑了一阵儿，就到了黑龙江和内蒙古公路段的交界处。宫大哥把车停在了路旁，说这里有金界壕，我们下去看看。我是头一次听说金界壕（金长城）的，下了车果然看见公路两侧，有一条高土岗。据他说，当年女真人为防止成吉思汗的蒙古人入侵，修了这条东起莫力达瓦旗境内嫩江之滨，西到黄河河套的金长城。在黑龙江界牌这侧的一处高岗丘陵上，还立有金代戍边修筑这段长城的大将婆卢火的雕像。此时正当午时，炽热的日头高照在头顶，在内蒙古界对面的一侧丘陵上，还有几顶蒙古包行营帐和一座成吉思汗敖包，站在金界壕上，居高临下阔阔的草原尽收眼底，我的耳旁似乎响起九百年前那飒飒征战的铁戈和马蹄声。

从金界壕走下来，在界碑的公路旁，我们还遇到一伙戴着红红绿绿头盔的自行车骑友队。宫柯说，他如果不跟我们出来，他这两日也跟大庆骑友出来了。

过了成吉思汗镇公路旁的边界碑，不到半小时，我们就进入了扎兰屯，我们先去了车站跟前的中东铁路博物馆，这座博物馆在车站西侧的一幢石头房子里，这座石头房子有一百多年的历史了，当年是沙俄护路军队的兵营。我们来早了，被告知两点以后开门，就在博物馆外面参观了一下老式蒸汽机机车头，又去车站上看了老站房。新站房重建后，旁边的老站房保留了下来。

回来刚好博物馆开门，我们走了进去。里面展出中东铁路修建史的图片资料，从图片资料上获悉，当时扎兰屯火车是中东铁路线上八个三等站之一，还是当时火车入库检修的一个站地。俄国人修这条中东铁路，最难修的是打通大兴安岭山里的一条长达三公里多的隧道。据说设计打通这条隧道的是一位叫莎力的俄国年轻女工程师，隧道打通后她也为此付出了生命的代价。为纪念她在西距博克图镇六公里山脚下还起了个"莎力站"的站名。中东铁道的开通，也让辽阔的东北大地第一次有了铁路。方才在站前广场上听一位老人讲，当年一个蒙古汉子，就是为了看铁路，竟然骑了两天两夜的马来到这里。

从石头房子里看完出来，看看时间还早，宫柯又临时提议去喇嘛山看看。我们又上车向北开去了。公路顺着铁道线和雅鲁河在穿行，时而是山，时而是河，时而又是这条中东铁路线。在车上，宫柯跟我们讲起一件事来。有一回他的亲家从北京来大庆，他想带亲家来草原上看看，就开着这台吉普拉着亲家两口子来到了呼伦贝尔大草原上，来时没觉得累，回去亲家老两口有点儿吃不消了。他就给亲家买了从满洲里直接到北京的火车票，他自己开车返回大庆。把亲家送上火车，他就开着车沿着公路跑，跑过一段就与火车相遇了，铁路线和公路并行，他还冲车窗里的亲家招招手，亲家也从车窗里冲他招手，就这么着他一直开着车追随着火车，直到牙克石后铁道线拐弯了为止。那次一路在路上的送别给亲家留下了难忘的印象，回去后还常向人说起。宫柯说时脸上露出像孩子一样顽皮得意的笑容。我听了后，也有点儿吃惊。

往山里跑，多是爬坡的山路，宫柯不由得对他的爱车赞叹起来，说他这台丰田吉普上坡和下坡一样的省力。过一段路后，蓦地，前边路边跳过一个路标："巴林"。我不由得惊讶了一下，这个小镇我二十多年前来过啊！原来喇嘛山就在巴林境内啊。想起二十多年前我参加的那次北方文学笔会就是在这里搞的，不过镇上和二十多年前相比，已有了些变化，住家好像多了，还盖起了几幢住宅楼房。没变的是当年我下车的那个小站，还是那样一座不大的两间旧黄砖房。我从车窗里默默地打量着这个小站，那时只有一趟慢车途经这个小站停车，我来参加这个笔会因为误了车次，差不多两天都耽搁在路上了。没有想到在这样一个下午竟然无意间同它相遇了。趁宫大哥在铁道东边加油站加油的工夫，我向一位当地人打听，喇嘛山景区什么时候开的。他告诉我才开七八年吧。怪不得我那时来时不知道还有这么一个景区。其实这座山我们那时来时或许是登上过的，

310

记得那时来的《北方文学》编辑张茜黉就喜欢爬山峰。我们到了景区门外已是四点多了，景区六点关门，担心爬不完山，收票的女工作人员告诉我们说，可以延时一会儿。

我们来到了山脚下，四个人依次往山上爬了。林子里各种树木树叶都透着新绿，树丛中看到达子香都刚刚开过。山坡上了一半，赵守亚没跟上来，在车上听他说有点儿感冒，看来是体力不支折回去了。等到爬到最高处的喇嘛山峰下，钻过了一线天，看到立陡立陡的山峰，朱智启有点儿打怵，说他有恐高症。这时正碰上一对四十左右的夫妇游客带着一个十六七岁的女孩儿走下来，问他们爬到山顶了吗。他们说攀登了一半就下来了。我和宫大哥叫朱智启在下面等我俩，我在前，宫大哥在后，慢慢往山峰上爬去。山峰上有凿好的石梯阶，窄窄的只能一个人身位通过，越往上攀越陡了，石梯阶也没有了，只有凭借岩石凿的脚印往上攀爬，好在有铁栏杆扶手，攀岩壁到一半时，突然看见岩石坡上盛开的达子香，那花开得正艳。攀上去不由得停歇了下来，也等宫大哥攀上来，就想这花是给爬上来的人开的，山下的花开败了，山峰顶上的花这是才开不几日，因温度的差异才会这样的。

终于爬上了山顶，向山下望去，巴林小镇和弯曲流淌的雅鲁河、山脚下绕过的铁道尽收眼底。山风呼呼吹着脸，山顶上还有两男一女的年轻游客，对我们爬上来露出赞许的目光，特别是听说了宫大哥六十三岁时，都惊讶得有点儿不相信。

从山上走下来，当晚我们又回到扎兰屯去住宿。吃饭时，我正为我和宫大哥成功登顶而得意时，不料一旁的朱智启悄悄跟我说，宫大哥有关节炎。我听了一愣，责怪他早不跟我说，宫大哥微微一笑说："早跟你说你还能叫我陪你爬上去了吗？"我就明白了。不过又听他说，这几年骑车锻炼好多了。

第二天一早我们出发往阿荣旗去，宫大哥事先查过地图，说阿荣旗是鄂温克自治旗，值得一去。扎兰屯到阿荣旗这段路很好，宫大哥把他的车自动调到每小时九十公里上，一个多小时后我们就来到了阿荣旗。在车内通过电子导航定位查看旅游景点时，他查到了这里有抗联英雄园，他知道我对抗联遗迹有兴趣，就驱车先去了抗联英雄园。在阿荣旗镇东面一片林地里，走进这片郁郁葱葱的林地，我看到了坐落在林中的冯治纲和高禹民的雕像。这两位抗联英雄，我在桦川和汤原采访就知道他俩，没想到我无意间来到了他们的牺牲地。一九四〇年二月四日，时任抗联三路军参谋长的冯治纲所部在阿荣旗三岔河上游的任家窝堡与日本关东军、伪兴安军遭遇，激战中，冯治纲英勇牺牲，时年三十二岁。一九四〇年十一月九日，时任抗联三支队政委的高禹民率三支队尖兵班十余人经阿荣旗入鸡冠山，与数十倍的敌人遭遇，高禹民率抗联战士同敌人展开了一场肉搏战。在激战中，他献出了宝贵的生命，年仅二十四岁。我去年在汤原县采访时还在县里烈士陵园见到过家乡人为冯治纲立的墓碑，想当年他们穿越大、小兴安岭西征，这一路走来，也算身经百战了，牺牲在此，真是有点儿叫人可惜。那时抗联部队已多数退入苏联境内。

离开阿荣旗，我们向莫力达瓦去，没想到这一段路况很差了。这一段的公路正在修路，汽车扬着尘土在没有铺好的石子路面上跑，颠簸的车子摇摇晃晃，宫柯也不说话了，他专注地把着方向盘在开车。幸亏我们车子是大吉普，如果是轿车是没法走了。

中午时，我们赶到了莫力达瓦，下车吃饭时，我才发现背包没在车上，想起落在扎兰屯宾馆了。打手机问当地114查那家宾馆电话，竟然没有登记。为不影响大家情绪，我说算了，先吃饭再说。进了路边一家面馆后，朱智启不死心，还一个劲儿打，也没打通。我把他拉进来，吃饭时我突然想到，让当地110帮查查也许会查到那家宾馆的电话。吃完饭，宫大哥就先开车到了莫旗公安分局那里，找到治安大队，一名姓朱的队长马上在网上查到那家宾馆，打通了宾馆负责人的手机，一问我的背包正在宾馆里。大家都跟着我松了一口气。接下来我们要到莫旗尼尔基水库上看看，从公安局出来，开车不远就来到了城东头嫩江桥面上游的尼尔基水库大坝枢纽站闸门。因闸门区域不许游人靠近，我远远观望一阵在桥上照了两张相后离开了。我们下一个行程赶到齐齐哈尔住一宿，次日往回返了。

上了车后，宫柯大哥要开车再返回扎兰屯去，我没同意，我跟他们说："你们在齐齐哈尔住下，我乘晚上的火车返回扎兰屯去。"往回开，宫大哥有点儿累了，就换朱智启开车了。

两个小时后，我们开到了齐齐哈尔城北的嫩江大桥上，大家都有些困了，我和赵守亚坐在后排打个盹醒来，看车过嫩江大桥后又走向了外环大桥，看标识牌是往甘南方向去。等我醒悟过来，已经晚了，前排的宫大哥和朱智启他俩已商量好把车掉转方向往扎兰屯去了，从齐市到扎兰屯一百二十公里。就这样，我们又在路上了。

车从甘南县出来进入内蒙古境内时，我们又在路旁看到金长城的东侧一段，车又停了下来，宫大哥带我们下车去察看。

五点钟车开进扎兰屯，在那家宾馆找到背包后又在那家宾馆住下了。看天色还早，宫大哥就说去铁路公园转转，我们就驱车来到了车站附近的铁路公园，头一天到这里时没来得及看。走进这个公园后，叫我吃惊不小的是，这里的树木都是原生态的，博物馆图片资料上记载，这个公园有一百多年的历史了，当初在这里设定公园时，是为每年到这里来度假的俄国铁路高级职员开设的避暑休闲场所。里面除了郁郁葱葱保护得完好的森林树木外，还有小河、吊桥和一幢俄式尖顶亭屋。

正是黄昏时分，公园内走在林间漫步的游人不少。公园里这片森林占地面积很大，也很茂密，我在山里见过的山丁子树、稠李子树上的白花正开得灿烂。粗大的松树、大青杨、老榆树、黄菠萝都有上百年的年轮了，林间的小河在静静地流淌，就遥想当年俄国人真会选地方到这里来休闲度假。扎兰屯当时最繁华时曾有两千多俄侨在这里居住，直到一九五三年中东铁路被中国收回，留守的俄侨才最后撤回国去。从中东铁路修建到中东铁路的运行，那些远离祖国和家乡的俄国人是不是也是一群在路上的人呢？

从洒满橘红色的白桦林间走出来，耳边忽然传来一阵悠扬的小提琴乐曲声，是熟悉的苏联歌曲旋律：《莫斯科郊外的晚上》和《喀秋莎》。抬头在吊桥的小河岸边一棵树下，一个瘦瘦的中年男人正独自站在那里拉琴……他拉完一曲后，我们鼓起掌来。简单的攀谈中得知，他在扎兰屯市里电业局上班，每天下班晚饭后都到公园里来拉琴，享受这份悠闲自得的时光。多么幽静、阴凉的林中公园啊，悠扬的琴声也平添一丝异国情调，一些下了班、吃过晚饭的市民正三三两两走进公园来。

我们离开公园吊桥的河边，琴声又在身后响起……扎兰屯，一个曾经多么浪漫的中东铁路线上的小城啊。

走近萧红

　　向往和仰慕一个地方，走近是早晚的事，萧红故居于我正是如此。

　　在我还小的时候，由于一本书名的缘故知道一个地方和一条河流，那就是呼兰小城和呼兰河。这是我第一次和萧红文学院作家同行来到萧红故居，怀着久违的激动和虔诚的敬仰，在端午节过后，呼兰河两岸柳树成荫的日子里走进呼兰小城。虽然是第一次，对这里的一切却是那样的熟悉，因为这里的一切早已从萧红的作品描述中熟悉过了，张家老宅、菜园子、呼兰河畔……仿佛这里也早已来过。

　　呼兰河发源于小兴安岭南麓深山里，与我童年出生的小镇也就是百里之遥。少年时出门远行和长大后离开山里到外面上学、参加工作，每次坐那列进出山里的慢行绿皮火车回家，我的目光总要在这个小站上做些停留。因为《呼兰河传》，让我很早就对这个宁静的小城有了莫名的亲切感，虽然那时我并没有开始文学写作。

　　记忆里，坐在火车上，无论是出山还是进山，我只对两个地方有这种目光深情的打量，一个是呼兰小城，一个是我的出生地，十岁时离开的苔青小镇。时光匆匆如这平静流动的河水，载走了我少年、青年的时光。当我开始文学写作时，这种默默的打量有了一种更深层的意义，而这时我更怕轻易走近她，无论时间上还是空间上，这里对她来说都是一个远去回归的身影。在青岛她完成了《生死场》，在香港她完成了《呼兰河传》。从异乡到异乡，她的笔始终没有离开她的故乡黑土地。

从来没有任何一部作品像她的作品一样给我带来语言情感上的震撼，这种震撼是地缘上、亲缘上的认同，东北的方言俚语如同胎记一样刻在了她对东北故乡风物的描写中。"作家不是属于某个阶级的，作家是属于人类的。"萧红的文学精神和文学理想更是给许多写作者树起了一面旗帜。

呼兰河成了她的文学地理标识，也成了黑龙江的文学地理标识，这无疑会让黑土地上后来的写作者感到骄傲。在中国现代文学史上从来没有哪一位作家像她那样更容易让我们走近、亲近。萧红的创作和我们黑龙江作家的创作有一种天然的联系，我们的写作都能或多或少地从她那里找到原乡的基因。萧红对于我们这些后来的写作者，有着多种的借鉴意义。

就我个人创作而言，从事文学写作三十余年，"离乡"和"回乡"的写作也一直成了我不同创作时期的情结节点。我虽然离开故乡三十五年，可我写作的根始终还留在故乡小兴安岭的乡土里。

近些年随着年龄的增长，故乡小镇的人物越来越鲜活地出现在我的脑际中。我虽然在一些中短篇小说中写过他们，可我的创作最终还是会回到那个叫苔青的小镇上去。那里会生长出我下一部满意的作品来，正如我在接受一家媒体记者访谈时说的那样，"写别的题材如同走亲戚，而写故乡森林的题材就是回家"。

沿着呼兰河往上游走，会走到小兴安岭山里去，的确，我的小说创作是走在回家的路上的。

后　记

　　头些年去外地公出或旅游，常常碰到有人这样问我："你是哪里人？"

　　我说："我是黑龙江人。"

　　问的人就"噢"了一声，眼神明显和看到内地省份的人不一样，再知道一点儿的人会说："你们那里是北大荒，很冷。"

　　前些日子，即将大学毕业的女儿要填一个学籍档案，突然打电话来问我，她的籍贯怎么填。我说："填黑龙江省伊春啊。"她又反问我一句："不是山东省黄县的吗？"以前我家的户口本上我的籍贯都是写山东黄县，可对于她这一代就不应再这样填写了。随后她又说了一句："完了，以后我不能跟人吹我老家是山东的了。"女儿是开玩笑说的，可恍惚中又勾起了我以前曾有过的一丝自卑。如果年轻时好好学习，不偏科，不说考进北京考进上海，就是考进中原一带的省份，是不是也可以让女儿脱离这种受内地人"歧视"的边疆省份籍贯了？

　　可我这人偏偏生性故土难离，十多年前那次冬天去北京领一篇小说获的"中国人口文化奖"坐火车回来，列车过了山海关后，一看到车窗外关东大地上覆盖的厚厚白雪，我的眼眶就跟着湿润了。我知道我此生再也离不开这片白山黑水的土地了。

　　我感谢父亲十九岁从山东走出来，来到黑龙江，来到小兴安岭林区一个叫苔青的小镇上。随后他又把同是山东人的母亲带到这个小镇上来，由此我也出生在这个叫苔青的小镇上。"山清水秀"对这样一个森林环抱、绿水环绕的小镇绝不是一个奢侈的形容词。因此我很幸运，这种幸运是我长大后才意识到的。童年的小镇对一个热爱写作的人是多么重要啊！它已把一切注入我的血脉里、生命里。就像小镇上那依附在石子路边、房屋石头墙下青绿色的苔藓一样，无论冬夏，它都在那里滋生着。

十岁以后，我离开了苔青小镇，随家里人来到小镇流过的那条河（汤旺河）的上游发源地汤旺河林业局。从根上论这条河也属于黑龙江水系，汤旺河一条分支流向黑龙江，一条分支流向松花江。在这个小兴安岭最北端的林业局，我度过了我的少年时代。这同样是令我难忘的一段时光，到这里来实际上离黑龙江更靠近了一些，这个林业局离江边嘉荫县城只有一百来里的路程，只不过去那里需要边防证。所以在我少年时，并没有走到过那条江边去看看。因为那是一个特殊的年代，因为一些政治的原因，就会阻隔一个孩子儿时的梦想。

还有在我高中毕业去山上克林林场当代课老师时，离这条江又近了些。克林林场挨着逊克县境，逊克县也是黑龙江边上的一个小县，从林子里翻山穿过去或顺着库尔滨河走过去，也不过七八十里的路吧。可直到我离开那个林场也没有往那里走一回，同样因为那是个封闭的年代。就这样，在我少年和青年时，我都与那条身边流过的大江擦边而过了。身为黑龙江人，这不能不说是一个遗憾。

这种遗憾在我成年以后得到了弥补，在外参加工作以后，我曾数次回家乡到过嘉荫县城的江边，第一次去也第一次吃到黑龙江里的鳇鱼。那是我吃过的最香的鱼肉，据说早年黑龙江里的鳇鱼是进贡皇上的。

从中国的版图上看，最北端和最东端的两个点都在黑龙江境内，黑龙江也正好穿过这两个点，最北端的点在黑龙江的上游漠河北极村，最东端的点在抚远的乌苏镇（岛）。北极村一九九八年夏至我与朋友去了那里，后来我又两次随作家采风团去了那里，一次是秋天，一次是冬天。抚远乌苏镇（岛）我是二〇〇六年秋天和诗人李琦、庞壮国，散文家张爱华走上去过一回，黑龙江在这里和另一条中俄的界江乌苏里江汇合。乌苏里江在此后，我也数次走过。黑龙江全境的两条大界江（黑龙江和乌苏里江）、两条大内江（松花江和嫩江）、两大平原（三江平原和松嫩平原）、两大兴安岭（大兴安岭和小兴安岭）、两大湖泊（兴凯湖和镜泊湖），此外还有一些大大小小的山岭，如张广才岭、老爷岭等，一些大大小小的河流，如牡丹江、呼兰河等，一些大大小小的湿地，如扎龙湿地、沾河湿地、珍宝岛湿地等，我都在三十岁至四十岁之间走过了。

年轻的时候，和许多喜欢远足的行者一样，总以为风景在远方，常常忽略了脚下。走过了一些名山大川，到过了一些地方之后，才觉得身边的黑龙江的确值得走一走了。她有那么多得天独厚的地理资源，大森林、大界江、大湿地、大湖泊、大粮仓、大油田……除了地理资源外，黑龙江还有常常轻易被我们忽略的历史资源，远的有金代北方民族女真人创造的历史，近代有马占山将军在江桥打响抗战第一枪，赵尚志、"八女投江"冷云他们创造的惊天动地的抗联史，在这片野性的黑土地生长出一拨又一拨有血性的关东人，足以让关东人的后代倾目。

一方水土养一方人，关东人的性格就像关东的天气，冬天嘎嘎地冷，夏天火辣辣地热。小时候去谁家串门，冻得手和脚像猫咬了似的，谁家的女主人会说，麻溜儿上炕，暖和暖和去。那火炕烧得火辣辣地热。脚焐好了，天都黑了，等家人来找，饭碗都端在手上了。家里人过来找，主人一声招呼，一起吃完走吧。大人也跟着挪蹭坐上了炕桌。谁家杀年猪，不管猪大猪小，那炖好的热气腾腾的杀猪菜，总要打发孩子一碗一碗从屯东头第一家送到屯西头最后一家，到最后送杀猪菜的孩子鼻涕冻成了冰溜子回来，一大铁锅的杀猪菜已见锅底了，孩子只好吮着冰溜子喝锅底汤，大人还不叫孩子往外说。这就是关东人从先人那儿养成的性格。还有在山里打猎，你转悠了一天什么也没有打着，碰到了打着的人，他会从爬犁上卸下一半猎物什么也不说叫你拿走。在山里转悠麻嗒山（迷山）了，又冷又饿遇到一个可以歇身的窝棚，进去后你别担心没柴火和吃的东西，只是等你火也打着暖和了，肚子里也有点儿吃食时，别忘了临走时也要在窝棚里放点儿柴火和吃的东西。

关东再冷的天也冻不死人，关东再远的路也饿不死人。关东的山也养人，关东的水也养人。北方最早的几个土著少数民族赖以生存的就是大山和江河，打猎、捕鱼，而且活得很滋润，很愉悦。在我上小学时就听过鄂伦春民歌《勇敢的鄂伦春》，上中学时听过郭颂唱的赫哲人民歌《乌苏里船歌》，这两个民族最早的生存状态可能就是我后来从《瓦尔登湖》里找到的那种回归原始生态文明的生活方式了。的确让人神往。二十多年前的那个冬天，我去黑龙江边的小镇乌拉嘎走访，去了一个鄂伦春住户的老太太家里，她男人年轻时是当地有名的一个猎人，老太太告诉我她喜欢在山里住，不喜欢住在这砖房里（政府统一给盖的砖房），说她喜欢吃野猪肉，吃家猪肉过敏。她男人跟我说起打猎的事情来，沉默寡言的她就变得滔滔不绝起来，就好像那山里的一枝一叶都有故事。走的时候，那个老太太还送给我一个她亲手做的桦树皮桶。

至今这个桦树皮桶还放在我的书房里，我用它装象棋子。

在黑龙江江边游走，可以看到大片的白桦林。秋天，那密密的树叶呈现出一种透明的金黄；冬天，尽管风吹光了它们枝头上的叶子，可那光滑洁白的树皮，依旧夺目美丽，和白雪覆盖的黑龙江江面相得益彰。大江在冬眠，白桦也宛如一排排冬眠的少女，透着安静的美。

以前去南方旅游，看到南方街头树木终年绿着，就觉得南方的树活得很累。

我喜欢黑龙江四季分明的季节，春天还没等小草拱出地面，山里的达子香就开花了，接着柳树、阔叶杨、白桦树叶就会发芽冒绿；夏天就会变成一片葱绿，各种山野菜极具营养，这个季节还是到森林去避暑的好季节，天然的红松林散发出的负氧离子是天然的大氧吧；秋天山里又是五花山的季节，也是采各种野果的季节；冬天龙江大地变得一片白雪皑皑……这四季分明的天然油画，恐怕只有在这个北纬四十七八度的地方才有吧。而两条大界江和西部连接的内蒙古草原又是天然的画框，不陶醉其中说明你是个不懂得欣赏的黑龙江人。

有时我在想，人这一生会走过多少路呢？无论走多远，都走不出脚下这片黑土地给我们身上烙上的印记。

　　作为黑龙江人，就该像小兴安岭的红松一样，长得结实，生得大气。当我们以树的形象站立起来的那一刻，心中就该有像易于凝结的松树塔一样的梦想，并渴望长出一片森林来；既能沐浴着温暖的阳光，又能抵御狂风暴雨，并延伸出宽阔而美丽的风景。

　　我深深感谢这片山水资源茂盛、四季色彩凝重的黑土地，感谢那个绿荫环抱给我童年带来无限想象的苕青小镇，感谢此生与文字结缘并以文字为业。

　　这套书稿整理完之即，正是烈日炎炎的夏日，而黑龙江此时正是凉爽迷人的季节。在南方实习的女儿打电话来，说南方热得叫人受不了。而我正安然享受着这份清凉，清凉之中也油然生出一丝惬意，生于斯长于斯，此生注定与黑龙江一路同行。

图书在版编目(CIP)数据

恍惚 / 王鸿达著. — 北京：中国文史出版社，
2020.2

（中国专业作家散文典藏文库·王鸿达卷）

ISBN 978 – 7 – 5205 – 1416 – 3

Ⅰ. ①恍… Ⅱ. ①王… Ⅲ. ①散文集 – 中国 – 当代
Ⅳ. ①I267

中国版本图书馆 CIP 数据核字 (2019) 第 230572 号

责任编辑：卢祥秋

出版发行：**中国文史出版社**

社　　址：北京市海淀区西八里庄 69 号院　邮编：100142
电　　话：010 – 81136606　81136602　81136603（发行部）
传　　真：010 – 81136655
印　　装：北京东君印刷有限公司
经　　销：全国新华书店
开　　本：720×1020　1/16
印　　张：20.75　　　字数：289 千字
版　　次：2020 年 2 月第 1 版
印　　次：2020 年 2 月第 1 次印刷
定　　价：66.00 元